Melissa Foster

Sommerhitze in Bayside

DIE AUTORIN

Mit mehr als zehn Millionen verkauften Büchern ist Melissa Foster eine preisgekrönte *New-York-Times-*, *Wall-Street-Journal-* und *USA-Today*-Bestsellerautorin. Ihre Bücher werden vom *USA-Today-Bücherblog*, vom *Hagerstown Magazine*, von *The Patriot* und vielen anderen Printmedien empfohlen. Melissas Bücher sind als Taschenbuch, digital oder als Hörbuch bei den meisten Online-Buchhandlungen erhältlich.

Besuchen Sie Melissa auf ihrer Website oder chatten Sie mit ihr auf Social Media. Sie diskutiert gern mit Buchclubs und Lesegruppen über ihre Romane und freut sich über Einladungen. Melissas Bücher sind bei den meisten Online-Buchhändlern als Taschenbuch und E-Book erhältlich.

www.MelissaFoster.com

Melissa Foster

Sommerhitze in Bayside

Bayside Summers

LOVE IN BLOOM – HERZEN IM AUFBRUCH

Aus dem Amerikanischen von Anne Sommerfeld

Die Originalausgabe erschien erstmals 2018 unter dem Titel
»Bayside Heat« bei World Literary Press, MD, USA.

Deutsche Erstveröffentlichung
2024 bei World Literary Press, MD, USA
© 2018 der Originalausgabe: Melissa Foster
© 2024 der deutschsprachigen Ausgabe: Melissa Foster
MELISSA FOSTER® ist eine eingetragene Marke.
Alle Rechte vorbehalten.
Lektorat: Judith Zimmer, Hamburg
Umschlaggestaltung: Elizabeth Mackey Designs
Cover-Foto: Sarah Eirew

Kein Teil dieses Buches darf ohne schriftliche Zustimmung der Autorin vervielfältigt
oder anderweitig verwendet werden, ausgenommen kurze Zitate in Besprechungen
und Rezensionen.
Die Ereignisse und Personen in diesem Buch sind frei erfunden. Eventuelle
Ähnlichkeiten mit lebenden oder verstorben Personen wären rein zufällig.

Die Nutzung des Inhalts für Text und Data Mining im Sinne von § 44b UrhG ist
ausdrücklich verboten.

Ich liebe Friends-to-Lovers-Geschichten, und die Liebesgeschichte von Drake und Serena war schon lange überfällig. Die beiden sind auf so viele Arten einfach perfekt füreinander. In diesem Buch gibt es eine Menge amüsanter Überaschungen für meine Leser, und eine davon möchte ich hervorheben: Wer die Reihe »Love in Bloom – Herzen im Aufbruch« von Anfang an verfolgt hat, wird sich an Abby Crew aus *Schwestern in Weiß* erinnern. In diesem Roman spielt sie erneut eine Rolle, und wir können uns schon mal darauf freuen, in Zukunft auch ihre Liebesgeschichte kennenzulernen!

Wer immer auf dem Laufenden bleiben will, abonniert meinen Newsletter:
www.MelissaFoster.com/Newsletter_German

Die Reihe »Love in Bloom – Herzen im Aufbruch«

Bayside Summers ist nur eine der vielen Serien aus der weitverzweigten Reihe »Love in Bloom – Herzen im Aufbruch«. Sie werden den Figuren aus jeder Geschichte immer wieder begegnen, sodass Sie keine Verlobung, Hochzeit oder Geburt verpassen. Eine vollständige Liste aller Serientitel sowie eine Vorschau auf den nächsten Band finden Sie am Ende dieses Buches und auf meiner Website:
www.MelissaFoster.com/Herzen-im-Aufbruch

Besuchen Sie auch meine Seite mit »Reader Goodies«! Dort gibt es Serienübersichten, Checklisten, Stammbäume und einiges mehr:

www.MelissaFoster.com/Checklisten_und_Stammbaume

Eins

Serena Mallery ging nervös vom Parkplatz des Bayside Resorts, in dem sie arbeitete, zur Pension Summer House Inn, wo sie sich mit ihren Freunden zum Frühstück traf. Begrüßt wurde sie von Lachen und dem Bellen von Desirees struppigem kleinen Hund Cosmos, der seinen Aussichtsposten auf einer Düne mit Blick über die Cape Cod Bay bezogen hatte. Kurz darauf entdeckte sie auch den Grund für seine Aufregung. Ihre Chefs und Besitzer des Resorts Rick und Drake Savage und Dean Masters kamen nach ihrer morgendlichen Joggingrunde den Weg zur Pension hinauf. So hatten die meisten Tage der vergangenen sieben Jahre für sie begonnen: umgeben von ihren besten Freunden, die sie wie eine Familie liebte. Nächste Woche um diese Zeit würde sie in Boston wohnen und allein in den Tag starten – dafür mit ihrem Traumjob.

Ihre Anspannung wurde noch größer, als sie den eingezäunten Bereich neben der Pension betrat. Sie freute sich darauf, den anderen die großen Neuigkeiten zu erzählen, war aber unglaublich nervös.

»Hey, Serena.« Mira stand mit Emery im hinteren Teil des Gartens. Mira war im sechsten Monat schwanger und strahlte in ihrem hübschen Umstandskleid pures Glück aus. Ihre Haut schien zu leuchten und ihre dunklen Haare wirkten voller. »Des und Vi sind gleich da. Ist das das Shirt, das du letzte Woche in Provincetown gekauft hast? Sieht sehr schick aus.«

Mira war Drakes und Ricks jüngere Schwester. Serena und sie waren schon seit Ewigkeiten beste Freundinnen. Emery war letzten Sommer ans Cape gezogen. Sie gab in der Pension Yoga-Unterricht, und trug deshalb nach dem morgendlichen Kurs noch immer ihre Yogahose und einen Sport-BH.

Serena schaute auf ihr locker fallendes weißes Oberteil mit Schulterausschnitten und Spitzenverzierungen an Dekolleté und Ärmeln. Es war schnell zu einem ihrer Lieblingskleidungsstücke geworden. »Danke. Wir haben einen hervorragenden Geschmack.«

Emery musterte sie ebenfalls und löste dabei das Zopfgummi aus ihren Haaren, sodass ihr die goldbraunen Locken über die Schultern fielen. »Ich finde es heiß.« Dann wanderte ihr Blick zu Dean, der sie nicht aus den Augen ließ, während er mit den anderen Männern auf sie zukam.

»Stalkst du deinen Verlobten?«, fragte Serena.

Emerys Augen leuchteten auf. »Sieh dir doch nur mal dieses Bild von einem Mann an. Kannst du es mir verübeln?«

Sie wusste, dass Emery von ihrem muskulösen, Bart tragenden Verlobten sprach, doch Serena war mit Dean, Drake und Rick aufgewachsen. Alle drei sahen gut aus, und da sie nicht nur hart arbeiteten, sondern auch Wassersportfanatiker waren, waren sie fit und durchtrainiert. Aber nur in Drake war Serena verknallt gewesen. Sie beobachtete, wie er die Düne überquerte. Schweiß glänzte auf seiner Haut. Der Wind fuhr durch seine dichten, dunklen, gewellten Haare. Er sah immer aus, als müsste er zum Friseur, doch das schien ihn nicht zu stören, was ihn noch heißer machte.

»Morgen, Serena«, sagte Desiree, die gerade nach draußen kam, und riss sie damit aus ihrer chancenlosen Schwärmerei. »Ich habe Croissants mit Frischkäse und Kirschen gebacken. Die magst du doch am liebsten.« Sie stellte den Servierteller auf den Tisch.

Serena lief das Wasser im Mund zusammen. »Sie riechen köstlich.«

Desiree machte so gut wie jeden Morgen Frühstück für alle, und es war kein Geheimnis, dass die Qualität des Essens in direkter Verbindung zur Qualität ihres Sexlebens stand. Wenn es nur Cornflakes gab, waren alle sauer auf Rick. Nicht, dass Serena Mitleid mit ihm hätte. Desiree und er waren sehr glücklich miteinander und hatten tolle Jobs.

Zumindest bin ich auf dem besten Weg zu meinem Traumjob. Da muss die Suche nach meinem Seelenverwandten eben warten.

»Ihr hättet mal hören sollen, wie laut das Bettgestell heute Morgen gegen die Wand geknallt ist.« Violet stellte eine Kaffeekanne auf den Tisch. In ihren Bikerboots, der abgeschnittenen kurzen Hose, dem schwarzen Tanktop und den bunten Tattoos auf Armen und Beinen entsprach sie voll und ganz dem Bild des wilden Freigeists, der sie war – und war damit das komplette Gegenteil von Desiree in ihrem geblümten Sommerkleid. »Es klang, als würde ein Zug durch die Pension rauschen.«

»Oh Mann, Violet!«, schimpfte Desiree. Die beiden waren zwar Halbschwestern, aber auch grundverschieden.

»Vi ist mal wieder eifersüchtig.« Rick setzte sich neben Desiree und gab ihr einen Kuss auf die Wange. »Wie geht's meiner umwerfenden Verlobten?«

Dean zog Emery in die Arme. »Hey, Babe. Wie war der Kurs heute Morgen?«

Serena lebte gern am Cape, aber es war auch ein beschaulicher Touristenort, in dem es nur wenig Möglichkeiten gab, Männer kennenzulernen, die mehr als nur eine kurze Affäre wollten. Sie war mittlerweile einunddreißig, und da der Großteil ihrer Freunde bis über beide Ohren verliebt war, wollte auch sie eine Chance auf dieses Glück. Als Teenager hatte sie davon geträumt, den klugen, musikalisch begabten und wahnsinnig attraktiven Drake zu heiraten. Und obwohl er ihr schon vor Jahren einen Korb gegeben und sehr deutlich gemacht hatte, dass aus ihrer Freundschaft nie mehr werden würde, waren ihre Gefühle wieder aufgekeimt, als sie bei ihm im Resort angefangen hatte. Doch er hatte nie irgendwelche Anstalten gemacht, ihr näherzukommen, und nach vier Jahren konnte sie den Tatsachen ins Auge sehen. Es war an der Zeit weiterzuziehen.

Emery lachte leise und im nächsten Moment zog Dean sie an sich, um sie innig zu küssen.

»Können wir das Liebesgetue beim Essen bitte auf ein Minimum beschränken?«, fragte Violet.

Als Drake zu ihr herüberkam, meldete sich Serenas Anspannung mit voller Wucht zurück.

»Hey, Supergirl«, sagte er und setzte sich.

Sie prägte sich den Kosenamen für später ein. Zwar würde sie all ihre Freunde vermissen, den unglaublich frustrierenden und wahnsinnig heißen Drake jedoch am meisten. Natürlich würde sie ihm das nie sagen. Während ihrer Zusammenarbeit in den letzten Jahren war er zu einem ihrer engsten Freunde geworden. Wenn sie als Gruppe ausgingen, behielt er sie immer im Auge und beschützte sie wie eine kleine Schwester, was ihr die Chancen bei anderen Männern gründlich verbaute. Es war an der Zeit weiterzuziehen, sowohl physisch als auch emotional.

Die räumliche Distanz zwischen ihnen sollte das zukünftig um einiges leichter machen.

Drake zog sie an der Rückseite ihres Oberteils neben sich auf einen Stuhl und lehnte sich zu ihr. Sein männlicher Duft hüllte sie ein. »Bereit für die Detailplanung von Laden Nummer fünf?«

Serena kümmerte sich nicht nur um die Abläufe und die Verwaltungsarbeit des Resorts, sondern half Drake auch bei der optischen Gestaltung, der Einrichtung und den administrativen Aufgaben seiner Musikladenkette. Die Neueröffnung der fünften Filiale war schon in wenigen Wochen, und heute würden sie die Innengestaltung endgültig festlegen.

»Auf jeden Fall«, antwortete Serena. »Aber du solltest ihn wohl langsam ›Bayside Music and Arts‹ nennen.«

»Gutes Argument.« Er schenkte ihr eine Tasse Kaffee ein, bevor er seine eigene Tasse füllte.

Die anderen bedienten sich am Frühstück, doch Serena war angesichts dessen, was sie gleich verkünden würde, ziemlich flau im Magen. »Ich habe ein Jobangebot als Innenarchitektin bekommen und werde nach Boston ziehen«, platzte sie heraus, bevor sie der Mut endgültig verließ.

Schweigen senkte sich über den Tisch und alle Blicke richteten sich auf sie. Ihr rutschte das Herz in die Hose. Ihre Freundinnen wirkten verwirrt. Rick und Dean tauschten einen missbilligenden Blick aus und schauten dann zu Drake, dessen Kiefermuskeln so angespannt hervortraten, dass es wehtun musste.

Oh Gott. Es fühlte sich an, als würde Serena alle im Stich lassen, doch sie schärfte sich einmal mehr ein, dass dem nicht so war.

»Ihr wusstet ja, dass ich den Job im Resort nur vorübergehend angenommen habe, bis der Laden läuft«, erklärte Serena. »Das war vor vier Jahren, und ich habe euch letzten Sommer erzählt, dass ich mich auf Stellen als Innenarchitektin beworben habe, um meine Karriere endlich wieder auf Kurs zu bringen.«

»Ja, aber ich dachte, du würdest dich hier in der Gegend umsehen. Du ziehst nach *Boston*?«, fragte Mira fassungslos. Sie und Serena waren schon seit ihrer Kindheit immer füreinander da gewesen. Sie legte eine Hand auf ihren Babybauch. »Ich freue mich für dich, aber ich werde dich sehr vermissen.«

»Ich weiß. Ich werde dich auch vermissen«, erwiderte Serena. Sie spürte Drakes durchdringenden Blick beinahe körperlich auf sich. Um sich von ihm abzulenken, ging sie gedanklich die Liste mit all den Dingen durch, die sie für ihren bevorstehenden Umzug vorbereiten musste. Ganz oben stand, eine Nachfolge für ihren Job im Resort zu finden. Bei den Musikläden konnte sie hoffentlich auch weiterhin mithelfen. »Ich verspreche, euch so oft wie möglich zu besuchen, und natürlich werden wir *ständig* facetimen, sobald das Baby da ist.«

»Das will ich doch schwer hoffen«, sagte Mira nun ruhiger. »Unser Neuzugang braucht seine Tante Serena, und Hagen wird dich so sehr vermissen.« Hagen war ihr achtjähriger Sohn.

»Ich ihn auch«, sagte Serena.

»Armer Matt«, fuhr Mira fort. Matt war ihr Mann. »Die Babypfunde sind ab sofort mein kleinstes Problem. Wahrscheinlich werde ich noch mal zehn Kilo draufpacken, weil ich meinen Kummer mit Eis wegesse.«

»Machen wir ihr nicht noch ein größeres schlechtes Gewissen. Das sind tolle Neuigkeiten«, warf Rick ein und lächelte aufrichtig, doch das Lächeln verblasste, als er zu Drake schaute. »Das hast du dir ja immer gewünscht.« Die Bemerkung schien eher an seinen Freund als an Serena gerichtet zu sein, als würde er ihn daran erinnern.

»Ja, schon als Kind. Ist das nicht fantastisch? Ihr alle werdet mir sehr fehlen, aber ich konnte den Job bei KHB – Kline, Heinan und Bruce – nicht ablehnen. Es ist eine der angesagtesten Designagenturen.«

»Seit wir uns kennen, hast du auf eine Karriere in der Großstadt hingearbeitet«, warf Desiree ein. »Und obwohl du mir fehlen wirst, freue ich mich, dass du so einen tollen Job gefunden hast.«

»Boston?«, fragte Violet. »Unser Kleinstadtmädchen wird erwachsen.«

»Glückwunsch, Serena«, sagte Dean und legte einen Arm um Emerys Schulter. »Ich bin dir sehr dankbar für alles, was du für uns getan hast.«

Serena war nicht entgangen, dass Drake noch kein Wort gesagt hatte. »Danke. Ich kann immer noch nicht glauben, dass sie sich für mich entschieden haben. Ich hatte die Hoffnung schon fast aufgegeben.« Das Bewerbungsgespräch bei KHB war letzten Winter gewesen, und sie war eigentlich davon ausgegangen, nichts mehr von der Agentur zu hören. Im Winter kamen nur wenig Gäste ins Resort, was ihr den Wiedereinstieg mit einem Teilzeitjob bei Shift Home Interiors ermöglicht hatte. Bei Shift Raumgestaltungen zu entwerfen und Büros von Grund auf zu planen, war großartig gewesen, weil sie sonst nur für die Innenausstattung zuständig war, doch die Inhaberin des Unternehmens hatte vor Kurzem ein Baby bekommen und deswegen ihre Stunden reduziert. Serena in Vollzeit zu beschäftigen, konnte sie sich nicht leisten. Und trotz College-Abschluss und mehrerer Jahre Berufserfahrung hatte sie von den meisten der großen Architekturbüros und Agenturen Absagen erhalten.

Cosmos rannte zurück in den Garten, sprang auf Desirees

Schoß und leckte ihr übers Gesicht, was alle zum Lachen brachte. Alle bis auf Drake, der weiter stumm und reglos neben Serena saß. Nur an seinem Kiefer zuckte ein Muskel. Dann musste sie jetzt wohl die noch größere Bombe platzen lassen.

»Es gibt nur einen Haken«, meinte sie und sah Drake zum ersten Mal heute in die Augen. »Sie wollen, dass ich nächste Woche anfange.«

Drake ließ die Gabel fallen, die klappernd auf dem Teller landete, und auf seinem attraktiven Gesicht zeigte sich Frust. »Nächste Woche?«

»Ist blöd, wenn man seinen Fuck Buddy verliert, hm?«, murmelte Violet.

Emery verschluckte sich an ihrem Getränk. Dean klopfte ihr auf den Rücken und lachte leise, ebenso wie Rick. Mira machte große Augen und Drake warf Violet einen bitterbösen Blick zu.

Serena verdrehte die Augen. Sie war Violets zweideutige Kommentare gewohnt. Es bestand kein Zweifel daran, dass Drake und sie sich nahestanden. Er hatte immer auf sie aufgepasst, aber das hieß nicht, dass sie miteinander schliefen – auch wenn Serena schon viel zu oft nachts wachgelegen und sich vorgestellt hatte, wie es sich anfühlen würde, seine starken Arme um sich zu spüren, während seine ganze Aufmerksamkeit nur ihr galt.

Drake sah sie mit seinen dunklen Augen an und Serenas Herz setzte einen Schlag aus. Ja. Sie musste dringend hier weg.

»Es tut mir wirklich leid. Ich hab alles versucht, um mehr Zeit herauszuschlagen«, erklärte sie hastig. »Zwei Mitarbeiter haben fristlos gekündigt, und wenn ich nicht sofort anfange, müssen sie jemand anderen einstellen. Aber keine Sorge. Ich fange direkt mit den Vorstellungsgesprächen für meine Nachfolge an. Ich sichte schon seit Monaten Lebensläufe. Ab morgen kommen die ersten Bewerber. Harper kann zumindest in Teilzeit für mich einspringen, wenn wir bis Freitag niemanden finden.« Ihre Freundin Harper Garner war Drehbuchautorin und ein echtes Organisationsgenie. Als Serena das erste Mal erwähnt hatte, dass sie sich nach einem neuen Job umsah, hatte Harper direkt ihre Hilfe angeboten. »Es tut mir leid, Drake. Wenn es dem Resort zu große Probleme macht, sage ich das Angebot ab.«

»Sei nicht albern«, warf Rick ein und sah Drake fest an. »Du warst für uns da, als wir dich am meisten gebraucht haben, Serena. Wir finden schon eine Lösung.«

»Mach dir keinen Kopf«, fügte Dean hinzu.

»Ich kann auch etwas aushelfen«, bot Emery an. »Ich müsste nur ein paar Kurse umplanen, aber es lässt sich machen.«

»Ich bin sicher, dass wir das gemeinsam schon hinbekommen«, versicherte Rick ihr. »Das klingt nach einer tollen Gelegenheit.«

Sie atmete geräuschvoll aus. »Oh, Gott sei Dank. Ich will das wirklich nicht absagen. Ich weiß nicht, ob ich jemals wieder so eine Chance bekomme.« Dann wandte sie sich an Drake. »Mach dir keine Sorgen, ich werde dir trotzdem helfen, den Musikladen aufzubauen und zum Laufen zu bringen.«

Er nickte knapp. »Hast du es Chloe schon erzählt?«

Sie und ihre Schwester Chloe hatten sich praktisch gegenseitig großgezogen, während ihre Mutter immer auf der Suche nach einem Mann gewesen war, der ihre Rechnungen bezahlte. Chloe leitete eine Einrichtung für betreutes Wohnen namens LOCAL – Lower Cape Assisted Living Facility, und war genauso ehrgeizig wie Serena. Sie wusste, dass Chloe sich für sie freuen würde, auch wenn sie für ihren beruflichen Erfolg wegziehen musste. »Dazu hatte ich noch keine Zeit. Ich habe gerade vorhin erst den Anruf bekommen. Es tut mir wirklich leid, dass es so kurzfristig ist.«

Drake grummelte etwas Unverständliches.

Violet deutete mit einem Finger auf ihn. »Wenn du ihr das *Plus* zur Freundschaft liefern würdest, würde sie vielleicht nicht gehen.«

»Das stimmt nicht!«, fuhr Serena sie an. »Und Freundschaft plus kommt für mich nicht infrage. Schon gar nicht mit Drake.«

Sie wollte lieber nicht darüber nachdenken, was der merkwürdige Blick zu bedeuten hatte, den Drake ihr zuwarf.

»Egal, Kleines«, sagte Violet. Dann funkelte sie Drake finster an. »Sag ihr, dass du dich für sie freust. Dein Resort wird auch ohne sie überleben. Viel wichtiger ist doch, dass wir jetzt einen Grund zum Feiern haben.«

»Eine Abschiedsparty!«, sagte Emery. »Ja, auf jeden Fall. Mira, ist das Undercover für dich okay, obwohl du keinen Alkohol trinkst?« Das Undercover war ein Nachtclub in der Nachbarstadt, der Harpers Bruder Colton gehörte.

Mira strich sich über den Bauch. »Mein Baby bleibt noch für die nächsten drei Monate, wo es gerade ist. Wo ich hingehe, geht es auch hin, also bin ich dabei.«

Drake lehnte sich näher zu Serena. »Ich fahre dich zur Party, damit du was trinken kannst.«

»Okay«, antwortete sie. Hoffentlich bedeutete das, dass er nicht so sauer war, wie er aussah.

Violet stand auf. Ihre tiefschwarzen Haare fielen ihr über die Schultern nach vorn, als sie sich über den Tisch beugte, um sich noch ein Croissant zu nehmen. »Bring ruhig weiter die Wände zum Wackeln, Rick. Diese Croissants sind einsame Spitze.«

»Oh, das habe ich vor.« Rick zog Desiree an sich und flüsterte ihr etwas ins Ohr, das ihr die Röte in die Wangen trieb.

»Ich bin dann mal weg, Schwesterherz«, verkündete Violet. »Ich muss ein paar Sachen in Hyannis besorgen.« Sie marschierte über den Rasen zu ihrem Motorrad.

»Und wir müssen uns um einen Musikladen kümmern.« Drake erhob sich ebenfalls und zog Serena am Arm mit sich.

»Hey. Ich hab noch nichts gegessen.« Nicht, dass sie das könnte. Ihr Magen war immer noch total verkrampft. »Und ich brauche meine Notizbücher.«

»Oh-oh«, sagte Rick. »Jetzt gibt's Stress.«

»Und sobald sie weg ist, kriegen wir den ab.« Dean strich sich über den Bart und erwiderte Drakes finsteren Blick ernst. »Hey, Serena, bist du sicher, dass du uns nicht noch drei Monate geben kannst? Oder vielleicht ein Jahr?«

Drake sah ihn finster an und schnappte sich ein Croissant. »Wir holen deine Notizbücher. Essen kannst du unterwegs. Wir haben viel zu tun und dafür offensichtlich nur noch eine Woche Zeit.«

Die ganze Fahrt über war die Stimmung trotz der laut dröhnenden Musik unangenehm angespannt. Drake sah aus, als würde er jeden Moment explodieren, während Serena so tat, als würde sie es nicht bemerken, und ihrer To-do-Liste weitere Stichpunkte hinzufügte. Verstohlen sah sie zu Drake. Er hatte einen Arm auf den Fensterrahmen gelegt und seine Kiefermuskeln waren angespannt. Das kleine Grübchen auf seiner rechten Wange zeigte sich nur, wenn er wütend oder frustriert war, und es war so unheimlich sexy, dass Serena ihn hin und wieder absichtlich provozierte, nur damit es auftauchte. Dieses kleine, verräterische Zeichen hielt sich hartnäckig, seit sie ihren bevorstehenden Umzug angekündigt hatte, und gerade war es eher herzzerreißend als sexy.

Plötzlich war nichts wichtiger für sie, als das mit Drake wieder einzurenken. Es gab noch so viel zu tun und wenn er wütend war, würde sich das alles nur schwer bewältigen lassen. Außerdem mochte sie ihn von Herzen gern und die Vorstellung, die Sache zwischen ihnen einfach so stehen zu lassen, war für sie unerträglich. Sie legte das Handy auf ihren Schoß, während der Wagen langsam ausrollte und Drake auf eine Lücke im Verkehr wartete, um nach links auf den Parkplatz des neuen Geschäfts abzubiegen.

»Tut mir leid, dass ich euch damit so überfallen habe«, sagte sie. »Ich habe um einen Monat gebeten, aber sie meinten, dass sie mich sofort brauchen.«

Er sah sie angespannt an. »Mhm.«

»Drake, du kannst doch nicht wirklich so sauer sein. Du weißt schon seit Monaten, dass ich nach einem neuen Job suche.«

»Jepp.« Er trat kräftig aufs Gas und stellte das Auto etwas unsanft vor dem Laden ab.

Für den Bruchteil einer Sekunde trafen sich ihre Blicke, bevor sie beide ausstiegen. Drake marschierte entschlossen in Richtung Tür. Serena schulterte ihre Tasche und tat trotz der unangenehmen Situation das, was sie immer tat. Sie musterte seine breiten Schultern und den Rücken, und während er die Ladentür aufschloss, glitt ihr Blick zu seinem Hintern. Es war ihr immer noch ein Rätsel, wie sich der schlaksige Teenager, in den sie sich im ersten Highschool-Jahr verknallt hatte, zu diesem heißen Kerl gemausert hatte. Damals war er einer der coolen älteren Schüler gewesen, auf den alle hübschen Mädchen standen. Sie konnte nichts dagegen tun. Sie schwärmte schon seit so vielen Jahren für ihn, dass das Gefühl nun ein Teil von ihr war. Wie das Bedürfnis, Kekse in ein Glas Milch zu tauchen.

Doch dann ermahnte sie sich und erinnerte sich daran, dass sie sich gar nicht mehr so wie früher nach Drake sehnte, mit diesem Flattern in der Brust, und dass sie auch nicht mehr jedes Mal die Luft anhielt, wenn er etwas sagte. Nein, schon lange nicht mehr. Sie war erwachsen geworden, aber das bedeutete schließlich nicht, dass sie den Anblick nicht genießen durfte, der sich ihr bot.

Drake hielt ihr die Tür auf und machte eine auffordernde Geste ins Innere des Gebäudes.

»Wenn du weiter so mit den Zähnen knirschst, machst du sie dir noch kaputt«, meinte sie und betrat den so gut wie leeren Raum.

»Ich knirsche nicht.« Er schüttelte den Kopf und gab eine Mischung aus Schnauben und Lachen von sich. Diesen Laut kannte sie nur zu gut, und er verriet ihr, dass Drake zwar genervt, aber auch belustigt war.

Hin und wieder konnte er mürrisch sein, doch meistens hatte das einen offensichtlichen Grund. Außerdem redete er nicht um den heißen Brei herum, spielte keine Spielchen und war nie nachtragend. Sie mochte und respektierte diese Eigenschaften, was wahrscheinlich der Grund für ihre enge Freundschaft war. Keiner ließ sich vom anderen etwas gefallen.

»Oh, gut.« Sie stellte ihre Tasche auf den Tresen. »Du hast dich wieder eingekriegt.«

»*Mich eingekriegt?*« Er tigerte unruhig über die Verkaufsfläche.

»Ja! Dann hab ich eben einen neuen Job, na und? Du wusstest doch von Anfang an, dass ich als Innenarchitektin arbeiten will.«

Er verschränkte die Arme und sah sie ernst an. »Ich freue mich für dich, aber dadurch stehen wir im Regen – *ich* stehe im Regen. Ich versuche nur, eine Lösung zu finden.« Er deutete auf den Raum. »Ich muss mich damit abfinden, das alles allein zu machen.«

»Du hast vier andere Musikgeschäfte aufgemacht.«

»*Wir*, Serena. *Wir* haben vier andere Musikgeschäfte aufgemacht.«

»Was?« Sie dachte zurück an den ersten Laden, den er während ihres ersten College-Jahrs eröffnet hatte. Sie hatte ihm beim Umbau geholfen und sich ein Gestaltungsdesign einfallen lassen, das sie auch auf die anderen Läden übertragen hatten. »Das stimmt nicht. *Du* hast den ersten eröffnet. Ich hab dir nur geholfen, ihn optisch ansprechender zu machen, weil er bei dir wie eine Garage aussah.«

»Ganz genau. Wir haben das zusammen gemacht«, erwiderte er scharf.

»Du hast wohl recht.« Sie trat näher an ihn heran, denn sie wusste, dass er sich am besten konzentrieren konnte, wenn sie in seiner Nähe war. Sie wusste, dass er den Aufwand für die einzelnen Projekte durchrechnete und seine Zeit zwischen dem Resort und dem Laden aufteilte. Manche Männer waren wie Bären, die nur um sich schlugen und andere einschüchterten. Sie drängten sich in Projekte hinein und richteten dort mehr Schaden an, als ihnen Nutzen zu bringen. Drake ging strukturiert vor und war dabei so durchsetzungsfähig und führungsstark, wie sie es noch nie bei einem anderen Mann erlebt hatte, doch er ging nicht auf Konfrontationskurs. Er glich eher einem Adler, der seine Beute umkreiste, bis der perfekte

Moment gekommen war, um herabzustürzen und einen sicheren Gewinn einzufahren. Das bewunderte sie sehr an ihm, sowohl als Freund als auch als Geschäftsmann.

»Aber das hier ist nichts Neues für dich, Drake«, erklärte sie ruhig. »Ich lasse dich nicht im Stich. Ich bin doch noch da und es ist erst Montag. Ich fahre erst in fünf oder sechs Tagen nach Boston und du weißt sehr gut, dass ich jede Minute arbeiten werde, um so viel wie möglich zu organisieren. Und auch danach kannst du mich jederzeit anrufen. Ich arbeite so gern mit dir am Aufbau der Läden. Das weißt du doch.«

»Ach ja, tust du das?« Er klang angespannt, doch in seinen Augen schimmerte etwas, das viel tiefer reichte.

Neugier? Sehnsucht?

Hättest du wohl gern.

»Musst du mich das wirklich fragen?«, gab sie bissig zurück.

Verdammt. Was mache ich denn? Drake hatte keine Ahnung, seit wann er Serena – *schon wieder* – nicht mehr nur als Freundin sah. Wann er angefangen hatte, ihre weiblichen Kurven zu bemerken, wie sie sich die Haare um den Finger wickelte, wenn sie müde war, oder diesen sehnsüchtigen Ausdruck, der manchmal über ihr Gesicht huschte, wenn sie spät abends noch zusammen arbeiteten. Als Teenager hatte er diese pochende Hitze schon einmal gespürt, doch als sie dann vor ein paar Jahren zurückgekehrt war, hatte er gewusst, dass er eine Grenze zwischen ihnen ziehen musste. Erneut hatte er sich geschworen, ihr niemals im Weg zu stehen oder sie von etwas abzuhalten. Sie hatte schon als Kind große Träume gehabt, und nach allem, was sie und ihre Schwester Chloe durchgemacht hatten, würde er alles dafür tun, dass sie erreichte, was sie sich wünschte.

Egal, wie sehr es wehtat, dass er selbst in diesen Plänen nicht vorkam.

Doch beim Anblick ihrer bezaubernden Augen, meeresgrün mit einem dunkelbraunen Ring um die Iris, konnte er sich ein paar Fragen einfach nicht verkneifen, auch wenn sie Serena womöglich ein schlechtes Gewissen machten. Auch sein stilles Versprechen konnte daran nichts ändern.

»Warum gehst du dann? Die erste Stelle als Innenarchitektin hast du doch gekündigt, weil du dich gelangweilt hast, schon vergessen?« Bei dem ersten Job direkt nach dem College war Serena einige Jahre geblieben, hatte sich aber zu Tode gelangweilt. Anschließend hatte sie als Beraterin ein Einzelhandelsunternehmen beim Aufbau der Verwaltung in Hyannis unterstützt. Nach Abschluss des Projekts war sie Feuer und Flamme für etwas Neues gewesen, was Drake und seine Partner zu ihrem Vorteil genutzt hatten, indem sie Serena einstellten, um das Bayside Resort aus dem Boden zu stampfen. Er wollte auf keinen Fall, dass sie jetzt einen Rückschritt in ihrer Karriere machte.

»Ja, aber das ist Jahre her, und die Firma war so klein, dass ich *nichts anderes als Deko machen konnte*. KHB hat große Kunden. Mir wurde versichert, dass ich ein wesentlicher Teil des Teams sein und in alle Entscheidungen bezüglich des Design-Managements einbezogen werde. Schluss mit stupidem Aussuchen von Stoffen und Bildern. Wenn ich mir einen Namen machen will, bin ich bei denen genau richtig.«

Er war froh, dass sie gründlich darüber nachgedacht hatte, aber das milderte seinen Schmerz über ihren Wegzug nicht. »Du hast doch bei Shift monatelang als Innenarchitektin gearbeitet.

Du hast ein Büro im Freizeitzentrum bekommen, damit du nicht nach Hyannis pendeln musst. Ich dachte, du wärst hier glücklich.« Im Winter hatte er ihr sogar ein paar Kunden besorgt, um ihr einen guten Start zu verschaffen, damit sie sich selbst einen Ruf aufbauen konnte.

»Ich bin glücklich und wirklich dankbar für alles, was du für mich getan hast. Und es macht mir unheimlich Spaß, mit dir die Musikläden aufzubauen, und aus dem Nichts etwas Großartiges zu schaffen, wie wir es mit dem Resort gemacht haben. All die Cottages, die Büros, das Freizeitzentrum ... Sie sind so schön und gemütlich geworden, dass die Gäste jeden Sommer das Gefühl haben, nach Hause zu kommen. Ich finde das großartig und auch unsere Freunde sind wundervoll. Das weißt du. Aber ich brauche mehr, Drake. Ich brauche etwas Eigenes. Das Resort braucht mich einfach nicht mehr.«

Aber ich schon.

Er wollte ihr so gerne *mehr* geben, aber *dieses* Mehr – diese Karriere – lag nicht in seiner Macht. Er wandte sich ab, um seine Emotionen wieder unter Kontrolle zu bekommen.

»Gott, Drake, was muss ich denn sagen, damit du es verstehst?«

Er drehte sich wieder zu ihr um und verschränkte die Arme. Die langen, dunklen Haare fielen ihr verlockend über die nackten Schultern – ein Kontrast zu ihren wütend zusammengepressten Lippen. Dieser Anblick fasste ihren Charakter perfekt zusammen. Je nach Situation konnte sie entweder knallhart oder unglaublich lieb sein. Ihr ganzes Leben lang hatte sie sich alles erkämpfen müssen, auch durch ihre Mutter, die viel zu viel arbeiten musste, um ihren Mädchen ein Dach über dem Kopf zu sichern, und die dann nachts auf Männerfang ging. Auf gar keinen Fall würde er es Serena noch schwerer machen, ihre

Träume zu verwirklichen.

»Es ist alles gesagt, und es tut mir leid, dass ich so arschig reagiert habe. Das war total egoistisch. Reden wir über die Gestaltung der Verkaufsfläche. Du hast vor dem Umzug sicher noch eine Menge zu tun«, sagte er, um einen freundlicheren Tonfall bemüht.

»Wow. Das ging jetzt aber schnell. Sicher, dass du mich nicht insgeheim in deinem Büro anketten willst, damit ich nicht verschwinden kann?«

»So was in der Art«, antwortete er lachend.

»Warum lachst du?«

»Weil ich Frauen normalerweise nicht ankette, damit sie bei mir bleiben.«

Ihr blieb der Mund offen stehen. »Aber du – kettest Frauen aus anderen Gründen an?«

Darauf antwortete er nicht.

»Oh mein Gott! Und wie du das tust!« Ein Anflug von Interesse blitzte in ihren Augen auf, der ihrem schockierten Gesichtsausdruck widersprach.

»Fesseln, nicht anketten«, stellte er klar. Und sofort musste er die Vorstellung verdrängen, wie sie gefesselt auf seinem Bett lag und ihn mit ihrem hungrigen Blick und ihren sinnlichen Lippen anflehte, zu ihr zu kommen. Wie jedes Mal in den letzten Jahren, wenn diese Fantasien aufkamen, biss er die Zähne zusammen und vertrieb die Gedanken aus seinem Kopf. »Und nur, wenn sie mich darum bitten«, fügte er noch hinzu.

»Sie *bitten* dich darum?« Sie formte ein stummes Wow mit den Lippen.

Verdammt, warum hatte er das Thema überhaupt angeschnitten? »Wir werden uns jetzt nicht darüber unterhalten.«

»Wieso wusste ich das nicht?«, fragte sie ungläubig.

Er nahm ihre Tasche und reichte sie ihr. »Hol deine Notizen raus, Supergirl. Machen wir uns an die Arbeit.«

Sie schaute ihn immer noch aus großen Augen an und in ihnen stand eine Neugier, die er nur zu gern befriedigen wollte. »Aber …«

»Serena«, unterbrach er sie scharf in einem Ton, der keinen Widerspruch zuließ. »Lass es gut sein.«

<h1 style="text-align:center">Zwei</h1>

Am Mittwochabend eilte Serena vom Aktenlager in ihr Büro, schnappte sich ihr Handy und schrieb Mira, Desiree, Emery und Chloe eine Nachricht im Gruppenchat. *Bin in fünf Minuten unterwegs. Tut mir leid!! Bin gleich da,* versprochen. Eigentlich sollte sie sich in fünf Minuten mit den Mädels in Orleans treffen, um Klamotten für ihren neuen Job zu shoppen, aber Drake befand sich noch im letzten Vorstellungsgespräch für heute. Hoffentlich war das ein gutes Zeichen, die ersten beiden Kandidaten hatte er nämlich schon abgelehnt.

Drakes Tür öffnete sich und Serena schob das Handy in die Tasche, während sie versuchte, seinen Gesichtsausdruck zu deuten.

»Danke, dass Sie gekommen sind«, sagte er zu Mina, der zierlichen, blonden Bewerberin. »Wir führen diese Woche noch weitere Gespräche, melden uns aber bei Ihnen, sobald wir eine Entscheidung getroffen haben.«

Irgendetwas an seinem Tonfall verriet Serena, dass er sich bereits gegen sie entschieden hatte.

»Hat mich gefreut, Sie kennenzulernen.« Mina schüttelte erst ihm, dann Serena die Hand. »Und Ihnen auch vielen Dank, Serena. Viel Glück bei Ihrem neuen Job.«

»Danke sehr. Wir melden uns.« Sie schaute Mina hinterher, bis sie die Tür hinter sich geschlossen hatte, und fixierte Drake dann mit einem strengen Blick. »Was hast du gegen sie?«

»Wir können hier keine *Mina* einstellen. Die verwechseln wir doch ständig mit Mira.«

Das war doch wohl ein Scherz. »Ist das dein Ernst? Du kannst eine zierliche Blonde und deine große, brünette Schwester nicht auseinanderhalten?«

Er zuckte mit den Schultern. »Sie ist zu …«

»Erfahren?«, beendete sie seinen Satz sarkastisch, während sie ihre Notizen für den Musikladen einsammelte und in ihre Tasche stopfte. »Drake, sie hat drei Sommer lang die Verwaltung einer Ferienhaussiedlung geleitet.«

»Erfahrung ist bei ihr nicht das Problem«, erwiderte er gelassen. »Sondern der Mangel an Persönlichkeit.«

»Sie war nett und freundlich. Was willst du denn mehr?«

Seine Mundwinkel zuckten nach oben. »Nett und freundlich reicht nicht, wenn ein Job erledigt werden muss. Wir brauchen nett und freundlich, aber auf durchsetzungsfähige Art.«

»Was genau meinst du damit? Und seit wann bist du studierter Psychologe?« Sie holte ihre Schlüssel aus ihrer Tasche.

»Du hast jahrelang hier gearbeitet. Glaubst du wirklich, dass *nett* das Richtige ist, wenn Rick und ich uns nicht einig sind, und sie einschreiten oder ein Machtwort sprechen muss? Oder was ist, wenn sie von irgendwelchen Besuchern angemacht wird? Sendet es nicht falsche Signale, wenn sie *freundlich* reagiert? Wird sie mit aufdringlichen Gästen fertig?«

»Das muss sie doch gar nicht. Du machst alle platt, die auch nur in meine Nähe kommen.«

»Sie ist nicht du«, erwiderte er und marschierte zurück in

sein Büro.

»Na ja, vielleicht kannst du ja so tun, als wäre sie deine kleine Schwester oder so.«

Er warf ihr einen finsteren Blick über die Schulter hinweg zu.

Serena musste sich ein Lachen verkneifen. »Den grummeligen Gesichtsausdruck werde ich vermissen. Du kannst mir gerne hin und wieder ein Selfie schicken.« Sie schrieben sich häufig, verbrachten auch nach der Arbeit Zeit miteinander und unternahmen viel gemeinsam mit ihren Freunden. Aber die Vorstellung, dass Drake ihr ein Selfie schickte, brachte sie zum Lachen.

»Oh, ich werde mich bei dir melden. Keine Sorge. Jemand muss auf dich aufpassen.«

»Aber klar doch, schließlich muss mir ständig jemand den Hintern retten.«

»Wie wäre es, wenn wir die Männer trotzdem von deinem Hintern fernhalten?«, fragte er etwas zu scharf.

»Ha ha«, erwiderte sie sarkastisch. »Es wird dich fertigmachen, wenn du nicht mehr wie ein Schießhund auf mich aufpassen kannst, oder?«

Er funkelte sie erneut an.

Es machte einfach zu viel Spaß, ihn zu triezen. »Wie hast du nur überlebt, während ich auf dem College war?« Sie wandte sich zum Gehen, doch dann schoss ihr plötzlich durch den Kopf, wie oft er Mira damals besucht hatte. Mit offenem Mund wirbelte sie zu ihm herum. »Oh mein Gott! Du hast nicht deine Schwester besucht – du hast dir Sorgen um uns beide gemacht, oder?«

Ein freches Lächeln breitete sich auf seinen Lippen aus. »Wie gesagt: Jemand muss auf dich aufpassen.«

»Oh Mann. Du bist …« Ihr Handy vibrierte in der Tasche und sie zog es heraus. Chloes Name stand auf dem Display. »Mist. Ich muss los. Ich muss Klamotten für meinen neuen Job shoppen, Kartons besorgen, und anfangen zu packen. Das wird wieder eine lange Nacht.«

»Alles okay, Supergirl?«, rief er ihr nach.

Sie drehte sich zu ihm um und die Sorge in seinem Blick traf sie wie ein Schlag in die Magengrube. Nicht zum ersten Mal in den letzten vierundzwanzig Stunden – und wahrscheinlich auch nicht zum letzten Mal – machte es sie traurig, dass die Freunde, die für sie zur Familie geworden waren, und der Mann, auf den sie sich immer verlassen konnte, zukünftig nicht mehr nur ein paar Minuten von ihr entfernt wohnen würden.

Das ist mein Traumjob, meine Chance auf ein besseres Leben, ermahnte sie sich.

Sie atmete tief durch. »Es wird schon«, antwortete sie und verließ das Büro.

Die Fahrt zum *The Now*, einer neuen, gehobenen Boutique in Orleans, gab Serena genug Zeit, ihre Gefühle unter Kontrolle zu bekommen und sich stattdessen Gedanken über die Klamotten zu machen, die sie unbedingt brauchte. Business-Outfits für Kundschaft in ihrem kleinen Küstenstädtchen waren Welten von den noblen Klienten entfernt, mit denen sie in Boston zusammenarbeiten würde.

In der Boutique lief »Uptown Funk« und hob sofort ihre Laune. Bunte Röcke und Blusen füllten die Kleiderständer und wurden von Schaufensterpuppen präsentiert. An den Wänden hing schicke Mode in verschiedenen Stilrichtungen. Zumindest würde es nicht schwer werden, ein paar hübsche Outfits zu finden.

»Hallo. Willkommen im *The Now*«, begrüßte sie die große,

blonde Frau, die hinter dem Kassentresen stand.

»Danke!« Serena entdeckte ihre Freundinnen im hinteren Teil des Ladens und schlenderte zwischen den Kleiderständern zu ihnen durch. Chloe war direkt von der Arbeit gekommen und sah in ihrem schlichten blauen Hemdkleid und den Absatzschuhen wie immer elegant aus. Mira wirkte umwerfend in ihrem hübschen Umstandssommerkleid, das ebenso wie Desirees Outfit ein wenig freizügiger war. Emery trug wie fast immer Leggins und ein Tanktop. Eigentlich müsste Serena in ihrem Blusentop und dem Minirock perfekt in die Gruppe passen, doch sie hatte nach dem anstrengenden Tag noch immer nicht richtig abgeschaltet und sah sicher so erschöpft aus, wie sie sich fühlte.

»Na endlich«, sagte Emery. »Ich dachte schon, dass du mit Drake den Musikladen *einweihst*.«

»Du wirst Violet mit jedem Tag ähnlicher. Wir waren nicht mal da«, erwiderte Serena trocken. »Sein Bewerbungsgespräch mit einer jungen Frau für meine Stelle hat ewig gedauert. Tut mir leid, dass ich zu spät bin. Es war ein verrückter Tag.«

»Hat er sie eingestellt?«, fragte Mira.

»Nein, dieser Riesentrottel. Er meinte, sie hätte nicht die richtige Persönlichkeit. Sie war *zu* nett und *zu* freundlich. Können wir bitte nicht über Drake reden? Das macht mich nur sauer. Es ist unglaublich, wie viel ich vor dem Umzug noch erledigen muss. Ich drehe noch durch bei all der Organisation im Büro, damit meine Nachfolge sich schnell einarbeiten kann, dem Aufbau des neuen ›Bayside Music and Arts‹ und der Vorbereitung für den Umzug.«

»Bitte nicht vor der Hochzeit«, meinte Desiree. Rick und sie würden im September heiraten.

»Wenn sich Drake weiter so aufführt, kann ich nichts versprechen.«

Chloe nahm ein paar Blusen genauer unter die Lupe und fragte: »Bei wie vielen Listen bist du inzwischen?«

»Eine für den Musikladen, eine für das Resort, und eine für das Projekt, das ich gerade für Shift Home Interiors abgeschlossen habe«, antwortete Serena stolz.

Chloe zog eine ihrer säuberlich gezupften Brauen hoch. Mit ihren blonden Haaren war sie das genaue Gegenteil der dunkelhaarigen Serena, und ihr modischer Pixie-Cut passte perfekt zu ihrem weichen, hübschen Gesicht. »Nur weiter, kleine Schwester. Ich weiß, dass du noch mehr hast – zum Beispiel, was du einpacken, was du kaufen musst, was du nicht vergessen darfst …«

Serena stöhnte und sah Kleider auf einem der Ständer durch. »Dann schreibe ich eben gern Listen, na und? Sie helfen mir.«

»Ich schreibe auch Listen«, bemerkte Desiree.

»Ich nicht«, warf Emery ein. »Ich würde sie verlieren, oder eine der Katzen würde sie klauen.«

Emerys und Deans Katzen, Tango und Cash, klauten ständig irgendwas. Emery erzählte immer von verschwundener Unterwäsche, Schlüsseln, Schmuck, und allem anderen, was die kleinen Diebe in die Pfoten bekamen.

»Serena erstellt Listen, seit ihr klar geworden ist, dass sie einen gewissen Männertyp meiden sollte.« Chloe nahm eine elegante, königsblaue Bluse von der Stange und hielt sie Serena vor den Körper. »Diese Farbe steht dir ausgezeichnet.«

Ganz oben auf besagter Liste stand Drake Savage mit all seinen Vorzügen – und seinen Fehlern direkt darunter.

»Das ist eine fantastische Bluse.« Emery schnappte sich einen Rock in gedecktem Weiß. »Passt zu diesem Rock.«

»Moment«, sagte Serena. »Wie viel kosten die?«

Chloes Blick besagte eindeutig: *Meinst du das ernst?* »Serena, du hast mehr Geld, als du je brauchen wirst. Du kannst dir hübsche Klamotten für deinen neuen Spitzenjob leisten.«

»Ich will nicht zu sehr auf meine Ersparnisse zurückgreifen. Wie viel kostet die Bluse?« Seit sie Vollzeit arbeitete, hatte sie bis auf wenige Ausnahmen jeden Monat vierhundert Dollar zur Seite gelegt. Sie war davon ausgegangen, dass sie nicht vermissen würde, was sie nie gehabt hatte, und sie hatte recht behalten. Das Geld auf ihrem Sparkonto hatte ihr im Alltag nicht gefehlt, und jetzt besaß sie ein schönes finanzielles Polster. Vor dem Job in Boston hatte sie davon geträumt, das Cottage zu kaufen, in dem sie im Moment zur Miete wohnte. Die Nähe zum Strand war einmalig, auch wenn sie ein Stück durch den Wald musste, um dorthin zu gelangen. Aber die Vorstellung, an ihre Ersparnisse zu gehen, machte sie nervös. Sie gab sich die Erlaubnis, einen monatlichen Sparbetrag für neue Kleidung auszugeben, und wenn sie es geschickt anstellte, konnte sie damit ihren kompletten Kleiderschrank ausstatten.

»Achtundzwanzig Dollar«, sagte Chloe. »Und du probierst sie an.«

»Und der Rock?«, fragte sie zögerlich.

»Genauso viel«, antwortete Emery. »Wir wissen, wie sparsam du bist, aber komm schon. Die Klamotten sind klasse und du musst in Boston gut aussehen. Welche Größe? 36?«

»38«, erwiderte Serena. »Ich habe Kurven.«

»Kurven, die Drake echt oft auffallen – zumindest seit ich hier wohne«, meinte Emery. »Er hat am Montag beim Frühstück ziemlich sauer gewirkt und selbst heute war er noch angespannt. Du ziehst doch sowieso weg, also kannst du ruhig zugeben, dass du eine heimliche Affäre mit ihm hattest. Dieser

Mann ist dir gegenüber so besitzergreifend – erzähl mir nicht, dass du nie mit ihm geschlafen hast.«

Serena verdrehte die Augen. »Würdest du das Thema Drake bitte lassen?«

»Hey!« Mira hielt sich die Ohren zu. »Ich will das nicht hören.«

Serena zog Miras Hände nach unten. »Du wärst die Erste, der ich es erzähle, selbst wenn du es nicht hören willst. Ich hab dir auch von dem Duett erzählt, schon vergessen?«

Desiree und Emery tauschten einen neugierigen Blick, während sie gemeinsam zu einem anderen Kleiderständer gingen.

»Das gefürchtete Duett«, sagte Chloe. »Bitte sprich es nicht an. Du warst wochenlang total fertig.«

»War ich nicht!« *Es waren Monate.* Sie konzentrierte sich auf das Business-Kleid mit Flügelärmeln vor sich.

Chloe trat neben sie. »Ich wollte ihn umbringen.«

»Wovon redet ihr?«, wollte Emery wissen. »Was für ein Duett? Die Jungs hatten als Teenager eine Band, oder? Hast du da mitgesungen?«

»Nein. Es war nur eine alberne Teeniesache.« *Wie ihnen bei den Proben zuzusehen und so zu tun, als würde ich nicht zählen, wie oft Drake in meine Richtung gesehen hat.* »Drake und die anderen haben ihre Band für den Talentwettbewerb am Strand angemeldet, und ich habe Drake gebeten, ein Duett mit mir zu singen.« Selbst heute dachte sie sofort wieder an diese Zeit zurück, sobald Drake Gitarre spielte. Das war jedes Mal ein Moment, in dem sie in sich ging, die Sehnsucht nach dem spürte, was sie verpasst hatte, und dann kam die schmerzhafte Erinnerung an die Ablehnung, die sie wieder zurück in die Gegenwart katapultierte.

»Diese Talentwettbewerbe waren die beste Gelegenheit, um

Kerle aus anderen Städten kennenzulernen«, erklärte Chloe. »Du hast damals ziemlich für Drake geschwärmt und er war total eingebildet. Ich wollte ihn erwürgen, als er dir einen Korb gegeben hat.«

»Er hat dich abblitzen lassen?« Desiree riss die Augen auf. »Ich kann mir nicht mal vorstellen, dass er dich absichtlich verletzt.«

»Er war eben ein Teenager.« Serena tat, als wäre es keine große Sache, obwohl sie es damals ganz anders empfunden hatte. Sie suchte sich ein schwarzes Kleid aus und ging weiter. Ihre Freundinnen folgten ihr.

»Eine Woche vor der Talentshow gab es diesen … *Moment*«, räumte Serena ein.

»Einen Leg-mich-flach-Moment.« Emery wackelte mit den Augenbrauen.

»Emery, bitte!«, flehte Mira.

Serena seufzte. »Nein. Wir haben an einem Abend draußen gesungen und für das Duett geübt. Wir hatten uns für *You're the One That I Want* aus Grease entschieden, und ich war furchtbar in ihn verknallt. Ich hab tatsächlich die Luft angehalten, wann immer er mich angesehen hat. Ich habe monatelang gespart, um mir diese Kunstlederhose und Absatzschuhe zu kaufen, damit ich wie Olivia Newton-John im Film aussehe.«

»Es war peinlich, wie sehr sie für meinen Bruder schwärmte.« Mira schaute sie mitfühlend an. »Ich habe ihn lieb, aber Jungs im Teenageralter sind einfach …«

»Notgeil und unempathisch?« schlug Emery vor. »Ich hab drei Brüder. Glaub mir, damit kenne ich mich aus.«

»Sie merken einfach nichts«, erwiderte Mira diplomatisch. »Drake hat vieles ernster genommen als die meisten Jungs, aber wenn es um Mädchen ging …« Sie schüttelte den Kopf.

»Zum Glück hat diese alberne Schwärmerei nicht lange angehalten«, sagte Serena. *Zumindest nicht so, dass es jeder sehen konnte.* Tatsächlich hatte es viel zu lange gedauert, bis sie sich auch nur vorstellen konnte, etwas mit einem anderen Jungen anzufangen. Für Mira hatte sie so getan, als wäre sie darüber hinweg, und irgendwann war sie es dann auch gewesen. *Größtenteils.* Aber es war weder schnell gegangen noch leicht gewesen. »Kennt ihr dieses Gefühl, wenn alles in euch kribbelt und als würde Hitze durch die Adern in den ganzen Körper fließen? Ich weiß noch genau, dass ich in diesem Moment unter den Sternen das Gefühl hatte, nicht atmen oder auch nur einen einzigen klaren Gedanken fassen zu können. Als würde ich alles viel intensiver als normalerweise spüren.«

»Ich liebe dieses Gefühl«, sagte Emery.

»Tja, für mich war das immer nur bei ihm so.« Serena blieb für einen Moment in Gedanken bei diesen Erinnerungen. Die Aufregung und Nervosität, die ihren ganzen Körper zum Zittern gebracht hatten, fühlten sich gerade so real an wie die Kleiderbügel in ihrer Hand.

»Ist das dein Ernst?«, fragte Mira.

Serena merkte, dass die anderen sie ansahen, als hätte sie gerade ihr tiefstes Geheimnis offenbart, und spulte noch einmal zurück, was sie gesagt hatte. *Mistmistmist.* »Ich meinte, dass ich bis *dahin* nur bei Drake so empfunden habe.« Sie machte eine wegwerfende Handbewegung, um davon abzulenken, dass sie gerade mit der Wahrheit herausgeplatzt war. »Seit diesem furchtbaren Abend hat es mehr als genug andere Männer gegeben.«

»Das kann ich bestätigen«, sagte Chloe. »Die Frau war wild entschlossen, über diese Schwärmerei wegzukommen.«

Serena lobte sich selbst für ihre schauspielerischen Fähigkeiten.

»Richtig so«, sagte Emery. »Lass dich nicht von einer Abfuhr entmutigen. Andere Mütter haben auch schöne Söhne. Aber ich will trotzdem noch wissen, *wie* er dir einen Korb gegeben hat.«

»Das war am gleichen Abend, direkt nach diesem verrückten, atemberaubenden Moment, in dem wir uns beide vorgebeugt haben. Ich war sicher, dass er mich küsst. Ich hab es in seinen Augen gesehen und es tief in mir gespürt. Doch dann hat er sich plötzlich zurückgezogen. Er sah sogar irgendwie sauer aus. Ziemlich verwirrend für ein Teenager-Mädchen, das dachte, endlich den Typen zu bekommen, in den sie verknallt ist. Dann hat er mir das Herz gebrochen. Er hat gesagt, dass er das mit dem Duett nicht machen kann und gar nicht erst hätte zusagen sollen.«

»Wie bitte?«, fauchte Emery. »Das war echt mies von ihm. Tut mir leid, Mira. Ich mag deinen Bruder, aber das? Erst küsst er sie fast und dann macht er eine Woche vor dem Auftritt einen Rückzieher?«

»Ja, oder?« Chloe verdrehte die Augen. »Als sie mir endlich erzählt hat, warum sie so durch den Wind ist, habe ich ihn zur Rede gestellt. Er hat behauptet, dass es ihm zu viel wird und die Band dachte, es würde ihre Gewinnchancen mindern, wenn er zweimal auftritt. Da hat er meinen Zorn aber ordentlich zu spüren bekommen.«

»Meinen auch.« Mira legte Serena eine weitere Bluse über den Arm. »Auch nach der Talentshow hab ich ihn das nicht so schnell vergessen lassen. Serena war am Boden zerstört, und das hat mich wütend gemacht, und gleichzeitig habe ich mich geschämt, dass ausgerechnet mein Bruder sie so verletzt hat.«

»Ich hab dir das nie übel genommen.« Serena sah einen weiteren Kleiderständer mit Röcken durch, um die traurigen

Erinnerungen zu verdrängen. Sie suchte sich ein paar Röcke in verschiedenen Schnitten aus und nahm sie von der Stange. »Das ist ewig her.«

»Und jetzt verhält er sich dir gegenüber großartig, also habt ihr es offenbar überwunden«, sagte Desiree. »Das ist doch das Wichtigste.«

Klar, wenn du mit überwunden meinst, dass wir nie wieder darüber gesprochen haben.

Desiree hielt ein schwarzes Wickelkleid mit rotem Taillenband hoch. »Ich weiß, dass Vi keine Kleider trägt, aber meint ihr nicht, dass sie damit auf der Hochzeit umwerfend aussehen würde? Sie trägt ja nur schwarz.«

»Wahrscheinlich würde sie das Band benutzen, um damit einen Mann an ihr Bett zu fesseln, also ja«, sagte Emery. »Ich glaube, dass sie es allein deshalb schon anziehen würde.«

Serenas Gedanken kehrten beim Thema *Fesseln* direkt wieder zu Drake zurück und ihre Wangen wurden heiß. Sie senkte den Kopf, damit ihre Freundinnen es nicht bemerkten.

»Oh mein Gott.« Chloe sah sie todernst an. »Du denkst immer noch daran, dich von Drake fesseln zu lassen, oder?«

Serena zog verlegen die Schultern hoch.

»Bitte was?« Mira riss die Augen auf.

»Er hat letztens eine Bemerkung in diese Richtung gemacht. Offensichtlich hätte ich Chloe das nicht erzählen sollen.« Serena funkelte ihre Schwester an. »Gut gemacht, Schwesterherz.«

»Moment. Läuft da etwa doch mehr zwischen euch?«, fragte Mira.

»Heimliche Affäre«, trällerte Emery.

»Nein!«, widersprach Serena ihr vehement. »Was ist denn diese Woche nur mit euch los? Wir haben rumgewitzelt! Ich habe gesagt, dass er mich in seinem Büro anketten will, damit ich nicht gehe, und er meinte, dass er Frauen nicht anketten muss.« Sie senkte die Stimme. »Er *fesselt* sie, aber nur, wenn sie ihn darum bitten.«

Emery lachte laut auf und die anderen stimmten mit ein.

»Oh, nein, nein, nein.« Mira wich einen Schritt zurück. »Ich will mir das nicht mal ...«

»Ernsthaft? Drake hat eine dunkle Seite?«, fragte Desiree. Sie war die zurückhaltendste der Runde, doch das leckere Frühstück, das sie so oft zauberte, zeugte von einem großartigen Sexleben.

»Ob er wohl ein Spielzimmer hat?«, flüsterte Chloe.

»Stopp!«, protestierte Mira lachend. »Er ist mein Bruder. Falls er eins hat, will ich nichts darüber wissen.« Sie wandte sich an Serena. »Hat er ein Spielzimmer?«

»Nein! Keine Ahnung! Aber es ist schon überraschend, oder? Das geht mir nicht mehr aus dem Kopf.«

»Ich wusste es«, sagte Chloe. »Du stehst immer noch auf ihn. Du wirst nie rot, aber jetzt siehst du wieder aus wie auf der Highschool.«

»Das nennt man Überraschung, nicht Interesse.« Serena ging zur Umkleide, wobei ihr die vier dicht auf den Fersen blieben. »Also wusste keine von euch, dass er auf so was steht?«

»Nein, aber ein paar sexy Fesselspielchen sind doch nicht schlimm. Das kann ich mir bei ihm schon vorstellen.« Emery senkte die Stimme. »Dean und ich probieren Dinge aus, und es ist fantastisch.«

»Okay, das reicht«, sagte Mira. »Dean ist für mich wie ein Bruder und ich versuche, so wenig wie möglich über das Sexleben meiner Brüder zu wissen. Können wir bitte das Thema wechseln? Schlimm genug, dass der Frühstückstisch ein Aushängeschild für die Qualität von Desirees und Ricks

Schlafzimmeraktivitäten ist.«

Emery trat an Serena heran. »Ich finde, dass du ihn dir schnappen solltest, bevor du nach Boston ziehst«, flüsterte sie rasch. »Vielleicht fesselt er dich ja, dann kannst du es uns erzählen.«

»Omeingott.« Serena schlüpfte hinter den Vorhang der Umkleide und versuchte, die Bemerkung zu ignorieren – fragte sich aber gleichzeitig, wie es wohl wäre, sich Drake zu schnappen.

Drake machte es sich mit Dean und Rick auf den Dünen bequem, während die Mädels shoppen gingen. Er nahm einen Schluck von seinem Bier und drehte das Gesicht in die Brise, die ihm salzige Luft über die Haut blies. Normalerweise schenkte ihm das inneren Frieden, was er mit am meisten daran liebte, am Wasser zu wohnen. Aber heute konnte es das Chaos in seinem Kopf nicht mildern. Er zog sein Handy aus der Tasche und las noch einmal Serenas Nachricht von vorhin. Sie hatte verschiedene Outfits anprobiert und ihm Selfies aus der Umkleide geschickt, um ihn zu fragen, ob sie darin altbacken oder *zu sexy* für ihren neuen Job aussah. War ihr nicht klar, dass sie nie altbacken aussah, und selbst wenn, noch immer die schönste Frau war, die er je gesehen hatte? Und was die Frage nach *zu sexy* anging: auf jeden Fall. Alles, was sie trug, war zu sexy, wenn er nicht da war, um die Männer fernzuhalten, aber das würde er ihr niemals sagen. *Du siehst toll aus*, hatte er stattdessen geantwortet.

»Schon wieder Serena?«, fragte Rick.

»Sie ist nervös wegen ihres neuen Jobs.« Drake machte sich auch wegen ihres Umzugs Sorgen, und das nicht nur, weil er sie schrecklich vermissen würde. Sie hatte schon immer davon geträumt, in einer Großstadt zu leben, doch er hatte das Gefühl, dass es anders werden würde, als sie es sich erhoffte. Sie war in Dartmouth aufs College der University of Massachusetts gegangen, und dort war es eher wie in einer Kleinstadt zugegangen. In Boston war es ganz anders als hier.

Rick zupfte einen Halm Dünengras aus dem Sand. »Das Gras ist woanders immer grüner, hm?«

Drake hatte den Reiz von Großstädten nie verstanden. Sie waren in Hyannis aufgewachsen und hatten ihren Vater als Teenager während eines heftigen Sturms in den Gewässern am Cape verloren. Rick war nach Washington, D. C. gezogen, um den schmerzhaften Erinnerungen zu entkommen, während Drake für seine Musikläden oft genug auf Geschäftsreise gewesen war, um zu wissen, dass er ans Cape gehörte. Hier waren seine Wurzeln, und wenn es nach ihm ging, würde er hier bleiben, bis er eines Tages auf See bestattet wurde.

»Dieses Sprichwort ist doch nur Augenwischerei«, sagte Dean. »Wenn man unglücklich ist, ist das Gras woanders grüner. Wenn man glücklich ist, wird die Zufriedenheit zum Dünger für das Gras und lässt es kräftig wachsen.«

»Oh Mann, Dean.« Drake schüttelte den Kopf. »Seit wann redest du denn wie ein Verliebter?«

»Seit dem Tag, an dem Emery Andrews vor meiner Tür stand und gefragt hat, ob sie bei mir aufs Klo gehen darf.«

»Und dann einen gut bestückten, nackten Mann gesehen hat und bei dir eingezogen ist«, erinnerte Rick ihn.

Dean grummelte einen Fluch. »Das musst du mir nicht schon wieder unter die Nase reiben.«

Emery war letzten Sommer ans Cape gezogen und für die erste Nacht bei Violet untergekommen. Am Morgen war ihr ein nackter Mann in der Küche begegnet und Dean hatte sie sofort in sein Cottage geholt.

»Tut mir leid. Den Fehler mache ich ständig.« Rick nahm einen Schluck von seinem Bier.

»Wenigstens siehst du es ein«, sagte Dean. »Habe ich euch eigentlich erzählt, dass sich Emery als SUP-Yogalehrerin zertifizieren lassen will?«

»Was ist SUP-Yoga?«, fragte Drake. »Unterhalten sie sich dabei in Jugendsprache?«

Rick lachte leise.

»Stand-Up-Paddleboard«, erklärte Dean. »Sie glaubt, dass das der nächste große Hit werden wird. Wahrscheinlich wird sie ihre Freundinnen als Versuchskaninchen einspannen, wenn wir das nächste Mal mit dem Boot rausfahren. Meinst du, Serena besucht uns dafür mal? Wenn nicht, musst du dir eine andere Fake-Freundin suchen, sonst bist du der Außenseiter.«

»Verdammt«, murmelte Drake. »Wer reibt jetzt wem was unter die Nase? Serena ist nicht meine Fake-Freundin.«

Sie waren oft mit der ganzen Gruppe unterwegs und Serena dabei immer an seiner Seite. Sie teilten sich Jet Skis und Kajaks, nutzten zusammen Surfbretter, und taten sich bei Spielen am Lagerfeuer als Zweier-Team zusammen. Er wollte nicht einmal daran denken, das alles mit jemand anderem zu machen.

»Heißt das, dass du ihr endlich sagst, was du für sie empfindest?«, fragte Rick.

Drake schüttelte den Kopf und trank noch einen Schluck. »Da gibt es nichts zu sagen.«

»Klar. Deshalb hast du einen Haufen Kartons auf der Ladefläche deines Pick-ups.«

»Sie hat erwähnt, dass sie Kartons braucht. Na und?«

Rick stellte seine Flasche in den Sand und sah Drake besorgt an. »Komm schon, Bruderherz. Willst du das ernsthaft runterspielen und uns was vormachen? Wir leben hier. Wir arbeiten hier. Wir wissen doch, wie nah ihr euch gekommen seid.«

Drake umklammerte die Flasche fester.

»Du lässt sie einfach gehen, als würde sie dir nichts bedeuten?«, fragte Rick provokant.

Drake stand auf. »Ich lasse sie gehen? Das ist nicht der springende Punkt und das weißt du auch. Es ist ihr Traum. Wie könnte ich ihr da im Weg stehen? Was soll ich denn deiner Meinung nach tun? Ihr kennt sie doch auch schon seit unserer Kindheit. Ihr wisst, wie ihr Leben war, und wie sehr sie sich angestrengt hat, um dazuzugehören, weil ihre Mutter Besseres zu tun hatte, als sich um Chloe und sie zu kümmern. Glaubst du, dass ich anderthalb Stunden von ihr entfernt wohnen will?« Er tigerte angespannt auf und ab.

»Was willst du dann?«, fragte Dean so gelassen, dass Drake nur noch wütender wurde.

Er blieb stehen. »Es nicht ständig von euch reingedrückt bekommen. Sie verschwindet nicht aus meinem Leben. Sie beginnt ihr eigenes. Ist euch überhaupt klar, wie glücklich wir uns schätzen können, dass sie uns beim Aufbau des Resorts geholfen hat?«

»Ja, ist es.« Rick erhob sich ebenfalls. »Leider hast du vier Jahre verschwendet, weil du zu feige warst, um ihr deine Gefühle zu gestehen.«

Drake packte ihn fuchsteufelswild mit beiden Händen am Shirt. »Ich bin nicht feige, du Arsch. Ich bin Manns genug, ihr nicht noch mehr aufzuladen«, presste er zwischen zusammengebissenen Zähnen hervor.

»Du willst mir eine verpassen? Deine Wut rauslassen? Mach nur«, provozierte Rick ihn. »Aber es wird nicht helfen.«

Drake stieß ihn von sich und ballte die Hände zu Fäusten. »Ich will dir keine verpassen. Verstehst du es wirklich nicht? Es war immer klar, dass sie nicht bleiben wird. Wir wussten, dass sie irgendwann von hier verschwindet, und wenn sie mit mir zusammen wäre, würde das alle ihre Pläne über den Haufen werfen.«

»Hey.« Dean legte ihm eine Hand auf die Schulter, doch Drake schüttelte sie ab. »Drake. Wir sind auf deiner Seite. Wir wussten nicht, dass du dich so sehr damit beschäftigt hast. Aber wieso bist du dir so sicher, dass sie nicht beides haben kann?«

»Weil ich Serena kenne. Ich war da, als sie sich mit acht beim Skateboardfahren den Arm gebrochen hat, und ich war da, als sie wild entschlossen wieder aufs Skateboard gestiegen ist, um allen zu beweisen, dass sie sich nicht davon abbringen lässt, den Sprung zu schaffen, den sie den ganzen Tag lang geübt hat. Ich habe heimlich auf sie aufgepasst, als sie mit vierzehn allein nach ihrer Schicht im Diner nach Hause gegangen ist. Die haben sie dort schwarz arbeiten lassen, damit sie Geld fürs College sparen konnte. Und sie hat sich geweigert, sich begleiten oder fahren zu lassen. Sie ist stur und ehrgeizig. Glaubt ihr wirklich, sie hätte auch nur in Erwägung gezogen, nach Boston zu ziehen, wenn wir in den letzten vier Jahren zusammen gewesen wären? Sie soll sich nicht zwischen ihrem Herzen und ihren Träumen entscheiden müssen. Das habe ich nie von ihr verlangt und werde es auch nie. Also hört jetzt endlich auf damit, wenn ihr wisst, was gut für euch ist.«

Die beiden hoben beschwichtigend die Hände.

»Und was ist mit dir?«, fragte Rick. »Was ist mit deinem

Herzen?«

»Mir geht's wunderbar. Mach dir keine Sorgen.«

Ricks Handy klingelte und als er es aus der Tasche zog, sah Drake ihn noch einmal warnend an, um zu verdeutlichen, dass er seine Meinung gefälligst für sich behalten sollte.

»Hey, Baby«, sagte Rick und im gleichen Moment klingelte auch Deans Handy. »Super. Dann bis gleich.«

Rick legte auf, doch Dean war noch mit seinem Handy beschäftigt. »Es ist Em. Sie haben ihre Shoppingtour wohl beendet.« Er hielt sich das Telefon ans Ohr. »Hey, Püppi.«

Drake sammelte seine leere Flasche ein.

»Tut mir leid, Mann«, sagte Rick. »Aber irgendwann musst du aufhören, immer nur *sie* in den Vordergrund zu stellen, und dich um euch beide kümmern.«

»Lass es gut sein, Rick«, erwiderte Drake warnend.

»Ich mein ja nur. Du bist fast fünfunddreißig. Bald bekommst du graue Haare, und wie viele Frauen interessieren sich dann noch für dich?«

»Ich hatte noch nie Probleme damit, Frauen abzubekommen«, brachte Drake angespannt hervor. Sein Handy vibrierte. »Es ist eine bewusste Entscheidung, Rick. Verstehst du das nicht? Ich bin nicht der Typ Mann, der ihr das Leben schwer macht, nur damit meins leichter wird. Ich bin dann mal weg.«

Auf dem Rückweg zum Resort nahm er das Handy aus der Tasche und las Serenas Nachricht: *OMG. Weißt du, woher ich um diese Uhrzeit noch Kartons bekomme?*

Siehst du, du Arsch?, dachte Drake. *Ich weiß ganz genau, was sie braucht.*

Drei

Serena ließ die DVDs auf den Boden fallen und schaute nach, ob Drake ihr geantwortet hatte. Nichts. Offensichtlich war er immer noch sauer auf sie, weil sie den Job in Boston angenommen hatte, auch wenn er sich bemühte, sich nichts anmerken zu lassen. Sie gab einen unwilligen Laut von sich und warf das Handy auf die Couch. Müde, hungrig und traurig darüber, ihre Liebsten zurückzulassen, war keine gute Grundstimmung für eine Packaktion. Ihre Shoppingtour hatte sich bis Ladenschluss gezogen, dann war Chloe gegangen, um ihre Berichte für den morgigen Arbeitstag vorzubereiten, während die anderen lieber zu ihren Männern zurückwollten, anstatt gemeinsam etwas essen zu gehen. Serena ging in die Küche und schaute in ihren halb leeren Kühlschrank, verfluchte sich aber prompt, weil sie vergessen hatte, Milch zu kaufen. Sie öffnete die Speisekammer und starrte die Regale an, bis alles vor ihren Augen verschwamm.

Oh Mann. Nichts sprach sie an.

Sie schenkte sich ein Glas Wein ein – ein trauriger Ersatz für Milch und Kekse –, kippte es in einem Zug hinunter und füllte noch einmal nach, ehe sie mit Glas und Flasche ins Wohnzimmer ging. Wenn sie schon packen musste, brauchte sie dafür ja nicht auch noch nüchtern sein. Sie setzte sich neben der Couch auf den Boden und griff nach einer der DVDs. *Wie man ihn los wird – in zehn Tagen.* Sie hasste diesen Film, aber Emery liebte ihn. Sie legte ihn in den Karton und nahm sich den nächsten. *Ich glaub, mich tritt ein Pferd,* einer von Drakes Lieblingsfilmen.

Drake.

Du elende Nervensäge.

Ihr war klar gewesen, dass er sie mit der Suche nach ihrer Nachfolgerin in den Wahnsinn treiben würde. Und sie konnte es ihm nicht mal vorwerfen. Für sie würde es genauso schwierig werden, sich an einen neuen Boss zu gewöhnen, wie für ihn und die anderen, eine andere Person an ihrer Stelle zu akzeptieren. Serena hatte ihre neue Chefin Suzanne Kline schon beim Bewerbungsgespräch kennengelernt. Sie war die Tochter eines der Inhaber und die einzige Geschäftsführerin, die namentlich in Verbindung mit der Agentur stand. Freundlich war sie durchaus, aber darunter lauerte eine gewisse Härte. Serena bereitete sich bereits mental auf den Unterschied zwischen dem entspannten Arbeitsklima in Bayside und der hochprofessionalisierten Struktur bei KHB vor. Sie war bereit – oder zumindest hoffte sie es.

Sie legte die DVD in den Karton und griff nach *Fifty Shades of Grey.* Drake hatte sich den als Rache mit ihr anschauen müssen, weil sie sich *Dirty Harry* für ihn angetan hatte. Er hatte ihr das Versprechen abgenommen, den Jungs nichts davon zu erzählen, doch jetzt sah sie das vor dem Hintergrund seiner sexuellen Vorlieben in einem ganz anderen Licht.

Was hatte er während des Films gedacht?

Sie nippte an ihrem Wein und angelte sich ihr Handy. Sie fotografierte das Cover und schickte es Drake mit der Nachricht: *Wenn du dich bei meiner Nachfolge querstellst, erzähle ich deinen Kumpels davon.*

Sie trank das Glas aus, legte die DVD in den Karton und erinnerte sich daran, wie sie dabei die ganze Zeit unter einer Decke auf der Couch gekuschelt hatten. Nicht ein einziges Mal hatte sie das Gefühl gehabt, dass er sie sexuell anziehend fand oder sich mit dem Film unwohl fühlte. Damit hatte sie im Laufe der Jahre ihren Frieden geschlossen. Aber Emery hatte den ganzen Nachmittag über nicht lockergelassen und unterschwellig versucht, ihr Sex mit Drake schmackhaft zu machen. Nun war es wieder da, das Verlangen, über das sie schon so lange nicht mehr ernsthaft nachgedacht hatte.

Plötzlich klopfte es laut dreimal an der Tür, was sie erschrocken aufspringen ließ. Mit viel zu schnell klopfendem Herzen ging sie zur Tür und sah aus dem Seitenfenster. Als sie Drake entdeckte, stieß sie erleichtert die angehaltene Luft aus, hielt sie gleich darauf jedoch wieder an, denn ihm stand die Anspannung deutlich ins Gesicht geschrieben, was durch das Grübchen in seiner Wange nur noch unterstrichen wurde. Kaum hatte sie die Tür geöffnet, drängte er sich auch schon an ihr vorbei und seine Stimmung wurde fast greifbar. In einer Hand hielt er eine Tüte, in der anderen einen Stapel gefalteter Kartons.

»Wenn du das meinen Kumpels schickst, bekommen deine Freundinnen das hier.« Er lehnte die Kartons an die Wand und reichte ihr sein Handy.

Sie betrachtete das Foto, das er vor ein paar Wochen im »Undercover« gemacht hatte. Darauf streckte sie die Zunge heraus und steckte sich einen Finger in den Mund, als würde sie sich übergeben wollen. Im Hintergrund tanzten Rick und Desiree, Matt und Mira, Dean und Emery jeweils eng umschlungen und sahen einander verliebt in die Augen. »Das wagst du nicht!«

Drakes tiefes Lachen hüllte sie ein. »Sie würden sicher liebend gern deine Reaktion auf ihre Knutschi-Knutschi-Kuscheltanzerei sehen.« Er stellte die Tüte auf den Couchtisch.

Erneut sah sie sich das Foto an und musste unwillkürlich lächeln. »Ich sage ihnen einfach, dass ich *deinet-* und nicht ihretwegen die Grimasse geschnitten habe.«

»Ja, das glauben sie dir bestimmt.« Er steckte sein Handy wieder ein. Dann ließ er den Blick durch den Raum schweifen und blieb schließlich an dem einzelnen Karton hängen, mit dem sie vorhin ihre Packaktion begonnen hatte. »Wow. Du kommst wirklich gut voran, hm?« Er griff nach der Weinflasche und lächelte schief. »Serenas kleiner Helfer? Ist es so schlimm?«

Sie stöhnte leise auf. »Ich hasse Packen genauso sehr wie Einkaufen. Danke, dass du Kartons mitgebracht hast. Ich hab mir für morgen Mittag einen Wecker gestellt, damit ich nicht vergesse, welche zu holen. Vor der Shoppingtour hab ich es total verpeilt und dann haben mich die Mädels zu lange Klamotten anprobieren lassen, da waren mir die Hände gebunden.«

Drake grinste und seine Augen wurden etwas dunkler.

Ihr wurde klar, was sie da gesagt hatte, und sie verdrehte die Augen. »Anders gebundene Hände. Obwohl du mir immer noch nichts über deine geheimen Vorlieben erzählt hast, *Mr. Grey.*«

»Ich berufe mich auf mein Recht zu schweigen.« Er holte eine Packung Milch aus seiner mitgebrachten Tüte.

Sie quietschte und wurde nun angenehm von ihren unanständigen Gedanken abgelenkt. »Danke! Woher wusstest du, dass ich Milch brauche?«

»Du brauchst immer Milch. Außerdem dachte ich mir, dass die gut dazu passen.« Er zauberte eine Schachtel Snickerdoodles – kleine Kekse, die vor dem Backen in Zimtzucker gerollt wurden – von der »Because We Can«-Bäckerei, die rund um die Uhr geöffnet hatte, aus der Tüte.

»Ich *liebe* dich!« Sie schnappte sich die Kekse und ging in die Küche. »Ich nehme alles Schlechte zurück, was ich je über dich gesagt habe.«

»Du hast schlecht über mich geredet?«, fragte er, während sie zwei Tassen aus dem Schrank holte.

Sie warf ihm einen gespielt ernsten Blick zu und schenkte ihnen Milch ein. »Willst du eine Liste?« Sie reichte ihm eine Tasse. »Kurz bevor du gekommen bist, hab ich dich Nervensäge genannt. *Elende Nervensäge*, um genau zu sein.«

»Autsch.« Er gab ihr einen Keks und nahm sich selbst einen. »Aber das ist wohl fair. Ich hab dich als stur bezeichnet.«

Sie stieß mit ihm an. »Auf *elende, sture Nervensägen* und Snickerdoodles.« Sie hob die Tasse an die Lippen.

»Du bist der einzige Mensch, den ich kenne, der nach einem Glas Wein Milch trinken kann, ohne dass ihm davon schlecht wird.«

»Meine Milch-und-Keks-Fähigkeiten sind überragend. Wer kann, der kann.« Sie wackelte mit den Brauen und biss von ihrem Keks ab. »Mmh. Genau das, was ich gebraucht habe. Das perfekte Abendessen.«

»Du hast noch nichts gegessen?« Er zog sein Handy aus der Tasche. »Ich bestelle uns Pizza. Du überlegst dir in der Zwischenzeit, wo wir mit dem Packen anfangen.«

»Drake, du musst nicht …«

Er trat näher, bis sein Körper ihren streifte. Serena spürte, wie ihre Brustwarzen sich zusammenzogen. Das war neu – und nervenaufreibend. So hatte ihr Körper seit Jahren nicht mehr auf ihn reagiert.

Sein strenger Gesichtsausdruck sagte ihr, dass eine Diskussion an dieser Stelle zu nichts führen würde. Ihr Körper schien urplötzlich in Flammen zu stehen, und sie fürchtete, dass ihr vernachlässigter Hormonhaushalt noch weiter aus dem Gleichgewicht geriet, wenn sie sich jetzt kabbelten. Vielleicht sollte sie *einen Mann finden* doch ganz oben auf ihre To-do-Liste setzen, wenn sie nach Boston zog.

»Du bist so gut zu mir«, erwiderte sie schließlich.

Er hob die Mundwinkel zu dem Lächeln, in das sie sich vor all den Jahren Hals über Kopf verliebt hatte. »Jemand muss es ja sein.«

Serena wusste, dass das nicht stimmte, denn ihre eigene Mutter hatte sie oft genug ignoriert. Nichts war selbstverständlich, vor allem nicht, dass sich jemand um einen kümmerte.

»Das machen Freunde so, Serena«, fügte er hinzu und erinnerte sie erneut daran, in welcher Beziehung sie zu ihm stand.

Sie brachte etwas Abstand zwischen sie und schimpfte sich innerlich für ihre albernen Gefühle. Das war wieder wie in der Highschool. »Das stimmt zwar nicht so ganz, aber ich freue mich wirklich, dass du hier bist.«

Da war er wieder, dieser besorgte Blick. »Es ist leicht, gut zu dir zu sein, Supergirl. Lass dir von niemandem etwas anderes einreden.«

Seine Worte ließen ein angenehmes Gefühl in ihr aufsteigen, machten Serena aber auch ein wenig verlegen. Sie standen noch immer in ihrer Küche und sie konnte den Blick nicht von ihm abwenden.

»Wir hatten so viel zu tun«, sagte er schließlich und durchbrach damit die Stille, »dass ich gar keine Zeit hatte, dich zu fragen, ob du in Boston schon eine Wohnung gefunden hast, oder ob du Hilfe beim Umzug brauchst.«

»Danke, aber ich lasse meinen Mietvertrag für das Cottage hier erst im Oktober auslaufen. So kann ich dir mit dem Musikladen helfen und euch besuchen. KHB hat einen Apartmentkomplex mit möblierten Wohnungen ganz in der Nähe des Büros. Für die neuen Mitarbeiter gibt es vergünstigte Mietkonditionen, also steht kein großer Umzug an. Ein paar Koffer und Kartons sollten reichen.«

Er nickte, wirkte aber ein wenig enttäuscht. »Gut. Schön, dass das geregelt ist, aber wenn du Hilfe brauchst, musst du nur Bescheid sagen. Egal, um welche Uhrzeit oder was du brauchst – ich bin da.«

Warum kamen ihr auf einmal die Tränen? »Was soll ich nur ohne Freunde wie dich in Boston machen?«

Ein aufrichtiges Lächeln umspielte seine Lippen und vertrieb einen Großteil der Enttäuschung aus seinem Blick. »Stürz dich in deine Karriere, damit du die Beste in deiner Branche wirst. Das wünsche ich mir für dich.«

Liebe erfüllte sie. Das war nicht die Lust, schnellstmöglich mit ihm in die Kiste zu springen, sondern eine tief verwurzelte, allumfassende Liebe für den Mann, der sie verstand, trotz ihrer Fehler mochte, und sie in ihren Lebensentscheidungen immer unterstützt hatte. Selbst wenn sie nicht sicher gewesen war, ob sie etwas schaffen konnte, hatte er sie immer ermutigt, es zu versuchen. Ja, er hatte vor vielen Jahren sehr deutlich zu verstehen gegeben, was er von ihren romantischen Gefühlen hielt, und doch hatten sie nun ein besonderes Verhältnis zueinander. Das würde sie um nichts auf der Welt eintauschen wollen.

Er schnappte sich die Keksschachtel, legte einen Arm um ihre Schultern, und führte sie zum Wohnzimmer. »Und du musst natürlich an den Wochenenden zurückkommen, damit ich Zeit mit meiner besten Freundin verbringen kann.«

Sie vertilgten die Pizza und die Hälfte der Kekse, während sie Serenas DVDs und Bücher einpackten, in Erinnerungen schwelgten und über ihren neuen Job sprachen. Sie gehörte nicht zu den Frauen, die ständig auf Diät waren – nur eines der vielen Dinge, die sie von den meisten Frauen unterschied, die Drake kannte. Gerade lehnte sie mit dem Rücken an der Couch, hatte die Knie trotz ihres hochrutschenden Minirocks aufgestellt und blätterte in einem alten Jahrbuch. Sie hatte ihre nackten Füße aufeinandergestellt und ihre Zehennägel waren pink lackiert. Eine Kindheitserinnerung huschte ihm durch den Kopf, wie Mira und Serena sich im Wohnzimmer seines Elternhauses die Zehennägel lackiert hatten. Sie hatten sich auf dem Fußboden gegenübergesessen, mit winzigen Pinseln glitzernden Lack aufgetragen und sich dabei über Gott weiß was unterhalten. Irgendetwas, was sie ständig kichern ließ – das hatte er noch genau vor Augen. Wenn sie mit den Nägeln fertig waren, hatten sie sich die Haare gemacht und dann darauf bestanden, dass Rick und er sich ihre albernen Modenschauen ansahen.

Das war eine halbe Ewigkeit her und trotzdem erinnerte er sich daran, als wäre es gestern gewesen. Damals wirkten Serenas Augen noch zu groß und ihre Lippen zu voll, als hätte man ihr versehentlich die Gesichtszüge einer Erwachsenen gegeben. Aber die Schönheitsgötter hatten definitiv gewusst, was sie taten, denn schon als Teenager war Serena einfach nur umwerfend. Als Junge mit zu viel Testosteron war das für Drake bei

Strandausflügen mitunter problematisch gewesen, wenn Serena knappe Bikinis trug. Drake hatte damals viel Zeit im hüfttiefen, eiskalten Wasser verbracht.

»Schau mal, Drake«, riss Serena ihn aus seinen Gedanken.

Er setzte sich neben sie vor die Couch. »Ist das aus deinem Abschlussjahr?«

»Mhm. Das ist der Typ, mit dem ich auf dem Abschlussball war. Rod McDale.« Sie zeigte auf einen jungen Mann mit ähnlich langen Haaren wie Drake. Er trug ein *Black Sabbath*-T-Shirt, Jeans und beugte sich über ein Keyboard.

Drakes Magen krampfte sich zusammen.

»Ich habe ein Jahr lang jeden Cent gespart, um mir das Kleid kaufen zu können, das ich haben wollte.« Sie blätterte weiter zu den Fotos vom Abschlussball.

Sein Blick fiel sofort auf das Bild einer Gruppe junger Frauen, die Arm in Arm in bunten, glitzernden Kleidern posierten. Er sah jedoch nur Serenas wunderschönes Gesicht, das mitten im Lachen eingefangen worden war, während Mira und ein Mädchen, das er nicht kannte, sie von links und rechts auf die Wangen küssten. Serena hatte ihre Haare hochgesteckt, den Pony zur Seite frisiert und ihre Wangen waren gerötet. An jemand anderem hätte das gelbe Neckholder-Kleid mit dem goldenen Band direkt unter der Brust vielleicht zu schlicht gewirkt, doch an Serena sah es elegant aus. Sie trug ein Anstecksträußchen mit weißen Rosen am Handgelenk und Drake verspürte einen seltsam eifersüchtigen Stich.

»Du warst das hübscheste Mädchen«, sagte Drake aufrichtig. »Er konnte sich glücklich schätzen.«

Sie neigte den Kopf zur Seite und musterte ihn einen Augenblick lang. »Soll ich dir ein Geheimnis verraten?«

»Nicht, wenn du mir erzählst, dass du an diesen Kerl deine

Unschuld verloren hast oder was ähnlich Verstörendes.«

»Als würde ich dir so was erzählen? Ich bitte dich.« Sie schüttelte den Kopf. »Vergiss es.«

»Ach, komm schon. Das war nur ein Witz. Verrat mir dein Geheimnis.«

»Nein. Ist schon gut.« Sie klappte das Jahrbuch zu.

»Komm schon, Sturkopf.« Er nahm ihr das Jahrbuch ab und schlug ihr Abschlussfoto auf. »Ich will ein Geheimnis über dieses hübsche Mädchen unter dem Absolventenhut erfahren.«

»Es ist peinlich und du wirst dich nur über mich lustig machen.«

Er legte ihr eine Hand an die Wange und drehte ihr Gesicht wieder zu sich. »Nein, werde ich nicht. Erzähl's mir.«

Ein untypisch schüchterner Ausdruck zeigte sich auf ihren Zügen. »Ich habe dich angerufen, um dich zu fragen, ob du mit mir zum Abschlussball gehst«, gestand sie so leise, dass er den Atem anhielt, um nichts zu verpassen. »Nicht als *Date*, sondern – du weißt schon, als Freunde. Wir hatten immer Spaß zusammen und ich dachte ...«

Seine Brust zog sich zusammen. »Warum hast du es nicht getan?«

»Dich angerufen? Habe ich doch.« Sie hielt inne und ließ den Blick nervös durch den Raum schweifen. »Aber du hast mir von dem geplanten Ausflug mit deinen College-Freunden an die Westküste erzählt.«

»Serena ...« Er hätte ihr gerne gesagt, dass er sie begleitet hätte, aber das wäre nicht wahr. Er war im dritten Jahr auf dem College gewesen, als sie gerade erst die Highschool abschloss. Er war erwachsener geworden und hatte Erfahrungen gesammelt, die sie erst noch entdecken und meistern musste. Damals war er ihr zu weit voraus gewesen, um mit ihr zusammen zu sein, vor allem, da sie gerade erst ihr Leben begann und sich aufs College vorbereitete. Und als sie schließlich alt genug war, dass eine Beziehung mit ihr keinen merkwürdigen Beigeschmack mehr gehabt hätte, war sie bereits fest entschlossen gewesen, mehr als ein Leben am Cape zu erreichen.

»Warum ich?«, fragte er. »Wenn ich mich richtig erinnere, standen die Jungs doch immer Schlange bei dir, wenn ich nach Hause gekommen bin.«

»Ja, und du hast sie alle verjagt!«

»Hey, ich war monatelang auf dem College. Du hattest also genug Zeit ohne mich in der Nähe, um mit denen was anzufangen.«

»Habe ich ja auch gemacht«, erwiderte sie vollkommen gelassen, sodass er sich fragte, mit wie vielen Männern sie schon im Bett gewesen war.

»Darüber will ich nichts wissen.«

»Oh, bitte. Du hast auf dem College wahrscheinlich mit allen möglichen Frauen geschlafen. Tu doch nicht so, als hätte es dir etwas ausgemacht, nicht auf deine Fake-Schwester aufpassen zu müssen.« Plötzlich machte sie große Augen und sprang auf. »Mir ist gerade eingefallen, dass ich dir was zeigen muss!«

Sie schnappte sich ihr Handy von der Couch, steckte es in ihre Tasche und zog ihn dann auf die Füße. »Komm mit.«

Er folgte ihr durch den Flur in ihr Schlafzimmer.

»Ich hab einen Schuhkarton mit Kram von den Kerlen, die ich auf der Highschool und während der College-Zeit gedatet habe. Das ist zum Schreien.«

»Das will ich mir nicht anschauen.« Er blieb stehen.

»Doch, willst du! Es ist so lustig. Keine Liebesbriefe oder so was.«

Sie packte ihn am Handgelenk und versuchte, ihn mit Schwung ins Schlafzimmer zu zerren.

Er schlang ihr einen Arm um die Taille und zog sie an sich. »Ich will es nicht sehen.«

Sie zappelte und wand sich in seinem Griff und brachte sie damit beide zum Lachen.

»Okay, okay!«, meinte sie schließlich etwas außer Atem. »Dann zeige ich dir eben noch ein paar Fotos. Mira und ich haben Rick und dich doch mal dazu überredet, mit uns Hochzeit zu spielen. Du warst wirklich ein gut aussehender Bräutigam, und man sieht, wie ernst Rick seine Aufgabe als Trauredner genommen hat. Das ist viel lustiger als die Highschool-Jungs.«

Sie löste sich von ihm und verschwand im Wandschrank. Drake war schon so oft in ihrem Schlafzimmer gewesen, dass er dem großen Doppelbett samt dazu passendem Eichenschrank und Nachttisch mit geschlossenen Augen ausweichen konnte. Er hatte sie ins Bett getragen, als sie die Grippe gehabt hatte, oder wenn sie zu betrunken gewesen war, um es allein zu schaffen. Außerdem war sie unzählige Male auf der Couch vorm Fernseher eingeschlafen, wenn sie sich zusammen einen Film angesehen hatten. Er wusste, dass sie das Gefühl von Bettlaken auf der Haut hasste, wenn sie krank war, und stattdessen eine weiche Decke bevorzugte, und dass das Licht im Wandschrank eingeschaltet sein musste, damit sie einschlafen konnte, weil sie ihre Angst vor der Dunkelheit nie ganz überwunden hatte. Gab es in Boston jemanden, der sie so gut kannte, dass er all das für sie tat?

Verdammt. Das gefällt mir überhaupt nicht.

Auf dem Bett lagen ihre neuen, schicken Outfits und ein paar Seiden-Dessous. Die leeren Einkaufstüten hatte sie einfach auf dem Boden liegen lassen. Er riss seinen Blick von der hübschen Unterwäsche los, stellte sich aber trotzdem vor, wie sie in einem sexy schwarzen Spitzenhöschen unter ihm lag und ihre nackten Brüste seinen Oberkörper streiften.

»Drake? Ich glaube, ich brauche dich!«, rief sie aus dem Schrank.

Nicht so wie ich dich.

Er unterdrückte sein Verlangen und betrat den begehbaren Kleiderschrank. Serena stand auf einem Hocker und balancierte gefährlich auf den Zehenspitzen, während sie nach einem Stapel Schachteln griff. Er wollte über ihre langen Beine streichen, die Gänsehaut unter seinen Fingerspitzen und ihre warme Haut spüren, wenn er sie zum ersten Mal schmeckte.

Verdammt. Ich bin echt das Letzte. In ein paar Tagen ist sie endlich am Ziel ihrer Träume und ich will sie immer noch für mich ganz allein haben.

»Schon in Ordnung«, sagte sie und streckte sich noch etwas, um die oberste Schachtel zu erreichen. »Ich glaube, ich hab's.«

Im nächsten Moment verlor sie jedoch das Gleichgewicht und riss im Fallen die Schachteln vom Regal, sodass sie allesamt durch die Luft flogen, während Serena in Drakes Armen landete. Dutzende Fotos, Karten und andere Erinnerungsstücke flatterten um sie herum. Sie atmete schneller und ihre weichen Kurven drückten sich an ihn. In ihren wunderschönen grünbraunen Augen funkelte eine berauschende Mischung aus Belustigung und Feuer. Plötzlich schossen ihm unzählige Bilder von ihr durch den Kopf, wie sie lachte, weinte, etwas aß, in der Sonne lag. Es fühlte sich an, als würde ein ganzes Leben voller Liebe zu ihr in diesem einen Augenblick gipfeln.

»Drake«, hauchte sie atemlos. Leidenschaft schimmerte in ihren Augen.

Er wusste, dass er sich zurückhalten sollte, dass er nicht das Recht hatte, ihre Pläne zu durchkreuzen, doch er war machtlos und konnte sich nicht gegen das Verlangen wehren, das in ihm hochkochte. Er senkte den Kopf. Und dann ertönte ein schriller Alarm und katapultierte ihn in die Realität zurück.

Geschockt riss sie die Augen auf. Doch in ihnen lag noch ein anderer Ausdruck. *Panik?*

»Verdammt«, presste er hervor und setzte sie wieder ab. Der nervtötende Wecker ihres Handys, das sie nun aus der Tasche zog, klingelte noch immer.

Sie zitterte ein wenig. Ihre Wangen waren feuerrot und sie starrte angestrengt aufs Display, als wollte oder *könnte* sie ihn nicht ansehen. Hatte er ihre Signale falsch gedeutet? Nur gesehen, was er hatte sehen wollen?

»Ich muss den Wecker versehentlich auf Mitternacht anstatt auf Mittag gestellt haben. Schon so spät …«

»Tut mir leid, Serena. Ich hätte nicht …«

»Du hast nicht …« Unbehaglich sah sie zu ihm auf. »Ich freue mich, dass du mir beim Packen geholfen und die ganzen Sachen mitgebracht hast.«

Verdammt. Jetzt fühlte sie sich unwohl mit ihm. »Serena …« Er wollte ihr seine Gefühle gestehen und warum er sie beinahe geküsst hätte, aber das würde ihr Unbehagen nur noch verstärken. Stattdessen deutete er auf der Suche nach einem unverfänglichen Thema auf das Chaos zu ihren Füßen. »Soll ich dir beim Aufräumen helfen?«

Sie schüttelte den Kopf. »Es ist wirklich spät. Ist schon in Ordnung.«

Er war nicht dumm und für sie war nichts in Ordnung, aber sie wollte, dass er verschwand.

Er verfluchte sich innerlich und deutete mit dem Daumen

über die Schulter. »Ich gehe dann mal. Sehen wir uns morgen im Büro?«

»Ja. Ich – ich muss mich morgen früh um ein paar Dinge im Musikladen kümmern, schon vergessen? Aber ich bin gegen Nachmittag zurück. Es stehen weitere Bewerbungsgespräche an.«

Dann ist wohl alles wie immer.
War es so tatsächlich besser?

Vier

Am Donnerstagnachmittag wurden Ricks und Drakes Stimmen hinter der geschlossenen Bürotür immer lauter. Serena verzog das Gesicht. In den letzten Stunden hatte sie Harper eingelernt und die beiden waren schon fast genauso lang im Büro. »Lass den Unsinn«, wiederholte Dean zum gefühlt hundertsten Mal ruhig, aber sehr nachdrücklich, ehe ihre Unterhaltung wieder gedämpft weiterging.

»Sind die immer so?«, flüsterte Harper ihr zu.

»Nein«, versicherte Serena ihr. »Sie sind nicht immer einer Meinung, aber sie werden nur selten laut. Die Situation ist nur gerade schwierig, weil ich so schnell gehe.«

Aufgrund der vielen Bewerbungsgespräche, der Planungen zur Innenraumgestaltung des Musikladens und des Packens blieb Serena kaum Zeit zum Luftholen, und sie hatte den Eindruck, dass die Stimmung immer angespannter wurde, je mehr Kandidaten sich für ihren Job vorstellten. Drake war schon den ganzen Tag launisch. Entweder bekam sie nur einsilbige Antworten, oder er war übertrieben ausgelassen, und sie wusste, dass der gestrige Abend daran schuld war. Sie hatte nicht eine Sekunde geschlafen. Die ganze Nacht hatte sie geschwankt – sollte sie Drake anrufen und ihn anschnauzen, weil er die gleiche Nummer wie in der Highschool noch einmal abzog, oder schämte sie sich doch zu sehr? Hatte er Dean und Rick von ihrem Beinahe-Kuss erzählt? Stritten sie sich deshalb? Oder schlimmer noch: Was, wenn er sie gestern gar nicht hatte küssen wollen, und sie grundlos die Fassung verloren hatte? Was, wenn er sich nur heruntergebeugt hatte, um ihr etwas zuzuflüstern? *Oh Gott.* Das konnte sie sich bei ihm nur zu gut vorstellen, wie er sie so damit aufzog, dass sie wie in einer schlechten Romantikkomödie in seine Arme gefallen war.

»Tut mir wirklich leid«, sagte Serena. »Normalerweise ist die Arbeit mit ihnen echt toll. Ich wünschte, wir hätten das Ganze schon Anfang der Woche erledigen können, als die Gemüter noch nicht so erhitzt waren.«

»Nein, schon in Ordnung. Ich arbeite in der Filmindustrie, schon vergessen?«, erwiderte Harper gelassen. Sie ähnelte Desiree sehr mit ihrem hübschen Gesicht, den blonden Haaren und der unglaublich netten Art. Aber genau wie Desiree war Harper durchsetzungsfähig und konnte für sich selbst einstehen. Außerdem war sie ein Hippiemädchen, das mit beiden Beinen auf dem Boden stand und sich nicht aus der Fassung bringen ließ, also würde sie mit den Jungs problemlos zurechtkommen.

Unerwartet durchfuhr Serena ein eifersüchtiger Stich. Sie wurde wirklich durch eine andere Person ersetzt. So sehr sie sich auch auf Boston freute, sie fühlte sich dabei ein wenig wie eine heraustrennbare Seite in einem Notizbuch. Sie hatte ihren Zweck erfüllt und niemand war unersetzlich.

»Beim Film eskaliert es immer schnell«, erklärte Harper. »Die Leute werden schon bei den kleinsten Kleinigkeiten laut. Ich bin das gewohnt.« Sie überflog ihre Notizen. »Was sollte ich noch wissen?«

Sie waren bereits die Büroorganisation, Kundenkommunikation, Verträge und Notfallkontakte für Klempner, Elektriker und andere Handwerker durchgegangen.

Serena beugte sich näher zu ihr und senkte die Stimme, obwohl sie wusste, dass Drake und Rick zu sehr mit ihrem Streit beschäftigt waren, um sie zu hören. »Dean ist der Friedensstifter. Wenn sie zu dritt im Büro sind und Rick und Drake aufeinander losgehen, gibst du Dean ein Zeichen und er beruhigt sie wieder. Aber wenn er nicht da ist, lässt man sie es am besten austragen, es sei denn, sie sind hier in deinem Bereich. In dem Fall stellst du dich einfach zwischen sie. Das ist eine visuelle Erinnerung daran, dass sie nicht allein sind und eine Frau anwesend ist. Normalerweise kommen sie dann wieder runter wie gescholtene Kinder oder sie verlegen das Ganze hinter geschlossene Türen.«

Harper lachte. »Männer sind so seltsam. Als wäre es in Ordnung, sich wie Höhlenmenschen aufzuführen, solange sie allein sind, aber sobald eine Frau in der Nähe ist, wollen sie cool rüberkommen, und wir hätten einfach nur gern, dass sie sich nicht gegenseitig umbringen.«

Das ließ Serena sich einen Moment lang durch den Kopf gehen. »Auf dem College habe ich in einem Klamottengeschäft gearbeitet und mein Chef hat ständig alles und jeden runtergemacht. Egal wen, egal wann, egal wo. Da kannte er gar nichts.«

»Das klingt echt schlimm.«

»Ja, aber die Jungs hier sind nicht so. Wenn sie mal laut diskutieren, dann über etwas, was ihnen wirklich wichtig ist. Mach dir keine Sorgen und nimm es nicht persönlich, wenn sie aus dem Büro stürmen. Normalerweise sind sie dann einfach nur kurz davor, dass ihnen der Geduldsfaden reißt, und sie gehen ein paar Meilen joggen und blaffen sich dabei weiter an. Für gewöhnlich kommen sie mit besserer Laune zurück.

Verschwitzt, aber lächelnd.«

»Vielleicht sollte ich das statt Yoga probieren. Hast du mitbekommen, dass Emery einen Kurs für Paare anbieten will?«

»Warum kommt das alles erst, wenn ich wegziehe? Ich hätte liebend gern gesehen, wie sie die Jungs auf die Matten bekommt. Wobei, ich habe Dean und Emery schon gemeinsam beim Yoga gesehen, aber bei ihnen sah es sexy und romantisch aus.«

Sie unterhielten sich noch ein paar Minuten über Fitness-Optionen, bevor sie wieder zu Harpers neuen Aufgaben zurückkamen. Serena hing gedanklich noch bei Yoga mit Drake, seinen großen Händen, die sie führten und festhielten, während sie ihre Energie miteinander teilten. Doch sie schob die Gedanken schnell beiseite. Sie waren falsch. Vor allem heute.

Nachdem Harper alles hatte, um ab Samstag eigenständig zu arbeiten, und das Büro verließ, beschäftigte sich Serena mit dem Design des Musikladens. Wenig später zuckte sie jedoch erschrocken zusammen, als Rick und Dean aus Drakes Büro stürmten. Dean stapfte an ihr vorbei direkt zur Tür hinaus. Rick dagegen marschierte wie ein Tiger im Käfig neben ihrem Schreibtisch auf und ab. Serena warf einen Blick in Drakes Büro. Er hatte ihr den Rücken zugewandt und starrte mit verschränkten Armen aus dem Fenster. Ging ihm der gestrige Abend auch noch immer durch den Kopf? Fragte er sich auch, warum sie sich plötzlich in seiner Nähe so albern benommen hatte?

»Er hat schlechte Laune«, sagte Rick.

Was du nicht sagst. »Ihr lebt alle noch. Das ist ein gutes Zeichen.«

»Fürs Erste.« Rick blieb stehen, doch ihm war anzusehen,

dass er immer noch sauer war. Er hatte ebenso dunkle Haare wie Drake, trug sie jedoch kurz. Sie hatten beide wie ihr Vater dunkle Augen, doch bevor Desiree in sein Leben getreten war, hatte der Ausdruck in Ricks gequält gewirkt. Rick war erst vierzehn gewesen, als die Familie den Vater verloren hatte. Drake und Mira hatten ihre Trauer schon vor langer Zeit verarbeitet, doch Rick hatte sie verdrängt, bis es nicht mehr ging, weil er eine Zukunft mit Desiree haben wollte. Desiree und Drake hatten ihm schließlich bei der Trauerbewältigung geholfen und seitdem war er ein anderer Mensch.

»Wie viele Kandidaten stehen morgen noch an?«, fragte er.

Heute hatten sich wieder mehrere vorgestellt, doch Drake hatte bei jedem einzelnen etwas zu bemängeln gehabt.

»Zwei. Aber keine Sorge, Harper arbeitet jeden Tag von elf bis drei, bis wir jemanden finden. Damit sind die Stoßzeiten abgedeckt. Ich habe auch bei ein paar Zeitarbeitsfirmen angefragt, aber Drake ist davon offenbar nicht sonderlich begeistert.«

Er nickte. »Harper ist in Ordnung. Danke für deine harte Arbeit. Hör zu, ich weiß, dass du gerade viel um die Ohren hast, um alles für den Musikladen und das Resort zu erledigen und deinen Umzug nach Boston zu organisieren, aber ich wollte dir nur noch mal sagen, wie sehr wir zu schätzen wissen, was du hier für uns getan hast. Daran ändert auch Drakes miese Laune nichts. Du weißt ja, wie schwer er sich mit Veränderungen tut. Das Ganze macht ihm ziemlich zu schaffen. Er wird dich so sehr vermissen. Das werden wir alle.«

»Wir beide wissen, dass das so nicht ganz stimmt«, widersprach sie leise. Bei der Renovierung der Cottages hatten sie in letzter Minute große Änderungen an der Gestaltung vorgenommen und das war vollkommen in Ordnung für ihn gewesen. »Drake hat kein Problem mit Veränderungen. Er hat ein Problem damit, dass ich ihn mit der vielen Arbeit sitzen lasse. Aber danke für deine lieben Worte. Ich weiß, wie sehr ihr meine Hilfe zu schätzen wisst. Ich war unglaublich gern hier.« Erneut riskierte sie einen Blick in Drakes Büro. Er saß mittlerweile an seinem Schreibtisch und beobachtete sie und Rick. Der Ausdruck in seinen Augen war traurig und sein Lächeln definitiv nicht echt. Hastig richtete sie ihre Aufmerksamkeit wieder auf Rick. »Ich werde euch auch vermissen. Selbst den Brummbären da drüben«, fügte sie unbekümmerter hinzu, als sie sich fühlte.

»Desiree hat erzählt, dass sie und die Mädels dir heute Abend beim Packen helfen. Können wir Männer dir auch irgendwie unter die Arme greifen?«

»Außer morgen Abend bei meiner Abschiedsparty zu erscheinen? Mehr brauche ich nicht. Einen fröhlichen Abschluss, ich weiß nämlich jetzt schon, dass ich den ganzen Weg bis nach Boston heulen werde, auch wenn ich mich auf den neuen Job freue.«

»Das bekomme ich hin, aber du bist nur eine kurze Fahrt entfernt, also bitte, keine Tränen. Ich muss mich schon um meinen Bruder kümmern, der immer mehr freidreht. Keine Ahnung, ob ich beides auf einmal packe.« Rick kam um den Schreibtisch herum und umarmte sie. »Ich werde dein Lächeln vermissen.«

Serena atmete tief durch, um die Emotionen zu beruhigen, die in ihr aufwallten. »Danke. Das versaut mir jetzt schön das Make-up.«

»Das brauchst du sowieso nicht«, sagte er und kramte seine Autoschlüssel aus seiner Hosentasche. »Ich fahre nach Yarmouth zu einem Meeting. Schreib mir, wenn du mich brauchst.«

»Okay. Ich hoffe, dein restlicher Tag wird besser.« Nach einem weiteren tiefen Atemzug sammelte sie die Designmuster und Kataloge für den Musikladen zusammen, nahm ihren Laptop und wappnete sich innerlich, bevor sie Drakes Büro betrat.

Er stand wieder am Fenster. Sie wollte ihn auf gestern Abend ansprechen, um alle Karten auf den Tisch zu legen, wie sie es normalerweise taten, wenn sie etwas belastete. Aber allein bei der Vorstellung, es tatsächlich laut auszusprechen, raste ihr Puls. Und wenn es kein Beinahe-Kuss gewesen war, konnte sie auf weitere Peinlichkeiten gut verzichten.

»Drake? Hast du einen Moment?«

»Klar.« Als er sich zu ihr umdrehte, war sein Gesichtsausdruck unterkühlt, wurde dann aber immerhin lauwarm.

Sie schluckte schwer, ebenso verletzt wie wütend. »Ich habe alle Designelemente für den Laden, aber ich hätte gerne dein finales Okay, bevor ich die Bestellung aufgebe.« Sie legte die Kataloge auf den Tisch, breitete die Stoffmuster aus und öffnete ihren Laptop. Zum Glück konnte sie sich dadurch auf etwas anderes als die Fragen konzentrieren, die ihr durch den Kopf schwirrten. Drake stellte sich so dicht neben sie, dass seine Anspannung auf sie überging.

»Bist du sicher, dass du das jetzt machen willst?«, erkundigte sie sich. »Wir können es auch morgen Vormittag durchgehen, wenn du noch Zeit brauchst, um … zu *verarbeiten*, was da vorhin mit Rick und Dean passiert ist.«

»Mir geht's gut.« Das Zucken seiner Mundwinkel verriet ihr, dass er ganz normal mit ihr umgehen wollte, es ihn aber genauso viel Mühe kostete wie sie.

Sie öffnete eine Website auf ihrem Laptop, die sie ihm zeigen wollte. »Ich weiß, dass wir uns schon auf ein Sofa geeinigt hatten, aber ich habe das hier gefunden und den Händler angeschrieben. Sie hätten eins auf Lager, das eine Maßanfertigung für einen anderen Kunden werden sollte, aber der hat sich dann doch umentschieden. Mir gefällt die abgerundete Rückenlehne, und es ist etwas länger als das ursprüngliche, aber es würde den Sitzbereich sehr gut vom Rest abgrenzen. Die Leute mögen einzigartige Dinge, und ich glaube, dass allein die Form die Kunden dazu animiert, länger zu bleiben, sich ein Buch oder Instrument zu nehmen, und es sich gemütlich zu machen. Je mehr Zeit sie im Laden verbringen, desto besser. Wir sagen doch immer, dass man freundschaftlichen Kontakt pflegen muss, wenn man sich Stammkundschaft aufbauen will.«

Er lehnte sich über ihre Schulter, sodass seine Brust ihren Rücken streifte und ihre Gedanken zum gestrigen Abend zurückkatapultierte. Seine Sticheleien hatten sie zum Lachen gebracht, doch das war auch eine gute Tarnung gewesen, um sich nicht anmerken zu lassen, welche Auswirkung sein durchtrainierter Körper und seine starken Arme auf sie hatten. Sie hatte sich in seinen Armen umdrehen und ihn danach fragen wollen, warum er sie vor all den Jahren von sich gestoßen hatte.

»Ja, das ist unser gemeinsames Motto«, erwiderte er mit tiefer Stimme, in der ein unglaublich verführerischer Unterton mitschwang. »Das ist eine sehr coole Couch.«

Omeingott. Ich tue es schon wieder. Sie schob die erotischen Gedanken beiseite und ermahnte sich, dass sie keine Verführung gehört hatte, sondern nur seine Bemühungen, sich die Wut über ihre Kündigung nicht anmerken zu lassen. Oder vielleicht wegen des Missverständnisses gestern Abend? *Oh Mann.* Jetzt war ihr schwindlig.

Er beugte sich noch etwas weiter vor und drückte sich fester an sie. »Wie binden wir das am besten ein?«

Mist. Es war keine Einbildung gewesen. Jetzt dachte sie schon bei allem, was auch nur entfernt mit Festbinden zu tun hatte, direkt an seine Bemerkung übers Fesseln von Frauen. Ihr Atem beschleunigte sich ein wenig. *Jetzt ist es amtlich. Einige Dinge, die Leute von sich geben, vergisst man nie.*

Mit einer Hand griff er nach den Materialmustern, die andere legte er auf ihre Hüfte, und sie spürte seine Körperwärme durch den dünnen Stoff ihres Rocks. Er berührte sie ständig. Warum war ihr das plötzlich so überdeutlich bewusst? Und warum flatterten Schmetterlinge in ihrem Bauch? *Nein, nein, nein.* Das durfte nicht passieren.

»Damit?« Sein warmer Atem strich über ihre Wange.

»Ja, für die Sessel.«

»Ah, perfekt. Das hier gefällt mir.« Langsam strich er mit dem Daumen über ein auf alt getrimmtes dunkelrotes Ledermuster.

Sie stellte sich vor, wie sein Daumen sinnlich über ihre Haut strich.

»Was ist mit dir?« Seine Stimme war kaum mehr als ein Flüstern. »Magst du Leder?« Er legte das Leder zurück und nahm sich das Musterstück eines glänzenden Stoffs. »Oder etwas Weicheres?«

»Ich … ähm …« Und schon waren ihre Gedanken wieder mit erotischen Dingen beschäftigt. »Der ist toll«, erwiderte sie hastig. »Ich hatte an Mocca gedacht, aber Brauntöne sind gerade in, die hat jeder. Das Rot sorgt für einen Farbklecks und ich habe ein paar tolle Lichtelemente gefunden, die man in allen möglichen Farben bestellen kann.« Gott, jetzt plapperte sie auch noch viel zu viel. Mit zitternden Fingern öffnete sie ungeschickt die markierte Seite des Leuchtmittelkatalogs, um sich von ihren verrücktspielenden Hormonen abzulenken.

»Beleuchtung«, sagte sie etwas zu atemlos und legte eine Hand auf die Seite.

Drake legte seine Hand neben ihre, sodass seine Fingerspitzen über ihren lagen. Funken schossen über ihre Haut. Sie sah ihn an und auf einmal hing wieder dieses Verlangen zwischen ihnen in der Luft, genau wie gestern Abend. Verwirrung und Lust benebelten ihre Gedanken.

So viel dazu, sich gegen die Emotionen zu wappnen, die dieser besondere Moment in ihr entfesselt hatte.

»Alles in Ordnung?«, fragte er gelassen.

»Mhm.« *Ich komme mir nur albern vor, weil ich das Gefühl habe, dass der Abend gestern etwas bedeutet hat.* »Die letzten Tage waren einfach verrückt. Entschuldige.« Sie konzentrierte sich wieder auf den Katalog und versuchte, sich aus dem dunklen Loch zu befreien, in das sie gedanklich gefallen war. Rasch beugte sie sich etwas weiter über den Tisch und ließ die Haare nach vorn fallen, damit Drake ihr Gesicht nicht sehen konnte. »Ich hatte an diese Lampen hier gedacht. Die Regaleinheiten und Aufhängungen für die Instrumente sollten am Wochenende eingebaut werden. Ich könnte nächsten Freitagabend wieder herkommen und am Wochenende bei allem anderen helfen.« Obwohl sie sein Gesicht nicht sehen konnte, spürte sie die Hitze seines Blicks auf sich, und die Worte purzelten weiter nervös aus ihr heraus. »Wenn wir die Möbel heute bestellen, sollten sie rechtzeitig vor der Eröffnung ankommen. Darüber sollten wir auch noch sprechen. Ich habe mich mit den Zeitungen und örtlichen Radiosendern in Verbindung gesetzt. Geplant ist im Moment der zwölfte, also am Samstag in zwei Wochen.«

Er strich ihr die Haare über die Schulter nach hinten. Die intime Berührung ließ sie den Atem anhalten.

Stirnrunzelnd musterte er ihr Gesicht. »Du redest nur so schnell, wenn du nervös oder betrunken bist.«

»Stimmt doch gar nicht«, log sie.

Drake drehte sich um und lehnte sich neben ihr mit dem Hintern an die Tischkante. Sanft nahm er ihre Hand in seine und strich mit dem Daumen genauso langsam über ihre Haut, wie er es beim Leder getan hatte. Einen Moment lang konnte sie keinen Muskel mehr rühren. »Red mit mir, Supergirl.«

»Nenn mich nicht so.« Sie zog ihre Hand zurück und verschränkte die Arme. Sie war wütend auf ihn, dass er so ruhig blieb, und sauer auf sich selbst, weil es ihr nicht egal war. »Gerade fühle ich mich überhaupt nicht *super*.« Sie wollte ihn schütteln, ihm eine verpassen, oder alternativ so weit und schnell wie möglich von ihm weg. Das Problem an der Sache: Sie würde sich auch am liebsten auf seinen Schoß setzen und sich den Kuss stehlen, den sie schon viel zu lange nicht aus dem Kopf bekam. All diese Emotionen bildeten ein wirres Durcheinander in ihr, bis sie das Gefühl hatte, jeden Moment zu explodieren.

Drake sah sie weiter gefährlich ruhig an. »Wegen gestern Abend?«

»Was denkst du denn? Ich bin so verdammt verwirrt und wütend, dass ich nicht klar denken kann«, platzte es bissig aus ihr heraus, bevor sie sich davon abhalten konnte. »Was sollte das? Es hat sich angefühlt, als wäre ich wieder auf der Highschool!«

»Highschoo…«

»Erzähl mir nicht, dass du dich nicht an den Abend erinnerst, an dem du das Duett mit mir hast platzen lassen!« Tränen der Wut brannten in ihren Augen, doch sie zwang sie zurück. »Du hast dich vorgebeugt und – vergiss es! Den Moment will ich auch nicht noch mal durchleben. Aber ich verdiene eine Erklärung zu gestern Abend.«

»Es tut mir leid!«, knurrte er. »Ich wollte nicht …«

»Oh, dann war es also ein *Fehler*?« Der schmerzhafte Stich in ihrem Herzen ließ ihr erneut Tränen in die Augen steigen. Mit zitternden Händen sammelte sie die Muster und Kataloge vom Tisch ein.

»Nein, Serena.« Er fasste sie am Arm.

Sie machte sich mit einem Ruck von ihm los. »Lass es«, warnte sie ihn. »Ich habe das Gefühl, dich überhaupt nicht mehr zu kennen.«

Obwohl sie sich sträubte, zog er sie an sich. »Du kennst mich besser als ich mich selbst. Es war kein Fehler, okay? Es war nur einfach nicht fair, dich so kurz vor deinem Umzug zu küssen.«

Erneut entwand sie sich seinem Griff. »Da hast du verdammt recht.«

Sie klappte den Laptop zu, legte die Kataloge darauf und drückte sich das Ganze wie einen Schutzschild an die Brust, eine Barriere zwischen ihnen. Ihr Atem ging viel zu schnell und ein paar Tränen entwischten ihr. »Als Teenager war ich bis über beide Ohren in dich verliebt. Hast du eine Ahnung, wie hart mich deine Abfuhr damals getroffen hat? Tja, ich bin kein liebeskranker Teenager mehr. Dieses Mal bestimme *ich*, wo's langgeht, und ich werde mich davon sicher nicht aus der Bahn werfen lassen. Hast du eine Ahnung, wie viel Vertrauen ich aufbringen musste, um mich auf den Job hier mit dir einzulassen? Wie sehr ich gegen meine Gefühle für dich ankämpfen musste, damit es funktioniert? *Vier* Jahre, Drake. Wir arbeiten seit vier Jahren jeden Tag Seite an Seite, und jetzt, wo ich endlich einen Neuanfang wage, ziehst du diese Nummer ab?«

»Ich ziehe überhaupt nichts ab.«

Er trat näher und in seinem durchdringenden Blick spiegelten sich so viele Emotionen, dass sie sich kopfüber hineinstürzen wollte. Schmerz und Verwirrung nagten an ihr. Er bemerkte das wohl, denn er fluchte unterdrückt und in seinem Blick zeigte sich Reue.

»Verdammt, Serena. Können wir uns normal unterhalten, ohne dass du gleich abhaust?«

»Na schön!«, gab sie aufgebracht zurück. »Du hast zwei Minuten.« *Bevor ich losheule.*

»Du bist meine beste Freundin, wir gehen zusammen durch dick und dünn. Dir wehzutun ist das Letzte, was ich will.«

Sie straffte die Schultern. Eine Träne lief ihr über die Wange, die sie schnell wegwischte. »Dann sag ich dir jetzt mal was: Du hast versagt. Gewaltig.«

Er wandte den Blick ab und biss die Zähne zusammen, doch als er sie wieder ansah, traf sie die Qual in seinen Augen mitten ins Herz.

»Es tut mir aufrichtig leid, Serena«, sagte er sanfter. Er hob die Hand, als würde er nach ihr greifen wollen, schien es sich jedoch anders zu überlegen und ließ sie wieder sinken. »Lass nicht zu, dass meine Dummheit unsere Beziehung ruiniert.«

»Freundschaft«, stellte sie klar. »Warum hast du das getan? Ist dir überhaupt klar, was für ein Schlag ins Gesicht es war, dass du mir das noch ein zweites Mal antust?«

»Ich hab nicht nachgedacht. Nein, das ist gelogen.« Er klang zunehmend lauter und hektischer. »Ich denke ständig nur an dich. Was glaubst du denn, warum ich dich damals nicht geküsst habe?«

»Weil du heißere, ältere Mädchen wolltest, mit denen es schneller zur Sache geht«, antwortete sie wie aus der Pistole geschossen.

Er schnaubte spöttisch. »Ist das dein Ernst? Nein. *Falsch.* Weil ich kurz davor war, aufs College zu gehen, und du hast gerade erst angefangen – du warst erst …« Er wandte sich ab. »Verdammt«, fluchte er angespannt.

»Erst?«

»Vierzehn oder fünfzehn«, erwiderte er wütend. »Ich weiß, dass es klingt, als hätte ich ältere Frauen gewollt, aber es ging nicht nur um unseren Altersunterschied. Sondern um alles. Ich wollte aufs College, und du hast gerade erst angefangen, deine Persönlichkeit zu entdecken. Ich wollte dir diese Erfahrungen nicht für etwas nehmen, was zum Scheitern verurteilt war. Du hast einen Kerl gebraucht, der für dich da ist, mit dem du freitags ausgehen und Party machen kannst. Der mit dir zum Abschlussball geht. Und ich war ein dummer Junge, der aufs College verschwindet. Ich hätte dich verletzt, wenn auch nicht absichtlich. Mich betrunken, einen Fehler gemacht. In diesem Alter versauen alle ihre Beziehungen und das konnte ich dir nicht antun.«

»Willst du damit sagen, dass du es getan hast, um mich zu beschützen?« Die Frage hätte sie sich sparen können, denn sie wusste, dass es stimmte. So war er nun mal, aber das milderte den Schmerz nicht.

»Vielleicht auch, um mich selbst zu schützen?« In seiner Stimme lag so viel Aufrichtigkeit, dass es wehtat. »Unser Leben hat sich in vollkommen verschiedene Richtungen entwickelt.«

Langsam dämmerte ihr die Erkenntnis. »So wie jetzt?« Sie versuchte, die Emotionen hinunterzuschlucken, die ihr die Kehle zuschnürten, aber sie hätte genauso gut versuchen können, einen Golfball zu schlucken.

»Natürlich wie jetzt.« In ihm schien es zu brodeln. »Unser

Timing ist echt beschissen. Als du hier angefangen hast, waren wir beide endlich erwachsen und konnten auf Augenhöhe miteinander umgehen – oder auch nicht. Ich habe meine Ziele erreicht und du warst die ganze Zeit an meiner Seite und hast mir geholfen. Aber du hast von Anfang an deutlich gemacht, dass du nur vorübergehend hier bist – vollkommen zu Recht. Hast du eine Ahnung, wie das für *mich* war? Ich will nicht rumjammern und dir auch absolut keine Schuld daran geben, aber es war so schwer für mich, mit dir zusammenzuarbeiten, und alles von dir zu bekommen, was ich wollte. Bis auf den Teil, der uns zu einem echten Paar gemacht hätte.«

Ihr blieb die Luft weg und sie traute ihren Ohren kaum – oder ihrer Fähigkeit, seine Worte richtig zu deuten.

»Aber das hier war nur ein kleiner Zwischenstopp für dich, weil größere und bessere Dinge auf dich warten. Und genau so war es auch richtig«, stellte er klar. »Ich will, dass du erfolgreich bist. Ich will, dass deine Träume wahr werden und dass es nicht umsonst war, auf dich alleine gestellt zu sein und für dein Abschlussballkleid, Schulbücher und Schulgeld zu schuften.«

Er ging unruhig vor dem Fenster auf und ab. Seine Worte brannten wie Säure – und auch die Tatsache, dass so viel Wahrheit in ihnen steckte.

»Ich habe Gefühle für dich, Serena. Das musst du doch gemerkt haben«, sagte er schließlich. »Aber ich werde nie so egoistisch sein, dich vor die Wahl zwischen deiner Karriere und einer Beziehung zu stellen. Du hast dir dein ganzes Leben lang den Hintern für diese Chance aufgerissen und immer gekämpft. Hätten wir uns geküsst, könnte ich mich nicht mehr zurückhalten, und du würdest dich ständig fragen, was wohl passiert wäre, wenn du den Job behalten hättest, den du eigentlich nicht willst. Und dann würdest du es bereuen und mich irgendwann hassen. Das ist meine absolute Horrorvorstellung, diesen Ausdruck jeden Tag in deinen Augen zu sehen, und zu wissen, dass ich das hätte verhindern können, dafür aber zu egoistisch war.«

Es fühlte sich an, als würde ihr Herz in zwei Hälften brechen.

»Also ja, ich habe zweimal Mist gebaut, indem ich dich beinahe geküsst hätte«, fuhr er entschuldigend fort. »Aber ich habe es noch rechtzeitig gemerkt, und ich hoffe, dass es nicht zu spät ist, unsere Freundschaft zu retten.«

Sie wusste nicht, wie sie darauf antworten sollte und wischte wie betäubt ihre Tränen weg. Trotz seiner Gefühle für sie spielte er weiterhin den Beschützer, und das Schlimmste daran war, dass er recht hatte. Vermutlich wäre jeder einzelne Punkt eingetreten, hätten sie sich geküsst – vor all den Jahren und auch gestern Abend.

»Es tut mir leid, Serena«, sagte er und man hörte ihm an, wie ehrlich er das meinte. Er berührte sie sanft am Arm. »Was kann ich tun, um es wiedergutzumachen?«

»Nichts. Mir geht's gut.« *Ich bin nur dumm.* »Ich sollte besser gehen.« Wie benebelt ging sie zur Tür. »Ich mache eine Aufstellung und lege sie dir morgen früh auf den Schreibtisch.«

Fünf

Am Freitagmorgen starrte Serena gedankenverloren auf ihre Chocolate-Chip-Pancakes und lauschte den Mädels, die über einen von Emerys albernen Yogawitzen lachten. Das war ihr letztes Frühstück mit ihren Freundinnen vor dem Umzug. Sie hatten ihr gestern Abend beim Packen geholfen, doch sie war nach der Sache mit Drake so aufgewühlt gewesen, dass sie sich nicht über den neuen Job unterhalten wollte. Wenn sie über die Arbeit sprach, kehrten ihre Gedanken sofort zu Drake zurück, und dann würde sie den anderen womöglich alles erzählen. Das Packen hatte nur zwei Stunden gedauert, aber die Mädels hatten noch bis fast zwei Uhr morgens mit ihr auf der Terrasse gesessen. Als sie gegangen waren, hatte sie sich etwas besser gefühlt.

Bis die Stille sie einholte.

Und der Anblick ihres in Kisten verpackten Lebens.

Sie hatte gedacht, eventuell von Drake zu hören, aber er hatte sich nicht bei ihr gemeldet. Erneut war sie hart auf den Boden der Tatsachen geholt worden und prompt waren ihr wieder die Tränen gekommen. Sie war nicht sicher, was schlimmer war: sich zu fragen, ob er das heiße Knistern zwischen ihnen nie wahrgenommen hatte, oder zu wissen, dass er es ignoriert hatte – aus welchen Gründen auch immer.

»Dürfen wir heute über die Arbeit reden?«, fragte Mira behutsam und lenkte Serenas Aufmerksamkeit damit wieder auf die Gegenwart.

»Klar«, antwortete sie tonlos. Das würde sie doch schaffen, oder? Die Männer würden bald vom Joggen zurückkommen, dann platzte Violet mit anzüglichen Kommentaren in die Runde und die Welt war wieder in Ordnung.

Doch leider war ihre Welt so gründlich auf den Kopf gestellt worden, dass sie sich wohl nie wieder richtig anfühlen würde. Ihr war klar, dass sie sich an einen neuen Normalzustand gewöhnen musste.

Igitt. Neuer Normalzustand.

Das klang, als wäre sie frisch geschieden.

»Meinst du, dass die Jungs heute jemanden einstellen?«, fragte Mira.

»Machst du Witze? Ich dachte, es würde einfach werden. Ich habe sechs Leute eingeladen, die für mich perfekt gepasst haben, aber laut Drake waren sie entweder zu jung, konnten nicht gut genug kommunizieren, oder haben vielleicht einfach zu laut geatmet. Wer weiß.« Serena seufzte bei dem Gedanken daran, wie erleichtert sie gewesen war, so schnell so viele Kandidaten aufgetrieben zu haben. Doch nach den Bewerbungsgesprächen mit Drake hatte sich jedes Mal Ernüchterung breitgemacht. »Kennt ihr die Frau, der der Minigolfplatz in Orleans gehört?«

»Diane?« Chloe stellte ihr Saftglas ab. »Ihre Mutter wohnt im LOCAL. Wir laufen uns regelmäßig über den Weg.«

Chloe frühstückte nur selten mit ihnen, deshalb war Serena froh, dass sie heute da war.

»Hagen liebt Diane! Matt nimmt ihn oft an den Wochenenden mit zum Minigolf, wenn ich arbeiten muss.« Mira führte den Baumarkt von Matts Vater. »Wenn Diane da ist, spendiert sie ihm immer ein Eis.«

»Dianes Tochter Daphne ist letzten Herbst zurück nach Eastham gezogen. Davor hat sie in Wilmington in North Carolina ein kleines Resort wie Bayside betrieben. Nach der Geburt ihrer kleinen Tochter hat sie sich scheiden lassen und wollte wieder näher bei ihrer Familie leben. Die Scheidung muss hässlich gewesen sein, denn sie hat wieder ihren Mädchennamen Zablonski angenommen. Aber egal, auf jeden Fall hat sie dann in Brewster im Ocean Edge Resort gearbeitet, aber das ist ihr zu groß und unpersönlich, deshalb hat Diane mir ihre Kontaktdaten gegeben. Sie wäre ideal für den Job, aber Drake ist überzeugt, dass sie damit überfordert ist.« Serena verdrehte die Augen. »Sie war im *Ocean Edge* angestellt. Das ist ja auch nur das größte und luxuriöseste Resort hier am Cape. Die haben dort viel mehr Zimmer und Cottages als wir. Die Frau bringt nichts aus der Fassung. Ich glaube, dass er sich absichtlich querstellt. So was hat er noch nie gemacht, das ergibt einfach keinen Sinn.«

Er hatte ihr gestern das Herz gebrochen, doch er war dabei vollkommen aufrichtig gewesen, und so wenig ihr das auch schmeckte, so eine Unterstellung hatte er nicht verdient.

»Du hast recht«, stimmte Mira zu. »Es ergibt keinen Sinn. Es passt nicht zu ihm, anderen das Leben schwer zu machen. Eigentlich sucht er doch immer Lösungen für Probleme. Denk nur mal dran, wie er sich nach dem Tod unseres Dads um uns gekümmert und alles geregelt hat.«

Trauer versetzte Serena einen kleinen Stich in die Brust. Mira und sie waren dreizehn gewesen, als Mr. Savage während eines heftigen Sturms über Bord gegangen und auf See verschollen war. Rick war vierzehn gewesen, Drake fast sechzehn. Eine schwere Zeit für sie alle, da Mr. Savage auch für Serena und Chloe wie ein Vater gewesen war. In einem Alter, in dem andere Teenager Unsinn machten und nur an sich selbst dachten, hatte Drake dafür gesorgt, dass es allen anderen gut ging. Auch Serena.

»Ich weiß noch, wie wir kurz nach dem Tod eures Vaters bei euch übernachtet haben«, sagte Serena. »Wir haben schrecklich geweint, dann ist Drake reingekommen und hat uns getröstet. Er hat uns mit nach draußen genommen ...«

»... weil unter den Sternen alles besser ist«, beendeten Mira, Chloe und Serena den Satz im Chor.

»Ich hatte ganz vergessen, dass du auch da warst«, sagte Serena zu Chloe. Ihre Schwester war zwar etwa gleich alt wie Rick und hatte Miras Familie immer nahgestanden, aber ihr Freundeskreis war ein anderer.

»Ich hab nicht da übernachtet«, meinte Chloe. »Ich war an dem Abend auf einer Party und hab euch auf dem Nachhauseweg im Garten gesehen.«

»Stimmt, jetzt erinnere ich mich wieder.«

»Drake wird dich einfach vermissen«, warf Desiree ein. »Zumindest hat Rick das gesagt. Er meinte, dass Drake nicht mal selbst klar ist, wie sehr.«

»Ich werde ihn auch vermissen. Wenn ich ihn nicht vorher umbringe.« Serena drehte sich zu den Dünen, damit ihre Freundinnen nicht sahen, wie traurig sie war.

Plötzlich näherte sich das Dröhnen von Violets Motorrad. Violet machte den Motor aus, nahm den Helm ab, schüttelte ihre langen schwarzen Haare aus und klemmte sich den Helm unter den Arm, ehe sie zu ihnen kam.

Emery beugte sich vor. »Wo war sie denn heute Morgen?«, fragte sie mit gesenkter Stimme.

»Sie ist letzte Nacht nicht nach Hause gekommen«, antwortete Desiree leise.

»Wirklich? Bei wem war sie?«, fragte Serena. Violets geheimnisvolles Leben außerhalb der Pension hatte sie schon immer fasziniert.

»Keine Ahnung«, erwiderte Desiree. »Sie erzählt mir nie etwas über ihr Privatleben.«

»Was ist los?«, fragte Violet. »Ihr schaut mich an, als wäre ich ein Einhorn.«

»Nichts«, sagte Desiree. »Möchtest du Pancakes?«

Violet nahm sich einen Pancake vom Teller und biss hinein. »Danke.«

»Ich glaube, ich weiß, warum er sich so schwer mit deiner Nachfolge tut, Serena«, sagte Mira.

»Zerbrecht ihr euch immer noch den Kopf über Drake?«, fragte Violet und setzte sich zu ihnen. »Für so kluge Frauen seid ihr ziemlich schwer von Begriff. Er ist ein Kerl. Er will mit ihr in die Kiste. Ist das so schwer zu verstehen?«

»Violet!«, fuhr Desiree sie an.

Serenas Wangen wurden heiß. Sie konnte ihnen unmöglich anvertrauen, dass er im Grunde genau das gestern Abend zugegeben hatte, und auch nicht, dass es nie dazu kommen würde. Auf einmal fühlte es sich zu intim an – und peinlich.

»Selbst wenn dem so ist – könntest du dich bitte ein bisschen zurückhalten, Vi?«, bat Mira genervt. »Er ist immer noch mein Bruder und ich habe eine andere Theorie. Wenn man ihre Freundschaft mal außer Acht lässt und es aus reiner Arbeitgeberperspektive betrachtet, hat er viele Jahre mit Serena zusammengearbeitet – wahrscheinlich will er sie einfach nicht verlieren.«

»Vielleicht«, räumte Violet ein. »Trotzdem will er sie nach

allen Regeln der Kunst vernaschen.«

»Omeingott.« Serena vergrub das Gesicht in den Händen.

Mira überging Violets Bemerkung einfach. »Serena, du hast herausragende Multitasking-Fähigkeiten und machst einen Job für zwei Leute. Deshalb fürchtet ein Teil von ihm vermutlich, dass jemand anderes überfordert sein könnte. Das würde jedem Boss so gehen. Ihr beide ergänzt euch auf allen Ebenen so gut. Das ist schon bei Freunden schwer zu finden, ganz zu schweigen von einer Beziehung zwischen Arbeitgeber und Angestellter. Wie bei mir und Matts Dad im Baumarkt. Und du hast *nie* schlechte Laune. Das allein ist schon beeindruckend, wenn man bedenkt, dass du dich mit meinen Brüdern herumschlagen musst.«

»Da würde ich gerne mal ein Veto einlegen«, warf Chloe ein. »Meine kleine Schwester kann auch ganz schön garstig sein.«

»Halt die Klappe!« Serena stieß Chloe mit der Schulter an. »Lasst euch von Chloes schicken Klamotten und dem süßen Kurzhaarschnitt nicht täuschen. Unter der eleganten Fassade verbergen sich die Zähne einer Viper und die Klauen einer Bärin.«

»Psst!« Chloe bewegte die Hände wie Krallen durch die Luft und brachte die Runde damit zum Lachen. »So schlimm bin ich nicht. Aber du darfst deinem heißen Surflehrer gern erzählen, dass ich *scharf* bin! Dieser Mann hat einen Körper zum Niederknien.«

»Brody Brewer?« Das überraschte Serena nun doch. »Soll das ein Witz sein? Du stehst doch sonst auf Anzugträger. Brody benimmt sich wie ein großes Kind. Ich bin nicht sicher, ob der je erwachsen wird.«

Serena bemerkte die Jungs, die gerade den Pfad Richtung

Pension hinaufjoggten. Heute war Matt auch mit von der Partie. Keiner trug ein Shirt und ihre Oberkörper glänzten schweißnass. Drakes Blick traf ihren und sofort kochten die Gefühle wieder in ihr hoch. Nur am Rand nahm sie wahr, dass ihre Freundinnen sich weiter unterhielten, da sie von seinem Gesichtsausdruck wie gebannt war. Er wirkte sehr ernst, als wollte er um jeden Preis seine Emotionen unter Kontrolle halten. Doch was empfand er gerade? Bemühte er sich, freundlich zu sein? Oder wehrte er sich dagegen, sich von der Anziehung zwischen ihnen überwältigen zu lassen?

Als die Männer den Garten erreichten, wandte Drake den Blick ab.

»Hey, meine Schöne.« Matt küsste erst Miras Wange und dann ihren Babybauch. »Hallo, Baby.«

Serenas Herz wäre dahingeschmolzen, würde es nicht so heftig schlagen, dass sie wahrscheinlich jeden Moment ohnmächtig werden würde. Drake zog sein Handy aus der Tasche und beschäftigte sich damit, während Rick und Dean ihre Verlobten küssten und sich neben sie setzten.

»Anzugträger sind toll«, fuhr Chloe fort, und es dauerte einen Moment, bis Serena begriff, dass sich das noch auf ihre vorherige Bemerkung bezog. »Aber ab und zu muss man sich auch mal auf was Lockeres mit einem jüngeren Kerl einlassen.«

»Locker? Wir mögen es ja lieber *fesselnd*«, meinte Emery und schmiegte sich an Dean, ließ Serena jedoch nicht aus den Augen.

Wo ist das Loch, in dem ich mich verstecken kann?

»Hoppla. In was für ein Gespräch sind wir denn da reingeplatzt?«, fragte Rick.

Drake nahm sich ein Glas Wasser, trank es in einem Zug aus und tigerte angespannt auf und ab, anstatt sich zu setzen.

Violet angelte sich noch einen Pancake und sah dabei zwischen Drake und Serena hin und her.

»In Sachen locker bin ich anderer Meinung«, sagte Mira und griff nach Matts Hand. »Nach meiner Erfahrung ist ein ehemaliger Professor besser als jeder junge Hüpfer es sein könnte.«

Violet schnupperte übertrieben. »Riecht ihr das auch?«

Die anderen schnüffelten prüfend.

»Was denn?«, fragte Dean. »Ich rieche nur Emerys süßen Duft.«

»Nein. Das meine ich nicht.« Violet trat hinter Serena und schnupperte erneut. Anschließend wiederholte sie das Ganze bei Drake. »Jap. Das ist der eindeutige Geruch von sexueller Spannung.«

Alle schauten zu Serena und Drake.

Drake sah aus, als würde er jeden Moment explodieren.

Serena suchte in seinem Blick nach etwas Humor oder einem Hauch von Freude, an den sie sich klammern konnte. In ihren Augen war er die perfekte Mischung aus Anzugträger und sexy Kerl, mit dem man Spaß haben konnte. Doch als er leise fluchte und dann aus dem Garten stürmte, wusste sie, dass sie keinem von beiden je wirklich nahekommen würde. Ob sich ihre Freundschaft jemals davon erholen würde?

Nach einem emotional aufreibenden Tag packte Serena ihre Sachen und holte die Karten, die sie für ihre Chefs besorgt hatte, aus ihrer Tasche. Im Büro war es zu still. Rick und Dean waren bei einem Meeting, hatten aber versprochen, später zu ihrer Abschiedsparty ins »Undercover« zu kommen. Drake war von jemandem namens Sterling angerufen worden und dann gegangen, ohne sich zu verabschieden, während Serena gerade selbst telefoniert hatte. Sie hatte keine Ahnung, ob er sie immer noch zur Party fahren würde – oder ob er überhaupt dort auftauchte. Den Großteil des Tages hatte er sie gemieden und sich nur nach den einzelnen Bewerbungsgesprächen kurz blicken lassen, um mit einem Kopfschütteln und Schulterzucken eine Ausrede zu murmeln, warum der entsprechende Kandidat nicht der Richtige für den Job war.

Die Karten für Rick und Dean legte sie auf ihre jeweiligen Schreibtische. Als sie Drakes Büro betrat, zog sich ihr Magen zusammen und sie dachte zurück an ihren ersten Arbeitstag. Da hatten hier noch nicht einmal die Schreibtische gestanden. Drake wohnte in der Etage über den Büros und seine Räume waren genauso kahl gewesen. Beides hatte sie schnell geändert. Sie wusste, wie sehr Drake seinen Vater vermisste, und er hatte ihr oft erzählt, dass er sich ihm auf dem Wasser besonders nahe fühlte. Aus diesem Grund hatte sie Drakes Büro und Wohnung in dunklem Holz eingerichtet und subtil nautische Elemente einfließen lassen.

Ihr Griff um den Umschlag in ihrer Hand wurde unwillkürlich fester und sie ging die Treppe hinauf. Ihm bei der Einrichtung seiner Wohnung zu helfen, war ein permanenter Kampf mit ihren Gefühlen gewesen, weil sie sich ständig fragte, ob sie gerade Bettlaken und Bilder aussuchte, an denen sich dann andere Frauen erfreuen würden. Aber sie hatte tatsächlich nie mitbekommen, dass Drake eine Frau mit nach Hause brachte. Ihr war klar, dass er durchaus Dates hatte, aber soweit sie wusste, war er kein Player oder einer dieser Männer gewesen, die mit unzähligen Frauen schliefen. In letzter Zeit hatte sie nicht allzu oft darüber nachgedacht, da Drake deutlich gemacht hatte, dass sie nur eine Freundin für ihn war. Nun sah sie das alles jedoch in einem neuen Licht und fragte sich, ob sie durch ihre Wunschvorstellung vielleicht ein falsches Bild von ihm hatte.

Sie hatte in den vergangenen vier Jahren ein paar Männer gedatet, doch bei allen hatte ihr etwas gefehlt. Leider konnte sie nicht genau sagen, was das war. Wie ein Jucken an einer Stelle, an der sie sich nicht kratzen konnte. War es Drake besser ergangen? Hatte er doch Übernachtungsbesuch in seiner Wohnung gehabt und die Frauen einfach nur rechtzeitig hinausbugsiert, bevor Serena zur Arbeit kam?

Sie strich über den blauen Umschlag, fuhr mit den Fingerspitzen über das eingravierte Seil und den Anker auf dem Schlüssel zu seiner Wohnung, der in dem Umschlag steckte. Warum hatte er ihn nie zurückhaben wollen? Sie öffnete den altmodischen Briefschlitz in der Tür, zögerte dann jedoch. *Das könnte der Moment sein. Unser endgültiger Abschied.*

Tja, aber das war dann wohl seine Entscheidung gewesen, nicht wahr? Selbst schuld.

Sie schob den Umschlag durch den Schlitz, eilte dann zu ihrem Auto und ließ das Büro hinter sich. Eigentlich sollte sie gerade ihre Zukunft feiern, doch sie konnte nur weinen. Sie versuchte nicht einmal, die Tränen aufzuhalten, denn morgen um diese Zeit würde sie weit weg in einer neuen Stadt sein und den Neuanfang wagen, von dem sie immer geträumt hatte.

Plötzlich hatte sie die Stimme ihrer Mutter wieder im Ohr, was eigentlich nicht mehr oft vorkam. *Was du dir heute wünschst, ist vielleicht nicht das, was du morgen wirklich willst.* Als Kinder hatten Chloe und sie ihre Wünsche mit den Samen von Pusteblumen in die Luft geschickt, und ihre Mutter hatte ihnen in einem seltenen Anfall von elterlicher Fürsorge diesen guten Ratschlag gegeben. Sie erklärte ihnen, dass sie sich immer gewünscht hatte, Mutter zu werden, ihr aber nicht klar gewesen war, dass es so schwer sein würde. Das war einer der Momente, der Serena die Augen öffnete, und ihr junges Herz tat so weh, dass sie sich auf ihr Fahrrad setzte und direkt zu Mira fuhr. Doch im Garten der Familie entdeckte sie Drake und anstatt ihn ihre Tränen sehen zu lassen, fuhr sie weiter zum fast drei Kilometer entfernten Fluss. Ein paar Minuten später tauchte Drake auf seinem Fahrrad auch dort auf. Als sie ihn gefragt hatte, wieso er wusste, wo sie war, hatte er geantwortet: *Jeder, der dich kennt, hätte gewusst, wohin du wolltest.*

Serena bog in ihre Einfahrt ab und die Traurigkeit verwandelte sich in Frust. Sie hatte geschworen, sich durch diese Sache mit Drake nicht von ihrem Weg abbringen zu lassen, und jetzt war sie gedanklich trotzdem ausschließlich mit ihm beschäftigt. *Auf keinen Fall.* Das durfte nicht passieren. Sie konnte sich zu Beginn ihres neuen Jobs keine Ablenkung leisten.

Meines neuen Lebens.

Diese Gedanken taten weh, doch sie hatte durch den Umgang mit ihrer Mutter schon vor Jahren gelernt, die Traurigkeit tief in sich zu begraben. Also tat sie das jetzt wieder. Was auch immer Drake heute Abend tat oder nicht tat, sollte ihr egal sein. Sie besaß ein Auto und konnte selbst in die Bar fahren. Sie würde einfach nicht viel trinken.

Sie ging ins Haus und marschierte an den zugeklebten Kartons vorbei ins Schlafzimmer. Sie duschte und verteilte Enthaarungscreme an allen relevanten Stellen, nur für den Fall, dass sie jemanden fand, mit dem sie sich von Drake ablenken konnte. Anschließend föhnte sie sich die Haare und schminkte sich sehr sorgfältig. Wenn Drake ihr aus dem Weg gehen wollte, weil es ihm zu schwer fiel, sich dem zu stellen, was sie nicht haben konnten, war das sein Problem. Sie würde ihre fantastischen Freundschaften und den Beginn von etwas Neuem feiern.

Den Großteil ihrer schicken Klamotten hatte sie bereits eingepackt, aber heute Abend wollte sie auch gar nicht *schick* aussehen. Sie schlüpfte in ein weißes Crop Top mit Schnürung im Dekolleté, das sie nach ihrer Rückkehr ans Cape gekauft hatte. Da sie halterlose BHs hasste, verzichtete sie ganz darauf, und das war eine gute Idee, denn das Oberteil saß etwas enger als früher, nachdem sie die Schnürung zurechtgezogen hatte. Dazu trug sie einen passenden Minirock mit Spitzensaum, der ihren Bauch frei ließ, und schlüpfte in ihre hübschen Riemchensandalen. Anschließend warf sie einen Blick auf ihr Handy und las die Nachrichten ihrer Freundinnen. Jede einzelne hatte ihr geschrieben, wie sehr sie sich darauf freute, heute Abend Zeit mit Serena zu verbringen – doch Drake hatte sich nicht bei ihr gemeldet, und sie versuchte, die Enttäuschung darüber von sich zu schieben.

Der kann mich mal.

Sie ergänzte ihr Outfit um lange goldene Ohrringe, eine passende Kette und ein paar Armbänder. Dann schnappte sie sich ihre Schlüssel und ging zum Auto.

Sechs

Drake ging gerade die Terrassenstufen nach oben, als die Haustür aufflog und Serena herausstürmte. Er blieb wie angewurzelt stehen. Ihr Make-up betonte die Grün- und Brauntöne in ihren Augen, und die Haare fielen ihr in natürlichen Wellen ein bisschen wild und sehr sexy über die Schultern. Ach du meine ... Was hatte sie da an? Das schulterfreie Oberteil – wenn man es denn so nennen konnte – bestand im Prinzip nur aus einem Stoffstreifen. Durch die Schnürung in der Mitte konnte er nicht nur ihr wunderschönes Dekolleté, sondern auch ihren verlockend sexy Bauch sehen. Der Rock reichte ihr gerade so bis zur Mitte der Oberschenkel und war mit einem Spitzensaum versehen. Drake musste die Hände zu Fäusten ballen, da es ihn in den Fingern juckte, sie zu berühren.

»Drake?«, fragte sie überrascht. »Ich hätte nicht gedacht, dass du kommst.«

Er blinzelte ein paarmal, um seinen lustvernebelten Verstand zu klären, und als das nicht wirkte, zwang er sich, auf die Terrasse zu treten. »Dachtest du, ich würde dich hängen lassen?«

Sie wich seinem Blick aus. »Du bist früh gegangen. Ich war mir nicht sicher ...« Der Schmerz in ihrer Stimme war nicht zu überhören.

»Sieh mich an, Serena.« Er wartete, bis er ihre volle Aufmerksamkeit hatte. »Du hast telefoniert, und ich musste in P-Town was besorgen, aber nie im Leben würde ich das heute Abend verpassen.« Er zog den kleinen Schmuckbeutel aus seiner Tasche, versteckte ihn jedoch noch hinter dem Rücken. »Ich habe dich schon nicht zum Abschlussball begleitet und wollte dir eigentlich ein Anstecksträußchen besorgen, aber in unserem Alter ist das doch …« In seinem Kopf hatte das irgendwie besser geklungen. »Ich rede Unsinn, Supergirl. Blumen verwelken irgendwann. Deshalb hab ich dir kein Anstecksträußchen mitgebracht. Ich wollte dir ein Abschiedsgeschenk machen, das du immer bei dir haben kannst. Etwas, das dich zum Lächeln bringt, wenn das Leben mal schwierig ist.« Er öffnete den Samtbeutel und holte das Wickelarmband heraus, das er extra für sie hatte anfertigen lassen.

Sie riss die Augen auf. »Drake?«

»Es tut mir leid, dass ich in letzter Zeit nicht ganz ich selbst war.« Er schlang das lange, geflochtene Band aus braunem und goldenem Leder, das mit dutzenden winzigen Diamantsternen besetzt war, mehrere Male um ihr Handgelenk. »Meine beste Freundin zieht weg und ich bin ziemlich neben der Spur.«

»Das ist …« Sie betrachtete das Armband und schaute ihn dann wieder an. Tränen schimmerten in ihren Augen. »Es ist wunderschön. Vielen Dank.«

»Eine wunderschöne Frau verdient wunderschöne Dinge.« Er drehte das Armband so, dass der runde goldene Anhänger mittig auf der Oberseite ihres Handgelenks ruhte. Anschließend nahm er ein kleines Kettchen aus dem Beutel und befestigte es am Anhänger. »Spreiz die Finger, Handfläche nach unten.«

Sie folgte seiner Aufforderung und ihm schoss durch den Kopf, wie er ihr noch ganz andere Anweisungen gab. *Nimm mich in die Hand – genau so – streichel mich, Baby.*

Ohne den Blick von ihrem zu lösen, schob er diese Gedanken entschlossen beiseite. Er führte das Kettchen über ihren Handrücken, um ihren Mittelfinger herum und befestigte es mit dem winzigen, herzförmigen Verschluss knapp über ihrem Fingerknöchel.

»Oh Drake«, hauchte sie atemlos. »Ich verstehe nicht. Warum …?«

»Ich habe es für dich anfertigen lassen, damit du dich immer daran erinnerst, dass unter den Sternen alles besser ist. Sitzt es gut? Oder schnürt es zu sehr ein?«

Ihre Augen verdunkelten sich und sie sog scharf Luft ein. »Was? Ähm – nein. Überhaupt nicht.«

»Gut. Wollen wir dann feiern gehen?« Er bot ihr seinen Arm an, sie hakte sich bei ihm unter, bewunderte dabei jedoch immer noch das Armband an der anderen Hand.

Während der ganzen Fahrt zur Bar in Truro, einer Nachbarstadt von Wellfleet, spielte sie daran herum. Serenas knapper Rock rutschte im Sitzen etwas nach oben, was prompt das Verlangen wieder in ihm hochkochen ließ, das er nur mit Mühe im Zaum halten konnte. Und dann schielte sie auch noch verstohlen zu ihm, wandte sich aber so hastig wieder ab, dass er ihren Gesichtsausdruck nicht richtig erkennen konnte. Seit er ihr gestern seine Gefühle gestanden hatte, kämpfte er mit sich. Er wusste, dass er das Richtige tat. Allerdings hatten sein Geständnis und das Wissen, dass sie morgen abreiste, ein Feuer in ihm entfacht, das seine Selbstbeherrschung viel zu schnell niederbrannte. Jeder heimliche Blick und jeder Atemzug, den sie in diesem kaum vorhandenen Oberteil machte, spürte er fast körperlich – und er wünschte sich nichts sehnlicher.

Als sie schließlich das »Undercover« erreichten, knabberte

sie an ihrer Unterlippe, und diese sexy Unschuld gab ihm beinahe den Rest.

Der Parkplatz war brechend voll. Er stellte sein Auto ganz hinten unter dem Blätterdach einiger Bäume ab, und drehte sich zu Serena. Sie starrte immer noch beklommen geradeaus, was ihm einen schmerzhaften Stich versetzte. Lag es an ihm, oder bereitete ihr der Umzug Kummer?

Er griff nach ihrer zierlichen Hand, strich mit dem Daumen über ihre warme Haut und prägte sich das Gefühl ein, für später, wenn sie weg war. Die goldene Kette glitzerte auf ihrer sonnengebräunten Haut. »Red mit mir, Serena.«

Mit besorgter Miene drehte sie sich zu ihm. Sanft zog er sie zu sich, so nah, dass er beinahe ihren rasenden Puls zwischen ihnen vibrieren spürte.

»Oh, Süße, was ist los? Macht dich der Umzug nervös?«

»Ja«, erwiderte sie leise. »Und das hier.« Sie betrachtete erneut das Armband. »Es ist wunderschön und eine liebe Geste, verwirrt mich aber auch. Was bedeutet es, Drake? Einerseits habe ich das Gefühl, dass du mir widersprüchliche Signale schickst, indem du mich erst den ganzen Tag ignorierst und mir dann das hier mitbringst.« Mit einem Finger strich sie über das Kettchen an ihrer Hand. »Andererseits bist du mir keine Rechenschaft über deine Arbeit schuldig und du hast mir auch schon früher Geschenke gemacht. Das hier sollte sich genauso anfühlen. Aber da ich jetzt weiß, was du für mich empfindest, ist es anders.«

Er lehnte seine Stirn an ihre und legte ihr eine Hand auf den Nacken. »Es tut mir leid. Ich hab dir gesagt, dass ich gerade durch den Wind bin. Ich bin dir heute aus dem Weg gegangen, aber nur, weil ich ununterbrochen daran denke ...« *Dich an mich zu ziehen, dich zu küssen, dich nackt unter mir zu haben und*

dich so lange zu lieben, bis du vergisst, warum du gehen wolltest.
»… nun, an Dinge, an die ich nicht denken sollte.«

»Willkommen im Club«, flüsterte sie.

Das fachte die Flammen in ihm nur noch weiter an. Hauchzart strich er mit den Lippen über ihre Wange und sie atmete erstickt ein. Das klang so sexy, dass er es direkt noch einmal wiederholte und ihr erneut diesen verführerischen Laut entlockte. Er lehnte sich zurück, um ihr ins Gesicht zu sehen, löste seine Hand jedoch nicht von ihrem Nacken. Serena klammerte sich an seinen Unterarm. Ihre Brüste hoben sich mit jedem Atemzug, und sie leckte sich über die Lippen, was seine eigenen aufregend kribbeln ließ. Diese verführerische Geste war zweifellos volle Absicht. *Netter Schachzug.* Ihre Blicke trafen sich, und Serena verengte kaum merklich die Augen, in denen plötzlich Entschlossenheit funkelte. Wenn er das richtig interpretierte – was er ziemlich sicher tat –, schimmerte darin auch eine Herausforderung.

»Wenn du mich weiter so ansiehst, werde ich deinetwegen noch zum Lügner.«

»Manchmal ist eine Lüge keine Lüge«, erwiderte sie atemlos.

Er konnte dem Drang nicht widerstehen, einige sanfte Küsse auf ihrer Wange zu verteilen. Ihre Wange war unbedenklich, redete er sich ein. Wenn er sich nur diese kleine Kostprobe gestattete, würde er den Abend überstehen und einen Weg finden, sein Verlangen erneut tief in sich zu begraben.

Ihre Haut war warm und verlockend weich. Drake bedeckte ihre Wange mit Küssen und Serena schloss hinreißend vertrauensvoll die Augen. Sie schien den Atem anzuhalten. Bei jeder Berührung seiner Lippen drückte sie ihre Finger in seine Haut und befeuerte damit den tobenden Kampf in seinem Kopf. *Nur noch ein Kuss.* Er berührte die leichte Vertiefung direkt unter ihrem Ohr und sie seufzte verträumt. *Verdammt.*

»Was ist es dann«, fragte er, »wenn es keine Lüge ist?«

»Es ist eine …«, flüsterte sie.

Sie drehte den Kopf, sodass sich ihre Lippen wie eine viel zu schnell vorüberziehende Brise berührten. Diese Verlockung jagte Funken über seine Haut. Er strich über Serenas Oberschenkel. Alles in ihm sehnte sich danach, sie zu erobern, obwohl er wusste, dass er sich nicht einmal mit den Küssen in Versuchung hätte bringen dürfen.

»Eine …?«, hakte er nach und zog eine Spur aus Küssen über ihren Hals.

Sie wölbte sich ihm entgegen und drückte seinen Kopf fest an sich. *Oh ja. Genau so, Baby. Zeig mir, was du willst.* Er öffnete den Mund und saugte so fest an ihrer zarten Haut, dass sie laut aufkeuchte. Dann schob er die Finger in ihre Locken und neigte ihren Kopf zur Seite, um noch mehr von ihr zu bekommen. Sie krallte sich in seine Haare und zog daran — allerdings zog sie ihn nicht *weg*. Das herrliche Prickeln auf seiner Kopfhaut verstärkte das Pulsieren zwischen seinen Beinen. Wenn er sich jetzt nicht von ihr losmachte, würde er nicht mehr aufhören können. Seit Jahren bemühte er sich so sehr, die unsichtbare Grenze zwischen ihnen nicht zu überschreiten, versagte nun jedoch kolossal. Seine widersprüchlichen Signale an sie bildeten nur die Spitze des Eisbergs aus Argumenten, warum er das hier schleunigst abbrechen sollte.

»Es ist eine schlechte Idee«, keuchte sie.

Ihre Worte und das Dröhnen eines Motorrads rissen ihn aus seiner Trance. Er ließ sie los, als hätte er sich verbrannt. »Schlechte Idee. Stimmt. Entschuldige.« *Ich bin das Letzte.*

»Nein.« Sie griff nach seiner Hand und lehnte sich zu ihm. »Nicht das hier ist die schlechte Idee. *Das* wäre eine Lüge. Wir machen dich nicht zu einem Lügner. Deine Idee war einfach von Anfang an falsch.«

Drängendes Klopfen am Fenster ließ sie beide zusammenzucken.

»Mist.« Er fuhr die Scheibe herunter und Violet spähte durch die Öffnung. »Hey«, presste er mühsam hervor.

Violet musterte Serena von oben bis unten. Drake ballte die Hände zu Fäusten, so sehr wollte er ihr den Blick auf Serenas lusterfüllte Augen, ihre zerzausten Haare und ihre harten Nippel, die sich unter dem dünnen Stoff ihres Oberteils abzeichneten, versperren.

»Kommt ihr rein?« Violet hob eine Braue. »Oder *kommt* ihr hier draußen?«

Ihre Gefühle waren ein einziges Chaos, als sie mit den beiden die gut besuchte, spärlich beleuchtete Bar betrat. Violet grinste, als hätte sie Serena und Drake beim Sex erwischt. Drake strahlte pure sexuelle Energie aus. Er ragte neben ihr auf wie ein Bodyguard, der die Anweisung bekommen hatte, seinen Schützling nicht zu berühren. Außerdem knurrte er praktisch jeden Mann an, der es auch nur wagte, sie anzusehen. Mittlerweile waren sie schon eine ganze Weile hier, und trotzdem raste ihr Herz noch immer. Sie schluckte schwer und verlagerte unruhig das Gewicht auf ihrem Stuhl. Drake hatte sie noch nicht einmal auf den Mund geküsst, aber es hatte vollkommen ausgereicht, um sie unfassbar zu erregen.

Der wechselnde Rhythmus der Musik steigerte die Hitze in ihr nur noch mehr, als Drake mit ihren Drinks von der Bar zurückkam. Die Glut in seinen Augen ließ sie einfach nicht mehr los. Sie strich sacht über das Armband und erinnerte sich daran, wie verlangend er sie beim Anlegen angeschaut hatte. Genau dieser Ausdruck würde ihr in einsamen Nächten durch den Kopf geistern, wenn sie dem Gefühl seiner Lippen auf ihrer Wange und seinem heißen Atem nachspürte. Aber fürs Erste versuchte sie, das beiseitezuschieben und beschränkte sich darauf, seinen Anblick zu genießen. Sein selbstsicherer Gang erregte die Aufmerksamkeit fast jeder Frau, an der er vorbeikam. In dem schwarzen Leinenhemd, das sie ihm letztes Jahr zu Weihnachten geschenkt hatte, sah er zum Anbeißen aus. Sie sah es so gern an ihm, weil er immer die obersten Knöpfe offen ließ, und sie immer mal einen kleinen Blick auf seine Brusthaare erhaschen konnte. Einige Männer waren zu pelzig, andere rasierten oder wachsten sich den Oberkörper, aber Drake hatte genau die richtige Mitte gefunden. Nun kam er auf sie zu wie ein Löwe auf seine Beute, und sie stellte sich unwillkürlich vor, wie seine Brust sich an ihren Brüsten anfühlen würde.

Violet lehnte sich auf ihrem Stuhl zurück. Ihr schwarzes Top rutschte ein Stück nach oben und entblößte einen Streifen gebräunter Haut über dem Bund ihres engen schwarzen Leder-Minirocks. Sie fotografierte Drake mit ihrem Handy, das sie anschließend Serena reichte. »Sabber nicht drauf.«

Serena verdrehte die Augen und wehrte das Handy ab. »Es ist nicht so, wie du denkst.«

»Klär mich gerne auf«, bat Violet grinsend. »Denn die Blondine da drüben schmeißt sich ordentlich an ihn ran, aber er hat nur Augen für dich.«

Serena drehte den Kopf in seine Richtung. Ein Feuer glomm in ihr auf. Und genauso schnell gesellte sich Eifersucht dazu, denn tatsächlich hing Drake eine hübsche Blondine praktisch am Arm. Sie konnte das, was in seinem Auto passiert war, nicht richtig einordnen, wusste aber, wo sie es einordnen *wollte*. Und sie wusste auch, dass es nicht klug war, und konnte dafür genau dieselben Gründe anführen, die Drake ihr gestern gewissenhaft erklärt hatte.

Drake beugte sich nach unten, um der Blondine etwas zu sagen, und Serenas Magen verkrampfte sich. Ab morgen um diese Zeit hatte sie keine Ahnung mehr, wo oder mit wem er Zeit verbrachte. Panik erfasste sie. Eilig richtete sie ihre Aufmerksamkeit auf die Tanzfläche, um ihre Nerven zu beruhigen. Sie waren kein Paar. Es sollte egal sein, was er tat oder mit wem er sich traf – ungeachtet der heißen Momente vorhin in seinem Pick-up. Schon jetzt hatte sie meistens keine Ahnung, mit wem er seine Nächte verbrachte. Klar, sie chatteten häufig, aber sie hakte nicht nach, und er gab von sich aus keine Einzelheiten preis. Sie begegneten sich entweder morgens im Summer House zum Frühstück mit ihren Freunden oder er kam nach seiner morgendlichen Joggingrunde ins Resort. Bestimmt war er in den letzten Jahren mit Frauen zusammen gewesen, aber sie konnte sich nicht erinnern, dass er auch nur einmal eine dabeigehabt hatte, wenn sie als Gruppe ausgingen.

Mira und Matt hatten die Köpfe zusammengesteckt und flüsterten miteinander. Matt musste etwas Unanständiges gesagt haben, denn Mira wurde rot und schloss die Augen. Das erinnerte Serena schon wieder an Drakes Lippen auf ihrer Wange. Sie konzentrierte sich auf Emery und Dean, die viel zu eng umschlungen und zu langsam für den schnellen Beat miteinander tanzten. Ein paar Meter entfernt küssten sich Desiree und Rick und wiegten sich dabei zur Musik. Bei denen sah eine Beziehung leicht aus, als würde sich das Leben um sie drehen und nicht andersherum. Warum war es bei Drake und ihr so kompliziert?

»Oh Mann. Du siehst wie ein ausgesetztes Kätzchen aus und das passt überhaupt nicht zu dir.« Violet stand auf. »Wir bringen dich jetzt mit einer Runde Tanzen auf andere Gedanken.«

Dean und Rick kamen gerade zurück zum Tisch, als Violet Serena auf die Füße zog.

»Harper ist bei den Mädels«, erklärte Rick und zeigte auf die drei Frauen auf der Tanzfläche.

Serena konnte sich ein Lächeln nicht verkneifen. In ihrem kurzen, bunten Hippiekleid und mit den langen Ketten sah Harper wie ein Blumenkind aus. Ihre blonden Haare fielen ihr offen über die Schultern, und sie tanzte, als wäre sie ganz allein mit sich. Sie streckte die Arme aus, reckte das Kinn und schloss die Augen. Desiree bewegte sich neben ihr etwas zurückhaltender in ihrem hübschen Maxikleid, während Emery in ihrem hautengen, leuchtend blauen Minikleid mit heißem Hüftschwung punktete.

Mit selbstbewusst beschwingten Schritten machte Violet sich in ihren mit silbernen Absätzen versehenen Motorradstiefeln auf zu den anderen.

»Mira, willst du auch tanzen?«, rief Serena ihrer Freundin über die Musik hinweg zu. Genau in diesem Moment kam Drake zurück an den Tisch und stellte ihre Getränke ab.

»Ja!« Mira küsste Matt und ging Violet nach.

Serena wollte ihr folgen, doch Drake hielt sie am Handgelenk fest und sah ihr sehnsüchtig in die Augen. Eine Sekunde später verwandelte sich diese Sehnsucht in etwas Dunkleres und ein Kribbeln breitete sich in Serenas Magen aus. Ohne nachzudenken schnappte sie sich den Drink, den er ihr mitgebracht hatte, und kippte ihn in einem Zug hinunter.

Der Ausdruck in seinen Augen wurde heißer, *hungriger*, als würde ihn ihre Nervosität genauso anmachen, wie sie von seinem Interesse erregt wurde. Wahllos griff sie sich ein weiteres Glas vom Tablett und trank auch das auf ex aus. Die Wärme des Alkohols in ihrer Kehle beruhigte ihre Nerven ein wenig. Auf Drakes Miene blitzte Verlangen auf, das unglaublich aufregend war und sie gleichzeitig in den Wahnsinn trieb. Noch nie hatte sie die Gegenwart eines Mannes so nervös gemacht. Noch nie war sie so unsicher gewesen, was sie wollte. Oder eher, was sie tun *sollte*. Sie wusste ganz genau, was sie wollte – diesen eins neunzig großen Mann, dessen Augen sie an eine sternlose Nacht erinnerten und dessen Lippen sie mit sich rissen wie eine aufbrandende Welle. Der Mann, der ihr schon das Herz gestohlen hatte, als sie noch Teenager gewesen waren.

Sie drehte sich um und flüchtete schnurstracks zur Tanzfläche.

Mit im Takt der Musik wiegenden Hüften und Schultern schlängelte sie sich durch die Menge. Sie wurde zunehmend lockerer. Violet und Emery schmiegten sich recht anzüglich aneinander, während Desiree und Mira die Köpfe zusammensteckten und sich absolut jugendfrei bewegten. Befeuert von der Lust, die in ihr tobte, und beflügelt vom Alkohol gesellte Serena sich zu Harper und stieg auf ihren Ausdruckstanz ein. Sie sah hinauf zu den bunten Lichtern und ließ sich von der Musik beruhigen, die in ihr vibrierte und widerhallte. Genau das brauchte sie. Sie musste sich in etwas anderem als Drake verlieren und wieder das Gefühl von Kontrolle bekommen.

»Na endlich!«, rief Harper über die Musik hinweg.

Serena stieß sie zur Antwort mit der Hüfte an.

»Warum hast du mir nicht erzählt, dass du mit Drake zusammen bist?«

Violet und Emery lachten laut auf.

»Was? Bin ich nicht!« Serena warf Mira einen Blick zu.

»Schau mich nicht so an«, rief Mira. »Ich sehe das ganz wie Harper!«

Harper zog verwirrt die Brauen hoch. »Dann muss mein Sex-Radar kaputt sein, denn eure Blicke sagen was anderes.«

»Es ist einfach nur ein seltsamer Abend.« Serena streckte die Arme nach oben aus und schloss einen Moment die Augen, um sich erneut im Takt der Musik zu verlieren. Allerdings blitzte in ihren Gedanken immer nur das Verlangen in Drakes Blick auf. Sie öffnete gerade in dem Moment die Augen, in dem Chloe sich einen Weg durch die Menge bahnte und die Arme um sie schlang.

»Tut mir leid, dass ich zu spät bin!« Chloe ließ sie los und umarmte die anderen. »Wow. Ihr seht alle toll aus!«

Violet grinste. »Tun wir das nicht immer?«

»Ich auf jeden Fall«, stimmte Emery zu.

Chloe zeigte auf Serena. »Hast du dich so angezogen, um vor Boston noch einen letzten Quickie zu bekommen?«

»So was in der Art.« Serena hatte ihr Outfit schon wieder ganz vergessen. Aber sie sah wohl tatsächlich aus, als wollte sie jemanden aufreißen. Hatte Drake deshalb endlich angebissen?

»Ich dachte, sie hätte sich für Drake so angezogen«, sagte Harper und die Runde bewegte sich wieder zur Musik.

Violet schob sich näher an Serena heran. »Das dachte er auch«, flüsterte sie ihr ins Ohr.

Serena funkelte sie finster an.

»Sie hat sich für Drake angezogen, seit sie Jungs für sich entdeckt hat!«, stichelte Chloe. »Warum sollte es heute anders sein?«

»Halt die Klappe und tanz mit uns«, sagte Serena in der Hoffnung, das Thema damit zu beenden.

Gemeinsam tanzten sie zu so vielen Songs, dass Serena gar nicht mitbekam, wann das bunte Licht gedimmt wurde. Es interessierte sie auch nicht. Sie war etwas high und fühlte sich gut. Irgendwann tippte Harper ihr auf die Schulter und deutete zu Drake, der sie vom Tisch aus beobachtete, als würde sie ihm eine Privatshow liefern. Also legte sie noch eine Schippe drauf.

Ohne den Blick von ihm abzuwenden, drückte Serena die Brust nach vorn, rollte erst eine, dann die andere Schulter nach hinten und wiegte ihre Hüften im Takt. Dann hob sie die Arme über den Kopf und drehte sich verführerisch im Kreis. Drake war anzusehen, was er gerne mit ihr anstellen wollte. Durch seine Aufmerksamkeit fühlte sie sich mutig und sexy. Zusammen mit Emery, die sofort wusste, worauf sie hinauswollte, legte sie eine heiße Nummer aufs Parkett, um Dean und Drake in den Wahnsinn zu treiben.

Plötzlich packte Emery sie am Handgelenk und riss sie damit aus der sinnlichen Provokation. Mit großen Augen betrachtete sie Serenas neues Armband. »Was ist denn das Tolles? Woher hast du das?«

»Ein Abschiedsgeschenk von Drake.« Serenas Puls beschleunigte sich erneut und sie schielte verstohlen zu Drake, der immer noch keine Sekunde den Blick von ihr abwendete.

»Er hat dir ein *Sklaven*-Armband geschenkt?«, fragte Violet vollkommen perplex. »So was Krasses hätte ich jetzt echt nicht erwartet. Wow.«

»Was ist denn ein Sklaven-Armband?«, fragte Desiree. »Das klingt ziemlich daneben, Violet. So was solltest du in der Öffentlichkeit nicht sagen.«

Violet hielt inne und sah ihre Schwester betont ausdruckslos an. »Nicht *diese* Art von Sklaven, Desiree. Es kann ein Zeichen für BDSM-Sklaven sein. Die geben alle Rechte an ihren Master ab.«

»Wer macht denn so was?« Desiree schnappte erschrocken nach Luft und sah Serena besorgt an.

»Was? Nein! Wie kommst du –? Er ist nicht – *Omeingott!*« Serena stürmte von der Tanzfläche in Richtung Tisch. Ihre Freundinnen folgten ihr wie eine Schar Entenküken. Sie blieb abrupt wieder stehen, sodass die Mädels sie prompt von hinten anrempelten. Als sie sich umdrehte, entschuldigten sich alle hastig bei ihr.

»Bitte erwähnt das nicht, okay?«, flehte sie. »Ich möchte nicht, dass jemand so etwas über mich denkt. Über uns. Es gibt kein Uns!« *Und wenn er auf Sklavinnen steht, gibt es definitiv kein Uns.*

»Werden wir nicht«, antwortete Desiree.

»Versprochen«, stimmte Harper zu.

Chloe lachte. »Meine Lippen sind versiegelt, aber ich will es unbedingt wissen.«

»Ich nicht«, sagte Mira.

Serena brauchte einen Drink. Oder drei. Sie schaute auffordernd zu Violet und Emery.

»Ist ja schon gut. Mann, ihr seid echt verklemmt.« Violet ging zurück zur Tanzfläche.

»Okay, aber wenn wir mal ohne die Jungs unter uns sind, musst du uns erzählen, was er gesagt hat«, meinte Emery, ehe sie sich Violet anschloss.

Serena war vorher schon nervös gewesen, doch je näher sie dem Tisch kam, desto schneller schlug ihr Herz. Die Mädels setzten sich und unterhielten sich mit Rick und Dean, warfen ihr aber immer wieder unauffällige Blicke zu. Alle klaren

Gedanken verabschiedeten sich jedoch postwendend, als Drake sich erhob und nun in all seiner muskulösen Pracht vor ihr stand – und sie stellte ihn sich in einer kurzen Lederhose mit Peitsche in der Hand vor.

Mistmistmist.

»Du kannst meinen Platz haben, Supergirl«, sagte er. »Ich hab dir noch was zu trinken besorgt.«

Sie setzte sich auf seinen Stuhl.

Er schob ihr ein Glas zu, dann beugte er sich zu ihr herunter, sodass seine Lippen ihr Ohr streiften und sich seine Brust wunderbar an ihre Seite drückte. »Es war Folter, dich beim Tanzen zu beobachten, und nicht zu dir gehen zu dürfen.«

»Was willst du machen? Mich an dein Handgelenk fesseln?«, fuhr sie ihn leise an.

Er lachte an ihrer Wange und trotz ihrer Verärgerung wurde ihr schlagartig heiß und alles prickelte voller Vorfreude auf seine Lippen.

»Möchtest du das denn?«, fragte er mit tiefer Stimme.

»Nein!« Sie hob eine Hand vor den Mund, um ihm nun schroff ins Ohr zu flüstern: »Ich kann nicht fassen, dass du mir ein *Sklaven*-Armband geschenkt hast.«

»Was?«, entfuhr es ihm. »Habe ich nicht.«

Sie hielt ihm das Armband unter die Nase. »Violet hat gesagt, dass es ein Sklaven-Armband ist.«

»Sie liegt falsch«, erwiderte er nachdrücklich und brachte seine Lippen wieder an ihr Ohr. »Ich will nicht, dass du meine Sklavin wirst. Auf so was stehe ich nicht.« Er klang vollkommen aufrichtig.

»Warum hast du mir dann ein Sklaven-Armband gegeben?«

»Ich hab dir ein Armband geschenkt, das mir gefällt, weil es etwas ausgefallen und anders ist. Genau wie du«, erklärte er.

Sie presste die Lippen aufeinander. Sie hätte Violet fragen sollen, ob man diese Armbänder nur in Sex-Shops kaufen konnte. »Wo hast du es her?«

»Von einem befreundeten Goldschmied, der spezielle Sachen auf Kundenwunsch anfertigt. Er heißt Sterling. Wir haben es vor zwei Monaten gemeinsam entworfen. Er ist mit seinen Brüdern übers Wochenende in P-Town und hat heute im Büro angerufen. Du hattest auch schon ein paarmal Kontakt mit ihm. Warum?«

Oh je. Jetzt kam sie sich albern vor. »Es tut mir leid.« Sie griff nach ihrem Drink, doch Drake legte eine Hand auf ihre und hielt sie damit auf.

»Erzähl mir, was los ist, bevor du noch was trinkst.« Sein ernster Gesichtsausdruck rührte etwas tief in ihr an. »Vertraust du mir nicht?«

»Doch«, erwiderte sie sofort erleichtert. Zum Glück waren ihre Freundinnen in andere Gespräche vertieft und lauschten nicht jedem ihrer Worte. »Der Abend hat mich wohl aus dem Konzept gebracht oder so. Als Violet das gesagt hat, hatte ich das Gefühl, dich gar nicht wirklich zu kennen.« Sie lehnte sich näher zu ihm und senkte die Stimme zu einem Flüstern. »Stehst du auf solche Sachen? Sklavinnen und Subs?«

Er legte einen Arm um sie und zog sie an sich. »Ich stehe auf dich, Serena. Mag ich auch mal etwas Kink? Klar, manchmal, wenn meine Partnerin auch dafür zu haben ist, aber Sklavinnen und Subs sind nicht mein Ding.«

Dass er auf sie stand, ignorierte sie geflissentlich, weil ihnen beiden klar war, dass diese Sache wie ein Druckkochtopf kurz vor dem Explodieren zwischen ihnen stand. »Kink«, wiederholte sie. Automatisch ging sie in Gedanken die verschiedenen Kinks durch, die sie kannte. Was, wenn sich ihre Definitionen da unterschieden? Erneut schirmte sie ihren Mund ab. »Was fällt für dich darunter?«

Er schenkte ihr einen ungläubigen Blick. »Darüber werden wir hier nicht sprechen.«

»Willst du *Daddy* genannt werden?«, flüsterte sie. Jetzt war sie noch neugieriger auf seine Vorlieben.

»Werd nicht albern«, erwiderte er lachend. »Ich hab doch gesagt, dass wir nicht darüber reden.«

»Oh doch, tun wir. Ich verschwinde morgen und will es wissen.«

Er zog sie noch näher, sodass sie praktisch auf seinem Schoß saß. Früher hatte er nie so viel Körperkontakt gesucht, doch jetzt schien er gar nicht mehr anders mit ihr kommunizieren zu wollen. »Ich werde dich am Vorabend deiner Abreise sicher nicht über Kinks aufklären.«

Dass seine Stimme bei dem Wort *aufklären* tiefer und irgendwie ernster wurde, weckte ein aufregendes Kribbeln in ihrem Magen. Seine Reaktion gefiel ihr so sehr, dass sie entschied, ihn noch weiter zu treiben. Also zog sie ihr Handy aus der Handtasche. »Wie du willst. Vielleicht finde ich online ein paar Bilder von Kerlen mit viel in der Hose, die kinky Dinge …«

Mit finsterem Blick nahm er ihr das Handy weg. »Das reicht.«

»Wenn du mich nicht aufklären willst …« Sie sah sich um und entdeckte Harpers Brüder. Colton war Besitzer der Bar und schwul. Brock hingegen betrieb ein Fitnessstudio in Eastham und stand zu hundert Prozent auf Frauen, was ihn zur perfekten Waffe machte, um Drakes Eifersucht anzufachen. »Brock hilft da sicher gern.«

Sie stand auf, doch Drake hielt sie an der Hand zurück. Ihre

Nervosität wuchs. Es fühlte sich an, als würde sie am Rand eines Vulkans stehen und ihn mit ihrem Verhalten zur Explosion zwingen, aber gleichzeitig wollte sie sich unbedingt kopfüber hineinstürzen.

Langsam erhob sich Drake und sein ruhiger Blick sorgte dafür, dass sie sich nicht von der Stelle rührte.

»Wohin geht ihr?«, fragte Chloe.

»Tanzen«, antwortete Drake und legte seine andere Hand so besitzergreifend auf Serenas unteren Rücken, dass er ihrer nackten Haut genauso gut einen Stempel hätte verpassen können.

Sieben

Drake hielt sich für einen Meister der Selbstbeherrschung, doch Serena ließ sie mit jeder Minute weiter bröckeln. Er war überzeugt gewesen, sein Verlangen nach ihr überwunden und so weit weg geschoben zu haben, dass er zwar darüber fantasieren konnte, es aber nie in die Tat umsetzen würde. Doch während sie sich über die volle Tanzfläche schoben, kämpfte er mit seiner Entschlossenheit. Seine freche, aufreizende Frau klammerte sich an ihn, bunte Lichter erhellten die Menge, in der sich die Leute fast orgienhaft an- und miteinander bewegten, und der Geruch der Lust erfüllte die Luft.

Außer Sichtweite ihrer Freunde nahm er Serena in die Arme und zog ihre weichen Rundungen fest an seinen harten Körper. Er legte ihr die Hände auf den Rücken und ließ sie fordernd und besitzergreifend zu ihren Hüften gleiten, als würde sie bereits ihm gehören. Sinnliche Begierde erfasste ihn, und er konnte sich kaum daran erinnern, warum er sich so lange dagegen gewehrt hatte.

Serena sah ihn herausfordernd an und rieb sich verführerisch an ihm. Was sie mit ihm anstellte, hatte weder Anfang noch Ende. Er ließ sich von dem wundervollen Strom, sie zu sehen, mit ihr zu lachen, sie zu *wollen,* in ein Meer aus Emotionen treiben.

Sie tanzten zu ihrem eigenen Rhythmus, erst langsam und verführerisch, dann schnell und erotisch. Gierig erforschte er ihren Körper mit den Händen. Er schob sein Bein zwischen ihre, zog ihre Hüften fest an sich und drängte das Becken gegen ihres, damit sie spürte, was sie mit ihm anstellte. »Fass mich an«, flüsterte er ihr ins Ohr.

Er brachte genug Abstand zwischen ihre Körper, um ihr Raum zum Erkunden zu geben. Und wie sie ihn erkundete. Erhitzt und hungrig strich sie über seine Brust, seinen Rücken, und – *oh ja, Baby!* – sein Gesicht. Mit ihren zarten Fingern glitt sie über seinen Bart und seinen Hals. Sie schloss die Augen und ihre Lippen glänzten verlockend. Sie bewegte sich weiter zum Takt der Musik, erkundete seinen Körper und verlor sich in ihm.

»Sieh mich an, Supergirl.«

Sie öffnete die Augen und der Ausdruck in ihnen war lustvoll und betörend sexy. Doch trotz der unheimlichen Anziehung und dem drängenden Verlangen zwischen ihnen nahm er auch eine leise Warnung wahr. Er musste sich zurückziehen. Wenn er sich nicht bremste, würde er ihr Leben damit auf den Kopf stellen. Ihre Körper berührten sich von der Brust bis zu den Schenkeln, streiften sich, drängten und schmiegten sich aneinander, bewegten sich zusammen. Drake war steinhart und Serena keuchte vor Verlangen. Er senkte den Kopf zu ihrer Halsbeuge und atmete ihren berauschenden Duft ein. Serena krallte sich an seine Arme. Weder küsste er ihren Hals, noch berührte er mit dem Mund ihre Haut. Stattdessen verharrte er nur über der Wölbung, wo Hals und Schulter sich trafen, und genoss ihre Wärme. Sie stellte sich auf die Zehenspitzen, um seinen Mund zu erreichen, doch er hielt sie auf

Abstand, weil es ihm gefiel, wie sie die Fingernägel in seine Haut grub und sich ihm auf der Suche nach mehr entgegenwölbte. Aus den Lautsprechern dröhnte »Strip That Down« von Liam Payne und Drake wiegte die Hüften zum erotischen Rhythmus des Songs. Er ließ seine Hände zu ihrem Hintern wandern und umfasste ihn fest.

Serena packte in seine Haare, um seine Lippen auf ihren Hals zu drücken. Drake griff sich jedoch ihr Handgelenk und zog sich so weit zurück, dass er ihr in die Augen sehen konnte, die ihn praktisch anbettelten.

Scheiß. Drauf.

Er zerrte sie von der Tanzfläche zum Gang, der zu den Toiletten führte.

»Wohin gehen wir?«, fragte sie atemlos. Sie musste sich anstrengen, um mit ihm mitzuhalten.

Er hatte absolut keine Ahnung, denn er würde keinesfalls auf einer Toilette mit ihr vögeln.

»Weg von neugierigen Blicken.« Er griff nach ihren Händen, drängte Serena an die Wand und drückte ihre Handgelenke über ihren Kopf. Als er seine Lippen ganz nah an ihre brachte, wurden ihre Augen groß. Er war süchtig nach ihr wie nach einer Droge.

»Ich wusste schon immer, dass du die einzige Frau bist, die mich vor Verlangen in den Wahnsinn treiben kann.« Seine Stimme glich eher einem Knurren.

Das verschmitzte Lächeln auf ihren vollen Lippen raubte ihm beinahe den Verstand. »Klärst du mich jetzt auf?«

»Es gibt so viele Dinge, die ich gerade mit dir machen will, aber nichts davon hat mit *Aufklärung* zu tun.«

Ihr Lächeln verwandelte sich in ein verführerisches Schmollen. »Ich hatte gehofft, dass du mir erzählst, welche Kinks dir gefallen.«

Sie hatte keine Ahnung, was es mit ihm anstellte, wenn er ihre Hände so festhielt und ihr Körper nur darauf wartete, von ihm berührt zu werden. Er schaute sich kurz um. Eine kleine Gruppe, die sich am Eingang unterhielt, schirmte sie zum Gastraum hin ab. Er hielt Serenas Handgelenke mit einer Hand fest, damit er die andere unter ihren Rock schieben und ihre nackte Pobacke umfassen konnte. Etwas weiter seitlich spürte er das dünne Bändchen eines Tangas. Verdammt, er wollte so sehr mit ihr schlafen.

Sacht rieb er mit den Bartstoppeln über ihre Wange. »Du willst wissen, was mir gefällt?«

»Ja«, keuchte sie.

»Du gefällst mir, Serena. Ich stelle mir vor, wie du nackt unter mir im Bett liegst und ich tief in dir bin. Ich träume von dir in sexy Kleidung – Strümpfe, Strumpfhalter, High Heels. Dann beugst du dich vor und ich dringe von hinten in dich ein.« Er drückte ihren Hintern fester, woraufhin sie scharf einatmete. »Ich stelle mir vor, wie du auf mir sitzt und ich dich an den Rand des Höhepunkts bringe und dich dort festhalte, bis du um mehr bettelst und dein Körper so heftig zittert, dass du kaum noch ein Wort herausbringst.«

Er küsste ihren Hals und entlockte ihr damit ein Wimmern.

»Ich will dich auf dem Rücken, damit ich dich kosten und mir jeden Zentimeter von dir einprägen kann.« Doch als er ihre Arme noch ein wenig nach oben zog, hielt sie dagegen. »Ist das zu viel für dich?«

Hitze loderte in ihrem Blick. »Nein. Ich will dich anfassen.«

Ihr Flehen ließ seine Härte pochen. »Noch nicht, Supergirl. Du wolltest wissen, was mir gefällt – und ich will es dir erzählen.«

Er biss ihr ins Ohrläppchen und sog es in seinen Mund. Serena bog sich ihm entgegen. Kurz drehte er den Kopf zur Seite, doch die Gruppe stand noch immer vor dem Eingang zum Flur. *Gott sei Dank.* Mit seinem Körper schirmte er Serena ab, schob ihre Hände weiter nach oben und ließ die Finger seiner anderen Hand zwischen ihre Beine gleiten. Ihr Höschen war feucht. Sie öffnete die Beine etwas mehr und in ihren Augen stand eine Mischung aus Herausforderung und Lust.

Er ließ seinen Finger unter den Stoff gleiten. »Verdammt, Serena«, presste er hervor. Er rieb mit dem Daumen über ihre Haut. »Rasiert. Oh Baby, ich werde dich so sehr verwöhnen.«

Ein verführerisches Grinsen breitete sich auf ihren Lippen aus und er zog seine Hand zurück. Das herausfordernde Funkeln verschwand aus ihrem Blick und sie atmete geräuschvoll aus. Er strich mit den Lippen über ihre Wange. »Wenn wir beide so weit sind, werde ich mich quälend langsam und so tief in dir bewegen, und wenn du denkst, dass du alles gegeben hast, was du kannst, mache ich es dir ein bisschen härter und heißer.« Er zog sich zurück und sah ihr in die Augen. Sie war so wunderschön und sehnte sich genauso verzweifelt danach wie er. Dafür würde er mit Sicherheit in der Hölle schmoren, aber wen interessierte das schon. Wenn er dafür mit Serena zusammen sein konnte, war es das wert.

»Aber zuerst«, raunte er ihr zu, »werde ich deine Erregung ins Unermessliche steigern, damit du sie auskostest, bis deine Haut förmlich brennt und du allein durch die Lust kommst, die deinen Körper durchströmt.«

Langsam leckte er seine feuchten Finger ab, den Blick eindringlich auf Serena gerichtet. Vor Schock und Neugier weiteten sich ihre Augen. Anschließend nahm er ihre Hand, legte sie auf den Reißverschluss seiner Hose und hielt sie dort fest, während er mit den Fingern über ihre Unterlippe strich. Dann senkte er den Kopf und folgte der Spur mit seiner Zunge. Ihre Wangen röteten sich und sie drückte seinen Schaft durch die Jeans.

»Genau so, Supergirl.« Sanft biss er in ihre Unterlippe und zupfte daran. Am Ende des Flurs ertönten plötzlich laute Stimmen, die Drake aus seiner quälend heißen Trance rissen.

Serena stellte sich auf die Zehenspitzen und packte seine Arme, als wollte sie an ihm hochklettern, während sie sich zu seinem Mund streckte. Er hatte sie direkt vor sich. Mehr als bereit. Mehr als willig. Doch trotz der intensiven Verlockung zwang er sich, die Schultern zu straffen, und brachte sich wieder unter Kontrolle, bevor er noch mehr Bedenken in den Wind schlug. Es kostete ihn all seine Konzentration, ihre Hand zu ergreifen und mit ihr in Richtung Tisch zu gehen.

»Was –? Wohin gehen wir?«, fragte sie atemlos.

»Es wäre nicht richtig, die Party sausen zu lassen, auf der du der Ehrengast bist.«

Mit weit aufgerissenen Augen blieb sie wie angewurzelt stehen, und drehte sich zurück zum Gang. »Dann muss ich kurz auf die Toilette. *So* kann ich da nicht rausgehen.«

Schwungvoll drückte er sie an sich und leckte über ihre Ohrmuschel. »Spar dir die Mühe. Ich sorge sowieso dafür, dass du wieder feucht wirst.«

Wie zum Teufel sollte sie sich konzentrieren, nachdem Drake ihr all diese versauten Dinge zugeflüstert hatte? Seit einer halben Stunde saßen sie wieder am Tisch und die Blicke ihrer Freunde verrieten, dass sie mit Sicherheit Bescheid wussten. Es fühlte sich an, als hätte sie ein blinkendes Neonschild auf der Stirn: *Zu erregt, um klar zu denken.* Es war auch nicht hilfreich, dass Drakes Hand unter dem Tisch auf ihrem Bein lag und er aufreizend über ihre Haut strich. Sie schaffte kaum, auf die Fragen zu antworten, mit denen sie überhäuft wurde.

»Wenn du da bist, will ich alles über deine Wohnung wissen«, sagte Emery. »Unglaublich, dass sie dir ein möbliertes Apartment in der Nähe des Büros vermittelt haben. Diese Agentur muss wirklich eine große Nummer sein.«

»Sie sind führend in ihrer Branche«, antwortete Serena und griff nach ihrem Drink.

»Kommst du zur Verkostung für die Hochzeit?«, fragte Desiree.

Drake führte ihre Hand unter dem Tisch auf seinen Oberschenkel. Sie sah ihn warnend an und versuchte, sie zurückzuziehen, doch er hielt sie fest. Serena stützte sich mit dem anderen Ellbogen auf den Tisch, sodass ihre Hand auf seinem Bein hoffentlich weniger auffiel, allerdings rutschten dadurch seine Finger auf ihrem Schenkel weiter hinauf.

Er zog die Augenbrauen hoch und grinste teuflisch. Sie funkelte ihn an.

»Was treibt ihr denn da?« Mira sah zwischen ihnen hin und her. »Du siehst aus, als würdest du ihm gleich eine verpassen.«

»So was in der Art«, erwiderte Serena mit zusammengebissenen Zähnen.

»Verkostung?«, hakte Desiree nach und lenkte Serenas Aufmerksamkeit damit wieder auf die Frage.

Drake ließ seine Finger zwischen Serenas Beine gleiten. Sie hob ihr Glas an die Lippen und trank ein paar große Schlucke.

Violet verengte die Augen zu Schlitzen und meinte mit

einem wissenden Lächeln zu Desiree: »*Diese* Bezeichnung dafür habe ich noch nie gehört, aber okay.«

Prompt spuckte Serena aus, was sie gerade im Mund hatte, und die Flüssigkeit verteilte sich über sie selbst und den Tisch. »Mist. Tut mir leid!«

»Oh nein!« Desiree reichte ihr eine Serviette.

Alle wischten den Tisch ab, bis auf Drake, der ihr mit einer Serviette die Tropfen vom Dekolleté tupfte. Seine Augen verdunkelten sich vor Verlangen. Mit Sicherheit wussten die anderen, was los war. Sie schlug seine Hand weg.

»Was hast du gemeint, Violet? Was stimmt denn am Wort Verkostung nicht?« Desiree schnaufte leise.

»Sie meinte etwas Versautes«, erklärte Mira und sah Serena – und Drake – fragend an.

»Omeingott.« Serena ließ sich auf ihrem Stuhl nach hinten sinken.

»Ich hab immer das Gefühl, zwei Schritte hinterherzuhinken«, beschwerte sich Desiree. »Ihr ändert ständig die Codewörter. Könnt ihr nicht einfach *Sex* sagen?«

»Nein!«, fauchte Serena. »Wir haben keinen Sex!« Alle Blicke richteten sich auf sie. »Toll. Vielen Dank, Violet.«

»Ich habe kein Problem damit, Baby.« Rick rieb die Nase an Desirees Wange. »Lass uns nach Hause gehen und Sex haben.«

Jetzt lief Desiree so rot an, wie Serena sich fühlte.

»Gott.« Serena wischte weiter ihre Klamotten ab, damit sie die wissenden Gesichtsausdrücke nicht ertragen musste. »Alles ist feucht.«

Violet lachte laut auf. »Überrascht dich das? Einen Oscar kriegst du nämlich nicht für deine Darstellung der unschuldi-gen …«

»Violet!«, ging Drake warnend dazwischen. »Na komm,

Supergirl. Befreien wir dich mal aus diesen Klamotten.«

»Endlich!« Violet prostete ihnen zu. »Jetzt kommt endlich die lang ersehnte Bettakrobatik.«

»Violet!«, schimpfte Desiree.

»Wir gehen nicht miteinander ins Bett«, beharrte Serena.

Drake brachte Violet mit einem weiteren, drohenden Blick zum Schweigen und zog Serena an sich.

»Hör auf. Sie glauben doch schon, dass ich mit dir schlafe«, flüsterte sie ungehalten.

Drake betrachtete ihre Freunde ernst und legte schützend einen Arm um Serena. »Lasst mich mal eins klarstellen: Serena und ich schlafen *nicht* miteinander. Wir haben noch *nie* miteinander geschlafen.«

»Na ja, theoretisch stimmt das so nicht ganz«, warf Mira ein. »Ihr seid mal zusammen am Strand eingeschlafen.«

»Oh, ihr seid so süß.« Desiree stand auf und umarmte Serena. »Du solltest nach Hause gehen und die nassen Klamotten ausziehen.«

Drake wackelte mit den Brauen. Serena verdrehte die Augen und umarmte die anderen zum Abschied, die nun ebenfalls zu ihr kamen.

»Ich hab dich lieb, Schwesterherz. Ich werde dich vermissen, also ruf mich oft an«, bat Chloe. »Und ich will *alles* wissen«, fügte sie flüsternd hinzu.

Serena gab einen unwilligen Laut von sich.

»Ich auch!«, warf Emery ein und zog Serena fest in die Arme. »Viel Spaß bei der *Verkostung*.«

»Das schmiert ihr mir jetzt ewig aufs Brot, nicht wahr?«, fragte Serena, während Mira sie umarmte.

»Wahrscheinlich«, erwiderte Mira. »Ich weiß nicht, was heute zwischen dir und meinem Bruder läuft, aber du kannst dir sicher sein, dass ich absolut nichts darüber wissen will.«

»Das ist gut, ich weiß nämlich auch nicht, was los ist«, gestand sie. »Ich hab dich lieb und werde dich so sehr vermissen.«

»Ich werde Mira morgen früh wohl intensiv trösten müssen, wenn ihr so richtig klar wird, dass ihre beste Freundin tatsächlich nach Boston gezogen ist.« Matt nahm Serena in die Arme. »Viel Glück. Du wirst uns alle stolz machen.«

»Und wie.« Rick zog Serena grinsend an sich. »Keine Sorge, Serena. Ich tröste Drake dann morgen.«

Drake schenkte ihm einen finsteren Blick, während Dean sie in einer Gruppenumarmung zwischen Rick und sich einquetschte.

»Alles klar, ihr beiden, das reicht.« Drake zog Serena zwischen ihnen hervor und flüsterte ihr ins Ohr: »Wir müssen hier verschwinden, bevor ich den Verstand verliere.«

»Ich hab euch lieb«, sagte sie, während Drake sich ihre Handtasche schnappte. »Haltet mir an den Wochenenden einen Platz am Frühstückstisch frei.«

Die Stimmen ihrer Freunde blieben beim Verlassen der Bar hinter ihnen zurück. Mit jedem Schritt in Richtung Parkplatz hielt Drake sie fester. Ganz sicher würde er sich auf sie stürzen, sobald sie seinen Pick-up erreichten. Als er ihr in die Fahrerkabine half, war sie auf einmal so nervös, dass ihr ein bisschen schwindlig wurde. Drake griff über sie hinweg nach dem Gurt, sodass seine Brust beim Anschnallen ihre streifte. Das war eine sehr nette Geste, denn sie war nicht sicher, ob sie genug Konzentration hätte aufbringen können, um es selbst zu tun.

Drake sah sie eindringlich an. »Du bleibst besser auf deiner Seite, sonst schaffen wir es nicht bis zu dir.«

Er schloss die Tür und ging dann zur Fahrerseite, während sie versuchte, wieder geradeaus zu schauen, ohne dass sich alles drehte.

Die Fahrt zu ihrem Cottage dauerte nicht lang, fühlte sich aber wie eine Ewigkeit an. Aufregende und gleichzeitig alarmierende Fragen kreisten ihr wild durch den Kopf. Warum hatte er sie noch nicht geküsst? War's das? Hatte er Zweifel und wollte jetzt wieder das Richtige tun? Würde er ihr überhaupt einen Gute-Nacht-Kuss geben? Würde er mit reinkommen? Wollte sie das?

Er parkte in der Einfahrt und kam nach dem Aussteigen auf ihre Seite, um ihr aus dem Auto zu helfen. Sie ergriff seine Hand, wie sie es schon unzählige Male getan hatte. Wenn er sie nach einem Abend mit Freunden nach Hause fuhr, brachte er sie immer zur Tür. Doch heute war sie sich seines verlockenden, starken Körpers überdeutlich bewusst, wie fest er ihre Hand in seiner hielt und wie groß diese war.

Sie spürte seinen heißen Blick auf sich, während sie ihren Hausschlüssel aus der Handtasche fischte und unbeholfen aufschloss. Drake strich ihr zart wie eine Sommerbrise die Haare über die Schulter nach hinten, was sie noch nervöser machte. Als sie die Tür aufschob, fiel ihr Blick auf das Armband, und sofort hatte sie wieder all die schmutzigen Dinge im Ohr, die er ihr zugeflüstert hatte.

Er nahm ihre Hand und zog sie noch auf der Veranda an sich. Das feuchte Oberteil klebte kühl an ihren Brüsten, doch er war so warm, dass es sicher jeden Moment Feuer fing. Er sagte kein Wort. Musste er auch nicht. Die stumme Bitte um Erlaubnis auf seiner Miene bot ihr einen Ausweg. Sie wusste nicht mehr, wohin mit ihren Gefühlen. So oft hatte sie sich diesen Moment vorgestellt, von all den Dingen fantasiert, die er bereits in der Bar getan und gesagt hatte, aber das war alles nichts im Vergleich mit der Realität. Drakes Verführungskünste waren hundertmal stärker, als sie es sich je hätte ausmalen können.

Wie auf der Tanzfläche legte er ihr eine Hand auf den Rücken und jagte ihr damit kleine Stromstöße durch den Körper. Er küsste ihre Wange und sie schloss die Augen, um ihr rasendes Herz zu beruhigen. Ein Kuss auf die Wange sollte ihren Körper nicht nach mehr betteln lassen, und doch stellte sie sich auf die Zehenspitzen und krallte sich atemlos und gierig in sein Hemd.

»Wie sind wir an diesen Punkt gekommen?«, fragte sie, als er die Finger in ihre Haare grub und in ihren Augen nach etwas zu suchen schien.

Drake strich mit den Lippen über ihren Kiefer und verteilte sanfte Küsse darauf. »Ich weiß es nicht.« Seine Bartstoppeln kratzten über ihre empfindliche Haut und er knabberte an ihrem Ohrläppchen. Jede dieser langsamen, verführerischen Berührungen jagte heiße Empfindungen durch sie.

»Willst du denn an diesem Punkt sein?«, fragte er heiser und drückte sie ein bisschen fester an sich.

»Ja …«

Hitze loderte in seinem Blick auf, dann senkte er den Kopf, hielt jedoch kurz vor ihren Lippen inne und raubte ihr damit den Atem, als würde er etwas knapp außerhalb ihrer Reichweite halten, das sie unbedingt haben musste.

»Ich habe so lange darauf gewartet, dich zu küssen.« Mit einem leisen Knurren zog er ihren Kopf an den Haaren zur Seite und fuhr ihre Unterlippe mit der Zunge nach. »Dich zu schmecken.«

Er küsste ihre Mundwinkel und drückte seine Hand fest auf ihren unteren Rücken, sodass sie seine Erregung verführerisch an ihrem Bauch fühlte. Sie spürte seine heißen Lippen auf ihrem Hals und klammerte sich instinktiv an ihn. Drake ließ sich Zeit und heizte ihr mit jeder sinnlichen Sekunde weiter ein. Gerade als ihre Beine nachzugeben drohten, saugte er fest an ihrer Schulter, reizte ihre empfindsame Haut und rieb sich an ihr, bis alle Kraft aus ihren zitternden Muskeln wich.

»Küss mich«, flehte sie.

Mit einem wölfischen Grinsen zog er sich zurück und schon im nächsten Atemzug verwöhnte er ihre Schulter noch verlockender. Er küsste sie, kratzte mit den Zähnen darüber, sodass sich Lust und Schmerz in Serena vermischten. Noch nie in ihrem Leben war sie so erregt gewesen. Sie wölbte sich ihm entgegen und packte seinen Hintern, denn sie brauchte mehr, wollte seine meisterhafte Verführung jedoch auch nicht unterbrechen. Quälend langsam ließ er seine Zunge über ihr Dekolleté tanzen. Sie hatte keine Ahnung, wie ihre Beine sie noch tragen konnten, doch sie schafften es ins Cottage. Drake drängte sie gegen die geschlossene Tür und hielt sie dort allein mit seinem hungrigen Blick und gefährlicher Gelassenheit fest. Sie war völlig außer Atem, bebte von Kopf bis Fuß, und jedes ihrer Nervenenden erwachte zum Leben, während er sie von oben bis unten betrachtete. Sein Blick wanderte gemächlich wieder hoch und blieb an ihren Brüsten hängen. Serenas Nippel kribbelten und sehnten sich so sehr danach, von ihm berührt zu werden.

Er griff nach dem Ende des Bands, mit dem ihr Oberteil in der Mitte geschnürt war, und sah ihr fest in die Augen. »Wenn du willst, dass wir weiterhin nur Freunde sind, musst du es jetzt sagen, Supergirl.«

Hatte er den Verstand verloren? Sie brachte im Moment kein Wort heraus. Deshalb machte sie sich etwas ungeschickt an seinen Hemdknöpfen zu schaffen, um ihm ihre Antwort so zu verdeutlichen.

Wortlos hob er sie hoch und legte sich ihre Beine um die Taille, ehe er sie *endlich* küsste, so gierig, dass es eine wahre Sinfonie der Gefühle in ihr auslöste. Seine fordernde Zunge trieb sie höher, seine raue Art ging ihr durch und durch. Gerade als sie dachte, dass sie allein davon kommen könnte, drosselte er das Tempo und verwöhnte sie mit den sanftesten, zärtlichsten Küssen, die sie je erlebt hatte. Er war wie eine aufregende, leidenschaftliche Achterbahnfahrt, denn im nächsten Moment küsste er sie wieder härter und verlangender. Mit einer Hand hielt er sie an den Haaren fest, die andere lag auf ihrem Hintern. Immer wieder eroberte er sie aufs Neue so herrlich, erst schnell, dann langsam, grob und dann liebevoll, bis sie keinen klaren Gedanken mehr fassen konnte und den Versuch schließlich einfach aufgab.

Ehe sie es sich versah, trug er sie ins Schlafzimmer. Ihr blieb nichts anderes übrig, als sich an ihn zu klammern, während sie sich weiter innig küssten. Selbst als Drake sie auf dem Bett ablegte, löste er sich nicht von ihr.

Sie spürte seinen starken Körper auf sich und er umfasste ihr Gesicht mit beiden Händen, während er ihre Küsse atemberaubend vertiefte. Serena spürte sie im gesamten Körper, sie ließen ihr Herz schneller schlagen, ihre Atmung erst flach und dann hektisch werden, und das gierige Verlangen in ihr wachsen. Sie krallte sich in seinen Rücken und zerrte an seinem Hemd, denn sie musste seine nackte Haut auf ihrer spüren. Serena verlor sich in einem Strudel aus Lust, Erregung und etwas noch viel Animalischerem.

Drake richtete sich auf den Knien auf und zog sein Hemd aus. Ihre Hände wurden geradezu magnetisch von seiner Brust angezogen, glitten über die Muskeln und durch seine Brusthaare. Wie oft hatte sie sich genau das vorgestellt? Er umfasste ihre Handgelenke, küsste ihre Handflächen, ohne den Blick auch nur eine Sekunde von ihrem abzuwenden. Seine weichen, heißen Lippen strichen über die Innenseite ihres Handgelenks. Serena hielt den Atem an. Die Berührung an dieser empfindlichen Stelle machte sie wahnsinnig, und er saugte an ihrer Haut und leckte darüber, ehe er sich knabbernd und küssend bis zu ihrer Ellenbeuge und wieder zurück arbeitete. Sie wand sich unter ihm und jede Berührung seiner Zunge jagte einen lustvollen Schauer zwischen ihre Beine. Wer hätte gedacht, dass ein paar Küsse eine solche Wirkung auf sie haben konnten? Aber Drake küsste sie nicht nur einfach. Er eroberte. Vereinnahmte. *Besaß.*

»Drake«, flehte sie. Ihr Tanga und ihre Schenkel waren feucht vor Erregung. Er hatte es ernst gemeint. Er würde sie wirklich allein aus purer Lust kommen lassen.

Er küsste und saugte sich weiter an ihrem Arm bis hinauf zur Schulter. Dann lagen seine Lippen wieder leidenschaftlich auf ihren, und er ließ sie mehr von seinem Gewicht spüren, bewegte seine harte Länge an ihrer Mitte. Sie war so feucht und bereit, dass sie schon die kleinste Reibung näher an den Rand des Höhepunkts brachte. Serena rang nach Luft, doch Drake gönnte ihr keine Verschnaufpause. Er umfasste ihre Hände und hielt sie über ihrem Kopf fest. Seine Bartstoppeln kratzten über ihre Haut, so heftig küsste er sie. Eine Hand schob er unter ihren Hintern und packte ihre Pobacke so fest, dass seine Härte nun genau an die Stelle rutschte, wo Serena sie brauchte. Ihre Erregung stieg ins Unermessliche und hing nur am seidenen Faden, und Serena war so fokussiert auf ihren nahenden Orgasmus, dass sie den Kuss nicht mehr erwidern konnte, als sie den Winkel ihres Beckens leicht änderte.

Er löste seinen Mund von ihrem. »Lass die Hände, wo sie sind.«

Bevor sie seine Worte richtig verarbeiten konnte, umfasste er mit beiden Händen ihren Hintern und stieß gegen sie. Der grobe Jeansstoff und seine heiße Härte ließen sie immer höher fliegen. Dann biss er sie plötzlich in den Hals und entlockte ihr damit einen Aufschrei, denn unzählige, glitzernde Sterne explodierten hinter ihren geschlossenen Lidern. Ihr Körper erbebte, die Muskeln ihres Geschlechts spannten sich an und er fing ihren Mund erneut zu einem so intensiven Kuss ein, dass sie nicht mehr wusste, wo oben und unten war. Ihre Laute und unverständlichen Worte verloren sich an seinen Lippen. Gerade als sie nach Luft schnappend von ihrem Hoch herunterkam, gab er ihre Lippen frei, und ihr entwich ein sehnsüchtiges Wimmern.

Drake hinterließ eine heiße Spur aus Küssen und Bissen auf ihrem Körper. Dabei flüsterte er süße Worte, die jedoch nicht zu ihrem lustvernebelten Verstand durchdrangen. An ihrem Oberteil angekommen, öffnete er das Band mit den Zähnen. Bei allen Sexgöttern, das war so heiß.

Er küsste ihre überempfindliche Haut und sie schloss die Lider.

»Augen auf, Liebling. Du sollst sehen, wer dich in den Wahnsinn treibt.«

Sofort riss sie die Augen wieder auf und in ihr regten sich Impulse, von deren Existenz sie bislang nichts geahnt hatte. Sie lechzte nach seiner rauen Stimme und der Entschlossenheit in seinem Blick. Er lockerte die Schnürung ihres Oberteils und zog schließlich das Band vollständig heraus. Anschließend schob er den Stoff von ihrem Körper, sodass sie von den Hüften aufwärts nackt war.

»Darauf habe ich mein ganzes Leben lang gewartet. Du bist so wunderschön, Serena.«

Er ließ das seidige Band über ihre Brüste gleiten. Ihre Nippel verhärteten sich unter der sinnlichen Berührung und Drake neckte sie mit der Zunge.

»Oh Gott«, hauchte sie lang gezogen.

Er nahm ihre Brustwarze zwischen die Zähne und zog daran, was einen heißen Blitz in ihren Schoß schickte. Ihre Hüften hoben sich ruckartig von der Matratze.

»Mmh. Das gefällt meinem Supergirl.«

Er tat es noch einmal und sie kniff in einer Mischung aus Lust und Schmerz die Augen zusammen.

»Ich liebe deine Augen, Süße. Ich will, dass du mich ansiehst.«

In jedem Wort steckten so viele Emotionen, trotzdem entging ihr der Befehl nicht, der darin mitschwang. Gott, wie sehr ihr das gefiel.

Sobald sie wieder hinschaute, verwöhnte er sie weiter und widmete sich nun beiden Brüsten. Serena fiel es schwer, die Augen offen zu halten, gleichzeitig war es unheimlich erotisch, ihn zu beobachten. Sein zufriedener Gesichtsausdruck erregte sie noch mehr und stachelte ihr Verlangen an. Ihr ganzer Körper prickelte und pulsierte, während er langsam jeden Zentimeter ihrer Brüste liebkoste, an der Unterseite einer saugte und die andere umfasste. Ihr war gar nicht klar gewesen, wie empfindlich ihr Körper reagieren konnte, doch jede Berührung seiner Zunge ließ sie noch feuchter werden. Seine Hüften drängten sich immer noch zwischen ihre Beine und er stieß im selben Rhythmus gegen sie, in dem er ihren Nippel massierte und an ihrer anderen Brust saugte. All diese Empfindungen überrollten sie. Sie kam ihm entgegen und spreizte die Beine, damit er sich fester gegen sie drücken konnte. Oh, dieser Mann wusste ganz genau, was er tat. In ihr loderte eine brennende Sehnsucht, ein Orgasmus, der sich knapp außerhalb ihrer Reichweite befand. Er kniff fester in ihre Brustwarze und saugte so heftig an der anderen, dass ein gleißender Schmerz durch ihren Körper schoss und in einem Feuerwerk aus Empfindungen in ihrer Mitte explodierte. Mit einem Aufschrei krallte sie sich in die Matratze, doch Drake ließ nicht von ihr ab. Er hielt sie am Rand des Höhepunkts fest, steigerte ihre Erregung immer weiter und dehnte den Moment aus, wie er es versprochen hatte. Sie bebte und zitterte, gefangen in einem Netz aus herrlichen Gefühlen. Sie konnte nicht atmen, nichts sehen, sich nur der himmlischen Ekstase hingeben und von ihr mitreißen lassen.

Es fühlte sich an, als würde sie von Wellen aus Lust davongetragen werden, als er mit Mund und Händen an ihrem Körper hinabwanderte. Er strich fest über ihre Rippen, ihre Taille, ihren Bauch und ließ dann seinen Mund hauchzart den Fingern folgen. Jeder Druck seiner Hand wurde von einer berauschenden Berührung seiner Lippen oder Zunge untermalt. Sein Blick glitt von ihrem Gesicht zu dem Teil ihres Körpers, den er gerade verwöhnte, und der Ausdruck in seinen Augen faszinierte sie. Jedes Mal, wenn sich ihre Blicke trafen, beschleunigte sich ihr Puls, und sein Mund auf ihrer Haut löste so viele Sinneseindrücke in ihr aus, dass sie sie gar nicht mehr auseinanderhalten konnte.

Er schob ihren Rock nach oben und sie hob die Hüften an, damit er ihn ihr ganz ausziehen konnte. Allerdings verriet sein hintergründiges Lächeln, dass er es nicht tun würde. Stattdessen leckte er die Feuchtigkeit von der Innenseite ihres Oberschenkels und löste damit weitere elektrisierende Schauer in ihr aus. Er umfasste ihre Beine direkt oberhalb der Knie, schob sie weiter auseinander und küsste sich von dort aus nach oben, bis er ihre Mitte erreichte. Dort verharrte er, atmete ihren Duft ein und drückte einen einzelnen Kuss auf den dünnen Stoff, der sie bedeckte. Dann widmete er sich dem anderen Bein, saugte fest an ihrer Haut und küsste sich hinunter zu ihrem Knie. Als er sich schließlich wieder nach oben arbeitete, hatte sie das Gefühl, in Flammen zu stehen.

»Drake, du machst mich wahnsinnig …«

Er fuhr mit der Zunge ihre Beinbeuge entlang. Alles in ihr pulsierte erwartungsvoll.

»Gib mir deine Hände«, forderte er sie mit rauer Stimme auf und sie gehorchte sofort.

Er fixierte ihre Hände so auf der Matratze, dass sich ihre Handflächen dabei berührten und reizte sie weiter, ohne ihren Tanga zur Seite zu schieben oder sich der Stelle zu widmen, an der sie ihn so dringend wollte. Serena taumelte am Rande eines Abgrunds entlang, während er ihre Schenkel, ihren Bauch, und schließlich ihre Brüste verwöhnte, und sie dabei meisterhaft wieder und wieder zum Orgasmus brachte.

Als sie irgendwann keuchend und von Lust benebelt unter ihm zusammensackte, umspielte ein Lächeln seine Lippen, das sie so noch nie an ihm gesehen hatte. Es war so zutiefst zufrieden und sie vermutete instinktiv, dass das nur selten jemand zu Gesicht bekam. Ihr blieb kaum Zeit, diesen Gedanken zu verarbeiten, denn er küsste sie liebevoll und hauchte ihrem erschöpften Körper damit neues Leben ein. Serena versuchte, ihm die Jeans herunterzuziehen, weil sie seine Härte in ihrer Hand, auf ihrem Körper und tief in sich spüren wollte.

Drake umfasste jedoch ihre Hände und richtete sich auf. Schatten vertrieben das intime Lächeln und ließen ihre Anspannung zurückkehren.

»Aber wir haben nicht … *Du* bist nicht …«

Zärtlich gab er ihr einen Kuss auf die Schulter, ehe er seine Stirn dagegenlehnte. Ihm war anzumerken, wie sehr er sich gerade beherrschen musste.

»Drake, lass mich dich verwöhnen«, bat sie in dem Versuch, seine Ängste und damit auch seine Zurückhaltung zu vertreiben.

»Schhhh.« Erneut küsste er sie liebevoll und sinnlich, als würden ihre Worte es ihm noch schwerer machen, ihr zu widerstehen. »Ich möchte nicht, dass du morgen aufwachst und irgendetwas bereust.«

»Das werde ich nicht«, versprach sie. »Ich könnte das hier niemals bereuen. Dafür habe ich viel zu lange darauf gewartet.«

»Und du ziehst morgen um«, erinnerte er sie. »Du beginnst einen aufregenden neuen Abschnitt deines Lebens. Ich möchte, dass du deinen neuen Job mit klarem Kopf antrittst, und dich weder von mir noch von uns oder der Frage ablenken lässt, was hätte sein können.«

Seufzend ließ sie sich zurück aufs Bett sinken. »Tja, das hast du schon mal versaut. Ich hätte nie gedacht, dass ich einen Orgasmus haben kann, ohne *da unten* berührt zu werden. Wenn du glaubst, dass mir das nicht ständig durch den Kopf gehen wird, hast du dich geschnitten.«

Lachend beugte er sich über sie, um sie erneut zu küssen. »Wenn du noch mal Orgasmus sagst, muss ich mir das vielleicht noch mal überlegen.«

»Orgasmus, Orgasmus, Orgasmus!«, erwiderte sie schnell hintereinander.

Er zog sie an sich und kitzelte sie lachend durch. Lächelnd ließen sie sich nebeneinander auf die Matratze fallen.

»Du hast mir all die Gründe aufgezählt, warum du nicht mit

mir zusammen sein kannst«, sagte sie. »Und jetzt sieh dir an, wo wir gelandet sind. Du bist irgendwie nicht gut in diesem Selbstbeherrschungsding.«

»Hey, ich habe mich jahrelang zurückgehalten. Ich finde schon, dass ich für meine Bemühungen einen Orden verdient hätte.« Er nahm ihre Hand in seine. »Selbst wenn mein Leben davon abhängen würde, hätte ich mich heute Abend nicht besser zurückhalten können.«

Sie grinste albern. »Vielleicht lag irgendetwas in der Luft, das deine Entschlossenheit abgeschwächt hat.«

Er beugte sich zu ihr herüber und küsste ihre Brust. »Versprich mir etwas. Falls du es morgen früh doch bereust, schreib mir eine Nachricht, anstatt zu verschwinden und nie wieder mit mir zu reden.«

»Wie soll ich denn nie wieder mit dir reden? Du würdest eine krasse Lücke in meinem Leben hinterlassen. Du machst das aber auch nicht, oder? Was, wenn *du* es bereust? *Omeingott.* Sagst du das alles, weil du es jetzt schon bereust?«

»Hör auf«, sagte er lächelnd.

»Wir brauchen ein Codewort«, fuhr sie hastig fort. »*Löschen.* Wenn es einer von uns bereut, schreiben wir uns ein ›Löschen‹, damit der andere weiß, dass wir nie wieder daran denken oder darüber reden dürfen.«

»Ja, das wird sicher funktionieren«, erwiderte er sarkastisch. Er lehnte seine Stirn an ihre. »Ich kann nur noch an dich denken. Deinen verführerischen Mund …« Seine Lippen neckten ihre, was jedoch schnell zu einem intensiven Kuss wurde, den sie bis in die Zehen spürte. »Von deinem Körper mal ganz zu schweigen.« Er nahm einen ihrer Nippel in den Mund und sie bog den Rücken durch.

»Drake …« Sie krallte sich in seine Haare und hielt seinen

Kopf an Ort und Stelle. »Hör nicht auf.«

Er rollte sich auf sie, sodass seine harte Länge gegen ihre Mitte drückte, während er ihre Brüste neckte und streichelte. Jede quälende Berührung trieb ihre Lust höher. Serena klammerte sich an seinen Kopf, als er sie erneut fliegen ließ. Oh verflucht. Er konnte doch nicht ernsthaft annehmen, dass sie das hier bereuen würde. Sie wusste ja nicht mal, was *das hier* eigentlich war und sie brauchte auch keine Definition. Es fühlte sich zu richtig an, um es zu hinterfragen.

Er verwöhnte sie und gab ihr das Gefühl, begehrt und sexy zu sein. Ganz zu schweigen von der immensen Befriedigung. Erschöpft sackte sie auf die Matratze. Ein träges Grinsen umspielte Drakes Lippen und er küsste ihre Mundwinkel, als würde er sich einfach nur den Moment einprägen und ihr Gesicht betrachten wollen. Sie konnte nicht beschreiben, wie überwältigend das für ihr hungriges Herz war.

Einige Zeit später schwelgte sie noch immer im Nachhall ihrer Höhepunkte, doch auf einmal wurde ihr bewusst, dass er ihr Lust verschafft, sie das aber nicht erwidert hatte. »Lass mich dir was Gutes tun.«

»Das hast du schon«, antwortete er. »Ich bereue nichts, meine Schöne.«

Er nahm sie in seine starken Arme und streichelte ihr beruhigend über den Rücken, während ihre Lippen sich erneut trafen. Die meisten Männer konnten es nicht abwarten, mit einer Frau zu schlafen, doch er war schon zufrieden damit, sie einfach nur zu verwöhnen und in den Armen zu halten.

»Okay, Liebling«, sagte er leise. »Ich sollte besser gehen, bevor ich vergesse, warum wir aufgehört haben.«

Sie klammerte sich an ihn. Klug von ihm, ihr eine Chance zum Nachdenken zu geben, bevor sie weitergingen. Gleichzeitig wünschte sie sich, dass er nur dieses eine Mal leichtsinnig wäre. Dass er ihr die Entscheidung abnahm, wie er es getan hatte, indem er sich zurückgehalten hatte. Aber mittlerweile konnte sie seine Gründe gut nachvollziehen, und das Ganze war für sie beide zu wichtig, um sich jetzt hinreißen zu lassen.

Er deckte sie zu und gab ihr noch einen zärtlichen Kuss. »Schlaf gut.«

Sie drehte sich auf die Seite und beobachtete, wie er sein Hemd anzog. Hätten sie nicht schon vor vier Jahren an diesen Punkt kommen können? War ihr Umzug ein Fehler? Könnte das der Anfang vom Ende all dessen sein, was sie je gewollt hatte?

Hatte er sich nicht aus exakt diesen Gründen und wegen dieser Fragen die ganze Zeit zurückgehalten? Hatten sie nicht genau deshalb heute Nacht nicht miteinander geschlafen?

»Du wirst alle in Boston übertreffen, Supergirl. Ich bin jetzt schon so gespannt darauf. Ich komme morgen früh vorbei und helfe dir, alles ins Auto zu laden.«

»Nein. Bitte nicht.« Die Enttäuschung in seinem Blick sorgte für einen Kloß in ihrer Kehle, doch sie schluckte ihn hinunter. »Abschiede sind nichts für mich. Ich werde nur losheulen und das möchte ich nicht. Lass mich einfach so tun, als wäre es ein normaler Tag und ich würde einen Roadtrip machen.«

»Das fühlt sich auf so vielen Ebenen falsch an.« Er setzte sich auf die Bettkante und griff nach ihrer Hand.

»Ist es nicht. Sondern genau das Richtige.«

Seufzend fuhr er die Sterne auf ihrem Armband nach.

»Ich finde das Armband wundervoll und werde jedes Mal an heute Nacht denken, wenn ich es trage. Danke.« Sie wollte ihn fragen, was diese Nacht für ihn bedeutete. Wie würden sie miteinander umgehen, wenn sie sich wiedersahen? Doch ein Teil von ihr wusste, dass zu viele Fragen das, was auch immer das zwischen ihnen war, unangenehm zum Stillstand bringen konnten.

»Ich schließe hinter mir ab.« Er küsste sie noch einmal und flüsterte: »Nichts könnte diese Nacht aus meinem Gedächtnis löschen. Gute Nacht, Supergirl.«

Acht

Drake wurde von seinem vibrierenden Handy auf dem Nachttisch geweckt. Desorientiert, da er den Großteil der Nacht wach gelegen hatte, richtete er sich mit einem Ruck auf. Er hatte Serenas Cottage voller Euphorie verlassen. Endlich konnte er ihr seine Gefühle zeigen, anstatt sie zu verstecken. Doch zu Hause hatten ihn die Sorgen übermannt. Er hatte genau das getan, was er sich geschworen hatte, nicht zu tun. Er war so kurz davor gewesen, mit ihr zu schlafen. Auch ohne diese Ebene der Intimität hatte er jede Grenze überschritten, die er bislang zwischen ihnen gezogen hatte – und trotz seiner Befürchtungen bereute er keine einzige Sekunde davon.

Aber das bedeutete nicht, dass er sich nicht endlos den Kopf zerbrach.

Er angelte sich sein Handy vom Nachttisch und hoffte, gleich nicht das Wort *Löschen* zu lesen. Dann durchflutete ihn jedoch Erleichterung, als er Serenas Nachricht las. *Danke für die beste Nacht meines Lebens. Und dass du mich noch mehr verwirrt hast. Xoxox.* Sie hatte noch ein lächelndes Emoji hinzugefügt.

»Beste Nacht, hm? Gut zu wissen, dass ich damit nicht allein bin.« Bevor er seine Antwort tippen konnte, ploppte eine weitere Nachricht auf. *Und wag es nicht, LÖSCHEN zu schicken, sonst komme ich zurück und hau dich, obwohl du so einen tollen Mund hast. Lieb dich.*

Ein Kuss-Emoji folgte.

Einen Moment später erschien noch eine Nachricht. *Das war eher ein Hab dich lieb, wie ich es immer zu dir, Rick und Dean sage. Nicht Lieb dich wie bei einem festen Freund.*

Er setzte sich auf und lächelte, denn schon kam die nächste Nachricht. *Das klingt falsch. Du weißt, was ich meine. Siehst du? Du hast mich definitiv verwirrt! Bis dann! Wir sehen uns am Wochenende im Laden.*

»Was hab ich da nur angerichtet, Supergirl?«, murmelte er, während er seine Antwort tippte. *Dir gefällt also mein Mund, ja? Lieb dich auch, Supergirl.*

Drake zog seine Laufklamotten an und schrieb Rick. *Fertig zum Laufen?*

Rick antwortete sofort. *Wir dachten schon, dass du uns versetzt. Schwing die Hufe.*

Eine frische Brise, Sonnenschein und das Rauschen der Wellen, die ans Ufer schlugen, begleiteten sie auf der Joggingrunde am Strand. Selbst im Winter, wenn sie durch die bittere Kälte gezwungen waren, auf der Straße zu laufen, freute sich Drake jeden Morgen darauf. Das Laufen entspannte ihn vor der Arbeit und es war immer ein guter Start in den Tag, sich mit den Jungs zu unterhalten. Sie wussten, wann sie einander Raum geben und wann sie nicht lockerlassen sollten – emotional und wortwörtlich. Drake schloss etwa eine halbe Meile den Strand hinunter zu Rick und Dean auf.

»Du siehst nicht aus wie jemand, der endlich die Frau seiner Träume bekommen hat«, bemerkte Rick.

Bevor sich Rick und Dean in ihre Partnerinnen verliebt hatten, hatten sie ständig im Detail von den Frauen erzählt, mit denen sie ausgegangen waren. Drake würde auf gar keinen Fall intime Informationen über Serena preisgeben. »Ach ja? Du siehst aus wie jemand, der gleich einen Tritt in den Hintern bekommt.«

Dean lachte hämisch.

»Wir verschieben diese Diskussion«, sagte Rick grinsend. »Kommen wir nun zu wichtigeren Dingen, zum Beispiel, warum mich niemand gewarnt hat, dass man bei einer Hochzeit so viel Zeug planen muss.«

»Emery meinte, ihr hättet eine einfache Hochzeit am Strand«, sagte Dean. »Was ist daran so kompliziert? Holt euch jemanden, der euch traut, zieht euch was Schickes an und fertig ist der Lack.«

»Denkst du«, sagte Rick. »Aber Desiree organisiert gerade *Verkostungen* mit Brandy in P-Town. Verkostungen. Es ist ein Kuchen. Selbst wenn wir einen aus dem Supermarkt hätten, würde das niemanden interessieren.«

»Brandy übernimmt auch bei der Eröffnung des neuen Ladens das Catering. Hast du schon vergessen, dass Serena und ich letzten Monat bei ihr zur Verkostung waren? Und da ging es nicht um eine Hochzeit. Du hast keine Ahnung von Frauen«, meinte Drake. »Desiree träumt wahrscheinlich schon seit einer Ewigkeit von ihrem großen Tag. Sie will, dass alles perfekt ist.«

»Wie schön, dass du das nachvollziehen kannst, denn sie will, dass ihr auch alle zur Verkostung kommt. Unser Freundeskreis soll wohl in die Vorbereitungen einbezogen werden.« Rick grinste.

»Toll«, erwiderte Drake trocken.

Rick lachte leise. »Und wer hätte gedacht, dass Blumen aussuchen so schwer ist? Desiree hat im ganzen Schlafzimmer Bilder von verschiedenen Brautsträußen verteilt. Um zu sehen, welcher sich richtig *anfühlt*.«

»Ich wusste, dass ich sie mag.« Dean hatte früher eine Landschaftsgärtnerei besessen und liebte Blumen und Pflanzen aller Art. Nun kümmerte er sich nicht nur um das Gelände des Resorts, sondern pflegte auch den Park des Krankenhauses, in dessen Notaufnahme er als Krankenpfleger gearbeitet hatte, und in der Senioreneinrichtung LOCAL, wo seine Großmutter lebte.

Rick machte eine finstere Miene. »Wartet's nur ab. Wann läuten denn bei Emery und dir die Hochzeitsglocken?«

Sie wichen einem Pärchen aus, das im Sand saß. Dean und Rick unterhielten sich weiter über Hochzeiten. Drakes Gedanken wanderten jedoch zum gestrigen Abend und dem Moment zurück, in dem er Serena in die Arme genommen und sie endlich geküsst hatte – und durchlebte dann noch einmal jede Berührung, jeden Geschmack, jeden ihrer sinnlichen Laute. Er hatte sich selbst Lügen gestraft. Doch nun, am Morgen danach und mit Deans und Ricks Gespräch über Hochzeiten im Ohr, sollte er sich eigentlich egoistisch vorkommen und Reue empfinden – was er nicht tat. Hätte er die Chance, würde er es noch einmal genauso machen. Das machte ihn wahrscheinlich zu einem noch selbstsüchtigeren Mistkerl, vor allem, da er recht gehabt hatte: Serena stand vor der aufregendsten Zeit ihres Lebens und er hatte sie mächtig durcheinandergebracht.

»Drake!« Rick zerrte ihn am Arm an einem Stamm vorbei, über den er beinahe gestolpert wäre. »Mann, Kumpel. *Jetzt* siehst du aus wie jemand, der die Frau seiner Träume bekommen hat. Was ist denn los mit dir? Du warst auf den letzten zwei Meilen wie weggetreten.«

»Serena«, antwortete er gedankenverloren. Das Resort kam in Sichtweite. Wow. Er war mit den Gedanken ganz woanders gewesen, denn er hatte gar nicht bemerkt, dass sie schon umgedreht hatten. »Sie ist mir passiert.«

»Wurde aber auch Zeit«, sagte Dean.

»Hast du dir etwa gestattet, ein Normalsterblicher zu sein?«, fragte Rick.

Drake war nicht in der Stimmung für solche Witze. »Was …?«

»Letztens meintest du noch, dass du Manns genug bist, ihr nicht den Kopf zu verdrehen«, erinnerte Rick ihn. »Nach vier Jahren ist dir endlich klar geworden, dass du auch nur ein Mensch bist? Oh Mann, Drake. Hätte ich gewusst, dass sie nur einen neuen Job annehmen muss, hätte ich sie schon vor einer Ewigkeit rausgeschmissen. Ist dir klar, wie schlimm es jedes Mal war, euch beide zu beobachten, wenn wir ausgegangen sind?«

Was denkst du, wie es für mich war?

»Zwischen euch knistert es gewaltig. Ich bin überrascht, dass ihr noch nichts abgefackelt habt«, bemerkte Dean. »Deshalb ist sie auch nie mit einem der Typen nach Hause gegangen, die sie angemacht haben.«

Gut. Drake hatte sie an den meisten dieser Abende nach Hause gefahren, aber er machte sich nichts vor. Sie hatte nie verheimlicht, wenn sie hin und wieder auf Dates ging, und jedes Mal war es für ihn unerträglich gewesen.

»Mach dir keine allzu großen Hoffnungen«, sagte Drake, während sie das Tempo drosselten. »Sie ist auf dem Weg nach Boston und mein Leben ist hier. Es war mir ernst, dass ich sie nie vor die Wahl stellen oder ihr im Weg sein werde.«

»Von P-Town aus dauert der Flug nur eine halbe Stunde«, sagte Dean. »Und ohne Stau sind es nur anderthalb Stunden mit dem Auto.«

»Was hast du denn vor? Du kannst nicht einfach mit ihr

schlafen und es dabei belassen.« Ricks Ton verriet, dass er sie beschützen wollte.

»Meinst du, ich weiß das nicht? Ich bin derjenige, der …« *Sie liebt. Oh mein Gott. Ich liebe sie wirklich.* »… die ganze Zeit auf sie aufgepasst hat. Und wir haben nicht miteinander geschlafen.«

Seine Freunde starrten ihn ungläubig an.

»Warum bist du dann so überspannt?«, fragte Dean.

Rick grinste. »Weil sie nicht miteinander geschlafen haben. Ist doch klar.«

Drake warf ihm einen finsteren Blick zu.

»Na kommt. Ich bin am Verhungern.« Rick ging den Pfad zum Inn hinauf. »Ihr dürft euch heute auf Eggs Benedict oder etwas ähnlich Großartiges freuen, und ja, ich erwarte ein Dankeschön.«

Dean schnaubte. »Anständige Männer prahlen nicht.«

Drake wollte unter keinen Umständen am Frühstückstisch sitzen und zusehen, wie diese beiden mit ihren Frauen rummachten, während sich seine große Liebe gerade in Boston einrichtete. »Ich muss weg.«

»Kommst du später wieder?«, rief Rick ihm nach.

Drake drehte sich um. »Ja. Warum?«

»Wir müssen jemanden einstellen. Serena ist weg und du kennst sie doch. Selbst wenn sie ihren Job hasst, wird sie nicht zurückkommen, um das Büro zu schmeißen.«

»Emery und Harper wollten helfen, aber wir brauchen jemand festes«, fügte Dean hinzu.

Drakes Magen verkrampfte sich. Ihm war gar nicht bewusst gewesen, dass er sich an die Hoffnung geklammert hatte, Serena könnte zurückkommen. Rick hatte recht. Für sie wäre das persönliches Versagen. Bei ihr ging es immer nur nach vorn. *Ich werde nicht wie meine Mutter enden und auf der Stelle treten, nur weil ich darauf hoffe, dass jemand anderes ein Leben für mich einrichtet. Jedes Mal, wenn sie festen Boden unter den Füßen hatte, hat sie irgendeinen Typen kennengelernt und ist wieder im Sumpf aus Wunschdenken versunken. Wünsche lassen Träume nicht wahr werden. Das schafft man nur mit harter Arbeit,* hörte er ihre Stimme in seinem Kopf.

Rick und Dean sahen ihn erwartungsvoll an. All die Jahre hatte er seine wahren Gefühle unterdrückt. Vermutlich kratzten die, die er entfesselt hatte, nur an der Oberfläche. Serenas Umzug setzte ihm mehr zu, als ihm bewusst gewesen war. Er konnte sich sehr glücklich schätzen, dass seine Freunde seine Launen ertragen hatten.

»Ich komme nachher ins Büro«, antwortete er. »Wir schauen uns die Lebensläufe an und laden die drei besten Kandidaten noch mal ein. Einer davon wird sicher passen.«

Er lief über den Sand zum Büro und stellte sich vor, dass Serenas Auto vor dem Gebäude stand. Ihm wurde das Herz schwer. Genau das Gegenteil von dem, was er sonst jeden einzelnen Tag empfunden hatte.

In den Büroräumen angekommen, blieb er vor ihrem Schreibtisch stehen. Bald würden erst Harper, dann Emery, und dann irgendeine andere Person dort sitzen. Auf dem Weg hinauf in seine Wohnung versuchte er, sich mit der Tatsache zu arrangieren, dass er ihr wunderschönes Gesicht nie wieder hinter diesem Schreibtisch sehen würde. Seltsamerweise fühlte es sich an, als wäre eine ihrer Verbindungen gekappt worden, auch wenn sich nun eine andere ergeben hatte.

Er nahm immer zwei Stufen auf einmal, riss die Wohnungstür auf, schnappte sich sein Handy von der Kommode und formulierte auf dem Weg in die Küche eine Nachricht an

Serena. *Komme gerade vom Joggen zurück. Vermisse es jetzt schon, dich zu sehen.* Er holte sich eine Flasche Wasser aus dem Kühlschrank und leerte sie mit gierigen Schlucken, während er über die Worte nachdachte. Dann stellte er die Flasche ab, löschte die Nachricht und schrieb stattdessen: *Ich wette, dass Boston jetzt schöner ist, weil du da bist.*

»Verflucht.« Das klang zu kitschig.

Also löschte er auch diese Nachricht und ging in Richtung Badezimmer, wobei ihm ein Foto an der Wand im Flur ins Auge fiel. Mira hatte es kurz nach Beginn der Arbeiten am Resort aufgenommen. Darauf stand er auf der Büroveranda und diskutierte heftig mit Rick und Dean über die Renovierungen. Serena saß mit angezogenen Beinen auf den Stufen, streckte die Zunge heraus, verdrehte albern die Augen und zeigte mit beiden Daumen hinter sich. Damals trug sie ihre Haare noch kürzer. Auch die goldenen Strähnchen darin, die ihn schon immer verzaubert hatten, leuchteten noch nicht, da ihnen die Sommersonne fehlte.

Das Resort gehörte ihr genauso wie ihm und den Jungs. Vielleicht sogar noch mehr, immerhin musste sie sich mit ihnen dreien arrangieren. Außerdem hatte sie so viel Widerstand von ihnen überwinden müssen, um ihnen bei der Verwirklichung *ihrer* Träume zu helfen. Sie hatten sich mit Händen und Füßen gegen ihren Vorschlag gewehrt, die Büros und Cottages aufzuhübschen und ihnen einen feminineren Touch zu verpassen. Auch die Integration von zeitintensiveren Abläufen stieß anfangs nicht auf Begeisterung. Letztendlich hatte sie recht behalten. Ihre Systeme funktionierten effizient, die Projektmanagement-Strukturen waren stabil. Von den Musikläden mal ganz zu schweigen. Ohne Serena hätte er einige gravierende Fehler gemacht, die ihn viel Geld gekostet hätten. Zweifellos würde sie in ihrem neuen Job glänzen und er wollte ihr unter keinen Umständen im Weg stehen.

Danke, dass du uns ertragen und mit Herz und Seele für das Resort und die Musikläden gearbeitet hast. Deinetwegen sind sie besser geworden. Zeig es ihnen, Supergirl. Für dich kann es nur weiter nach oben gehen, schrieb er.

Er schickte die Nachricht ab, haderte jedoch mit dem, was er ihr eigentlich sagen wollte.

Ach, was soll's. Er fotografierte das Bild im Flur und schrieb dazu: *Der Typ links vermisst dich.*

Das war doch beknackt. Sie waren beide keine Fans von schmalzigem Zeug.

Er löschte die Nachricht, machte ein Selfie und schickte es mit den Worten ab: *Sehe ich heiß aus, wenn ich so verschwitzt bin?*

Am Samstagabend legte Serena die nackten Füße auf den Couchtisch in ihrer neuen Wohnung und machte es sich zum Videochat mit Chloe und Mira auf dem türkisblauen Art-Deco-Sofa gemütlich. Sie hatte den beiden die Wohnung gezeigt und ihnen ein wenig von den horizontalen Aktivitäten des Vorabends erzählt. Chloe hatte sie mit Fragen bombardiert, aber zum Glück wollte Mira nur die jugendfreie Version hören. *Mit Drake zusammen zu sein hat meine wildesten Fantasien übertroffen und dabei haben wir nicht mal miteinander geschlafen.* Das hatte den Mädels gereicht. Serena wollte sicher nicht alle Einzelheiten ihrer gemeinsamen Nacht mit Drake preisgeben, aber Chloe hätte sicher weiter nachgehakt, wäre Mira nicht gewesen.

»Was um alles in der Welt esst ihr da?« Serena verengte leicht die Augen.

»Sushi«, antwortete Chloe.

Mira wischte sich den Mund ab. »Hühnchen. Matt und Hagen haben es mit verschiedenen Gemüsesorten gegrillt. Schmeckt wahnsinnig lecker. Was gibt's bei dir, Serena?«

Serena hielt den Becher ihrer neuen Lieblingseiscremesorte hoch. »BJ's *Kinky Pleasures*.«

»Ich wusste gar nicht, dass Ben & Jerry's diese Geschmacks-richtung hat.« Chloe hob den Kopf, als würde ihr das helfen, einen Blick in Serenas Becher zu werfen. »Zeig mal. Was ist denn da drin?«

Serena drehte den Becher zum Bildschirm. »Das ist nicht von Ben & Jerry's, aber voll mit Schokostückchen, Walnüssen, Kirschen und Toffee. Das Eis von BJ's gibt es nur mit versauten Namen. Zum Beispiel *Custardlingus* und *Obscene Orgasm*. Die Sorte war weiß und cremig.« Sie lachte schnaubend, was ihre Freundinnen darin einstimmen ließ. »Dieses Wohnhaus ist der Wahnsinn. Alles, was ich brauche, ist direkt unter mir – auch mein Abendessen.« Sie schob sich einen Löffel Eis in den Mund. »Vielleicht werde ich dieses Gebäude nie wieder verlassen.«

»Ich glaube nicht, dass das deinem Boss gefallen würde«, sagte Mira.

»Du bist immer so pflichtbewusst.« Serenas Handy vibrierte und Drakes Name erschien auf dem Display. Wie jedes Mal, wenn er ihr schrieb, flatterten Schmetterlinge in ihrem Bauch. Allerdings hatte er bis jetzt noch nichts zur vergangenen Nacht oder der Karte gesagt, die sie ihm in seiner Wohnung hinterlas-sen hatte. Sie las die Nachricht. »Wartet kurz. Darauf muss ich antworten.«

»Ist das schon wieder Drake?« Chloe zog sich den Pullover fester um die Schultern. Sie saß im Kerzenlicht auf ihrer Veranda.

»Ja. Heute wurden einige Dinge im Musikladen eingebaut. Er hält mich nur auf dem Laufenden und will ein paar Sachen über die Bewerber wissen. Wie es aussieht, sehen sie sich die Kandidaten für meinen Job noch mal an«, erklärte Serena, während sie auf seine Nachricht antwortete. Sie wollte ihn fragen, was die letzte Nacht bedeutete und fürchtete gleichzeitig, dass sie ihre Gefühle in der Karte etwas zu ehrlich zum Ausdruck gebracht hatte. *Drake, eine Weile lang habe ich gedacht, dass wir irgendwann zusammenkommen würden. Und dann habe ich diese Vorstellung losgelassen. Aber nie ganz. Und jetzt, da ich von deinen Gefühlen für mich weiß und warum du mich auf Abstand gehalten hast, kann ich es noch weniger. Du wirst immer der Erste bleiben, in den ich mich verliebt habe. Aber ich frage mich auch, ob du der Letzte sein wirst.*

Zu dem Zeitpunkt schienen es die richtigen Worte gewesen zu sein. Sie atmete tief ein. »Darf ich euch was übers Dating fragen?«

»Warte kurz. Hier sind zu viele kleine Ohren, die zuhören.« Mira stand auf.

»Ich weiß, dass du mich meinst, Mom«, sagte Hagen, als sie an ihm vorbeiging.

Mira drückte ihm einen Kuss auf den Kopf. »Sag Hallo zu Tante Serena.«

Er sah von dem Puzzle auf, an dem er mit Matt arbeitete, und seine sonst so ernsten blauen Augen wurden groß. »Hi! Gefällt dir Boston? Warst du schon in der Bücherei? Isst du Eis? Welche Sorte? Ich hatte nach dem Mittagessen auch Eis.«

Hagen liebte Büchereien, Museen und im Grunde alle Orte, an denen er etwas Neues lernen konnte. Matt und Mira unternahmen ständig Bildungsausflüge mit ihm.

»Das sind ziemlich viele Fragen auf einmal, Kumpel«, meinte Matt zu Hagen, ehe er zum Display sah. »Hey, Mädels. Wie läuft's?«

»Hi, Hagen. Hi, Matt.« Serena winkte ihnen. »Hagen, ich war noch nicht in der Bücherei, sag dir aber Bescheid, sobald ich da war. Und ich esse Eis. Es heißt …«

»Pass bloß auf!«, unterbrach Mira sie.

»Leckerschmecker«, warf Chloe ein.

Matt schüttelte mit einem unterdrückten Lachen den Kopf.

»Und damit werde ich dieses Gespräch draußen weiterführen.« Mira hielt sich das Handy näher ans Gesicht und flüsterte: »Achtjährige sind wie kleine Spione. Sie sammeln Informationen und werfen damit zu den ungünstigen Zeitpunkten um sich. Erst heute Morgen hat er Matt gefragt, ob er daran gedacht hat, in den Laden der Mädels zu fahren und neues *Spielzeug* zu besorgen.«

Serena und Chloe lachten schallend los. Desiree und Violet waren von ihrer Mutter unter dem Vorwand, dass es ihr gesundheitlich nicht gut ging, ans Cape gelotst worden und hatten letztlich das Summerhouse Inn wiedereröffnet und die Kunstgalerie ihrer Mutter, *Devi's Discoveries*, übernommen. Erst später hatten sie den Sexspielzeugladen im hinteren Teil der Galerie entdeckt, über dessen Existenz ihre Mutter sie nicht informiert hatte. Nun betrieben sie auch diesen.

Mira setzte sich auf einen Terrassenstuhl. »Der arme Matt musste Hagen Spielzeug besorgen, damit er den Satz nicht auch vor den anderen herausposaunt.«

»Tut mir leid«, sagte Serena noch immer lachend. »Aber das

ist zu lustig.«

Mira verengte die Augen zu Schlitzen. »Wartet nur, bis ihr selber Kinder habt.«

»Bei mir wird das so schnell nicht passieren«, sagte Chloe.

»Bei mir auch nicht, aber kann ich jetzt meine Frage stellen?«, wollte Serena wissen.

Chloe beugte sich vor. Neugier schimmerte in ihren grünbraunen Augen. »Frag mich alles. Ich bin ein Dating-Guru.«

»Das stimmt überhaupt nicht«, bemerkte Serena. »Du bist wählerischer als irgendjemand sonst. Eher ein wandelndes Dating-Warnschild.«

Mira lachte. »Okay, okay, das reicht. Und halt die Frage bitte jugendfrei. Drake ist immer noch mein Bruder.«

»Ich weiß. Keine Sorge, es geht nicht um Sex. Ich hab es euch nicht erzählt, aber Drake und ich hätten uns am Mittwochabend beinahe geküsst.«

»Was?«, rief Chloe. »Das hast du uns vorenthalten?«

»Danke«, sagte Mira.

»Gern geschehen. Aber da ist noch mehr. Am Donnerstag, einen ganzen Tag bevor Drake und ich uns tatsächlich geküsst haben, hat er mir seine Gefühle gestanden und warum wir nicht zusammen sein können. Das war durchaus einleuchtend. Mehr oder weniger. So, wie er es erklärt hat, war ich fast dankbar dafür, dass wir nie miteinander im Bett gelandet sind. Wir haben über diesen Beinahe-Kuss aus unserer Teenagerzeit gesprochen. Er meinte, wir wären an unterschiedlichen Punkten im Leben gewesen, da er aufs College wollte und ich gerade erst auf die Highschool gekommen bin. Und er hatte recht.«

»Das war vorbildlich von ihm«, lobte Mira. »Vor allem, wenn man bedenkt, dass die meisten Jungs während der Highschool-Zeit nur Sex wollen.«

»Jetzt wünschte ich, ich hätte ihm damals nicht gedroht«, sagte Chloe leise.

»Du hast ihm gedroht?«, fragten Serena und Mira gleichzeitig.

Chloe zuckte mit den Schultern. »Du bist meine Schwester. Er hat dir das Herz gebrochen. Ich wollte ihm eine verpassen, aber da hätte ich genauso gut gegen eine Backsteinmauer schlagen können und ich mag meine Fingerknöchel. Also hab ich ihm gedroht.«

»Gott, du bist großartig. Danke.« Sie hatten immer aufeinander aufgepasst, aber Serena hatte nicht gewusst, dass ihre Schwester für sie so weit gegangen war. »Wie auch immer, er wusste, dass ich nur vorübergehend im Resort einspringen würde. Deshalb wollte er nicht, dass wir zusammenkommen und ich dann meine Träume aufgeben muss, oder mein Ziel aus den Augen verliere, weil ich etwas zurücklassen muss.«

»Damit hat er sich gemeint, nicht wahr? Entweder du lässt ihn zurück oder hast eine Beziehung mit ihm?«, fragte Mira. »Mir war nicht klar, dass er diesen Großer-Bruder-Modus so verinnerlicht hat.«

»Nein, es ist kein *Großer-Bruder*-Modus«, widersprach Serena. »Es ist ein Verantwortungs- oder Beschützer-Modus. Er hat sehr deutlich gemacht, dass seine Gefühle für mich ganz und gar nicht geschwisterlich sind. Er meinte, dass er nicht mit mir zusammen sein kann, weil es selbstsüchtig wäre, und er sich nicht zurückhalten könnte, wenn wir uns küssen.«

»Tja, gestern Abend hat ihn das nicht gestört«, bemerkte Mira.

»Doch, hat es«, sagte Serena ehrlich. Sie hatte seine Zurückhaltung gespürt. Sie hatte mit ihm schlafen wollen, doch er zog die Notbremse. Und beschützte sie damit wieder.

Dieser Mann trug keinen Funken Egoismus in sich.

»Hallo?« Chloe wedelte mit der Hand.

Serena blinzelte ein paarmal, um ihre Gedanken zu klären. »Tut mir leid. Ich hab nur nachgedacht.«

»Also, was ist das Problem? Dass er recht hatte? Er konnte sich nicht zurückhalten?«, fragte Chloe. »Der Mann ist ein Heiliger, wenn er wirklich jahrelang die Finger von der Frau gelassen hat, die er wollte. Vor allem, da ihr ständig Zeit miteinander verbracht habt.«

»Das ist er, und nein, das ist nicht das Problem. Sondern dass ich jedem der Jungs am Freitagnachmittag eine Karte dagelassen habe, in der ich mich für alles bedankt und geschrieben habe, dass ich sie vermissen werde. Aber da ich davon ausgegangen bin, dass aus mir und Drake sowieso nichts wird und ich wegziehe, war ich offen und ehrlich zu ihm. Im Grunde habe ich mein Herz ausgeschüttet, und jetzt befürchte ich, dass es zu viel war. Dass ich ihn vielleicht verschreckt habe.«

»Was hast du denn geschrieben?«, fragte Mira.

»Was ich wirklich für ihn empfinde. Ich habe nichts ausgelassen.« Sie würde ihnen nicht den genauen Wortlaut wiedergeben, obwohl er wie in Dauerschleife in ihrem Kopf lief. Wie dieser alte Song von Journey, den Drake ständig gespielt hatte. Serenas Lebensmotto. »Don't Stop Believin'«.

»Na ja, hat er denn was in die Richtung gesagt?«, wollte Chloe wissen und lenkte ihre Aufmerksamkeit wieder auf das Gespräch. »Hat er sich zurückgezogen? Er hat dir doch schon dreimal geschrieben, seit wir telefonieren.«

»Nein. Er hat nichts dergleichen getan oder gesagt, aber wenn ich eine Karte bekommen hätte, in der er mir sein Herz ausschüttet, hätte ich doch zumindest *irgendwie* darauf reagiert.«

»Vielleicht ist es ihm peinlich«, schlug Chloe vor.

»Frag ihn«, fügte Mira hinzu. »Oder ich kann das machen, wenn du willst? Er hat Hagen versprochen, morgen Nachmittag mit ihm segeln zu gehen. Da kann ich ihn drauf ansprechen.«

»Nein! Nicht, Mira. Bitte. Das wäre superpeinlich. Wir haben nur ein paar nette Stunden miteinander verbracht. Wir sind ja nicht mal zusammen. Ich weiß nicht, was das zwischen uns ist. Ich will auf keinen Fall, dass es nach mehr – oder weniger – aussieht, als es ist. Versprich mir, dass du es auch Matt nicht erzählst. Die Jungs reden miteinander. Matt könnte aus Versehen etwas herausrutschen und dann werden alle versuchen, uns zu verkuppeln oder so was.«

»Da hast du deine Antwort«, sagte Chloe. »Wenn du verwirrt bist, besteht die Möglichkeit, dass er es auch ist. Und wenn du ihm dein Herz ausgeschüttet hast, überlegt er wahrscheinlich, wie er damit umgehen soll. Gib ihm einfach etwas Zeit.«

»Ich sage kein Wort, Serena. Keine Sorge. Aber Chloe hat recht. Ich würde mir keine Gedanken machen«, sagte Mira. »Ich liebe meine Brüder, aber wenn es um Frauen geht, sind beide etwas schwer von Begriff. Sieh dir doch nur an, wie lange Drake gebraucht hat, um endlich seinen Gefühlen für dich nachzugeben. Er wird sich nicht zurückziehen, nur weil du ihn *zu sehr* magst.«

Serena seufzte und fühlte sich besser. »Ihr habt recht. Ich zerdenke es. Ich bin so nervös …« *Wegen letzter Nacht.* »… wegen des neuen Jobs und zerbreche mir deshalb über alles den Kopf. Seht euch das an.« Sie nahm ihr Notizbuch vom Tisch und zeigte den beiden die vielen Listen, die sie darin angelegt hatte. »Die habe ich alle gemacht, seit ich mit dem Auspacken fertig bin. Eine Einkaufsliste, Fragen, die ich am Montag stellen will, Klamotten, die ich nächstes Wochenende mitnehmen möchte, Aufgaben, um die ich mich im Musikladen kümmern muss. Ich hab sogar Vorschläge zur Prozessoptimierung von Shift für Justine ausgearbeitet.«

»Du bist echt seltsam.« Chloe grinste. »Wenn ich in einer neuen Stadt wäre und zwei Tage lang keine Verpflichtungen hätte, würde ich mich da umsehen, die heißesten Clubs abchecken, wo ich meinen morgendlichen Kaffee herbekomme, wo man nett Zeit verbringen und ein bisschen in der Sonne liegen kann …«

Und ich sitze hier in einer neuen Stadt und wünschte, ich wäre wieder in Bayside in den Armen eines bestimmten Mannes.

Noch lange nach dem Gespräch mit ihren Freundinnen lag Serena im Bett und chattete mit Drake. Auf den Straßen herrschte Ruhe und Mondlicht schimmerte auf dem Wasser im Hafen. Sie erzählte ihm von ihrem praktischen und gemütlichen Loft, das jedoch kleiner war als ihr Cottage am Cape.

Ich habe Ausblick auf den Hafen, schrieb sie. *Er ist nicht spektakulär, aber immerhin kann ich das Wasser sehen.*

Sie musste nicht lange auf eine Antwort warten. *Haben die Türen gute Schlösser? Wie ist die Gegend? Sicher? Hast du schon einen Supermarkt gefunden? Eine Tankstelle?*

Diese Fragen waren so typisch für ihn und brachten sie zum Lächeln. *Ja zu den Schlössern, und ja, es ist sicher. Ich gehe morgen zum Supermarkt. Der ist nur zwanzig Minuten entfernt. Ich hatte Eis zum Abendessen.*

Er schickte ihr ein stirnrunzelndes Emoji. *Wie soll Supergirl ohne eine Cookie-Bäckerei überleben, die rund um die Uhr geöffnet hat?*

Die bessere Frage lautete doch: Wie sollte sie es überleben, ihn nur an den Wochenenden zu sehen? Gestern Nacht hatte er eine Schleuse geöffnet und ihre Emotionen tröpfelten nicht mehr nur unauffällig heraus, um direkt weggewischt zu werden. Sie waren zu einem reißenden Fluss geworden. Aber sie hatte keine Ahnung, wo Drake und sie standen, deshalb versuchte sie, diese Gedanken für sich zu behalten und wechselte das Thema. *Hast du zum Abendessen Kekse für mich gegessen?*

Sie ließ den Blick durch ihr Schlafzimmer schweifen. Schon feige, dass sie nicht fragte, was sie wirklich wissen wollte. Doch sie war nervös und er ließ sich Zeit mit seiner Antwort, was ihre innere Unruhe noch steigerte. Deshalb konzentrierte sie sich auf die Unterschiede zwischen dem Loft und ihrem Cottage. Im Cottage gelangte man direkt ins Wohnzimmer und es gab ein separates Schlafzimmer. Der Eingang zum Loft befand sich zwischen dem Wäscheschrank und der Küchenzeile auf der linken, und dem Badezimmer auf der rechten Seite. Das Schlafzimmer ließ sich jeweils vom Küchenbereich und dem Wohnzimmer aus betreten, doch es gab keine Türen. Außerdem reichten die Wände des Schlafzimmers nicht ganz bis zur Decke, sodass das Mondlicht hereinfiel. Es fühlte sich seltsam an, aber das war sicher normal, immerhin war das eine völlig neue Umgebung.

Ihr Handy vibrierte und sie las Drakes Nachricht. *Keine Kekse. Das Einzige, was ich vernaschen will, ist 160 Kilometer entfernt.*

»Omeingott!« Sie drückte sich das Handy an die Brust, kniff die Augen zusammen und grinste breit. Die Karte hatte nichts an seinen Gefühlen geändert.

Oder doch? Vielleicht zum Besseren?

So konnte sie nicht weitermachen. Sie musste wissen, was das zwischen ihnen bedeutete und wo sie standen.

Bevor sie der Mut verließ, schrieb sie ihm zurück: *Du weißt, dass ich viele Situationen nicht gut einschätzen kann, deshalb muss ich fragen: Was machen wir hier?* Sie schickte die Nachricht mit angehaltenem Atem ab.

Jeder Moment ohne eine Antwort fühlte sich wie eine Stunde an. Nach fünf Minuten bildete sich ein Riss in ihrem Herzen. Sie legte das Handy neben ihr Kissen. Vielleicht sollte sie sich entschuldigen oder ihm sagen, dass er nicht antworten musste? Sie schloss die Augen, doch ihr Handy vibrierte.

Das Herz schlug ihr bis zum Hals. *Chatten. Du solltest schlafen gehen. Du wirst deine Energie zum Einkaufen brauchen.*

Er schickte ihr noch ein Kuss-Emoji und einen schlafenden Smiley und schrieb dazu: *Gute Nacht, Supergirl.*

»Ist das dein Ernst?« Serena fluchte laut. »Du kannst mich nicht erst so heiß machen und dann plötzlich den großen Bruder raushängen lassen.« Sie tippte bereits genau diese Worte, ehe ihr plötzlich klar wurde, was sie da tat.

Sie lief ihm hinterher.

Ihre Mutter war ständig Männern hinterhergelaufen.

Serena würde das nicht tun. Nicht einmal bei ihm.

Sie legte ihr Handy auf den Nachttisch und vergrub sich tief in der Decke. Eine Minute später rollten die ersten warmen Tränen über ihre Wangen. Sie ließ sich von ihren Gedanken treiben, in denen sein attraktives Gesicht und seine raue Stimme aufblitzten. *Nichts könnte diese Nacht aus meinem Gedächtnis löschen.*

Außer vielleicht hundertsechzig Kilometer …

Neun

Drakes Handy klingelte kurz vor zwei Uhr morgens und Serenas Name erschien auf dem Display. Er fühlte sich mies, weil er die Dinge zwischen ihnen so hatte stehen lassen, aber er musste erst einen klaren Kopf bekommen und sich ein für alle Mal entscheiden, bevor er ihre Frage beantwortete. Er hielt sich das Handy ans Ohr, doch bevor er etwas sagen konnte, erklang ihre panische Stimme.

»Drake! Jemand hämmert an meine Tür. Was soll ich tun?«

Er hielt das Handy fester. »Beruhig dich und sieh durch den Spion.«

»Okay«, flüsterte sie. »Ich hab solche Angst.«

»Atme, Serena. Was siehst du?«

»Warte kurz.«

Er lauschte ihrem angestrengten Atem, dann hörte er, wie sie hektisch die Kette öffnete, die Schlösser entriegelte, und im nächsten Moment schlug sie ihm weinend gegen die Brust.

»Du hast mich zu Tode erschreckt! Du Mistkerl! Warum …?«

Er stellte seine Tasche im Flur ab, nahm ihren bebenden Körper in die Arme und schloss die Tür hinter sich. Dann drückte er sie fest an sich und küsste ihre Tränen weg. Sie klammerte sich nach Luft schnappend an ihn.

»Tut mir leid, Liebling. Tut mir leid. Du hast gefragt, was wir hier machen, und ich musste es dir persönlich sagen.« Er legte die Hände an ihre Wangen und spürte ihre Tränen fast anklagend auf seinen Daumen. Jetzt war er froh, mit Bleifuß hergefahren zu sein.

»Was machen wir?«, fragte sie.

»Was wir schon vor Jahren hätten tun sollen.« Er senkte den Kopf, und sie lächelte an seinen Lippen, ohne dass ihre Tränen versiegten. Es brach ihm das Herz, doch sie heilte es sofort, als sie ihn ohne zu zögern küsste.

Er hob sie hoch und öffnete die Augen lang genug, um den Weg zu ihrem kleinen Schlafzimmer einzuschlagen. »Ich hab deine Karte heute Abend entdeckt. Sie war hinter die Tür gerutscht. Danke, dass du uns nie aufgegeben hast.« Er legte sie auf dem Bett ab. »Jeder braucht einen Menschen, auf den er immer zählen kann. Jemanden, der weder Partner noch Elternteil ist. Jemanden, der auf dich aufpasst, ohne deine Zukunftsvisionen zu beeinflussen. Ich wollte dieser Mensch für dich sein.«

»Vielleicht bin ich nicht wie alle anderen«, erwiderte sie honigsüß und ziemlich selbstsicher. »Denn ich will dich und du bist dieser Mensch für mich.«

Langsam und innig küsste er sie. Nun befreite sich alles in ihm, was er zuvor weggesperrt hatte. »Ich war nie ein selbstsüchtiger Mann, aber bei dir kann ich nicht anders und dafür schäme ich mich«, flüsterte er, während er zärtliche Küsse auf ihrem Kinn und ihrer Wange verteilte.

»Sei selbstsüchtig bei mir, Drake. Ich kann damit umgehen. Ich *will* damit umgehen.« Leidenschaft flammte in ihrem Blick auf. »Aber wenn du mir noch mal solche Angst machst, werde ich dir das nicht vergeben.«

Er konnte ein Lachen nicht unterdrücken. »Sagt die Frau, die in meinem Lieblingsstrandshirt schläft. Wann hast du mir das denn geklaut?«

»Wenn du ganz lieb bist, verrate ich es dir vielleicht«, erwiderte sie eindeutig zweideutig und schob den Saum seines Shirts nach oben. »Ausziehen, bitte.«

Er zog es sich über den Kopf und warf es auf den Boden. Sie streckte die Hände nach ihm aus, und er wusste, dass jeder Moment seines Lebens, jede Entscheidung, die er für sie getroffen hatte, zu ihrem Zeitpunkt die richtige gewesen war – genau wie das hier.

»Ist das eine Herausforderung, Supergirl?«, fragte er, während er ihr das Oberteil über den Kopf zog, sodass sie nur noch ihr hübsches Höschen trug. Drake umfasste ihre Taille, und schob sie in Richtung Kopfende. Mit Zähnen und Händen neckte er rau ihre Brüste, wie es ihr gefiel.

Sie wölbte sich ihm entgegen, krallte sich in seine Haare, drückte seinen Kopf an sich und flehte: »Fester, oh, *oh!*«

Ihr entglitt ein lautes, ergebenes Stöhnen, das ein Pulsieren zwischen seinen Beinen auslöste. Er positionierte sich so, dass er seine Härte an ihrer Mitte reiben konnte, während er weiter ihre Brüste verwöhnte.

»Oh Gott – *Drake*«, bettelte sie atemlos.

Drake widmete sich erneut ihrem Mund und stieß fest gegen sie. Ihre Laute sagten ihm alles, was er wissen musste. Das hohe Wimmern verriet ihm, dass er die richtige Stelle getroffen hatte, und sie spornte ihn mit ihren Fingernägeln an, sich härter und schneller zu bewegen. Innerhalb kürzester Zeit wand sie sich leidenschaftlich unter ihm und er küsste ihr die leisen Aufschreie von den Lippen. Wie sehr er das liebte.

Er richtete sich ein Stück auf und griff nach den Seiten ihres Slips. »Das muss verschwinden.«

Er riss ihn ihr vom Leib und rieb den seidigen Stoff an seiner Wange. Er liebte das Aufblitzen in ihren Augen, während er jeden Zentimeter ihres anziehenden Körpers auf sich wirken ließ. Sie war glatt rasiert und ihre Mitte glänzte feucht vor Verlangen – nach *ihm*. Serena entfesselte all seine Gier und nun gab es kein Halten mehr.

»Mein Gott, Babe. Du bist umwerfend.« Er strich mit dem Seidenhöschen über ihre Schenkel und ihr Geschlecht. Ihre Muskeln verspannten sich erwartungsvoll. »Ist dir klar, wie viele Jahre ich davon geträumt habe? Dich nackt unter mir zu haben?« Er ließ das Höschen über ihre Seite gleiten, doch sie zuckte zusammen und versuchte, die Stelle vor dem kitzelnden Gefühl zu schützen. »Nimm die Hand weg, Liebling. Nächstes Mal fessle ich deine hübschen Handgelenke mit deinem Höschen.«

»Tu es«, flehte sie und hielt ihm die Arme entgegen.

Er saugte an der Innenseite ihres Handgelenks, was ihr noch mehr sinnliches Flehen entlockte. »Ich will deine Hände heute auf mir spüren. Aber irgendwann machen wir das«, versprach er und stieg vom Bett.

Er nahm seine Brieftasche aus der hinteren Hosentasche, warf sie auf den Nachttisch und zog sich anschließend aus. Serena leckte sich über die Lippen, den Blick fest auf seine harte Länge gerichtet, als er aufs Bett kletterte und sich zwischen ihre Beine kniete. Allein bei dem Gedanken, ihre Hände auf sich zu spüren, pulsierte sein Körper. Serena griff in dem Moment nach ihm, in dem er entschlossen ihre Beine spreizte. Ihre Blicke trafen sich und er hielt ihre Hand fest, bevor sie ihn berühren konnte.

»Jetzt stecke ich in einer Zwickmühle, Supergirl. Ich will deine Hände und deinen Mund spüren, aber ich will auch so sehr in dir sein, dass ich es kaum noch aushalte.«

Er leckte über ihre Handfläche. Dann nahm er ihre Finger in den Mund und saugte daran. Ihr Atem ging angestrengter, und sie sah so sexy, wunderschön und vertrauensvoll aus, dass sein Herz vor Liebe schmerzte.

»Lass mich dich nur einen Augenblick anfassen«, bettelte sie.

Oh ja. Jede einzelne Sekunde seines Lebens hatte ihn zu ihr geführt. Sie waren füreinander geschaffen. Er führte ihre Hand an seine Länge, ließ seine Finger aber auf ihr liegen. Sie streichelte ihn ein paarmal. Seine Hüften zuckten ihrer Faust entgegen und sie beschleunigte das Tempo, erhöhte den Druck und streichelte die Spitze. Drake musste angesichts seiner immensen Lust die Zähne zusammenbeißen.

»Was magst du?«, fragte sie atemlos.

»Großer Gott, Baby.« Er nahm ihre Hand. »Ich mag dich. Alles an dir, und ich muss mich gerade sehr zurückhalten, nicht in deinem Mund zu kommen.«

Sie sah ihn aus schmalen Augen an. »Tu es.«

»Du machst mich so heiß, verdammt, du machst mich fertig. Ich werde erst in deinem Mund kommen, wenn du an meinem gekommen bist.«

»Nur einmal kosten?« Sie richtete sich auf und leckte erst langsam über ihre Unterlippe, dann über die hübsche Rundung ihrer Oberlippe.

Alles in ihm sehnte sich nach ihrem sexy Mund.

Serena führte seinen Schaft an ihre Lippen und dieses Mal hielt er sie nicht auf. Sie saugte an ihm, umspielte ihn mit der Zunge und folgte ihrem heißen Mund mit der Hand. Allein der Anblick reichte aus, um ihn an den Rand des Höhepunkts zu treiben. Serena nahm ihn vollständig auf und sah ihn nicht nur atemberaubend sexy, sondern auch herausfordernd an. Sie zog das Tempo an und er kam ihr ruckartig mit den Hüften entgegen. Sie spielte mit seinen Hoden, bis eine Welle der Lust über seine Wirbelsäule schoss und er wusste, dass er die Kontrolle verlieren würde, wenn er sich nicht sofort von ihr löste.

Und die Kontrolle verlieren war keine Option.

Er zog sich aus ihrem Mund zurück, woraufhin sie nach Luft schnappte und protestierend wimmerte, doch er brachte sie mit einem Kuss zum Schweigen.

»Du bist eine absolute Göttin«, presste er hervor und drückte sie mit seinem Körper nach hinten auf die Matratze.

Serena richtete sich ein wenig auf und knabberte an seinen Lippen. »Wieso hast du so lange gebraucht, um das zu bemerken?«

»Baby, ich wusste schon immer, dass du mein Kryptonit bist.«

Er küsste sie wieder langsam und innig, wobei er das Gefühl ihres nackten Körpers an seinem genoss. Dafür nahm er sich viel Zeit, denn er hatte es nicht eilig, ihren Mund wieder freizugeben. Seine Härte rieb über ihre feuchte Mitte. Jeder Stoß seiner Hüften entlockte ihr ein Stöhnen, ein Beben, ein Keuchen. Sie reagierte so empfindsam, so verführerisch, und weckte damit in ihm den Wunsch, sie zittern zu sehen. Er küsste sich an ihrem Hals hinab, über ihre Brüste, und verwöhnte jeden Zentimeter Haut von den Rippen bis zum Bauchnabel. An der Innenseite ihres Oberschenkels angekommen saugte er an der Haut, woraufhin sie sich stöhnend wand. Ihr berauschender Geruch hüllte ihn ein und weckte seine animalischeren Instinkte. Drake spreizte ihre Beine weiter und verwöhnte die Haut um ihr

Geschlecht herum, bis sie sich verzweifelt in die Laken krallte.

»Bitte, Drake. Ich halte es nicht mehr aus. Ich brauche deinen Mund auf mir.«

Sie bog den Rücken durch, griff zwischen ihre Beine und rieb über ihre empfindlichste Stelle, doch er hielt ihre Hand fest.

»Ich lasse mich nicht von dir hetzen, Serena.« Er leckte ihre Finger ab, wobei ihr Geschmack auf seiner Zunge explodierte.

»Gott, dein Mund«, hauchte sie gierig.

»Du willst meinen Mund, Baby?« Er leckte einmal über ihre Mitte, was ihm ein weiteres, leidenschaftliches Stöhnen einbrachte. »So?«

Er umkreiste den Gipfel ihrer Mitte und drückte immer wieder gegen ihre empfindlichsten Nerven. Serena atmete hektisch keuchend ein.

»Oder so?« Er drückte seine Lippen zwischen ihre Beine und schob die Zunge in ihre enge Hitze.

»Ja!«, schrie sie. Er verwöhnte sie unnachgiebig, lustvoll, und nahm seine Hand mit genau dem richtigen Druck zu Hilfe, den sie brauchte. »Oh Gott, Drake!«

Ihre Hüften zuckten nach oben, sie spannte ihre inneren Muskeln an und stieß eine Reihe sinnlicher, erotischer Laute aus. Er konnte ihren Körper perfekt einschätzen, bewegte sich mit ihr, fand, erkundete und genoss all ihre Lustpunkte. Er hielt sie am Rand des Höhepunkts, denn er wusste genau, wann er lockerlassen und wann er ihr mehr geben musste. Sie war das wunderbarste, erlesenste Instrument, das er unbedingt erlernen wollte, und er würde Experte werden.

Als sie schließlich auf die Matratze sackte, küsste er sich liebevoll an ihrem Körper hinauf, während sie von den Nachbeben erfasst wurde. Drake knabberte und saugte auf dem

Weg zu ihrem wundervollen Mund an ihrer Haut und jagte damit wohlige Schauer durch ihren Körper. Obwohl sie sich bestimmt selbst auf seinen Lippen schmeckte und er sie leidenschaftlich küsste, zog sie sich nicht zurück, sondern kam ihm entgegen und versuchte sogar, sich noch mehr zu nehmen.

Irgendwann lösten sie sich atemlos voneinander. Er hatte sich immer vorgestellt, wie er in diesem unglaublichen, wichtigen Moment so viele Dinge sagte. Ihr seine Liebe gestand, ihr versprach, sie niemals zu verletzen und sie in allen Karriereentscheidungen zu unterstützen. Doch ein Blick in ihre vertrauensvollen, liebevollen Augen verriet ihm, dass sie all das bereits wusste.

Er griff nach seiner Brieftasche.

»Nicht«, bat sie leise.

Ihr flehender Gesichtsausdruck ließ ihm das Herz noch weiter aufgehen.

»Hast du schon mal ohne Verhütung mit jemandem geschlafen?«, fragte sie.

»Nein. Noch nie«, erwiderte er aufrichtig und gestand dann auch den Rest ein. »Ich hatte gehofft, dass unser Timing irgendwann stimmt. Ich war immer vorsichtig.«

Ein liebevolles Lächeln umspielte ihre Lippen. »Ich habe mein ganzes Leben darauf gewartet, mit dir zusammen zu sein, und nehme die Pille ...«

Er erstickte das Ende des Satzes mit seinem Mund und zog sie in die Arme. Was er ihr nun sagte, wusste sie möglicherweise noch nicht. »Ich gehöre dir, Serena. Ich habe dir gehört, seit du mich mit deinen faszinierenden Augen angesehen und nervös gefragt hast, ob ich ein Duett mit dir singen möchte. Schon damals wollte ich dich so sehr, und ich habe es immer bereut, dass ich mich zurückgehalten habe, aber dadurch sind wir jetzt an diesem magischen Punkt angekommen, und ich werde dich nicht schon wieder enttäuschen.«

Er küsste sie innig, während ihre Körper zueinander fanden. Nichts hätte ihn auf diesen Ansturm der Gefühle oder die Intensität ihrer Verbindung vorbereiten können, sobald sie ihren gemeinsamen Rhythmus gefunden hatten. Ohne Eile gaben sie sich einander hin und ihre Körper bewegten sich in perfektem Einklang. Jedes verführerische Keuchen, jede erotische Berührung befeuerte seine Lust. Wie eine Lawine wurde Serena von einem Höhepunkt nach dem anderen überrollt. Sie krallte sich an ihn und schrie seinen Namen. Noch nie in seinem Leben hatte es sich so angefühlt. Die Leidenschaft wuchs ins Unermessliche, Verlangen baute sich in ihm auf, bis er es in seinen Adern und unter seiner Haut förmlich kochen spürte. Dann biss sie ihm in die Schulter und er ergab sich seinem eigenen intensiven Höhepunkt.

Einige Zeit später lagen sie eng umschlungen da und Serena döste langsam ein. Wie waren sie sich in all den Jahren so nah gewesen, ohne sich *so* nah zu sein?

Zehn

Sanft und fließend, wie eine Bucht sich in die Küstenlinie schmiegte, fiel das Sonnenlicht in Serenas Loft und erhellte damit den wunderbarsten Morgen ihres Lebens. Drakes Wärme hüllte sie ein, denn selbst im Schlaf lagen seine Arme fest um sie. Er roch himmlisch und männlich, als hätte sich alles Gute in ihrem Leben in einer Person gebündelt. Sie wollte sich umdrehen, damit sie ihn friedlich schlafen sehen und seinen Atem auf ihrer Wange spüren konnte. Gleichzeitig wollte sie sich jedoch auch nicht bewegen, um den Zauber nicht zu brechen. Was, wenn sich etwas zwischen ihnen verändert hatte? Was, wenn es unangenehm wurde?

Was, wenn es sich zum Guten gewandelt hatte?

Sie musste es unbedingt herausfinden und konnte diesem Drang einfach nicht widerstehen. Sie drehte sich in seinen Armen um und stellte fest, dass er wach war und sie verschlafen anlächelte.

»Hey, Supergirl.« Er drückte ihr einen Kuss auf die Lippen.

Die Emotionen, die in seiner Stimme mitschwangen, ließen ihr Herz einen Salto schlagen. Die unterschwellige Zurückhaltung war verschwunden und er gab auch nicht mehr vor, sie wären nur Freunde. Das gefiel ihr so viel besser.

»Habe ich dich geweckt?«

Er schüttelte den Kopf. »Ich bin schon eine Weile wach und habe mich gefragt, wie lange ich warten muss, bis ich dich wieder lieben kann, ohne dass du mich für notgeil hältst.«

»Was, wenn du mir notgeil gefällst? Wir haben einiges aufzuholen und sehen uns erst nächstes Wochenende wieder. Vielleicht vergisst mein Körper ja bis dahin, wie gut du dich anfühlst.«

Mit einem wölfischen Grinsen rollte er sich auf sie. Sie spürte seine Härte an ihrer Mitte und alles in ihr sehnte sich nach ihm. Er verschränkte ihre Finger ineinander, drückte sie neben ihren Kopf und fing an, sie zu necken, indem er nur mit der Spitze in sie eindrang und sich quälend langsam in ihr bewegte. Erst nach einer ganzen Weile schob er sich tiefer in sie und fand diesen wundervollen Punkt in ihr, der ihr den Atem raubte.

Er rieb die Nase an ihrem Hals. »Das könntest du vergessen, ja?«

»Mhm«, erwiderte sie atemlos. »Vielleicht solltest du noch ein paar Erinnerungen schaffen.«

Er küsste ihr die kleine Schwindelei sinnlich von den Lippen, trieb sie an den Rand des Wahnsinns und ließ sie anschließend in ungeahnte Höhen aufsteigen.

Später, nachdem sie sich im Bett und noch einmal in der Dusche ausgiebig einander hingegeben und den Tag auf eine Art und Weise begrüßt hatten, von der sie bisher nur hatte träumen können, schlüpfte Drake in eine beigefarbene Shorts und ein grünes T-Shirt, die sich wunderbar an seinen Körper schmiegten.

»Was starrst du denn so?«, fragte er, nachdem er sie genau dabei erwischt hatte.

Serena legte gerade ein paar pfirsichfarbene Ohrringe an, die zu ihrem orangegelb-weißen Batiktop und den khakifarbenen Shorts passten. Drake schlang von hinten die Arme um sie.

Sie hatte das Gefühl, jeden Moment vor Glück zu platzen, und drehte sich in seinen Armen um. »Du gehst mir schon so lange nicht mehr aus dem Kopf, dass ich immer noch erwarte, du würdest verschwinden, oder dass ich aus dem besten Traum aller Zeiten aufwache.«

Sein tiefes Lachen erklang wie Musik in ihren Ohren. Er küsste sie erneut und verpasste ihr einen Klaps auf den Hintern. »Es ist kein Traum, Liebling. Na komm. Suchen wir deinen Supermarkt und erkunden dann die Stadt.« Er reichte ihr ein mittelgroßes Notizbuch aus seinem Rucksack. »Ich hab eine Liste für dich gemacht – na ja, für uns.«

»Eine Liste?« Sie blätterte die erste Seite auf und betrachtete seine vertraute Handschrift.

Hafenspaziergang

Insomnia Cookies (bis 3 Uhr morgens geöffnet)

Faneuil Hall Marketplace

The Cheers Bar (Cheers Beacon Hill)

Institute of Contemporary Art

Duck Boats

Fenway Park

Boston Tea Party Schiffe & Museum

Aquarium

Blackbird Donuts

»Du hast einen Laden gefunden, der bis in die Nacht hinein Cookies verkauft?« Sie warf sich ihm in die Arme. »Wann hast du denn Zeit gehabt, das zusammenzustellen?«

»Als ich nicht aufhören konnte, an dich und dein neues Leben zu denken. Mir wurde klar, wie sehr ich ein Teil davon sein will. Ich will Boston mit dir erkunden und dein wunderschönes Lächeln und das Leuchten in deinen Augen sehen, wenn du eine dieser Sachen zum ersten Mal erlebst.«

»Wer hätte gedacht, dass du so romantisch bist?«

»Ich definitiv nicht«, antwortete er und schlüpfte in seine Schuhe. »Aber du stellst alles auf den Kopf, was ich bisher über mich selbst angenommen habe.«

»Ich habe dem Teufel einen Pakt angeboten, wenn er dich dazu bringt, in meiner Nähe nicht mehr so zurückhaltend zu sein. Wo wollen wir mit unserer Entdeckungstour anfangen?«, fragte sie aufgeregt.

Er sah auf die Uhr. »Ich hab Hagen versprochen, dass ich heute mit ihm segeln gehe, deshalb kann ich nur ein paar Stunden bleiben. Gegen Mittag muss ich wieder los, und vorher sollten wir noch deinen Kühlschrank füllen, damit du dir darüber keine Gedanken machen musst.«

Stimmt, Mira hatte den Segelausflug erwähnt. Dass er den ganzen Weg hergefahren war, nur um bei ihr zu sein, obwohl er so bald wieder zurückmusste, machte ihre gemeinsame Zeit noch besonderer.

»Ich bin Supergirl, schon vergessen? Ich kann allein einkaufen gehen. Und dank deiner praktischen Liste weiß ich, dass ich im Notfall auf *Insomnia Cookies* zurückgreifen kann. Ich würde sagen, wir gehen auf Entdeckungstour.«

Er lachte leise. »Okay, Supergirl. Dann schauen wir uns die Stadt an.«

Sie zog sich hübsche Sandalen an, dann verließen sie die Wohnung. Der wunderbare, kühle Morgen strahlte noch heller, als Drake nach ihrer Hand griff.

»Lass uns doch zum Faneuil Hall Marketplace gehen«, schlug sie vor.

»Ich gehöre bis zum Mittag dir. Du bestimmst wohin, ich folge.« Er beugte sich für einen Kuss zu ihr.

Wie konnte sie etwas so Einfaches wie ein Kuss dermaßen aus den Socken hauen? Sie grinste übers ganze Gesicht und ihr Herz raste, als hätte er ihr gerade einen Antrag gemacht.

»Bist du wegen morgen nervös?«, fragte er beiläufig.

»Ja und nein. Ich weiß, was ich kann, aber das ist komplettes Neuland. Ich hoffe, dass meine Ideen nicht zu sehr Cape-Cod-provinziell geworden sind.«

»Es ist ja nicht so, als hättest du bei Shift nur Strandhäuser eingerichtet. Und sieh dir nur mal an, was du aus den Musikläden und dem Resort gemacht hast. Ich glaube nicht, dass du nur das kannst, was auf Cape Cod beliebt ist.«

Sie deutete auf die Wolkenkratzer und die vielen Autos auf den vierspurigen Straßen. »Das ist mir klar, aber es gibt definitiv einen Unterschied zwischen der Geschäftswelt hier und am Cape. Das macht mich nervös. Und ob ich zu den Stadtleuten passe.«

»Sieh dich um, Supergirl.« Er zeigte auf die Passanten. »Es sind auch nur Menschen.«

»*Stadt*menschen«, erwiderte sie. »Die denken anders als wir.«

»Und du hattest schon immer große Träume. Du bist die perfekte Mischung aus Businessfrau und Strandmädchen.« Sie warteten an einer Ampel und er zog sie an sich. »Ich sag dir was: Alle, die dir das Leben schwer machen, schickst du zu mir. Und wenn du nächstes Wochenende kommst, um im Laden zu helfen, sorge ich dafür, dass es dir besser geht.«

»Oh, das klingt vielversprechend.«

Die Ampel sprang auf Grün und ein paar Minuten später

spazierten sie über die Brücke und genossen den Ausblick dahinter. Es war ganz anders als in Wellfleet, überall hohe Gebäude am Ufer und keine Sandstrände.

»Es riecht nicht wie in Wellfleet«, bemerkte sie. »Aber wenn ich das Wasser sehe, fühle ich mich meinem Zuhause näher.«

Drake nahm sie in die Arme und küsste ihre Wange. »Nächstes Mal bringe ich Sand mit. Wir füllen ein kleines Planschbecken damit und stellen es auf deinen Balkon. Hast du einen Balkon? Ich kann mich nicht erinnern, einen gesehen zu haben.«

»Nein, aber es gibt wohl eine Dachterrasse. Da können wir es hinstellen, unsere Badesachen anziehen und … es wäre immer noch nicht zu Hause. Aber wenn du bei mir bist, ist es schon nah dran.«

Sie gingen weiter und unterhielten sich dabei über den Musikladen.

»Hast du dich bei Carey gemeldet?«, fragte sie. Der freigeistige Musiker und Plattenliebhaber Carey Osten hatte Drake im Laufe der Jahre bei der Leitung einiger seiner Läden geholfen. Carey reiste oft durch die Gegend und lebte normalerweise in seinem alten Dodge Van. Obwohl er ein Handy besaß, war es nicht wie bei den meisten Menschen mit seiner Hand verwachsen. Manchmal dauerte es Wochen, bis er zurückrief.

»Er hat sich gestern bei mir gemeldet. Er kommt gerade aus Kalifornien und wird zur Eröffnung da sein. Ich hab mir auch die Bestätigung von Cree geholt. Von ihrer Seite aus steht alles.« Lucretia »Cree« Redmond war Anfang zwanzig und kleidete sich wie eine Miniversion von Violet. Sie hatte eine freundliche Persönlichkeit ohne den bissigen Sarkasmus, auf den Violet so stolz war. Cree spielte mehrere Instrumente und obwohl sie für ihre Freundin Sky in deren Tattoostudio in Provincetown arbeitete, hatte sie sich bereit erklärt, auch in Teilzeit im Laden einzuspringen.

»Ich hab auch mit Cree gesprochen, und außerdem mit Maddy und Evan. Damit können wir einige Punkte von unserer To-do-Liste streichen.« Madison Barber verbrachte den Sommer in der Stadt, um ihre Schwester Lizzie zu besuchen, und würde ebenfalls im Laden aushelfen. Auch sie war Anfang zwanzig und lebte in Harborside, Massachusetts, nicht weit vom Cape entfernt. Sie war zusammen mit Evan Grant, dem Sohn ihrer Freunde Bella und Caden, aufs College in Harborside gegangen und hatte dort ihren Abschluss gemacht. Evan lebte und arbeitete das ganze Jahr über am Cape und hatte für die Neueröffnung seine Hilfe angeboten.

Ihr Gespräch drehte sich um die vielen Einzelheiten einer Ladeneröffnung – Materialien, Versicherungen, die Überarbeitung des Mitarbeiterhandbuchs, und viele weitere Dinge. Drake war genauso organisiert wie Serena, und wenn sie mal nicht einer Meinung waren, fanden sie immer einen Kompromiss. Sie freute sich darüber, dass sie in geschäftlichen Dingen auf derselben Wellenlänge waren. *Solange es bei geschäftlichen Dingen nicht darum geht, dass ich das Resort verlasse*, dachte sie.

»Kommt zu ›Kane's Donuts‹!« Ein junger Mann reichte ihnen einen Flyer mit Fotos von Donuts, bei denen ihr das Wasser im Mund zusammenlief, und einen Coupon für zwanzig Prozent Rabatt.

»Wo ist der Laden?«, fragte Serena. »Da müssen wir hin!«

»Das ist der überraschte Gesichtsausdruck, den ich so sehr liebe«, meinte Drake.

Er suchte ständig Körperkontakt zu ihr, stahl sich Küsse und man könnte meinen, dass sie schon ewig ein Paar waren. In diesem Moment wurde Serena klar, dass das in gewisser Weise auch stimmte.

Der Mann erklärte ihnen den Weg. Der Laden lag gleich um die Ecke und der Duft nach Zimt, Schokolade, warmem Gebäck und Kaffee begrüßte sie.

Serena klammerte sich stöhnend an Drakes Arm. »Ich will in diesem Geruch baden.«

Seine Augen verdunkelten sich. Er drückte seine Wange an ihre und seine Stimme klang auf einmal heiser. »Ich fülle deine Badewanne mit Donuts. Du legst dich rein und ich lecke dich sauber.«

Er knabberte leicht an ihrer Wange und jagte ihr einen kleinen Schauer durch den Körper.

Oh Mann. Wie sollte sie jetzt etwas essen?

»Hey, ihr Turteltauben«, begrüßte die hübsche Blondine hinter dem Tresen sie, während sie ein Tablett mit Donuts in die Glasauslage schob. Anschließend wischte sie sich die Hände an der Schürze ab, stützte eine Hand in die Hüfte und schenkte ihnen ein freundliches Lächeln. »Was darf's sein?«

Die Frau musterte sie aus warmen, blauen Augen, während Serena und Drake bei der ganzen köstlichen Auswahl schon der Magen grummelte. Drake zögerte nicht und bestellte für sie beide.

»Wir nehmen zwei Eiskaffee, einen Chocolate Orgasm und einen Boston Cream Donut.«

»Ich mag Männer, die wissen, was sie wollen. Zum hier Essen oder Mitnehmen?«

»Zum Mitnehmen bitte«, antwortete Drake und zog Serena an seine Seite. »Wir haben vor dem Mittagessen noch eine Menge vor.«

Serena las sich das kleine Kärtchen des Chocolate Orgasm durch. Allein der Name sorgte schon für Begeisterung, doch bei der Beschreibung leckte sie sich über die Lippen: ein dekadenter Schoko-Donut, gefüllt mit leckerer Schokoladencreme, in Hershey's Schokoladensirup getaucht und mit zerbröselten Schokokeksen verziert.

»Ah, also Touristen?«, fragte die Blonde, während sie das Gebäck vorsichtig einpackte.

»Ich bin gerade vom Cape hergezogen.« Serena stupste Drake an. »Drake hier ist der Tourist.«

Sie bekamen ihren Kaffee und gingen mit der Frau zur Kasse. »Ich bin Abby. Hoffentlich kommst du in Zukunft öfter her. Es ist immer schön, neue Leute kennenzulernen.«

Drake bezahlte. »Ich hab das Gefühl, dass ihr meine Freundin wahrscheinlich kaum noch loswerdet.«

Freundin. Serenas Herz setzte einen Schlag aus. Aus seinem Mund klang das Wort noch besser, als sie es sich vorgestellt hatte.

»Noch eine Naschkatze«, sagte Abby. »Ich freue mich schon auf deinen nächsten Besuch …?«

»Serena«, antwortete sie. »Und das ist Drake.«

»Viel Spaß mit eurem Orgasmus«, sagte Abby und widmete sich dann einem anderen Kunden.

Beim Gehen zog Drake sie an sich und flüsterte: »Die alberne Bäckerin hat ein Loch in die Mitte des Chocolate Orgasm gemacht, anstatt ihm eine Cremefüllung zu geben. Das bedeutet dann wohl, dass ich meine Schokolade in deine Creme tauchen kann.«

Der eindeutig zweideutige Kommentar machte sie ganz heiß. »Woher wusstest du, dass ich den Boston Cream Donut möchte?«

Er rieb seine Bartstoppeln an ihrer Wange und seine raue Stimme ließ sie förmlich dahinschmelzen. »Weil du gestern ›tu es‹ gesagt hast. Mein Mädchen mag Cremefüllungen.«

Ihr entfuhr ein Keuchen, was ihn zum Lachen brachte.

»Siehst du, was passiert, wenn du die Bestie entfesselst? Ist das zu viel für dich, Supergirl?«

»Niemals.« Und jetzt konnte sie nur noch daran denken, wie es war, wenn er *es tat*.

Eine halbe Stunde später erkundeten sie den Faneuil Hall Marketplace und Serena schwebte noch immer auf einem Zucker- und Drake-Hoch. Es fühlte sich an, als hätten sie in den Markthallen eine andere Welt aus bunten Läden, Backsteininnenhöfen und historischen Gebäuden betreten, die dem Gelände ein Jahrmarktfeeling verliehen. Sie ließen sich mit der Menge treiben, kauften ein und erkundeten die kleinen Buden.

»Irgendwie ist das hier eine größere, gehobenere Version von Provincetown«, stellte Serena fest. »Nur anders.«

»Ich finde es toll, wie du Orte mit zu Hause in Verbindung bringst.« Er sah über die Köpfe der anderen Besucher hinweg und führte sie schließlich zu einem Stand, an dem Sonnenbrillen verkauft wurden. Er wählte ein Modell mit lilafarbenen Gläsern und setzte es Serena auf. »Das nenne ich mal High Fashion.«

Sie betrachtete sich in dem Spiegel neben einer grünen Sonnenbrille und einem Strohhut. Beides setzte sie Drake auf. »Bereit für einen Ausflug nach Palm Springs, Darling?«

Sie probierten verschiedene ausgefallene Modelle aus, zogen einander auf und alberten einfach ein wenig herum, ehe sie schließlich zwei Brillen mit goldenen Gestellen kauften. Ihre hatte pinke, seine blaue Gläser. An der nächsten Bude erstand Serena eine Haarspange, um ihre Haare hochzubinden, damit ihr etwas Sonne auf die Schultern fiel. Drake bedeckte die entblößte Haut sofort mit aufreizenden Küssen.

Sie gingen von einem Laden zum nächsten und entdeckten hinter einem der drei Hauptgebäude eine Gruppe Straßenkünstler.

»Lass uns da hingehen!« Serena zog Drake zu dem Akrobatenpärchen, um das sich etliche Zuschauer versammelt hatten. Ein Stück weiter hing ein Mann kopfüber. Es sah aus, als würde er eine Zwangsjacke tragen.

»Sieh mal!« Sie ging in seine Richtung.

Drake lachte. »Du bist wie ein kleines Mädchen im Süßigkeitenladen.«

»Ich kann nicht anders. Das ist so toll.« Der Entfesselungskünstler, der sich geschickt aus der Jacke wand, faszinierte sie. Die Menge jubelte und Serena wippte applaudierend auf den Zehenspitzen. Sie wollte Drake umarmen und stellte dabei fest, dass er *sie* und nicht die Show beobachtet hatte.

Er hob sie von den Füßen und lächelte an ihren Lippen. Als er sie wieder abstellte, hielt er sie weiter fest und betrachtete sie mit einem Ausdruck, den sie eher spürte als ihn zu verstehen. Als würde er mehr von ihr wahrnehmen als je irgendjemand zuvor.

»Was?«, fragte sie zögerlich.

»Es fühlt sich gut an, nicht verstecken zu müssen, wenn ich dich ansehen oder berühren will.«

War ihm überhaupt klar, wie viel ihr das bedeutete? »Du weißt wirklich, wie man eine Frau in den siebten Himmel bringt.« Sie schlang die Arme um seinen Nacken. »Jetzt küss mich, bevor ich mich auf dich stürze.«

Und das tat er.

Ausgiebig.

Doch als das Leben auf Wolke sieben gerade am schönsten

war, zog Drake sein Handy aus der Tasche und sah auf die Uhr, was sie schmerzhaft daran erinnerte, dass ihr gemeinsamer Vormittag zu Ende ging.

Da sie die Zeit aus den Augen verloren hatten, mussten sie sich nun beeilen. Drake wollte noch so viel sagen und tun, doch auf einmal fehlten ihm die Worte. Auf dem Rückweg zu Serenas Wohnung versuchte er, die Sehnsucht zu ignorieren, die sich bereits in ihm aufbaute. Kurz überlegte er sogar, seinen Segelausflug mit Hagen abzusagen, um noch ein paar Stunden bei Serena zu bleiben, aber das konnte er seinem Neffen nicht antun. Serena zu verlassen fühlte sich ebenso falsch an. Sie waren gerade erst zusammengekommen. Die letzten vier Jahre hatte er praktisch jeden Tag mit ihr verbracht. Fünf Tage ohne sie klangen nach einer Ewigkeit und dabei war er noch nicht einmal losgefahren.

In der Nähe des Hafens bedankte sie sich noch einmal dafür, dass er hergefahren war, und die unterschwellige Traurigkeit in ihrer Stimme versetzte ihm einen Stich ins Herz. Als sie ihr Wohnhaus fast erreicht hatten, hielten sie sich unwillkürlich fester und gingen langsamer, als könnten sie damit das Unausweichliche hinauszögern. Wann war er denn so theatralisch geworden, dass er die Sehnsucht nicht verdrängen konnte? Serena hatte die Büchse der Pandora geöffnet und er wollte sie auch überhaupt nicht mehr schließen oder seine Emotionen länger beiseiteschieben.

Auf der gegenüberliegenden Straßenseite machten ein paar Leute auf der Rasenfläche Musik. Serenas Augen fingen an zu leuchten und sie öffnete den Mund, als würde sie etwas sagen wollen. Im nächsten Moment erlosch das Licht in ihren Augen jedoch. Er wusste, dass sie sich wegen der Zeit Sorgen machte. Er musste gleich losfahren, würde aber unter keinen Umständen aufbrechen, solange Serena nicht wieder lächelte.

»Na komm«, sagte er und schlug den Weg auf die andere Straßenseite ein.

Sie musste sich beeilen, um mit ihm Schritt zu halten. »Du darfst nicht zu spät kommen, Hagen wartet auf dich.«

»Ich fahre ein bisschen schneller.«

Sie gingen über den Bürgersteig und die Wiese zu den Musikern. Ein Mann und eine Frau machten auf einer Decke Selfies, zu ihren Füßen lag ein Banjo. Neben ihnen spielten zwei weitere Männer Gitarre, während eine junge Frau mit einem Saxophon in der Hand sang. Einige Meter entfernt brachte eine Frau mit langen Haaren einem rothaarigen Mann das Gitarrespielen bei.

Serena schmiegte sich an Drakes Seite. »Erinnert dich das an zu Hause?« Lagerfeuer am Strand zählten zu ihren Lieblingsbeschäftigungen mit ihren Freunden. Manchmal gesellten sich Matts Geschwister und deren Partner, zusammen mit Harpers Geschwistern und deren Freunden, zu ihnen. Drake und die Jungs spielten Gitarre und dachten sich dabei spontan Lieder aus.

»Fast.« Plötzlich wusste er ganz genau, was er sagen wollte. Er wartete, bis einer der jungen Männer die Gitarre ablegte, dann nahm er seine Brieftasche heraus. »Entschuldige bitte. Ich gebe dir hundert Mäuse, wenn ich mir deine Gitarre ausborgen darf, damit ich für meine Freundin singen kann.«

Der Typ riss die Augen auf. »Klar doch. Nimm sie.« Er reichte ihm die Gitarre und Drake reichte ihm das Geld.

»Drake!« Serenas wunderschöne Augen weiteten sich perplex.

Er beugte sich vor und küsste sie. »Das ist für dich, Supergirl.«

Er stimmte »Chasing Cars« von Snow Patrol an, passte den Text jedoch für sie an. Am Rand bemerkte er, dass der Typ, der ihm die Gitarre geborgt hatte, ein Handyvideo von ihm aufnahm.

I'll do it all
Just for you
Every day
I don't need
Anyone
Or anything else

Unzählige Emotionen schimmerten in ihren Augen. Er spielte weiter, während er ihr einen Kuss auf die Wange gab und dann wieder sang.

When I'm with you
Just by your side
Everything feels right
It's become clear
What to do
How to feel
How can we have just begun
When it feels like you've been here all along?

Er sang noch ein paar Strophen und am Ende liefen Serena Tränen über die Wangen. Zitternd legte sie sich die Hände auf

Mund und Nase. Drake hielt die Gitarre mit einer Hand fest und Serena schlang die Arme um seinen Hals.

Die Zuschauer, die sich um sie herum versammelt hatten, klatschten Beifall.

»Ich war die ganze Zeit hier«, sagte sie zwischen ihren Küssen. »Genau wie du.«

»Und ich werde es immer sein.«

Elf

Das Outfit für den ersten Arbeitstag auszuwählen ist bestimmt zehn Mal schwerer, als ein Brautkleid zu finden! Ich muss los. Grüß alle, und gib Drake einen dicken Schmatzer auf die Wange von mir, wenn er von seiner Joggingrunde zurückkommt! Serena schickte die Nachricht an Desiree ab, stopfte ihr Handy in die Kuriertasche, die sie auf Miras Drängen im »The Now« gekauft hatte, und ging zum Fahrstuhl des Bürogebäudes. Noch immer schwebte sie nach ihrer Zeit mit Drake auf einem Adrenalinhoch und der erste Tag im neuen Job fügte dem ganzen noch eine Prise nervöse Energie hinzu.

Sie war so aufgeregt!

Zwei schick gekleidete Männer im Anzug betraten den Fahrstuhl, warfen ihr einen freundlichen Blick zu und widmeten sich dann wieder ihrer Unterhaltung. Der größere der beiden schielte erneut zu ihr. In seinen strahlend grünen Augen lag eine stumme Einladung. Sie stellte sich vor, wie Drake neben ihr stand und den Typen anknurrte, und musste prompt ein Kichern unterdrücken. Eine hübsche, äußerst schlanke blonde Frau und ein schlaksiger Mann mit Bart, dicker Brille mit schwarzem Rahmen und einer eng anliegenden Anzughose betraten den Fahrstuhl und stellten sich an die Seitenwand.

Serena lächelte. In ihrem roten Bleistiftrock und der weißen Bluse fühlte sie sich selbstbewusst. Die beiden erwiderten das Lächeln, nickten ihr knapp zu und steckten dann die Köpfe zusammen. Sie fühlte sich wie die Neue an der Schule.

Die Büros von KHB erstreckten sich auf die obersten drei Etagen des vierzehnstöckigen Gebäudes. Rezeption und Verwaltung befanden sich auf der zwölften, die Innenarchitekten auf der dreizehnten und die Chefs auf der vierzehnten Etage. Einer der Anzugträger verließ gemeinsam mit ihr den Aufzug und marschierte zielstrebig durch die Glastür. Da er zu sehr mit seinem Telefonat beschäftigt war, begrüßte er die Empfangsmitarbeiterin Carolyn nicht, die Serena bei ihrem Bewerbungsgespräch kennengelernt hatte.

Carolyn saß kerzengerade auf ihrem Stuhl. Sie trug ein schwarzes Headset und nahm effizient und routiniert die eingehenden Anrufe an. Mit einem einstudierten Lächeln hob sie einen Finger, doch ihre Augen verrieten, wie sehr sie sich freute, Serena zu sehen. Ihre Professionalität, der strenge Schnitt und Modelglanz ihrer schwarzen Haare, das perfekte Makeup und die fein manikürten Finger verliehen ihr eine etwas überhebliche Ausstrahlung. Aber Serena wusste es besser. Carolyn hatte gerade Feierabend gemacht, als Serenas Bewerbungsgespräch zu Ende gegangen war, und sie hatten unten noch zusammen einen Kaffee getrunken. Man konnte sich gut mit ihr unterhalten und ihre überkorrekte Art war offensichtlich nur eine Fassade, die sie als Repräsentantin der Agentur an den Tag legte.

Carolyn beendete ihr Telefonat, erhob sich schnell, beugte sich über den Tresen und winkte. »Komm her und drück mich!«, bat sie leise. »Ich war so froh, dass sie dich eingestellt haben. Du siehst großartig aus.«

»Danke! Ich bin so nervös. Ich habe keine Ahnung, wo ich hinmuss.«

Das Telefon klingelte wieder, also hob Carolyn erneut einen Finger und setzte sich, um den Anruf anzunehmen und durchzustellen, ehe sie sich an Serena wandte. »Du musst nicht nervös sein. Das schaffst du schon. Du fängst bei Chiara Twain an, unserer Personalchefin.« Sie sprach den Namen *Tschi-ar-ah* aus. »Sie ist auch relativ neu. Du wirst sie mögen. Nachdem du einen Haufen Papierkram ausgefüllt hast, zeigt sie dir die Büros und bringt dich dann zu Suzanne. Ich sage Chiara Bescheid, dass du da bist.«

Carolyn nahm erneut einen eingehenden Anruf entgegen und Serena trat etwas beruhigter von dem weißen Marmortresen zurück. Mehrere Leute kamen durch den Empfangsbereich. Einige lächelten sie flüchtig an, aber andere konzentrierten sich so sehr auf ihre Handys, dass sie nichts um sich herum wahrnahmen.

»Serena?« Eine lebhafte Blondine eilte mit ausgestreckter Hand auf sie zu. Obwohl sie hohe Absätze trug, bewegte sie sich wie in Turnschuhen. »Ich bin Chiara Twain, deine Ansprechpartnerin in allen Personalfragen. Meinen Namen sprechen alle falsch aus, aber du musst einfach nur an Chili denken. *Tschi-ar-ah*. Wollen wir dann?«

»Ja, danke.« Wie gern würde sie den bürokratischen Teil schnell hinter sich bringen, um sich direkt in die Arbeit zu stürzen, auch wenn sie Chiara sehr sympathisch fand.

Auf dem Weg durch die eleganten Büros, deren dicker Teppich das Klackern ihrer Absätze dämpfte, war die Luft von den Geräuschen der Angestellten erfüllt, die ihrem Tagesgeschäft nachgingen. Chiara sprach leise, während überall Telefone klingelten und Leute von A nach B eilten. Es gab so viel zu sehen, dass Serenas Nerven sich langsam beruhigten, und sie bemühte sich auf dem Weg zu Chiaras Büro, sich jedes Gesicht einzuprägen.

»Ich war noch nicht am Cape, aber es steht auf meiner Bucket List«, meinte Chiara. »Dir steht hier sicher ein leichter Kulturschock bevor. Zumindest hatte ich den letzten Monat nach meinem Umzug aus Reno.«

»Es ist definitiv anders. Im Resort haben wir legere Kleidung getragen und dort gibt es weit und breit kein Boston Design Center.« Das Boston Design Center war in der Gegend die Adresse für luxuriöse Möbel auf einer Ausstellungsfläche von mehr als 32.000 Quadratmetern. Serena hatte dort ein College-Praktikum absolviert und dem Laden auch später mit Justine, der Chefin von Shift, hin und wieder einen Besuch abgestattet.

»Ich könnte mich da ewig umsehen«, sagte Chiara, als sie ihr Büro betraten. »Laura, eine der Junior-Innenarchitektinnen, die du betreuen wirst, hat mich mal mitgenommen, damit ich es mir ansehen kann. Ich habe keine Ahnung, wie sich Designer bei einer so großen Auswahl entscheiden können.«

Es überraschte Serena noch immer ein wenig, dass sie die Betreuung eines Zweierteams übernehmen würde. Sie konnte sich kaum vorstellen, nicht bei jedem Teil des Designprozesses selbst Hand anzulegen. Aber Suzanne hatte ihr versichert, dass sie trotzdem bei allem die Kontrolle behielt.

»Kümmern wir uns erst einmal um den Papierkram.« Chiara setzte sich mit ihr an einen Tisch voller Papiere, einem Mitarbeiterhandbuch und einem Verhaltenskodex für Designer.

Das könnte für schlaflose Nächte praktisch werden.

Fast drei Stunden später, nach einer nicht so kurzen Einweisung und einer Führung durch den vierzehnten Stock, erreichten sie endlich die dreizehnte Etage. Der zwölfte Stock, wo Kunden die Agentur betraten, war modern und in beruhigenden Erdtönen eingerichtet, die Büros der Führungskräfte hingegen noch luxuriöser und für Serenas Geschmack etwas zu pompös. Die dreizehnte Etage dagegen war farbenfroh und lebendig.

»Willkommen in deinem neuen Zuhause«, sagte Chiara und zeigte ihr die Kaffeeküche, den Konferenzbereich und den Raum, in dem sich allerhand Kataloge, Broschüren, Stoffmuster und mehr befanden. Helle Holzböden und verglaste Wände in den äußeren Büros verliehen dem Raum eine offene und luftige Atmosphäre. »Wie du siehst, ist dieser Bereich für Gemeinschaftsarbeit ausgelegt.«

»Ja. Das ist perfekt für einen guten Workflow.« Serena betrachtete die u-förmigen Arbeitsplätze, alle mit einem Sichtschutz auf Brusthöhe, die gleichzeitig Farbakzente im Raum setzten. Architekten beugten sich über ihre Tische, telefonierten, arbeiteten an Plänen oder blätterten Kataloge durch. Am anderen Ende des Raums standen eine Frau und ein Mann vor einem Whiteboard und besprachen Designelemente. Genau wie sie es sich vorgestellt hatte, lagen hier kreative Energie und Tatendrang in der Luft.

»Dein Büro ist das zweite von rechts.« Chiara führte sie zu einer kleinen Gruppe, die sich um einen Tisch versammelt hatte. »Hey, Leute«, begrüßte Chiara sie. »Das ist Serena Mallery, unsere neue Senior-Innenarchitektin.«

Serena erkannte drei von ihnen aus dem Fahrstuhl heute Morgen.

»Wusste ich doch, dass mein *Frischling*-Eindruck mich nicht getäuscht hat«, sagte der große, gut aussehende Anzugträger. Er trug die braunen Haare kurz geschnitten und die intelligenten grünen Augen verschafften ihm sicher Zutritt zu vielen

Schlafzimmern. Er lächelte sie verschmitzt an. »Willkommen im Chaos. Ich bin Gavin.«

»Freut mich«, sagte Serena.

Dann stellte sich die schmale Blondine vor. »Und ich bin Laura, eine der Junior-Architektinnen. Spencer und ich sind in deinem Team.« Sie deutete auf den Mann mit Bart.

Spencer winkte. »Du kannst mich Spence nennen. Ich freue mich auf die Zusammenarbeit.«

»Danke. Ich will unbedingt loslegen.« Serena folgte Chiara in ihr wundervolles, sonnendurchflutetes neues Büro.

»Stell gerne deine Sachen ab und ich gebe Suzanne Bescheid, dass du da bist.«

Sie unterdrückte den Drang, einen Freudentanz aufzuführen und sah auf die Straßen hinunter. Es war so aufregend. Sie musste sich davon abhalten, direkt Fotos zu machen, die sie Drake und den Mädels schicken konnte. Stattdessen stellte sie ihre Tasche auf die Kommode hinter dem schicken, extrabreiten Schreibtisch aus hellem Holz und sagte so ruhig wie möglich: »Vielen lieben Dank, Chiara. Vielleicht können wir ja mal zusammen Mittag essen gehen.«

»Denkst du etwa, dass du dafür Zeit hast?« Chiara hob die Brauen. »Ernsthaft, die Mittagszeit hier ist hektisch und unsere Senior-Architekten nutzen das Mittagessen meist für Kundentreffen. Aber wir könnten irgendwann nach der Arbeit etwas trinken gehen.«

»Klingt toll.«

Ein paar Minuten später brachte Chiara sie in Suzannes Büro, das drei Mal so groß war wie ihres.

»Willkommen bei KHB«, sagte Suzanne, nachdem Chiara gegangen war. Sie deutete auf einen Lederstuhl vor dem Schreibtisch. »Setz dich und mach es dir bequem. Ich gebe dir eine kurze Einweisung.«

Serena schätzte Suzanne auf Ende dreißig. Sie hatte olivfarbene Haut und braune Augen, denen vermutlich nicht viel entging. Ihre dunklen Haare waren zu einem ordentlichen Knoten gebunden und sie strahlte Kultiviertheit aus. Auch das maßgeschneiderte graue Kostüm und die teuren High Heels unterstrichen den Eindruck von Geschäftstüchtigkeit. Doch vor allem ihr Selbstvertrauen und ihr Durchsetzungsvermögen waren Serena während des Bewerbungsgesprächs aufgefallen. Suzanne nahm kein Blatt vor den Mund und Serena war davon fast genauso sehr beeindruckt, wie sie ihre Fähigkeiten als Innenarchitektin bewunderte.

»Hast du irgendwelche Fragen, bevor wir anfangen?«, erkundigte sich Suzanne.

»Nein. Ich bin bereit und freue mich auf mein erstes Projekt.«

»Wunderbar.« Suzanne nahm zwei Hefter von ihrem Tisch und reichte sie Serena. »Du wirst zwei Großkunden betreuen. Seth Braden, den Präsidenten von BRI Enterprises, einem riesigen Einzelhandelskonzern, und Muriel Younger, eine der geschäftsführenden Anwältinnen von Younger, Lynch und Ryan. Wir haben schon in der Vergangenheit mit den beiden gearbeitet. Alle Informationen dazu findest du in den Akten. Seth hat sich gerade mit einem Geschäftspartner zusammengetan und will der Firma im großen Stil ein neues Image verpassen. Muriel hat ihre Kanzlei vergrößert und eine weitere Etage in ihrem Gebäude übernommen. Deine Besichtigung ihrer Räumlichkeiten ist für Mittwoch vorgesehen. Ich bin davon ausgegangen, dass du dich erst in Ruhe mit diesem Job befassen willst, bevor du dich mit Seth triffst. Er wartet auf deinen Anruf, aber du musst dir erst einmal keinen Druck machen, er ist bis nächste Woche nicht in der Stadt. Da dein letzter Besuch im Boston Design Center eine Weile her ist, habe ich Gavin Wheeler, einen der anderen Senior-Architekten, gebeten, am Freitag mit dir dorthin zu fahren, damit du dir einen Eindruck verschaffen kannst, was hier gefragt ist.«

»Klingt perfekt. Danke.«

»Außerdem bekommst du noch zwei kleinere Kunden.« Sie überreichte Serena zwei weitere Ordner. »Die Wilkinsons renovieren ihre Heimbibliothek und die MacIntyres haben eine kleine Baufirma. Sie wollen ihre Büros umbauen, haben aber nur ein schmales Budget.« Sie zog eine Augenbraue hoch. »Wir haben den Auftrag als Gefallen für einen größeren Kunden angenommen. Viel Glück damit. Hat dir Chiara erklärt, wie du Ausgaben und Fahrten für die Firma abrechnest?«

»Ja, und sie hat mich ermutigt, Kunden zum Mittag- oder Abendessen einzuladen. Ist das hier üblich?«

»Üblich und es wird auch erwartet. Die persönlichen Beziehungen sind genauso wichtig wie die Arbeit selbst. Ich nehme an, dass sie dir auch dein Team vorgestellt hat. Laura und Spencer?«

»Ja. Hat sie. Sie wirken nett und motiviert.«

»Sie sind engagiert und kreativ. Du hast ein starkes Team hinter dir. Nutze es. Damit sollte alles geklärt sein.« Suzanne stand auf und reichte ihr die Hand, die Serena schüttelte. »Willkommen an Bord. Ich freue mich wirklich, dass du hier bist.«

»Ich mich auch.« Mit einem seltsam euphorischen Gefühl ging Serena zurück in ihr Büro – *ihr* Büro. Mit einunddreißig hatte sie endlich eine Beziehung mit der Liebe ihres Lebens und nun die große Chance, auf die sie immer gewartet hatte. Was wollte sie mehr?

Ihr Magen knurrte. Auf ihrem Schreibtisch stand eine Schachtel von *Insomnia Cookies*, eingewickelt mit einer großen pinken Schleife. Sie öffnete die Karte und jedes Wort ließ ihr das Herz aufgehen. *Herzlichen Glückwunsch, Supergirl. Ich wette, dass du noch kein Frühstück hattest. Hoffentlich hält dich das bis zum Mittag über Wasser. Zeig's ihnen. Alles Liebe, Drake.*

»Wir haben hier wohl ein Schleckermäulchen«, sagte Gavin, als er ihr Büro betrat.

»Ein ziemlich großes. Aber ich versuche, es nicht ausarten zu lassen.« Sie öffnete die Schleife und legte sie zusammen mit der Karte weg, um sie später mit nach Hause zu nehmen. »Möchtest du einen?«

»Auf jeden Fall. Warum stehe ich hier sonst herum?« Er hob eine Braue und nahm einen Cookie. »Sind die von deinem Freund oder deiner Schwester?«

»Woher weißt du, dass ich beides habe?« Sie betrachtete die köstliche Auswahl und es juckte ihr in den Fingern, Drake eine Nachricht zu schreiben, aber sie wollte Gavin gegenüber auch nicht unhöflich sein.

»Du guckst eher die Cookies als mich an, und das sagt mir, dass du nicht Single bist. Außerdem wirkst du auf mich wie jemand, der nicht allein durchs Leben geht.« Er beugte sich näher zu ihr und senkte verschwörerisch die Stimme. »Könnte der Freund sein, aber meiner Erfahrung nach kommt diese Art von Selbstvertrauen von einem Mädelsclub.«

Sie lachte. »Bist du der Frauenflüsterer, oder was?«

»So was in der Art.« Er warf einen Blick auf die Akten auf ihrem Schreibtisch und verzog das Gesicht. »Sie schmeißt dich gleich ins kalte Wasser. Viel Glück mit Muriel.«

»Warum? Ist sie anstrengend?«

»Nein. Nur eine typische KHB-Kundin.« Er zeigte auf die

linke Seite ihres Büros. »Ich bin gleich nebenan, falls du etwas brauchst. Ich freue mich auf unseren Ausflug am Freitag. Plan mich fürs Mittagessen ein. Ich erklär dir, wie die Dinge hier laufen.«

Sobald er weg war, zog sie ihr Handy aus der Tasche und rief den Chat mit Drake auf. *Kann nicht viel schreiben, aber danke!! Die Cookies sind ein schwacher Ersatz für deine Küsse, aber sie tun ihren Dienst. Vermisse dich wie verrückt!* Sie fügte noch ein Zwinker- und ein Kuss-Emoji hinzu. Dann setzte sie sich und widmete sich der mysteriösen Muriel Younger und dem Großunternehmer Seth Braden.

»Hey, einsame Seele«, begrüßte Rick ihn, als er am späten Montagabend in den Musikladen kam.

Drake hängte die E-Gitarre auf, die er gerade in der Hand hielt, und stieg von der Leiter. »Was gibt's?«

»Ich wollte nur sichergehen, dass sich mein Bruder nicht die Augen aus dem Kopf heult oder so.«

Drake hatte Rick und Desiree beim Segeln von ihm und Serena erzählt. Wäre eine Flasche Champagner an Bord gewesen, hätten sie die mit Sicherheit geköpft.

Drake schnaubte. »Ich wollte schon mal ein bisschen vorarbeiten.«

»Ist das eine Umschreibung für ›nicht an Serena denken‹?«

»So ziemlich. Sie kommt am Wochenende her und da will ich auf keinen Fall unsere Zeit damit verplempern, den Laden in Ordnung zu bringen.« Allerdings hatten sie früher immer so viel Spaß beim gemeinsamen Einrichten gehabt, dass er ihre

Abwesenheit nun schmerzhaft spürte.

»Verständlich. Die Neueröffnung wird sicher cool. Hast du immer noch den zwölften im Auge?«

»Ja. Wir werden es rechtzeitig schaffen. Serena kümmert sich um Presse und Werbung.«

»Wie immer.« Rick reichte Drake eine andere Gitarre. »Steig hoch. Ich geb sie dir.«

»Danke.« Er stellte die Leiter neben die Haken und kletterte hinauf. »Wo ist deine zukünftige Frau?«

»Wir sind nicht an der Hüfte zusammengewachsen.«

Drake sah ihn bedeutungsvoll an. Er wünschte sich, wieder so unzertrennlich wie früher mit Serena zu sein.

»Sie ist mit Vi Essen gegangen. Schwesternzeit und so. Das schien mir eine gute Gelegenheit, mal bei dir vorbeizuschauen.«

»Wir haben uns erst im Büro gesehen.« Er hängte eine weitere Gitarre auf und wartete, bis Rick die nächste auspackte. Was sein Bruder wohl wirklich wollte? »Harper hat ihre Arbeit heute gut gemacht.«

»Sie ist toll. Sie hat sich bei Daphne gemeldet und ein Bewerbungsgespräch für Freitag angesetzt. Es steht in deinem Kalender.« Man sah ihm an, dass ihn etwas schwer beschäftigte.

Drake platzierte das Instrument auf dem Haken, stieg von der Leiter und sah seinen Bruder geradeheraus an. »Was ist wirklich los, Rick? Dir liegt doch was auf dem Herzen.«

»Gestern beim Segeln habe ich diesen Ausdruck in deinen Augen gesehen, diesen kurzen Panikmoment. Du warst für mich da, als ich dich am meisten gebraucht habe. Du hast mich gedrängt, mich meinen Dämonen zu stellen, und dadurch konnte ich mich auf Desiree einlassen. Ich habe es nie bereut, mein Geschäft aufgegeben zu haben und ans Cape zurückgekommen zu sein. Ich will auch für dich da sein, Drake. Was auch immer ich da also gesehen habe – du kannst mit mir darüber reden. Ich bin nicht mehr der aufbrausende Kerl, der sich Dads Tod nicht stellen kann.«

Sie waren beide in jener stürmischen Nacht an Deck gewesen, als ihr Vater über Bord gegangen und auf See verschollen war. Ihre Mutter und Mira waren unten in der Kajüte in Sicherheit gewesen. Drake hörte noch immer den heulenden Wind, spürte den kalten Regen auf seinen Wangen, die Wellen, die das Deck in der tiefschwarzen Nacht fluteten, und das Krachen, als eine davon ihren Vater erfasste und in den Tod schickte. Der Ozean war eine zerstörerische, gefühllose Bestie, die ihn so schnell in ihren dunklen Tiefen verschlungen hatte, dass keiner von ihnen ihn retten konnte.

Drake wandte sich ab und packte ein weiteres Instrument aus. Er hätte nicht gedacht, dass ihm jemand die Angst ansah, die sich in ihm bemerkbar machte.

»Kumpel?« Rick legte ihm eine Hand auf die Schulter. »Was ist los?«

Er drehte sich zu seinem Bruder, der so lange mit Schuldgefühlen über den Tod ihres Vaters zu kämpfen gehabt hatte. Der sich mit Zähnen und Klauen dagegen gewehrt hatte, seinen Schmerz zu heilen. Bis Desiree auftauchte. Drake hatte sich schon vor Jahren mit der Trauer um seinen Vater auseinandergesetzt. Geheimgehalten hatte er nur seine Gefühle für Serena. Wobei, das stimmte auch nicht ganz – er war um ihretwillen vor ihnen davongerannt. Da er nun wusste, was sie für ihn empfand, würde er damit aufhören. Aber der Weg zu einer Zukunft mit Serena erschloss sich ihm noch nicht. Er hatte die Nase gestrichen voll von dieser Unsicherheit und davon, nicht offen darüber sprechen zu dürfen, und auf dem Meer war er auf etwas gestoßen, mit dem er sich noch nie aktiv beschäftigt hatte.

»Mir ging beim Segeln nur ein Gedanke durch den Kopf: Was, wenn hier draußen das Undenkbare passiert? Dad konnte sich von keinem von uns verabschieden. Ich war so sehr auf unseren Schmerz fokussiert und darauf, alle zusammenzuhalten, dass wir nie über Dads letzte Momente gesprochen haben. Was ist ihm durch den Kopf gegangen, als das Boot Schlagseite bekommen hat und er über Bord gerissen wurde? Woran hat er in den letzten Sekunden seines Lebens gedacht? Ich will nicht, dass meine letzten Gedanken ›Ich habe Jahre verschwendet‹ oder ›Warum bin ich hier, wenn sie dort ist?‹ sind. Ich kann nicht in die Vergangenheit reisen und die verpassten Jahre zurückholen. Und für eine langfristige Lösung für die zweite Frage ist es wohl noch zu früh. Das hast du gestern gesehen.«

Sie schwiegen einen Augenblick lang, eingehüllt von ihrer schmerzhaften Vergangenheit. Rick sah durch den gequälten Ausdruck in seinen Augen fünf Jahre älter aus und Drake erging es sicher nicht anders.

»Ich habe so lange über Dads letzte Momente nachgedacht, bis mir davon schlecht wurde«, gestand Rick.

»Ich weiß. Wir haben darüber gesprochen, als du mit Des zusammengekommen bist, aber ich fühle mich egoistisch dabei. Obwohl ich wissen will, was Dad gedacht hat, will ich es irgendwie auch nicht.« Er hielt inne. Das Eingeständnis nagte an ihm. »Aber ich werde dafür sorgen, dass ich von jetzt an nichts mehr bereue.«

Eine ganze Weile arbeiteten sie schweigend weiter, bauten Vitrinen auf, jeder in seinen eigenen Gedanken versunken. Irgendwann rief Desiree an, was Ricks Aufbruch einläutete.

Er umarmte Drake länger, als er es sonst machte. »Denkst du darüber nach, nach Boston zu ziehen?«

Drake zuckte mit den Schultern. »Bis jetzt nicht«, erwiderte er ehrlich. Mit den Musikläden verdiente er genug Geld, sodass er auf das Resort nicht angewiesen war. Aber beim Resort war es noch nie um Geld gegangen. Drake hatte damit die Familie wieder zusammengebracht. Vielleicht steckte in Ricks Rat ein Fünkchen Wahrheit. *Aber irgendwann musst du aufhören, immer nur sie in den Vordergrund zu stellen, und dich um euch beide kümmern.* Möglicherweise war es für Drake an der Zeit, das Glück aller anderen nicht mehr seinem eigenem vorzuziehen. »Aber vielleicht sollte ich es nicht ganz ausschließen.«

Zwölf

»Es passt mir gar nicht, dass du so fantastisch angezogen bist und ich so weit weg bin«, sagte Drake am Mittwochnachmittag mit rauer Stimme, sodass Serena lieber durch ihr Handy zu ihm kriechen wollte, anstatt sich mit Muriel Younger zu treffen.

Sie stand bereits vor dem Gebäude und senkte den Kopf, als ein Pärchen an ihr vorbeiging, damit die beiden die Röte auf ihren Wangen nicht sahen. »Wenn du Glück hast, zeige ich dir heute Abend über FaceTime vielleicht, was ich *unter* diesem fantastischen Outfit trage«, murmelte sie leise.

Drake knurrte und sie spürte das Geräusch auf ihrer Haut, als wären es seine rauen, schwieligen Finger. »Es sollte nicht nur bei einem Vielleicht bleiben. Versprich es mir, denn die Vorstellung bekomme ich heute sicher nicht mehr aus dem Kopf.«

»Ich mag es, wenn ich dir nicht aus dem Kopf gehe und dich das heiß macht«, erwiderte sie verführerisch.

»Ich bin ständig heiß auf dich. Noch zwei Tage, Baby, dann gehörst du mir. Ich hoffe, du hast nicht vor, dich dieses Wochenende noch mit anderen zu treffen. Es könnte nämlich sein, dass wir das Schlafzimmer nicht verlassen.«

Erotische Bilder schossen ihr durch den Kopf. »Das gefällt

mir, aber die Mädels könnten etwas dagegen haben, dass du mich ganz für dich willst.«

Die letzten Tage waren wie im Flug vergangen. Zum einen hatte sie sich über Muriels bereits bestehende Büros informiert, die Grundrisse und das Design studiert, und sich die Agentur-Präsentationen der letzten Jahre angesehen. Zum anderen hatte sie auch über die anderen ihr zugeteilten Kunden recherchiert. Außerdem kümmerte sie sich um das Entertainment für die Eröffnung des Musikladens und bestätigte Lieferdaten für die Möbel und andere Dinge, die noch nicht angekommen waren. Sie beantwortete Fragen von Justine von Shift und von Harper und versuchte, bei ihren Freundinnen auf dem Laufenden zu bleiben. Allerdings konnte sie auch nicht ständig am Handy hängen. Abends fiel sie vollkommen erschöpft ins Bett und telefonierte mit Drake. Spaß an nicht ganz ernst gemeintem Dirty Talk hatten sie schon immer gehabt, doch ihre wahren Gefühle gaben dem Ganzen noch einmal eine ganz neue Bedeutung. Jeden Abend brachte er ihr Blut zum Kochen. Sie waren nicht über ein paar heiße Bemerkungen hinausgegangen, doch bei der Vorstellung eines nicht ganz jugendfreien Videochats pulsierte es in ihr.

»Einem ausgehungerten Mann kann man keine Grenzen setzen.« Seine tiefe Stimme lenkte ihre Aufmerksamkeit wieder auf das Telefonat.

»Schluss mit dem Schweinkram. Wünsch mir Glück, denn wenn ich noch länger mit dir rede, muss ich mir ein frisches Höschen anziehen.«

»Jetzt will ich erst recht nicht auflegen.«

»Ja, ich auch nicht«, räumte sie ein. Ihr wurde immer wärmer. »Aber die Pflicht ruft. Ich sag dir was: Wenn ich Zeit habe, mache ich einen Abstecher zu ›Kane's Donuts‹ und hole mir nur für dich einen Chocolate Orgasm.«

»Mmh. Schokolade. Das setze ich auf meine Einkaufsliste fürs Wochenende. Direkt unter *Sahne*.«

»Oh mein Gott«, hauchte sie atemlos. »Mach's gut.«

»Bis später, heißer Feger, und denk dran, du schaffst das. Sie kann sich glücklich schätzen, mit *dir* zu arbeiten.«

Serena atmete noch einmal tief durch, bevor sie das Gebäude betrat. Eigentlich hätte sie wissen müssen, dass es keine gute Idee war, vor ihrem ersten großen Meeting mit Drake zu sprechen, aber sie vermisste ihn. Auch wenn er sie unendlich erregte, beruhigte er gleichzeitig ihre Nervosität und gab ihr Selbstvertrauen. Das schaffte sonst niemand.

Genau dieses Selbstvertrauen erfüllte sie zwanzig Minuten später beim Treffen mit Muriel Younger immer noch. Muriel trug ein schwarzes Hemdkleid von Elie Tahari mit Flügelärmeln und drei spitzen Cut-Outs am Kragen, das jedoch perfekt an ihrer zierlichen Figur saß und damit nicht zu leger für einen Business-Termin wirkte. Die rabenschwarzen Haare trug sie wie Chloe in einem Pixie-Cut. Ihrer Schwester verlieh er ein weiches, elegantes Aussehen, doch Muriel wirkte mit ihrer schwarzen Brille und den perfekt gezupften Augenbrauen eher streng.

»Serena«, begrüßte Muriel sie knapp und in scharfem Ton, der fast nach einem Tadel klang. »Wie schön, Sie kennenzulernen.«

Muriels fester Händedruck bestätigte Serenas ersten Eindruck. »Danke. Ich freue mich sehr auf Ihr Projekt.«

Mit unbewegter Miene ging Muriel zur Tür. »Ich bin die nächste halbe Stunde außer Haus«, sagte sie, ohne sich umzudrehen. Vermutlich sprach sie mit der Empfangsdame.

Serena folgte ihr aus dem Büro und musste sich beeilen, um

mit ihr Schritt zu halten, denn Muriel marschierte bereits zügig durch eine weitere Tür und die Treppe hinauf zur nächsten Etage.

»Ich nehme an, dass Sie mit Younger, Lynch und Ryan vertraut sind?«

»Ja, Ma'am«, antwortete Serena. Zum Glück hatte sie sich vorab informiert. »Es ist die größte von Frauen geführte Anwaltskanzlei des Landes und die fünftgrößte Kanzlei der Region. Gegründet wurde sie von ihrer Mutter, die mittlerweile im Ruhestand ist, und Sie haben gerade erst zwei weitere Niederlassungen in New York und Philadelphia ...«

»Sie haben Ihre Hausaufgaben gemacht«, unterbrach Muriel sie. Sie betraten einen Bereich, der sich teilweise noch im Rohbau befand, und gingen zu den Büros an der Fensterseite.

Eine quasi leere Leinwand. Für Serena ein wahr gewordener Traum.

»Wir möchten unser Fusions- und Akquisitionsteam in sechzig Tagen hierherverlegen«, erklärte Muriel forsch.

»Sechzig Tage sind ziemlich knapp, da noch Einiges ausgebaut werden muss.«

Muriels Blick wurde noch kälter. »Sechzig Tage sind machbar.«

»Ja, natürlich, solange es keine spontanen großen Änderungen gibt.« Serena machte sich eine gedankliche Notiz, mit Suzanne über den Zeitplan zu sprechen.

»Ihre Firma hat schon mit unserem Architekten Drew Ryder von Ryder Associates zusammengearbeitet. Er erwartet Ihren Anruf.«

»Ich melde mich heute noch bei ihm. Ich habe mir Ihre bestehenden Büros angesehen und habe eine Vorstellung davon, welche Optik und Atmosphäre Sie gern als Markenzeichen der

Kanzlei transportieren. Gibt es irgendwelche Än…«

»Wenn Sie über unsere Markenzeichen informiert sind, wissen Sie, dass es nur *eine* Art von Atmosphäre gibt«, fiel Muriel ihr erneut ins Wort. Die Absätze ihrer Christian Louboutins klackerten auf dem Betonboden. »Wir stehen in *jedem* Büro, auf *jeder* Etage, an *jedem* Standort für allerhöchste Professionalität.«

»Ja, natürlich.« *Ist sie eine Schallplatte mit Sprung?* Sie wollte dieser Frau etwas Neues anbieten. Wenn sie einfach nur eine Kopie ihrer bisherigen Büros wollte, warum beauftragte sie dann die teuerste Agentur der Gegend? »Ich werde vermerken, dass Sie das Farbschema von unten auch hier wünschen. Wie sieht es mit den Wänden aus? Glaswände würden, zumindest im Konferenzbereich, auch für mehr natürliches Licht in den restlichen Büros sorgen.«

»Und für weniger Privatsphäre«, entgegnete Muriel scharf.

»In Ordnung. Sprechen wir über den Grundriss der Etage. Wird es hier einen Empfangsbereich geben?«

»Ja. Wir sollten wieder nach unten gehen. Meine Assistentin führt sie herum und kann Ihnen Ihre restlichen Fragen beantworten.« Und schon machte sich Muriel wieder auf den Weg zum Treppenhaus.

So viel zum wahr gewordenen Traum. Im Grunde war ihre Kreativität hier kein bisschen gefragt.

Zwei Stunden später kehrte sie in ihr Büro zurück, vereinbarte für morgen einen Termin mit Drew Ryder und ging anschließend direkt zu Suzanne, die sich an ihrem Schreibtisch gerade Baupläne ansah.

Suzanne winkte sie herein. »Wie lief es mit Muriel?«

»Ich bin nicht ganz sicher. Sie arbeitet seit acht Jahren mit unserer Agentur, und du hast acht Einheiten für ihre Kanzlei entworfen. Ich bin davon ausgegangen, dass sie frischen Wind reinbringen will, aber sie hatte überhaupt kein Interesse an meinen Vorschlägen. Meinst du, dass mir etwas entgangen ist?«

Suzanne deutete auf den Besucherstuhl. »Setz dich. Lass uns reden.« Sie kam um den Schreibtisch herum und nahm neben Serena Platz. »Muriel ist eine unserer Topkundinnen, und ja, sie hat eine sehr spezielle Art. Aber sie erwartet denselben Service wie unsere weniger … kontrollierenden Kunden.«

»Sprich eine Senior-Innenarchitektin statt einer Junior-Architektin, die diese Aufgabe problemlos erfüllen könnte?«, fragte Serena.

»Ganz genau. Die Firmen kommen aufgrund unserer Expertise zu uns. Einige wollen tatsächlich unsere Kompetenz im Designbereich, während andere einfach nur sagen möchten, dass sie uns in *ihrem* Team haben.«

»Ich verstehe.« *Aber es gefällt mir nicht.* »Ich arbeite die Pläne aus und bringe Spencer und Laura auf den neuesten Stand. Die Präsentation für Muriel findet nächsten Dienstag statt. Wird sie es negativ aufnehmen, wenn ich ihr genau das zeige, worum sie gebeten hat, dazu aber noch eine leicht abgeänderte Variante entwerfe? Nur für den unwahrscheinlichen Fall, dass sie sich darauf einlässt?«

»Du kannst es versuchen, aber es wäre zwecklos«, erwiderte Suzanne kopfschüttelnd. »Ich war auch mal so idealistisch wie du und bewundere deine Beharrlichkeit. Aber sieh Muriels Einstellung nicht als persönliche Beleidigung deiner Fähigkeiten. Ich schicke ihr nur Designer, bei denen ich darauf vertrauen kann, dass sie diesen Auftrag erfüllen.«

»Okay. Danke. Eine Sache noch: Sie will alles in sechzig Tagen über die Bühne bringen. Das ist machbar, aber schon der kleinste Stolperstein wird den Zeitplan zunichte machen.«

Suzanne stand auf. »Bei Muriel darf es keine Stolpersteine geben und nach meiner Erfahrung mit ihr gibt es keinen Spielraum.«

»Okay.« Serena nickte. »Ich liebe Herausforderungen.«

Sie kehrte in ihr Büro zurück, wobei sie wünschte, auf dem Weg hierher einen Donut mitgenommen zu haben. Wenn sie eine kleine Aufmunterung brauchte, dann heute.

Seit wann sind Donuts besser als Cookies?

Seit mich Kane's Donuts an Drake erinnert.

Ihr blieb keine Zeit, sich über Heißhunger oder alberne Klienten den Kopf zu zerbrechen. Immerhin zahlten Letztere ihr Gehalt. Aber für die Person, auf die sie den größten Heißhunger hatte, und die ihr wichtigster So-was-wie-ein-Klient war, blieb immer Zeit. Drake. Wenn doch nur jeder Auftrag wie das Resort oder die Musikläden wäre.

Sie zog ihr Handy aus der Tasche und schickte ihm ein Selfie mit Schmollmund. *Bin ohne Chocolate Orgasm wieder im Büro. Vielleicht können wir das heute Abend wiedergutmachen. XOXO*

Sie beantwortete die Nachrichten auf ihrer Mailbox, vereinbarte Termine mit den MacIntyres und den Wilkinsons, und arbeitete dann an einer Preiskalkulation für die Kanzlei.

Lange nachdem alle anderen in den Feierabend verschwunden waren, streckte Suzanne den Kopf in Serenas Büro. »Machst du Überstunden? Haben wir dir schon zu viel aufgehalst?«

»Nein, ganz und gar nicht. Ich stelle gerade das Budget für Muriels Auftrag zusammen. Morgen kümmere ich mich um das Material und stelle sicher, dass seit unserer letzten Bestellung nichts aus dem Sortiment genommen wurde.«

Suzanne runzelte die Stirn. »Dafür hast du dein Team.«

»Oh, es stört mich nicht. Tatsächlich mag ich diesen Teil

des Prozesses sehr gern. Da ich am Freitag den ganzen Tag mit Gavin unterwegs bin und dann übers Wochenende nach Hause fahre, möchte ich dafür sorgen, dass alles geklärt ist.«

»Ja, aber dafür gibt es die Junior-Architekten. Sie kümmern sich um die Laufarbeit, überprüfen Verfügbarkeiten und solche Dinge. Serena, du hast ganze Unternehmen von Grund auf ausgestattet. Stell dein Licht nicht unter den Scheffel, indem du niedere Arbeiten übernimmst. Dafür bist du überqualifiziert. Trag deine neue Krone mit Stolz. Es gibt Menschen, die viel für eine Stelle als Senior-Innenarchitektin bei KHB geben würden.«

Wunderbar. Jetzt wirkte sie zu kleingeistig für den Job. »Natürlich, ja. Tut mir leid. Du hast recht.«

»Entschuldige dich nicht. Es dauert eine Weile, bis man sich an eine Führungsposition gewöhnt. Du bekommst den Dreh noch raus, und ich verspreche dir, dass dir die übergeordneten Aspekte des Projektmanagements gefallen werden. Vor allem die exklusiven Mittag- und Abendessen.« Suzanne sah auf ihre Uhr. »Apropos Abendessen, ich muss los. Es ist fast acht. Wir sehen uns morgen.«

Acht Uhr? Serena sammelte ihre Sachen zusammen und verließ ein paar Minuten nach Suzanne das Büro. Aber anstatt nach Hause zu fahren, entschied sie, sich endlich einen Donut zu holen.

»Ist das mein Pullover?«, fragte Drake sie später über FaceTime. Mit ihren zerzausten Haaren und ohne Makeup sah sie einfach hinreißend aus.

»Nein, es *war* deiner«, erwiderte sie frech. »Du hast ihn mir an Ostern ausgeborgt. Schon vergessen?«

Die Erinnerung brachte ihn zum Lächeln. Sie hatten für Hagen und seine Freunde eine abendliche Ostereisuche in den Dünen organisiert und ein Lagerfeuer gemacht, nachdem die Kinder gegangen waren.

»Geborgt?«

Sie verdrehte die Augen. »Was auch immer. Willst du ihn zurück?« Sie zog ihn sich über den Kopf und entblößte ihren schwarzen Spitzen-BH.

»Auf jeden Fall. Das gefällt mir schon besser.« Sein Herz schlug schneller – bis er Autohupen im Hintergrund hörte. Hielt sie sich etwa draußen auf? »Wo zum Teufel bist du?«

Sie zog sich den Pullover wieder über. »Auf der Dachterrasse.« Sie drehte das Handy, damit er den Hafen in der Ferne sehen konnte. »Und schau dir das mal an.« Sie zeigte ihm die Lichter der Stadt und die Liegestühle, Tische und tollen Pflanzkübel voller bunter Blumen. »Wir brauchen so was im Resort. Vielleicht auf dem Dach des Freizeitzentrums. Das wäre toll. Die Dielen sind der Wahnsinn.« Sie richtete die Kamera nach unten auf das Zedernholz unter ihren hübschen, nackten Füßen.

»Das ist eine tolle Idee«, sagte er, sobald sie wieder auf dem Display erschien und sich auf eine der Liegen setzte. »Wir können darüber reden, wenn du am Wochenende da bist. Ich hätte liebend gern so einen Ort, an dem ich Zeit mit dir verbringen kann. Aber, Babe, zieh dich bitte nicht in der Öffentlichkeit aus, okay? Ich will nur ungern nach Boston fahren, um einem Typen in den Hintern zu treten, der zufällig aufs Dach gekommen ist, während du dich oben ohne gezeigt hast.«

»Hab ich dir in letzter Zeit gesagt, wie heiß es ist, wenn du eifersüchtig bist?« Sie warf ihm einen Luftkuss zu. »Aber du weißt, dass ich niemals mein Shirt ausziehen würde, wenn ein anderer Kerl anwesend ist.«

Er schnaubte. »Am Strand hast du das schon gemacht.«

»Hey! Lass das. Wir haben uns geschworen, nie wieder darüber zu reden.« Sie nippte an ihrem Wein. »Zu meiner Verteidigung muss man auch sagen, dass ich sturzbetrunken war.«

»Und wie schmeckt dir der Wein heute?«

Sie hob das Glas. »Das ist mein erstes und wahrscheinlich auch letztes Glas. Ich wollte einfach so tun, als würde ich bei euch zu Hause am Wasser sitzen, mich über meinen Tag beschweren und wissen, dass es morgen besser wird.«

»Du hast dich über deine Arbeit im Resort beschwert?« Er machte nur Witze. Sie machten das schließlich alle – er selbst eingeschlossen –, aber er wollte ihre Stimmung heben. »Ich hab eine Idee.« Er verließ seine Wohnung und lief in Richtung der Dünen.

»Gehst du an den Strand?« Ihre Augen leuchteten auf. Er vermisste es bereits, diesen Anblick live vor sich zu haben. »Du bist so süß.«

»So süß auch wieder nicht. Ich muss mich davon abhalten, nach Boston zu fahren, dich über meine Schulter zu werfen und wieder nach Hause zu bringen. Pass bloß auf, wenn du mir erzählst, was du dir wünschst. Sonst mache ich es wahr.«

Ihr Lächeln löste wohlige Wärme in ihm aus. Er setzte sich an den Dünenrand und drehte die Handykamera Richtung Wasser.

»Siehst du, Supergirl? Wir sitzen unter demselben Sternenhimmel und sind nur ein paar Mobilfunkwellen voneinander entfernt.« Dann hielt er sich das Handy wieder vors Gesicht.

»Red mit mir. Was ist los?«

»Ich will dich nicht runterziehen. Es ist nur eine vorübergehende Unannehmlichkeit, mehr nicht.« Sie wandte den Blick ab.

»Sieh mich an, Serena. Immer wenn du schwindelst, kannst du mir nicht in die Augen sehen.«

»Stimmt gar nicht.« Sie wandte sich ihm wieder zu.

»Ich kenne dich. Lass es raus. Ich bin ganz Ohr und will für dich da sein.«

»Ich dachte einfach, dass ich in diesem Job wirklich etwas designen kann, anstatt mich nur um Budgets zu kümmern und die Arbeit anderer zu koordinieren. Ich mag diese Aspekte ja und arbeite gern mit Bauarchitekten, auch wenn die meistens genervt sind, wenn ich Änderungen mache. Aber die Beschaffung der Materialien und des Zubehörs macht mir am meisten Spaß. Der kreative Kreislauf, von Anfang bis Ende, macht es aufregend.«

Die Begeisterung in ihrer Stimme war nicht zu überhören. »Ich verstehe nicht ganz. Tust du das nicht alles?«

»Wahrscheinlich ist es nicht die Regel, aber ich habe mich heute mit einer der größten Kundinnen der Agentur getroffen und sie wollte überhaupt keinen Input fürs Design. Da hätte jeder X-beliebige in ihrem Büro stehen können. Sie ist mir ständig ins Wort gefallen und hat mich dann an ihre Assistentin verwiesen. Das fühlt sich total unpersönlich an. Ich weiß, dass es ihr wichtig ist, sonst hätte sie den Daumen nicht so sehr auf der Sache. Aber sie ist nicht gewillt, auch nur den kleinsten Vorschlag anzunehmen, und das fühlt sich wiederum an, als wäre ihr vieles egal. Sie will einfach nur die leichteste und schnellste Lösung. Ich treffe mich morgen mit ihrem Architekten und auch das ist reine Zeitverschwendung. Es ist ja nicht so, als könnte ich etwas an seinen Plänen ändern. Bestimmt hat sie ihm auch die Anweisung gegeben, eine exakte Kopie ihrer bestehenden Büros anzufertigen. Und du weißt ja, wie genervt Bauarchitekten von Innenarchitekten sind, deshalb kann er mich sicher schon nicht leiden, noch bevor ich den Mund aufmache.«

»Dann wird er in den sauren Apfel beißen müssen«, sagte Drake nachdrücklich. »Denn eine umwerfende, kluge Frau wird in sein Büro marschieren und keine der Veränderungen vorschlagen, die er erwartet. Vielleicht findest du in ihm einen Freund in der Branche, dann wäre es keine Zeitverschwendung.«

»Stimmt. Es gibt also noch Hoffnung. Aber ich habe schon einen Plan, wie ich zeitnah nicht mehr nur die Ja-Sagerin sein werde.«

»Beinhaltet das einen Chocolate Orgasm?«

»Ja. Ich hatte auf dem Heimweg einen. Aber das hat als Unterstützung nicht gereicht.« Sie zeigte ihm eine halb leere Pizzaschachtel. »Ich nehme einfach mindestens fünfundvierzig Kilo zu, lege mir Pickel zu und dusche vielleicht auch nicht mehr täglich. Das könnte dazu führen, dass ich nicht mehr das Gesicht bin, das KHB den nervigen Kunden vorsetzt. Ohne Emerys Yogakurse oder die abendlichen Aktivitäten mit euch sollte es kein Problem sein, zuzunehmen. Aber du müsstest dich eventuell nach einer neuen Freundin umsehen, wenn du eine möchtest, die in einem knappen Bikini gut aussieht und nicht müffelt.«

Er lachte. »Gott, ich vermisse dich. Ich liebe deinen Sinn für Humor. Aber deine Denkweise gefällt mir nicht. Glaubst du wirklich, dass ich mit einer heißen Frau mit fünfundvierzig Kilo mehr nicht umgehen kann? Da muss ich dich enttäuschen. Egal, wie du aussiehst, ich würde dich immer noch genauso wollen wie jetzt. Und wenn du müffelst, schleppe ich deinen sexy Hintern unter die Dusche. Allerdings leiste ich dir da dann auch Gesellschaft.«

»Wirklich?« Sie lehnte sich zurück. Das Mondlicht schimmerte in ihren Augen und er vermisste sie in diesem Augenblick noch mehr.

»Ich wünschte, ich wäre jetzt da und könnte dich in den Arm nehmen.«

»Du bist nicht sauer, dass ich gerade nicht in der Stimmung für sexy Gespräche bin?«, fragte sie zurückhaltend.

»Überhaupt nicht, Liebling. Manchmal musst du dich einfach in deinem – *meinem* – Pullover einkuscheln. Und zerbrich dir wegen heute nicht zu sehr den Kopf. Das ist alles neu für dich und du wirst sicher Kunden haben, die du gerne magst, und andere, die du nicht leiden kannst. Das ist bei jedem Job so. Aber wenn jemand etwas verändern kann, dann du. Also gib einfach alles. In ein paar Monaten wirst du sehen, wo du stehst. Hast du schon mit Chloe und den Mädels darüber gesprochen?«

»Nur mit Chloe, während ich den Donut in mich reingestopft habe. Ich treffe mich nächste Woche mit anderen Kunden und gehe am Freitag mit Gavin ins Boston Design Center. Das wird sicher lustig.«

»Die Zeit mit Gavin oder das Design Center?«

Sie runzelte die Stirn. »Ist mein Freund wieder eifersüchtig?«

»Sollte ich das?«

»Nein. Aber er ist nett, gepflegt und weiß, wie man sich gut kleidet. Wie alle Männer in meinem Büro.«

»Damit sammelst du keine Bonuspunkte, Supergirl. Vielleicht muss ich ja doch nach Boston kommen.«

Sie schmunzelte. »Er ist auch witzig, hat aber einen unübersehbaren Makel.«

Er seufzte. Sie zog ihn nur auf. Zumindest hoffte er das.

»Es ist egal, wie weit wir voneinander getrennt sind«, fuhr sie fort. »Kein Mann kann dir je das Wasser reichen.«

Dreizehn

»Die Laufarbeit abzugeben fühlt sich an, als würde ich nur halb angezogen auf die Straße gehen«, sagte Serena am Freitagmorgen halb im Scherz zu Laura und Spencer. In den letzten Tagen hatte sie die beiden näher kennengelernt und ihr anfänglicher Eindruck hatte sich bestätigt: Sie waren motiviert und sehr umgänglich.

»Das wäre mal ein Anblick«, bemerkte Spencer leise lachend. Er lehnte sich auf seinem Stuhl zurück, ließ einen Arm hängen und trommelte mit der anderen Hand auf der Kante der Sitzfläche herum.

Laura verdrehte die Augen. »Er will wegen sexueller Belästigung gefeuert werden.«

»Wirklich?« Serena konnte ihren Schock nicht verbergen. »Du *willst* gefeuert werden?«

»Nein. Ich überschreite nur gern Grenzen, ganz im Gegensatz zu Laura, deshalb weist sie mit Freuden darauf hin.«

»In einem so großen Unternehmen wie diesem solltest du wahrscheinlich ein bisschen vorsichtiger sein. Bei meinem letzten Job haben wir ständig rumgeblödelt, aber wir kannten uns auch alle sehr gut.« *Und jetzt schlafe ich mit meinem ehemaligen Boss, also …*

»Dir ist klar, dass ich es nicht so gemeint habe, oder?« Spencer beugte sich vor und kritzelte mit seinem Stift auf einem Stück Papier herum. »Aber mal im Ernst. Traust du uns das nicht zu?« Sein Blick huschte kurz zu ihr hoch. »Die beiden letzten Senior-Innenarchitekten haben uns die Arbeit ohne mit der Wimper zu zucken auf den Tisch geknallt.«

»Oh, nein. So ist das nicht«, versicherte Serena ihm. »Ich habe mir eure Portfolios angesehen und ihr macht tolle Arbeit. Ich bin es einfach gewohnt, jeden einzelnen Schritt zu betreuen. Solltet ihr bei kommenden Projekten das Gefühl haben, dass ich euch zu enge Vorgaben setze, mache ich das nicht absichtlich. Wenn ich euch nerve, könnt ihr mir gern sagen, dass ich mich zurückhalten soll. Die Kunden zählen darauf, dass wir es beim ersten Mal richtig machen. Wie soll das funktionieren, wenn wir nicht alle am Prozess beteiligt sind?«

Laura musterte sie skeptisch. »Dir ist das wirklich wichtig?«

»Natürlich. War das bei euren letzten Vorgesetzten nicht so?«

Spencer schnaubte. »Sie mochten die Mittagspause und Abendessen mit Kunden. Ihnen ging es nur um den Aufstieg auf der Karriereleiter. Oder sie waren am Ende ausgebrannt.«

»Du stehst mächtig unter Druck«, erklärte Laura. »Als Senior-Innenarchitektin bekommst du den ganzen Luxus der mittleren Führungsebene und darfst auch die Lorbeeren für die Arbeit des Teams einheimsen. Aber war deinen Vorgängern die Arbeit wichtig?« Sie zuckte mit den Schultern. »Sie schienen sich eher um ihre nächsten Chancen zu kümmern.«

»Tja, das ist ihr Problem. Oder das ihrer Kunden.« Serena kannte genügend solcher Leute. Sie straffte die Schultern, sah die beiden geradeheraus an, damit ihnen klar war, dass sie nichts zu verbergen hatte, und sagte: »Ehre, wem Ehre gebührt, das kann ich euch versichern. Und wenn überhaupt werde ich Seite an Seite mit euch ackern und nicht von oben auf euch herabsehen.«

»Gewissen Leuten wird das nicht gefallen«, murmelte Spencer vor sich hin.

»Pech gehabt. Vielleicht bin ich die Rebellin von KHB, denn wenn ihr nicht wollt, dass ich den Verstand verliere, kann ich mich nicht so weit rausnehmen. In der Definition von Team steht doch, dass man als Gruppe auf ein gemeinsames Ziel hinarbeitet. Hat einer von euch ein Problem damit?« Das enthusiastische Lächeln der beiden beruhigte ihre Nervosität darüber, es sich möglicherweise mit anderen Mitarbeitern in Führungspositionen zu verderben. »Na dann. Zeigen wir den anderen, wie großartig unser Team sein kann.«

Sie besprachen das Budget und die Einrichtungselemente für Muriels Büros, wobei Serena einen Eindruck davon bekam, wie man hier normalerweise an Projekten arbeitete. Sie optimierte die Abläufe, sodass sie als Team Hand in Hand und nicht in drei einzelnen Einheiten arbeiteten, die sich erst ganz am Ende wieder trafen.

Zwei Stunden später tauchte Gavin im Konferenzraum auf. »Bereit für unser BDC-Date?«

Neugier blitzte in Lauras Augen auf.

»Nach meiner kurzen Lektion in Bezug auf sexuelle Belästigung sollten wir es wohl eher *Ausflug* nennen.« Serena zwinkerte Spencer zu. »Gibst du mir noch zehn Minuten, damit ich hier noch was mit meinen Teammitgliedern abschließen kann?«

Gavin zog überrascht die Brauen hoch, dann sah er auf seine Uhr. »Äh, sicher. Ich hatte gehofft, dass wir im Anschluss Mittag essen gehen.«

Serena warf einen Blick auf den Berg Arbeit, der noch vor

ihr lag. »Ich bin nicht sicher, ob ich Zeit zum Essen habe. Können wir uns auf dem Rückweg was mitnehmen?«

Gavin stimmte perplex zu.

Serena ließ sich bewusst Zeit, die Besprechung mit Laura und Spencer zu beenden, damit auch wirklich alle wussten, was sie zu tun hatten. »Es wäre schön, wenn ihr am Dienstag zu Younger, Lynch und Ryan gehen könntet. Habt ihr da Zeit?«

Die beiden sahen sich erstaunt an.

»Wir treffen uns nicht allein mit Kunden«, merkte Laura vorsichtig an. »Das machen nur die Leiter.«

»Aber wir können dich begleiten«, schlug Spencer vor.

Obwohl es sie störte, verstand sie, warum die Agentur so arbeitete. Allerdings zeugte das für sie nicht gerade von Teamarbeit. Wäre es ihre Firma, würde sie wollen, dass sich die Kunden mit allen Innenarchitekten im Team wohlfühlten. *Obwohl ich keinem von ihnen Muriel zumuten würde.* Dafür waren die beiden zu nett.

Himmel, ich *bin dafür zu nett.*

»Alles klar. Haltet euch den Dienstagnachmittag frei und ich nehme euch mit.« Serena warf einen Blick in ihr Kundennotizbuch. »Wisst ihr was, haltet euch auch noch den Vormittag frei. Ich habe einen Termin mit den Wilkinsons wegen der Umgestaltung ihrer Bibliothek. Da könnt ihr mich auch begleiten. Wenn wir alles in einem Meeting abhaken anstatt in zwei, verkürzt das unsere Vorbereitungszeit.«

»Suzanne besteht darauf, dass die ersten Treffen nur mit den Senior-Innenarchitekten stattfinden«, warnte Laura sie.

»Es ist mein Team, oder?« Serena hielt kurz inne, als die beiden zustimmten. »Mein Team, meine Anweisungen. Ich kläre das im Zweifelsfall mit Suzanne. Younger, Lynch und Ryan halten uns an der kurzen Leine und ihr Zeitplan ist extrem knapp. Wenn wir andere Kunden dazwischenquetschen wollen, müssen wir effizient arbeiten.«

»Du bist echt hart drauf. Mir dir zu arbeiten, wird der Hammer«, sagte Spencer. »Falls sie dich nicht vorher feuern.«

»Die Mallerys *befeuern* Dinge«, sagte Serena stolz. »Wir werden nicht *gefeuert*.«

Sie packte ihre Sachen für den Ausflug mit Gavin zusammen und hoffte inständig, dass sie mit ihren Worten recht behielt.

Das Boston Design Center war noch grandioser als in ihrer Erinnerung – eine absolute Augenweide für jeden Innenarchitekten. Jeder Ausstellungsraum übertrumpfte den vorherigen an Luxus. Ihre Lieblingsdesigner stellten hier ihre besten Stücke aus und es gab eine unglaubliche Auswahl an Stoffen und anderen Materialien. Die ausgezeichneten Gestaltungselemente schufen unterschiedliche Atmosphären und hauchten jedem Showroom Leben ein. So lange hatte sie davon geträumt, dort zu sein, wo sie heute war. Wie gern würde sie diesen Moment mit Drake, Mira und Chloe teilen. In ihrer Gegenwart könnte sie hemmungslos schwärmen. Bei Gavin hielt sie sich dagegen zurück. Sie musste die gelassene, erfahrene Innenarchitektin geben, fürchtete jedoch, wie ein Neuling wahrgenommen zu werden. Nicht, dass Gavin voreingenommen wirkte. Er war angenehm im Umgang, hilfsbereit und unterhaltsam.

»Ruf nächstes Mal vorher an, dann nehme ich mir Zeit für dich«, sagte eine hübsche Brünette gerade zu ihm.

»Danke. Ich komme gerne darauf zurück.« Gavin schob ihre

Visitenkarte in seine Hosentasche.

»Du bist wirklich ein Frauenflüsterer.«

Er flirtete mit *jeder* Verkäuferin, strahlte in seinem Designeranzug mit violetter Krawatte jedoch gelassenen Charme aus. Er übertrieb es nie, sodass die Frauen gar nicht genug von ihm bekamen. Trotzdem verhielt er sich Serena gegenüber wie ein Gentleman, seit er wusste, dass sie einen Freund hatte. Also besaß er zumindest einen Hauch von Anstand.

Er grinste. »Der Charme der Wheelers ist eine Bürde.«

»Kann ich mir vorstellen«, erwiderte sie sarkastisch.

»Ernsthaft. Frag mal meinen Bruder Beckett. Er behauptet, dass es ein Vollzeitjob ist, die Frauen abzuwehren.«

»Und du?«

Ein verschmitzter Ausdruck blitzte in seinen Augen auf. »Ein Gentleman genießt und schweigt.«

»Aha, du bist also ein zuvorkommender Frauenflüsterer. Verstehe. Kommst du aus Boston?«, fragte sie auf dem Weg zum Fahrstuhl.

»Nein. Ich stamme aus einer kleinen Stadt in Virginia, wo jeder jeden und alle Geheimnisse kennt.«

»Klingt gruselig. Du musstest wohl einer Menge Geheimnisse entkommen?«

»Ich wollte mehr als das, was die Stadt zu bieten hatte«, antwortete er und stieg mit ihr im zweiten Stock aus. »Hier werden Geschäfte mehr oder weniger noch wie früher gemacht. Aber das Market Stalls ist großartig.«

Sie folgte ihm zum Westflügel. »Netter Themenwechsel.«

»Ich habe viele Talente.«

Im Market Stalls boten hochkarätige Antiquitätenhändler Waren aus der ganzen Welt an. Serena bekam eine wohlige Gänsehaut, als die Verkaufsfläche vor ihr auftauchte.

»Wow. Das ist noch unglaublicher als in meiner Erinnerung.« Allein hier zu sein belebte ihre Kreativität.

»Ich weiß. Es ist mein Lieblingsbereich. Mir gefallen die erstklassigen zeitgenössischen Designs, aber es geht doch nichts darüber, das passende Stück aus der richtigen Epoche zu finden, um dem Entwurf ein Glanzstück zu geben.«

»Ganz deiner Meinung«, stimmte sie zu. Sie arbeiteten sich durch einen Raum nach dem anderen, voller unterschiedlicher Möbel, Beleuchtungen und Kunst vom siebzehnten bis zum zwanzigsten Jahrhundert. »Am Cape gibt es so viele Antiquitätenläden. Einige sind natürlich nichts. Du weißt schon, Läden, in denen ein Tisch von 1989 als *Antiquität* bezeichnet wird.« Sie malte Anführungszeichen in die Luft. »Aber andere sind fantastisch. Es ist so toll, dass jedes Stück eine Geschichte hat. Ich will unbedingt wissen, was sie uns alles erzählen könnten, was sie über die Jahre erlebt haben.«

»Ein guter Ladenbesitzer übernimmt das für sie.« Er hob eine Braue. »Oder er denkt sich was aus.«

Sie lachte. »Ja. Das stimmt schon. Aber du weißt, was ich meine.«

Sie schlenderten zwischen den Auslagen umher, diskutierten über einige Stücke und zeigten einander, welche Stile sie bevorzugten und warum. Gavin stellte ihr einige der Verkäufer vor. Den Männern gegenüber zeigte er sich ebenso charmant wie den Frauen. Er konnte einfach gut mit Leuten umgehen. Sie hatte sich selbst immer für gut darin gehalten, doch sie neigte eher zu Umarmungen und fragte die Leute nach ihren Familien und ihrem Privatleben, sobald sie sie näher kannte. Davon musste sie in dieser Branche absehen. Zumindest im Zentrum von Boston, wo sie sich mit ihren Kunden nicht am Strand, auf Flohmärkten oder Konzerten traf.

»Wo hast du deine Materialien am Cape herbekommen?«, fragte Gavin auf dem Weg zurück nach unten.

»Natürlich regional. Zumindest so oft ich konnte. Jemand muss ja die ansässige Wirtschaft unterstützen. Wir sind vielleicht klein, aber wir haben unglaubliche Läden. Warst du schon mal da?«

»Zwei Mal, direkt nach meinem Umzug nach Boston. Aber irgendwann hat man einfach zu viel um die Ohren. Und all die Dinge, die man gern tun würde, müssen zurückstehen.«

»Oh Mann. Ich hoffe, nicht zu sehr. Ich liebe mein Leben zu Hause. Ich fahre dieses Wochenende zurück.«

»Viel Glück mit dem Wochenendverkehr. Da dauert die Fahrt gerne mal ein paar Stunden anstatt der normalen eineinhalb.«

»Mist. Daran hatte ich nicht gedacht.« Die Staus am Wochenende waren furchtbar. Er hatte recht. Die Fahrt nach Hause würde sich ewig hinziehen.

»Du bist auf einmal so angespannt. Willst du deinen Cookie-Schatz anrufen?«

»Sein Name ist Drake«, erwiderte sie lächelnd. »Ich telefoniere später mit ihm. Er ist sicher im Resort beschäftigt.«

Sie verließen das Gebäude. »Willst du dir immer noch etwas zu Essen mit ins Büro nehmen, oder hast du das nur gesagt, um die Juniors zu beeindrucken?«

»Ich muss sie nicht beeindrucken. Auf mich wartet ein Haufen Arbeit und ich mag meine Teammitglieder. Pass also auf, wie du über sie redest, sonst werde ich ungemütlich.«

Er hob beschwichtigend die Hände. »Hey, ich mag meine Juniors auch, aber das heißt nicht, dass ich mein Mittagessen für sie aufgebe.«

»Entschuldige. Ich versuche noch, mich in die Gepflogenheiten der Agentur einzufinden. Ich bin es nicht gewohnt, von Menschen umgeben zu sein, die die Lorbeeren für die Arbeit anderer einheimsen. Du hättest mal ihre Gesichter sehen sollen, als ich gesagt habe, dass sie mich zum ersten Treffen mit einem neuen Kunden begleiten sollen. Ich hatte den Eindruck, dass sie gern mitkommen wollen, aber Angst haben, ich würde ihnen mit einer Zeitung auf die Finger hauen. Es war wirklich schrecklich.«

Er schwieg so lange, dass ihr der Verdacht kam, er könnte genau wie die anderen sein. »Tut mir leid. Ich wollte dich nicht beleidigen. Bin ziemlich ins Fettnäpfchen getreten, hm?«

Er lachte leise. »Entspann dich. Ich hab mich nur daran erinnert, wie ich mich am Anfang gefühlt habe und wie viel sich seitdem verändert hat. Ich weiß, was du meinst. Es ist schade, dass sie sich mit ihrer Stellung arrangiert haben, aber in Sachen Jobsicherheit ist es gut. Ich kenne ein tolles Café in der Nähe des Büros, wo wir uns was zu essen holen können. Lass uns mit einem Taxi hinfahren.«

Sie winkten sich eins heran und Gavin erklärte ihr während der Fahrt die Feinheiten des Büros.

»Folgendes solltest du über KHB wissen: Wie in jeder Firma sind zwei bestimmte Bereiche besonders wichtig – die Arbeitsqualität und das Image. KHB ist stolz darauf, mit der Oberliga der Geschäftswelt zu arbeiten. Das ist der Grund dafür, dass wir Klienten wie Younger bekommen, die mit unserem Namen angeben wollen. Und das ist in Ordnung. KHB hat sich einen Ruf erarbeitet und etwas erreicht, was nicht viele Agenturen schaffen. Aber das hat seinen Preis. Ein paar Tage, nachdem du deine abrechenbaren Stunden eingereicht hast, wird Suzanne ein Gespräch mit dir führen. Sie wird dir raten, mit deinen Kunden ins BDC zu fahren und so viele Arbeitsstunden wie möglich anzusammeln. Dadurch fühlen sich die Kunden besonders und es bringt Geld ein.«

»Verstanden. Die Kunden wollen, dass ihre Betreuung jeden Cent wert ist, und die Firma will jeden Cent aus ihnen herauspressen. Aber die Sache mit den Lorbeeren verstehe ich immer noch nicht. Schreibst *du* dir die Arbeit deiner Junior-Designer auf die Fahne?«

Er schüttelte den Kopf. »Nein. Aber die meisten der anderen Seniors tun es. So läuft das nun mal.«

»Nicht bei mir. Deshalb nehme ich sie mit zum Treffen. Warum zweimal hinfahren, wenn man es doch gleich in einem Zug erledigen kann und damit die – Oh Mann, da geht es auch um die abrechenbaren Stunden, nicht wahr?«

Er zuckte mit den Schultern, doch sein Gesichtsausdruck bestätigte ihre Vermutung.

Ein paar Minuten später hielt das Taxi am Bordstein. »Warum drängen alle so auf das Mittagessen mit den Kunden? Die kann man nicht als Arbeitszeit verbuchen.«

Sie griff nach ihrer Handtasche, doch Gavin holte seine Brieftasche heraus.

»Ich übernehme das. Die Firma zahlt.« Er reichte dem Fahrer das Geld und bat ihn, zu warten. Sobald sie ausgestiegen waren, fuhr er fort: »Mittagspause mit Kunden – die Mitarbeiter müssen etwas essen. Was wäre für die Firma vorteilhafter? Wenn wir gemeinsam mit unseren Kunden essen und ihnen das Gefühl geben, etwas Besonderes zu sein, was wiederum Werbung für KHB macht, oder wenn wir mit den Kollegen im Pausenraum quatschen?«

»Geht es denn bei *allem* um Geld?«

Er hielt ihr die Tür zum Café auf. »Willkommen in der Geschäftswelt der Großstadt, Cape Girl. Willst du wissen, warum mir meine Mittagspause so heilig ist?«

»Klar, aber wenn es dabei um Geld geht, lüg mich bitte an.« Sie stellte sich neben ihn in die Schlange.

»Wir reißen uns an den meisten Tagen von morgens bis spät abends den Hintern auf. Das Mittagessen ist die einzige Zeit, bei der wir alles beiseiteschieben und den kreativen Teil unseres Hirns ausschalten können. Lass mich dich etwas fragen: Warum bist du Innenarchitektin geworden?«

»Warum bist du es?«, gab sie die Frage zurück, denn sie brauchte einen Moment Bedenkzeit, wie viel sie von ihrem Familienleben preisgeben wollte.

»Ich hab schon immer gern Dinge aus verschiedenen Elementen zusammengestellt, egal ob Mode …«

»Mir ist deine Vorliebe für schicke Textilien aufgefallen«, neckte sie ihn.

»Das gehört zu meinem Charme.« Er wackelte mit den Brauen. »Kleidung, Räume, Stoffe. Ich liebe alles. Jetzt du.«

»Ich wollte ein Zeichen setzen, das alle sehen.«

»Ein Zeichen? Wie Serena Mallerys persönliche Handschrift?«

»So was in der Art. Als Kind hatte ich nicht viel und habe mich immer nach den grundlegendsten Dingen im Leben gesehnt – einer Familie, die zusammenhält, einem hübsch eingerichteten Schlafzimmer, coolen Schulsachen wie die der anderen Kinder. Meine Mom war nie da, und meine Schwester Chloe und ich haben uns umeinander gekümmert. Wir haben uns eine Familie aus Freunden und deren Eltern geschaffen und Wege gefunden, um dazuzugehören. Als mir klar wurde, dass ich mir keine hübschen Dinge kaufen kann, habe ich angefangen, *alles* selbst umzugestalten, was mir in die Finger kam, um etwas Besonderes daraus zu machen. Als Kind habe ich ein

Notizbuch verziert, mein Zimmer gestrichen oder was auf meine Shorts geschrieben, um einen Trend zu schaffen, anstatt bestehenden zu folgen. Als Teenager habe ich gearbeitet, jeden Cent zusammengekratzt, alles berechnet und Monate im Voraus Pläne gemacht, um sicherzugehen, dass ich zum Abschlussball ein Kleid habe. Oder irgendwelche anderen albernen Dinge, die mir damals lebensnotwendig vorkamen. Und da ich mir keine Deko leisten konnte, habe ich meinen Freunden und deren Familien immer begeistert geholfen, wenn sie ihre Zimmer und Häuser eingerichtet haben. Eines Tages hat es dann einfach Klick gemacht. Mir wurde klar, dass ich eine *Vision* habe, und ich mochte die einzelnen Schritte und Elemente, um sie wahr zu machen.«

Sie bestellten sich Sandwiches zum Mitnehmen und sie erzählte ihm von ihrer Arbeit mit Drake, den Musikläden und der anstehenden Neueröffnung.

»Dir ist schon klar, dass das hier eine ganz andere Welt ist, oder? Du wirst Kunden haben, die dir vollkommen freie Hand lassen, aber es gibt auch eine Menge Muriel Youngers. Aber keine Sorge. Du fängst gerade erst an. Was dir am Job Spaß macht, kann sich ändern«, sagte er auf dem Weg aus dem Café.

»Nein, wird es nicht. Ich weiß, woran mein Herz hängt. Seit dem College wurde mir in all den Jahren bei dem, was ich tue, nicht einmal langweilig. Und der Zauber ist auch nicht verflogen.«

Sie stiegen wieder ins Taxi. »Warum hast du dann bei deiner letzten Stelle aufgehört?«

»Beim Bayside Resort? Weil ich ihnen geholfen habe, das Resort aus dem Boden zu stampfen. Von der Rechnungsstellung bis hin zu den Marketingstrategien. Wir haben jedes Büro, jedes Cottage, jedes Zimmer entworfen. Bis auf das Tagesgeschäft gab es für mich nichts mehr zu tun. *Langeweile* kam auch danach nicht auf. Ich habe mit guten Freunden zusammengearbeitet, die ich schon eine Ewigkeit kenne, und ständig neue Leute um mich gehabt. Aber es war an der Zeit, für meinen eigenen beruflichen Erfolg zu sorgen.«

»Und du denkst, dass du das hier schaffst? Wenn du bei KHB arbeitest?«

»Das weiß ich nicht«, antwortete sie ehrlich. »Es ist noch zu früh, um das zu sagen. Aber teilweise vielleicht. Was ist mit dir?«

»Es ist für mich eine Stufe auf der Karriereleiter. Ich bin einunddreißig.«

»Ich auch.«

»Wirklich? Und du bist deiner Vorliebe für Cookies noch nicht entwachsen?«

Sie rümpfte die Nase. »Der werde ich nie entwachsen.«

»Gut. Gewisse Dinge sollten immer ein Teil von dir sein. Für mich ist es die Familie. Ich weiß, was ich unterm Strich möchte. Eine Frau, die versteht, dass eine Ehe nicht immer einfach ist, und der Familie genauso wichtig ist wie mir. Anständigere Arbeitszeiten und – wie bei jedem anderen auch – etwas Eigenes für mich.«

»Laura meinte, dass die letzten beiden Senior-Innenarchitekten gegangen sind, um lukrativere und bessere Möglichkeiten zu ergreifen. Ist das hier nur ein Zwischenstopp für jeden? Fühlt es sich deshalb an, als würde etwas fehlen?« Bis eben war ihr gar nicht bewusst gewesen, dass sie so empfand. Im Resort war es ihr nie so ergangen. Ihr Drang, voranzukommen, wuchs nur an, weil sie den Job beendet hatte, für den man sie eingestellt hatte. Sie hatte das Resort darauf vorbereitet, dass jemand anderes die Bereiche leitete, die sie aufgebaut und gemanagt hatte. Aber war sie wegen Drake so lange zufrieden gewesen? Wegen ihrer Freunde?

»Bis man sich selbstständig macht, ist wohl alles nur ein Sprungbrett.«

»Kann gut sein.« War nicht alles im Leben ein Sprungbrett für irgendetwas? Wie die Schule für die Karriere oder Dating für eine Ehe?

»Vermutlich fehlt dir etwas, weil du in der Großstadt nach Kleinstadtfreundschaften, Zugehörigkeit und Bequemlichkeiten suchst. Wie ich schon sagte, das könnte sich ändern. Ich habe schon gesehen, dass gute Menschen wie du innerhalb weniger Monate härter, intrigant und distanziert wurden.«

»Wie hast du das verhindert? Du wirkst ziemlich bodenständig.«

»Ich habe mein Ziel fest im Blick. Im Moment weiß ich noch nicht, wohin mich das führt, aber ich habe Vertrauen. Ich weiß, dass meine Zukunft eines Tages klar vor mir liegt. Meine Kleinstadtwurzeln halten mich am Boden. Beruflich gesehen will ich zwar mehr, aber wenn ich KHB eines Tages verlasse, dann nicht als Mann, der sich selbst untreu geworden ist.«

Am Freitagabend tigerte Drake unruhig in der Einfahrt des Resorts auf und ab und wartete auf Serena. Am Kreisverkehr in Orleans hatte sie ihm geschrieben. Da die Fahrt von dort nur wenige Minuten dauerte, wuchs seine Anspannung zunehmend. Sie hatte anderthalb Stunden länger gebraucht als sonst. Sicher war sie müde und genervt, deshalb mahnte er sich, ruhig zu bleiben und sich nicht sofort auf sie zu stürzen.

Scheinwerfer tauchten am Ende der Straße auf. Drake lief ihnen entgegen. Jeder seiner Nervenenden prickelte, und er ballte die Hände zu Fäusten, da er es nicht erwarten konnte, sie wieder in den Armen zu halten.

Mit heruntergelassenem Fenster hielt sie neben ihm an. »Hey, Großer ...«

Er erstickte den Rest ihrer Worte mit einem leidenschaftlichen Kuss. So viel zum Thema Zurückhaltung. Er konnte nicht widerstehen, beugte sich weiter durch das geöffnete Fenster und vertiefte den Kuss. Serena klammerte sich an seine Haare, als wüsste sie, wie sehr ihn das anmachte. Sinnliche Laute kamen über ihre Lippen, doch dann rollte das Auto plötzlich langsam weiter.

»Bremsen«, presste er zwischen ihren drängenden Küssen hervor.

Sie trat fest aufs Pedal und zog ihn an den Haaren in einen weiteren Kuss. Das Brennen auf seiner Kopfhaut jagte einen heißen Blitz direkt in seinen Schritt. Sein Supergirl war zurück und er musste mehr von ihr spüren. Schon wieder rollte das Auto nach vorn, sie packte mit einer Hand das Lenkrad, hielt mit der anderen weiter seine Haare fest und trat auf die Bremse.

»Park«, wies er sie an. »Schnell.«

Er rannte neben ihrem Auto die Einfahrt entlang. Sobald sie den Motor vor dem Büro ausgestellt hatte, riss er die Tür auf, und sie stürzte sich praktisch auf ihn. Ihre Lippen trafen sich so heftig, dass ihre Zähne gegeneinanderschlugen. Sie ächzten leise, doch keiner wollte sich vom anderen lösen, während er Serena ins Gebäude und hinauf in seine Wohnung trug.

Auf halbem Weg zog sie sich ein Stück zurück und umfasste sein Gesicht mit beiden Händen. In ihren Augen loderte ein Feuer. »Ich habe geschworen, das nicht zu tun.«

Er grinste. »Da sind wir schon zu zweit. Die anderen sind alle am Strand, wenn du also lieber …«

»Nein! Ich brauche dich. Die Woche war echt lang.«

»Gott sei Dank.«

Er eroberte erneut ihren Mund und öffnete die Wohnungstür, um sie dann hinter ihnen mit der Hüfte zuzuschubsen. Serena wand sich aus seinen Armen und sie zerrten sich gegenseitig die Kleidung vom Leib, während sie in Richtung Schlafzimmer stolperten. Mit ineinander verschränkten Gliedern fielen sie aufs Bett, küssten sich und schmiegten sich aneinander, bis er in der richtigen Position war, mit einem einzigen, harten Stoß in sie einzudringen. Sie hielten inne und sahen sich voller Lust und so viel mehr an.

»Beweg dich nicht«, hauchte sie atemlos. »Ich will einfach so bleiben und alles von dir spüren.«

Er vergrub das Gesicht an ihrem Hals und atmete ihren Duft ein. »Wie kann ich dich nur so sehr vermisst haben?«

»Keine Ahnung. Ich halte an jeder Ecke nach dir Ausschau. Wenn ich im Büro bin, wünsche ich mir, du würdest nach deiner morgendlichen Joggingrunde ohne T-Shirt und verschwitzt vorbeikommen, und mich dabei so ansehen, dass mein Herz verrückt spielt.«

Er küsste ihre Wange, ehe er sanft mit den Lippen über ihre strich. »Du meinst den Verdammt-ich-will-dich-Blick, dicht gefolgt von der Ich-brauche-eine-kalte-Dusche-Grimasse?«

»Ja, genau den.«

Er hob ihre Hand und drückte einen Kuss auf jeden ihrer Finger, ehe er sie auf die Matratze drückte. »Du bist das erste Mal in meinem Bett und ich möchte mir jeden Moment einprägen. Deine Haare auf dem Kissen, wie du dich unter mir anfühlst, den Ausdruck in deinen Augen.«

»Es ist nicht das erste Mal«, flüsterte sie. »Nach dem Einrichten deiner Wohnung habe ich auf dem Bett gelegen und an die Decke gestarrt, während du dich mit Rick unterhalten hast. Erinnerst du dich noch?«

»Ja, tue ich. Ich weiß noch, dass ich mich gefragt habe, ob es fies wäre, ihn zu bitten zu gehen, damit ich dich verführen kann.«

»Lügner.« Sie grinste.

»Du hast recht. Ich hab mich gefragt, ob es fies wäre, ihn rauszuschmeißen, damit ich mich auf dich stürzen kann.«

Leidenschaft schimmerte in ihren Augen. »Gott, ich wünschte, du hättest es getan.«

Sie kam ihm entgegen und sie fanden mit langsamen, sinnlichen Küssen einen gemeinsamen Rhythmus. Ihr weicher Körper und ihre enge Hitze raubten ihm beinahe den Verstand. Ihre Küsse wurden wilder. Sie bewegten sich schneller, drängender und besitzergreifender. Serena krallte sich in seinen Rücken und hakte ihre Füße in seine Kniekehlen, sodass er noch tiefer in sie stoßen konnte. Er wollte alles tun und sie überall gleichzeitig berühren. Das hier, sie, ihre Vereinigung, war absolut perfekt.

Drake hob ihre Hüften an, um den Punkt in ihr zu treffen, bei dem sie die Kontrolle verlor. Anschließend zog er das Tempo an und Serena warf den Kopf in den Nacken. Ihre Augen waren geschlossen, die Lippen leicht geöffnet. Sie klammerte sich an ihn und rang keuchend nach Luft, während sie sich in ihrem eigenen, leidenschaftlichen Takt liebten. Ein feiner Schweißfilm glänzte auf ihrer Haut. Er spürte die Anspannung in ihren Schenkeln, die sich über ihren gesamten Körper ausbreitete, bis sie die Fersen in die Rückseiten seiner Oberschenkel drückte. Sie öffnete die Augen und riss sein Herz in einen Strudel aus Emotionen. Sein Supergirl wusste ganz genau, was er wollte – was er *brauchte:* Er musste alles sehen und sie in jeder Hinsicht spüren.

»Ich bin verrückt nach dir«, brachte er heiser hervor und küsste sie hungrig.

Es fiel ihm schwer, seinen eigenen Höhepunkt zurückzuhalten, denn sie zog sich fest und heiß um seine Härte zusammen. Druck baute sich in ihm auf, pulsierte und loderte bei jedem Stoß mehr. Serena grub die Fingernägel in seine Haut und jagte lustvolle Schauer durch ihn hindurch.

»Komm mit mir«, flehte sie.

Er warf jegliche Zurückhaltung über Bord und folgte ihr über die Klippe in eine Welt, in der es nur Serena gab und in der er beinahe vergaß, wie man atmete.

Während die Nachwehen abebbten, schmiegten sie sich aneinander. Serena strich hauchzart über seine Haut und rieb die Nase an seinem Hals. »Ich muss pinkeln.«

Das entlockte ihm ein leises Lachen. »Du bist so romantisch.« Er küsste ihre Stirn und tätschelte ihr den Hintern. »Geh.«

Mit hinter dem Kopf verschränkten Händen beobachtete er den Schwung ihrer üppigen Hüften. Sie schien sich in ihrem Körper kein Stück unwohl zu fühlen. Die meisten Frauen versuchten, sich zu verstecken, doch Serena zeigte keine Scham. Das liebte er an ihr. Eine leise Stimme in seinem Kopf fragte ihn, ob sie sich bei allen Männern nach dem Sex so verhielt. Sein Blick fiel auf ihre Karte auf dem Nachttisch und ihm ging auf, dass ihm die Antwort egal war. Ihr Herz hatte immer ihm gehört. Und seins ihr.

Serena kam mit einem verspielten Gesichtsausdruck aus dem Badezimmer zurück und schnappte sich ein frisches T-

Shirt vom Stapel auf dem Stuhl in der Ecke. »Meins.«

Lachend stieg er aus dem Bett. »Trifft auf mich zu, ja.«

Er half ihr, in das Shirt zu schlüpfen, das viel zu viel ihres Körpers bedeckte. Dann legte er die Arme um sie und küsste ihre Nasenspitze. »Ich bin froh, dass du hier bist, Supergirl. Nicht nur wegen des unglaublichen Sex. Ich glaube, mir ist jetzt klar, warum ich nie eine Frau mit hierhergebracht habe.«

»Du hast nie –? Kein einziges Mal?«

»Kein einziges Mal.«

Sie drückte die Lippen auf seine Brust. »Weil du wusstest, dass es mir das Herz bricht, wenn ich sie morgens weggehen sehe?«

»So weit habe ich gar nicht gedacht. Wir haben dieses Bett gemeinsam ausgesucht und du weißt, dass ich immer gehofft habe, dass wir eines Tages den richtigen Zeitpunkt erwischen. Es hätte sich falsch angefühlt, dich mit in mein Bett zu nehmen, nachdem eine andere darin gelegen hat.«

Die Dankbarkeit in ihren Augen löste ein Flattern in seinem Bauch aus.

»Du hast dir gerade eine Menge Bonuspunkte verdient.«

»Gut, denn ich werde sie später auf jeden Fall einlösen. Bin gleich wieder da.« Er ging ebenfalls kurz ins Badezimmer und stellte zufrieden fest, dass der Duft ihres Parfüms hier in der Luft hing. Es roch wunderbar.

Nach einer Katzenwäsche kehrte er in ein leeres Schlafzimmer zurück, entdeckte Serena jedoch auf dem Balkon. Sie hatte die Arme auf dem Geländer verschränkt und sah hinaus aufs Meer. Die Brise wehte ihr die Haare von den Schultern und drückte den weichen Baumwollstoff seines T-Shirts an ihre Kurven. Ihr linkes Knie war gebeugt und sie stützte die Zehen hinter dem anderen Fuß ab. Sie sah so sexy und unbeschwert aus und gehörte endlich ihm. Drake konnte dem Drang nicht widerstehen, sein Handy zu holen und ein Foto zu schießen. *Mein Supergirl.*

Er zog sich eine frische Boxershorts an, trat auf den Balkon und schlang von hinten die Arme um sie.

»Was geht dir durch deinen hübschen Kopf?« Er küsste ihren Nacken, woraufhin sie die Augen schloss und sich entspannt an seine Brust lehnte.

»Du. Ich. Das Cape. Unsere Freunde. Mein neuer Job.«

»Und ich dachte, du wärst dank mir zu erschöpft zum Denken.«

Sie drehte sich in seinen Armen um, ließ die Hände zu seinem Hintern gleiten und lächelte ihn an. »Das bin ich auch, aber die Zufriedenheit hilft mir jetzt, die Dinge klarer zu sehen.«

»Und was siehst du?«

»Wie froh ich bin, hier aufgewachsen zu sein, mit einer Mutter, die nicht immer da war.«

Jedes Mal, wenn er an ihre Kindheit dachte, brodelte er innerlich. Sie hatte nicht viel Kontakt zu ihrer Mutter und besuchte sie auch nur ein paarmal im Jahr. Ihm war durchaus bewusst, wie wütend Serena darüber war, dass ihre Mutter immer noch irgendwelchen Männern hinterherjagte, anstatt auf eigenen Beinen zu stehen. »Warum freust du dich darüber?«

»Weil ich es vielleicht nicht bis an diesen Punkt in meinem Leben geschafft hätte, wenn es anders gewesen wäre, oder ich es leicht gehabt hätte. Ich habe Freunde, die zu mir halten und mir gezeigt haben, dass ich mein Leben so gestalten kann, wie ich will. Und möglicherweise hätte ich dich nicht gefunden.«

»Dagegen kann ich kaum etwas sagen, aber es wäre mir trotzdem lieber, wenn dein Leben einfacher gewesen wäre.«

»Einfach kann doch jeder.« Sie legte die Arme um seine Mitte. »Ich bin Supergirl, schon vergessen?«

Sie war die mutigste, stärkste Frau, die er kannte. »Niemals.«

»Können wir Decken mit rausnehmen und unter den Sternen auf der Liege schlafen? Ich vermisse es, draußen zu sein.«

»Wie wäre es, wenn wir die Matratze rausbringen?«

Sie wippte auf den Fußballen. »Wirklich? Du hast nichts dagegen?«

»Ganz und gar nicht.«

»Damit hast du dir gerade einen gewaltigen, sexuellen Gefallen verdient!« Sie zog ihn mit sich ins Schlafzimmer. »Können wir auch Pizza bestellen? Ich bin am Verhungern.«

Sie war immer am Verhungern und aus einem merkwürdigen Grund freute es ihn unheimlich, dass sie daraus nie ein Geheimnis machte.

Sie bauten sich auf dem Balkon ein Bett und machten sich unter den Sternen über ihre Pizza her. Er erzählte ihr, dass sie Daphne eingestellt hatten. Sie würde in zwei Wochen anfangen und am Sonntag zum Frühstück ins Summer House kommen, um den Rest ihrer Freunde kennenzulernen.

»Im Ernst? Das ist fantastisch. Ich mochte sie sehr und ich weiß, dass sie einen tollen Job machen wird. Es ist für dich also wirklich in Ordnung, dass ich jetzt in Boston wohne?«

»Du kannst leben, wo immer du willst. Ich weiß, dass du ein paar Probleme mit dem Job hast, aber im Großen und Ganzen bist du dort glücklich?«

»Ja. Ich denke schon. Ich muss mich an eine Menge gewöhnen, aber heute war es toll. Das Design Center ist unglaublich und Gavin bodenständiger, als ich dachte. Ich mag ihn. Er scheint aufrichtig und ein guter Mensch zu sein. Ich hätte nie gedacht, dass er auch aus einer Kleinstadt kommt, aber nachdem ich den Tag mit ihm verbracht habe, fällt es mir in vielen seiner Bemerkungen auf.«

Sie stellte ihren Teller auf den Boden. »Ich mag alle, mit denen ich zusammenarbeite, und obwohl mir meine wichtigste Kundin ziemlich auf die Nerven geht, habe ich kein echtes Problem mit ihr persönlich. Ich hätte einfach gern mehr Freiheiten im Designprozess. Nächste Woche dürfen Laura und Spencer mich zu einem Treffen mit ihr begleiten. Außerdem umgehe ich das Firmensystem ein bisschen, indem ich sie nächste Woche zum Meeting mit einem neuen Klienten mitnehme.«

»Wieso umgehst du es damit? Ich dachte, sie sind deine Teamkollegen.«

»Sind sie, aber es ist nicht wie hier, wo jeder einen gleichwertigen Beitrag leistet. Oder eben geleistet hat. In der Agentur geht es vor allem um Prestige und Geld, deshalb ist es ihnen lieber, wenn sich die Senior-Innenarchitekten anfangs allein mit den Kunden treffen und ihnen das Team erst später vorstellen. Aber du kennst mich – warum Zeit mit zwei Meetings verschwenden, wenn man es in einem erledigen kann? Wenn ich direkt mit dem Team auftauche, zeige ich den Kunden, dass sie uns allen wichtig sind. Nicht nur mir.«

»Lass dich nur nicht feuern, Miss Ich-gehe-meinen-eigenen-Weg.« Er zog sie an sich und gab ihr einen Kuss.

»Wie ich Laura und Spence schon gesagt habe: Die Mallerys werden nicht gefeuert. Wir befeuern die Dinge.«

Er knabberte an ihrem Hals. »*Befeuern*. Das kannst du mir gern genauer zeigen.«

»Mmh. Ob uns hier oben jemand sehen kann?«

»Nein, aber um sicher zu gehen ...« Er rollte sich mitsamt

der Decke über sie. »Solange du deine sexy Stimme so leise wie möglich hältst, sollte es keine Probleme geben.«

Er verwöhnte ihren Körper, widmete sich ausgiebig ihren Brüsten und entlockte ihr einen verführerischen Laut nach dem anderen. Anschließend glitt er wieder nach oben und küsste sie hungrig.

»Du solltest nicht ganz so laut sein«, warnte er.

Hitze flammte in ihrem Blick auf. »Du solltest meinen Mund beschäftigen, damit ich nicht auf die Idee komme, laut zu werden.«

»Verdammt, Baby. Das ist eine hervorragende Idee.«

Er drehte sich unter der Decke mit dem Kopf in Richtung ihrer Füße und legte sich auf die Seite, während sie seine Länge umfasste und an ihren Mund führte. Bevor er es sich verkneifen konnte, entschlüpfte ihm ein Stöhnen, und er drückte die Lippen rasch auf ihr Geschlecht. Serena bewegte sich gegen ihn, streichelte ihn schneller und drückte ihn fester. Dabei spielte sie mit seinen Hoden und jagte heiße Schauer über seine Wirbelsäule. Er wölbte den Rücken und stieß die Hüften nach vorn.

Serena zog sich zurück und er vermisste ihren heißen, feuchten Mund sofort.

»Gott, Serena, du machst mich wahnsinnig.«

»Ich werde dir den Verstand rauben«, versprach sie verschmitzt. Der raubtierhafte Ausdruck in ihren Augen brachte seine Länge zum Pulsieren. »Aber du solltest dich lieber wieder an die Arbeit machen, damit *dein* geschickter Mund ruhig bleibt.«

Vierzehn

Serena bemerkte das Sonnenlicht durch ihre geschlossenen Lider und schmiegte sich enger an Drakes warmen Körper. Sie wollte die Augen nicht öffnen. Noch konnte der Rest der Welt ihrer kleinen Oase gern fernbleiben. Wie spät es wohl war? Sie wollte mit den anderen frühstücken und sich auf den neuesten Stand bringen lassen. Heute gab es viel zu tun. Drake war im Resort beschäftigt, deshalb würde sie mit den Mädels Mittagessen gehen, ehe sie sich zusammen mit Drake und dem Möbellieferanten im Musikladen traf. Mira hatte sie Anfang der Woche gefragt, ob sie und Drake heute Abend Lust auf ein Konzert am Mayo Beach hatten, und darauf freute sie sich jetzt schon. Hier am Cape ging sie oft aus, während sie in Boston fast ausschließlich von der Arbeit vereinnahmt wurde.

Drake zog sie fester an sich. »Morgen, meine Schöne. Konntest du schlafen, oder hast du dir die ganze Nacht den Kopf zerbrochen?«

Er war mit ihr in den Armen eingeschlafen und hatte sich danach nicht mehr gerührt. Nur wenn sie sich bewegte, drückte er sie fester an sich. Serena hatte noch lange wach gelegen. Ihre Gedanken kreisten um ihren Job, ihr Leben im Allgemeinen und wie es wohl gewesen wäre, wenn Drake und sie schon zusammen gewesen wären, während sie im Resort gearbeitet hatte. Irgendwann war sie schließlich eingeschlafen und hatte von Momenten mit Drake geträumt.

»Nur ein bisschen Kopfzerbrechen, aber ich habe geschlafen.« Sie öffnete die Augen, kniff sie angesichts der grellen Sonne jedoch sofort wieder zusammen. »Warum schlafen wir nicht immer unter den Sternen?«

»Weil wir anderthalb Stunden voneinander getrennt wohnen«, erwiderte er und klang dabei noch nicht ganz wach. »Und im Winter würden wir uns den Hintern abfrieren.«

»Aber in den Sommermonaten wäre es toll. Mir stehen ja Urlaubstage zu. Vielleicht kann ich mir nächsten Sommer eine Weile freinehmen, dann können wir das machen.«

Er umfasste eine ihrer Brüste und küsste ihren Nacken. »Ich habe nichts dagegen.«

»Mommy! Da ist jemand auf Onkel Drakes Balkon! Siehst du die Füße?«, rief Hagen mit seiner hellen Kinderstimme.

Serena setzte sich ruckartig auf und schaute nach unten. Mira grinste zu ihnen hinauf, eine Hand auf Hagens Schulter gelegt.

Hagen winkte wie verrückt. »Es ist Tante Serena! Was machst du da oben?«

Drake stöhnte unwillig und schlang seinen Arm wieder um ihren Bauch.

»Hi, Hagen!«, rief sie nach unten, während sich Drake neben ihr aufsetzte.

»Hi, Onkel Drake! Machst du eine Pyjama-Party mit Tante Serena?« Hagen sah zu Mira. »Mommy, darf ich heute auf unserer Terrasse schlafen? Ich will auch eine Pyjama-Party!«

Mira antwortete ihm etwas, das Serena nicht verstand, ehe sie wieder zu ihnen hochschaute. »Ihr habt das Frühstück verpasst.«

»Tut mir leid«, rief Drake. Er lehnte sich näher zu Serena und flüsterte: »Es tut mir überhaupt nicht leid. Lass uns reingehen, damit ich *dich* vernaschen kann.«

Er küsste ihre Schulter, woraufhin ihr Magen einen kleinen Salto schlug.

»Psst. Dein Neffe steht da unten.«

»Er kann mich nicht hören«, raunte er an ihrem Nacken.

»Aber er kann dich sehen!«

»Auf geht's, Kumpel, wir müssen los«, verkündete Mira und drehte Hagen von ihnen weg. »Wir sehen uns beim Mittagessen, Serena!«

»Tschüssi!« Hagen sah sich winkend um. »Vielleicht kann ich ja heute Abend auf Onkel Drakes Balkon schlafen!«

»Kommt nicht in Frage.« Drake drückte Serena zurück auf die Matratze. »Die Wochenenden gehören uns.«

»Wir werden hier nicht am helllichten Tag rummachen.« Sie versuchte, sich unter ihm herauszuwinden, um seinem geschickten Mund zu entkommen, doch er hielt ihre Handgelenke auf der Matratze fest.

Seine Augen verdunkelten sich. »Dann auf der Couch? Der Küchenanrichte? Unter der Dusche?«

»Ja, ja, und noch mal ja!«

Mehrere Orgasmen auf der Couch, der Arbeitsplatte, dem Boden und unter der Dusche später stellte Serena fest, dass sie keine sauberen Sachen dabeihatte. Da sich frische Kleidung in ihrem Cottage befand, musste sie keine Reisetasche packen. Also schlüpfte sie in ihre kurze Hose von gestern und eines von Drakes T-Shirts, das sie an der Taille zusammenknotete.

»Hast du nicht was vergessen?« Ihr Höschen baumelte an seinem Finger.

»Ich trage keine schmutzige Unterwäsche. Ich fahre schnell zu mir und hole mir frische.« Ihr Handy vibrierte und Serena zog es aus der Tasche. Eine Nachricht von Desiree. »Desiree schreibt, dass Violet uns einen Korb mit Frühstück auf die Treppe gestellt hat. Ich bin am Verhungern.«

»Ich kann deinem Mund gerne was zu tun geben.«

Sie verdrehte die Augen. »Ich brauche etwas mit Nährwert. Um mit unseren sexuellen Aktivitäten mitzuhalten, muss ich Kondition aufbauen.«

Auf der Treppe entdeckte sie den Korb mit frischem Obst, zwei Muffins und einem versiegelten pinken Umschlag, der an Drake adressiert war. Serena brachte den Korb zum Couchtisch und reichte Drake den Umschlag. »Du und Des, hm? Was hält Rick denn davon?«

Drake überflog die Nachricht und gab ihr anschließend den Brief. »Ich glaube, deine Clique hat es auf mich abgesehen und Vi ist eine Spannerin.«

Serena biss in ihren Muffin und las.

Drake,

bring Serena ~~glücklich und zufrieden~~ ordentlich befriedigt um halb zwölf zum Summer House ~~für die Kleidanprobe~~ zum Junggesellinnenabschied. Anschließend gehen wir ~~in P-Town Mittagessen~~ in den Sexshop.

Wir bringen sie um halb drei in den Musikladen zurück, dann gehört sie für weitere Vögelei bis halb acht dir. Dann wollen wir ins Bookstore Restaurant und uns volllaufen lassen, bevor wir zum Konzert am Mayo Beach gehen.

Halt dich an diese Anweisungen, ~~sonst wirst du es bereuen~~ außer, es ist unbedingt noch mehr Vögelei nötig.

Liebe Grüße, die Bayside Girls

P.S.: Heute Abend solltet ihr beiden Karnickel lieber reinge-
hen. Die Geräusche von deinem Balkon können einer
einsamen Frau einen Orgasmus verschaffen. Nur so zur Info.

Serena verschluckte sich beinahe an ihrem Muffin. »Oh
mein Gott! Glaubst du, Violet hat uns wirklich gehört?«

»Bezweifelst du das?« Er biss von einem Apfel ab und kaute
leise lachend.

»Drake! Das ist nicht witzig. Was, wenn uns *zahlende Gäste*
gehört hätten?«

Er zog sie an sich und küsste sie. »Dann hätten sie wohl
etwas für ihr Geld bekommen.«

»Vergiss deinen Balkon. Von jetzt an schlafen wir bei mir.«
Zumindest gab es dort Privatsphäre.

»Bis dein Mietvertrag ausläuft.«

Sie verdrehte die Augen und stand auf. »Ich muss nach
Hause und mir frische Unterwäsche holen, bevor ich mich mit
den Mädels treffe.«

»Gehen wir.« Er folgte ihr und holte seine Schlüssel. »Wir
sollten auch ein paar von deinen Klamotten hierherbringen,
damit du nicht ohne Höschen vor anderen Männern herumlau-
fen musst.«

»Du kommst mit? Musst du nicht arbeiten?«

»Ich nehme mir für meine Freundin ein paar Stunden frei«,
erwiderte er überraschenderweise. Drake nahm sich nur selten
frei. »Es sei denn, du willst lieber allein los?«

Sie stellte sich auf die Zehenspitzen und küsste ihn. »Nein,
überhaupt nicht. Ich bin in Boston jeden Abend allein. Das ist
mehr als genug.«

»Gut. Jetzt lass uns über deine Einkaufsliste sprechen.«

»Einkaufsliste?«

»Für den Abstecher in den Sexshop.«

Oh Mann …

Serena und ihre Freundinnen schlängelten sich in der Commercial Street in Provincetown an den Touristen vor den Galerien, Läden mit den unterschiedlichsten Angeboten und Restaurants vorbei. Ihr Ziel war die Boutique, in der Desiree ihr Hochzeitskleid anprobieren würde.

»Ihr seht euch also nur noch an den Wochenenden?«, fragte Emery. Sie und Chloe fragten Serena förmlich Löcher über sie und Drake in den Bauch.

Aufgrund ihrer engen Freundschaft fühlte es sich an, als wären sie schon viel länger zusammen. Die Erkenntnis, dass ihre Freunde sie an diesem Wochenende zum ersten Mal *offiziell* als Paar sahen, brachte sie ein wenig aus dem Konzept. Damit fühlte sich jedes Wort, das sie sagte, gewichtiger an und das Ausmaß ihrer Gefühle für ihn wurde ihr noch einmal richtig bewusst.

»Ja. Hab ich euch schon von meinen Teamkollegen erzählt?« Serena versuchte immer wieder, das Thema auf ihren Job, das Resort, Yoga, oder irgendetwas anderes zu lenken, was nicht mit Drake und ihr zu tun hatte. Aber sie kamen ständig wieder darauf zurück.

»Hör schon mit der Arbeit auf«, sagte Chloe. »Wir wollen Details über dein Liebesleben, das du, wenn ich dich erinnern darf, *sehr lange* nicht hattest.«

»Aber bitte keine sexy Einzelheiten.« Mira stützte ihren

Bauch, als könnte sie ihn damit leichter machen und bemühte sich, mit den anderen Schritt zu halten. »Mein Sohn hätte heute Morgen fast etwas nicht Jugendfreies gesehen.«

»Hat er nicht!«, widersprach Serena. »Wir haben nur dagelegen und waren zugedeckt.«

»Auf einer Matratze auf seinem Balkon«, merkte Emery an.

»Woher weißt *du* das überhaupt?« Serena warf Mira einen finsteren Blick zu.

Diese hob die Hände. »Ich war's nicht. Gott sei Dank haben wir gestern Abend keine Glühwürmchen draußen gefangen.«

»Mira hat nicht geplaudert«, sagte Emery. »Ich habe Augen im Kopf. Auf dem Weg zu meinem Morgenkurs hab ich etwas auf seinem Balkon bemerkt. Bei genauerem Hinsehen guckten da zwei Paar Füße unter den Laken hervor.«

Desiree schnappte nach Luft. »Ernsthaft? Direkt über dem Büro? Und ich dachte, es wäre gewagt, dass ich mich auf dem Ausguck im Inn vergnüge.«

»Du musst noch lernen, was *gewagt* bedeutet, Schwesterherz«, meinte Violet. Sie mussten einer Familie ausweichen, die auf den Stufen einer Bäckerei köstlich aussehende Backwaren genoss.

»Serena, du hast nackt mit Drake auf seinem Balkon gelegen?« Chloe riss die Augen auf. »Und ich erfahre erst jetzt davon?«

»Wir waren nicht nackt«, log sie. »Zumindest nicht heute Morgen, als Mira uns gesehen hat.« Gott, wie peinlich. Warum fielen ihr Scherze über Sex nur leicht, wenn es um das Liebesleben anderer Leute ging?

»Vertraut mir. In einem Umkreis von hundertfünfzig Metern hättet ihr sie gehört.« Violet grinste zufrieden.

»Diesen Fehler werden wir nicht noch mal machen«, murmelte Serena vor sich hin, während sie an drei jungen Musikern vorbeigingen, um die sich eine kleine Zuschauermenge scharte.

»Das will ich auch hoffen«, sagte Desiree. »Was, wenn euch jemand gesehen hätte?«

»Es hat sie ja jemand gesehen«, erwiderte Violet, was ihr einen weiteren, scharfen Blick von Serena einbrachte.

»Oh Mann«, sagte Desiree. »Das ist *so* peinlich.«

»Wir wissen doch auch über dein Sexleben Bescheid. Das ist nichts anderes«, bemerkte Emery.

Desiree lief vor lauter Verlegenheit feuerrot an. Sie zeigte auf die Gasse zwischen dem *Puzzle Me This*, einem in kräftigen Lila- und Pinktönen gestrichenen Spieleladen mit qualitativ hochwertigem Sortiment, und dem *Coconuts*, einem mit Zedernholz verkleideten Sonnenbrillengeschäft. »Die Boutique, in der ich das Kleid gekauft habe, heißt *Swank* und ist am Ende dieser Gasse.«

Serena freute sich über den Themenwechsel.

»Wir sollten im Anschluss bei Sky vorbeischauen«, schlug Violet vor. »Ich könnte ein neues Tattoo gebrauchen.«

Sky Lacroux-Bass gehörte das Tattoostudio *Inky Skies* gegenüber des Spieleladens.

»Du brauchst so dringend ein neues Tattoo wie ich neue Yogasachen«, sagte Emery.

»Ich würde gern einen Abstecher zum Blumenladen machen und mit Lizzie sprechen«, bat Desiree. »Und mit Brandy, falls noch Zeit ist.« Lizzie Barber gehörte das *P-Town Petals*. Sie kümmerte sich um die Blumen für Desirees und Ricks Hochzeit. »Ich weiß, dass wir Serena zu Drake in den Laden bringen müssen, also kein Problem, wenn wir es nicht schaffen.«

»Sonst noch was, Chefin?«, fragte Violet und betrat die Gasse.

»Oh nein. Kommandiere ich euch herum?« Desiree sah sie hastig nacheinander an. »So hab ich es nicht gemeint. Ich will mich nur bei Lizzie dafür bedanken, dass sie letzte Woche meine vielen Fragen beantwortet hat, und bei Brandy den Verkostungstermin bestätigen. Er ist am Wochenende nach Drakes Neueröffnung. Ihr kommt doch alle, nicht wahr?«

Die Gruppe versicherte ihr sofort, dass sie nicht arrogant klang und sie die Verkostung auf keinen Fall verpassen würden. Die Boutique befand sich in einem schmalen, zweistöckigen Gebäude, das schon bessere Tage gesehen hatte. An der Hausverkleidung blätterte die türkise Farbe ab. Großblättrige Pflanzen verdeckten die Fenster. Über der Tür hing ein diamantförmiges Schild, auf dem in einem leuchtenden Gelb *SWANK!* stand.

Ein attraktiver junger Mann saß lesend auf der Treppe vor dem Geschäft. Seine blonden Haare waren an den Seiten kurz, die längeren am Oberkopf hatte er sich stylish nach hinten gekämmt. Die obersten vier Knöpfe seines weißen Hemdes standen offen, die Ärmel hatte er bis knapp unter die Ellbogen hochgekrempelt. Dazu trug er schicke marineblaue Shorts mit weißen Punkten.

Als sie näherkamen, sah er auf. »Da ist ja meine wunderschöne Brautprinzessin.«

Er legte das Buch weg, stand auf und nahm die dunkle Sonnenbrille ab, hinter der seine warmen, freundlichen blauen Augen zum Vorschein kamen. An seinen Handgelenken baumelten einige Armbänder mit bunten Perlen und ein Lederband am Knöchel betonte seine muskulösen, gebräunten Beine. Er schlüpfte in ein Paar Flip-Flops, umarmte Desiree herzlich und hauchte Luftküsschen neben ihre Wangen.

»Hi, Donovan«, sagte Desiree.

»Wie ich sehe, hast du dieses Mal dein Gefolge mitgebracht und nicht deinen Prinzen.« Er senkte die Stimme. »Sie sind entzückend, aber Ricky sehe ich mir lieber an.«

Lachend betraten sie den Laden.

»Das findet *Ricky* sicher toll«, bemerkte Violet spöttisch.

»Nur gucken, nicht anfassen. Das ist mein Motto, Schätzchen«, sagte Donovan. »Du musst Violet sein, die Motorrad fahrende, knallharte Schwester, von der ich schon so viel gehört habe.« Er betrachtete Violets schwarzes T-Shirt, die abgeschnittene kurze Hose und ihre Motorradstiefel. »Mhmm. Meine Liebe, bei dir stimmt wirklich alles. Ich suche schon nach dem perfekten Kleid für dich, seit Desiree mir von dir erzählt hat.«

»Das könnte interessant werden«, flüsterte Emery Serena zu.

Donovan verschwand hinter der antiken Kommode, die er zum Tresen umfunktioniert hatte. Serena nutzte die Gelegenheit, um sich das wilde Durcheinander im *Swank* genauer anzusehen. Mehrere Kronleuchter und Laternen hingen von den offenen Deckenbalken. Die türkise und gelbe Farbe an den Wänden war leicht ausgeblichen. Einige Haken dienten als Aufhängung für die Kleider. Überall standen antike Kommoden mit drapierten Schals, bunt zusammengewürfelten Lampen und anderen Accessoires herum. Kleider, Röcke und Blusen in verschiedenen Farben und Stilrichtungen hingen ohne erkennbares System an seltsamen Kleiderständern.

Serena griff nach Chloes Hand. »Bitte gib mir ein paar Stunden, etwas Farbe und einen guten Handwerker. Ich könnte dafür sorgen, dass dieser Laden unglaublich aussieht und nicht, als wäre jemandes Kleiderschrank explodiert.«

»Psst«, schimpfte Chloe.

»Dein umwerfendes Brautkleid ist fertig und wartet in der Umkleide auf dich, Prinzessin«, sagte Donovan zu Desiree. Er kam mit einem Kleidersack um den Tresen, reichte ihn Violet und deutete dann auf ein paar Vorhänge im hinteren Teil des Ladens. »Ihr zwei Hübschen probiert eure Kleider an und ich lerne währenddessen eure Freundinnen ein bisschen besser kennen.«

Violet verzog beim Anblick des Kleidersacks das Gesicht. »Ich trage nichts mit Rüschen.«

Donovan schnaubte. »Schätzchen, ich hatte strikte Anweisungen von deiner Schwester – die dich heiß und innig liebt –, etwas zu finden, was nicht zu mädchenhaft ist. Keine Rüschen, kein Schnickschnack. Vertrau mir, Süße. Du wirst dieses Kleid lieben.«

»Ich trage *keine* Absatzschuhe«, fügte Violet nachdrücklich hinzu.

»Das weiß er.« Desiree zog Violet hinter sich her in den Umkleidebereich. »Das machen Schwestern so, wenn eine von ihnen heiratet. Wir probieren zusammen Kleider an. Jetzt geh da rein und zieh dich um. Wenn es dir nicht gefällt, musst du es ja nicht kaufen.«

Sie verschwanden hinter den Vorhängen. Donovan unterhielt sich in der Zwischenzeit mit den verbliebenen Freundinnen und Serena sah ihnen an, dass sie schon verrückt nach ihm waren.

»Du bist die Boston-Auswanderin«, meinte Donovan, als er zu ihr kam.

»Stimmt. Ich bin Serena.«

»Ja. Die Innenarchitektin, die mit Rickys angeblich heißem Bruder zusammen ist, richtig?« Er wedelte mit der Hand. »Die Mädels haben mir alles erzählt.«

»In der kurzen Zeit? Sie sind gleich zum Punkt gekommen, oder?« Sie sah zu Mira, die stumm *Ich liebe ihn!* mit den Lippen formte.

»Ein kluger Ladenbesitzer weiß, wie er mit seinen Kundinnen umgehen muss.« Er wackelte mit den Brauen.

»Ich liebe deinen Laden. Bitte versteh das nicht falsch, aber darf ich fragen, warum du ihn nicht so eingerichtet hast, dass die Kundinnen leichter finden, wonach sie suchen?«

»Du meinst, warum sieht es aus, als hätte sich meine verrückte Grandma Zelda hier ausgetobt?« Er streichelte eine Plüschkatze, die unter einer goldenen Lampe in Form einer Frau saß.

»Ich wollte damit nicht …«

»Oh doch, wolltest du«, unterbrach er sie in amüsiertem Singsang. »Und du hast recht. Dieser Laden hat meiner Grandma Zelda gehört, bis sie vor zwei Jahren gestorben ist. Da habe ich ihn übernommen. Ich hatte noch keine Zeit, ihn umzugestalten.«

»Das mit deiner Großmutter tut mir leid.«

Ein trauriger Ausdruck huschte über sein Gesicht, wurde jedoch ebenso schnell von einem Lächeln abgelöst. »Danke. Ich vermisse sie, auch ihre Schrulligkeit. Sie war bis zu ihrem letzten Tag eine verrückte Nudel.«

»Hast du schon mal darüber nachgedacht, eine Agentur zu beauftragen?«

Er wackelte mit dem Finger. »Willst du mir deine überteuerte Bostoner Firma andrehen?«

»Nein, überhaupt nicht. Ich dachte eher an eine Freundin, der ein kleines Innenarchitekturbüro hier am Cape gehört. Vielleicht hast du schon mal von ihr gehört? Justine Harkness? Ihr gehört Shift Home Interior in Hyannis.«

»Habe ich nicht, aber ich unterhalte mich gern mit ihr. Gib mir doch ihre Kontaktdaten und schreib mir auch deinen

Namen auf, damit ich mich auf deine Empfehlung beziehen kann.«

Sie folgte ihm zum Tresen, wo er ihr einen Stift und einen Notizblock gab.

»Das könnte der Tritt in den Hintern sein, den ich brauche, um endlich etwas zu verändern.«

Serena schrieb ihm Justines Daten auf. In diesem Moment kamen Desiree und Violet aus der Umkleide.

»Wahnsinn!«, quietschte Emery.

Serena und Donovan kehrten schnell zu den anderen zurück. Desiree drehte sich in ihrem pfirsichfarbenen Maxikleid, dessen Oberteil sich wie ein Korsett schnüren ließ und das von der Hüfte bis zu den Knöcheln mit Rüschen verziert war. Violet hingegen verschränkte die Arme vor der Brust. Sie trug ein knielanges, eng anliegendes, ärmelloses schwarzes Kleid mit einem Schlitz in der rechten Seite.

»Was meint ihr?«, fragte Desiree. »Ich kann immer noch nicht glauben, dass ich so problemlos ein Hochzeitskleid gefunden habe. Ich habe nicht mal speziell danach gesucht, als ich auf einer Shoppingtour darüber gestolpert bin.«

»Du siehst wunderschön aus«, sagte Violet. »Es ist …« In ihren Augen schimmerte eine Zuneigung, die Serena bei ihr noch nie gesehen hatte. Violet setzte jedoch schnell wieder eine neutrale Miene auf und fuhr fort: »Es ist perfekt.«

»Es ist feminin und luftig. Ich liebe es«, sagte Mira. »Du wirst meinen Bruder aus den Socken hauen.«

Emery strich über die Rüschen. »Es passt unheimlich gut zu dir. Wirklich umwerfend.«

»Deinetwegen möchte ich auch eine Strandhochzeit«, sagte Chloe. »Aber dafür brauche ich erst mal einen Mann.«

»Da kann ich behilflich sein«, bot Donovan an und brachte

sie alle zum Lachen.

»Desiree, du bist die schönste Braut, die ich je gesehen habe – abgesehen von Mira natürlich. Und Violet ...« Serena fehlten die Worte. Das musste man ihr wohl ansehen, denn Violet verdrehte die Augen.

Behutsam zog sie Violets Arme auseinander, ging um sie herum und ließ den Blick über den goldenen Metallreißverschluss wandern, der knapp unterhalb ihrer Rippen auf der rechten Seite ansetzte, sich um ihren Körper und unteren Rücken zu ihrer linken Hüfte schlängelte und über dem Schlitz an ihrem Bein endete.

»Ich zeige euch mal, was dieses Glanzstück draufhat.« Donovan öffnete den Reißverschluss des Kleides, sodass ein verführerischer Streifen gebräunter Haut sichtbar wurde.

»Heiliger Strohsack, Vi. Du siehst wie ein Model aus«, sagte Desiree. »Du solltest öfter Kleider tragen.«

»Sicher«, erwiderte Violet sarkastisch.

Emery ging musternd um Violet herum. »Ernsthaft, du siehst unglaublich heiß aus.«

»Ich würde mit dir schlafen«, sagte Chloe. »Und ich stehe nicht mal auf Frauen.«

Erneut verdrehte Violet die Augen. »Ihr müsst mir keinen Honig ums Maul schmieren. Ich werde es schon ein oder zwei Stunden darin aushalten, aber ich ziehe keine Absatzschuhe an.«

»Das hätte ich beinahe vergessen!« Donovan holte eilig einen Schuhkarton aus einem antiken Kleiderschrank. Darin befanden sich schwarze Stiefel mit Keilabsatz und Fransen. »Tybee Boots von Harley Davidson. Die heißesten Stiefel für unsere Biker-Girls. Der verdeckte Keilabsatz und die stylischen Fransen sind perfekt für einen schicken Anlass – oder für eine Lederparty.«

»Die sind der Wahnsinn«, sagte Violet.

Desiree strahlte sie an. »Wirklich? Du wirst das Kleid *und* die Stiefel tragen?« Sie umarmte Violet so schwungvoll, dass sie beinahe das Gleichgewicht verloren. »Danke! Es wäre mir auch egal gewesen, wenn du deinen Leder-Minirock und ein Bikinioberteil angezogen hättest, aber das bedeutet mir so viel.«

»Ja, ja, Schwesterherz.« Violet seufzte. »Kann ich mich jetzt umziehen? Ich bin am Verhungern.«

»Ja. Geh!« Desiree schob sie in Richtung Vorhang. Dann umarmte sie Donovan und küsste seine Wange. »Du bist großartig! Danke für alles. Das Kleid passt perfekt und Violet sieht traumhaft aus. Jetzt muss ich nur Schuhe finden.«

»Ich könnte da was für dich haben, Prinzessin.« Er ging zum Kleiderschrank und kehrte mit einem weiteren Karton zurück. »Wenn sie dir gefallen, sind sie mein Hochzeitsgeschenk für dich.«

Desiree öffnete den Karton und strahlte vor Freude. »Ich liebe sie!«

Die hübschen Sandalen mit Keilabsatz hatten einen etwas helleren Ton als ihr Kleid und waren mit winzigen Perlen am oberen Riemen und dem dünnen Knöchelband verziert.

»Bei einer Hochzeit am Strand trägt man am besten flache Schuhe oder Keilabsatz, und da Ricky so groß ist, sind ein paar Zentimeter sicher nicht schlecht, damit das mit dem Küssen leichter ist.« Er zwinkerte ihr zu.

»Kannst du mir bei meinem Hochzeitskleid helfen?«, bat Emery. »Ich wollte nichts Ausgefallenes, aber …«

»Wie wäre es mit einer Dreier-Hochzeit?« Fragend sah er Emery und Serena an – genau wie die anderen.

»Dean und ich werden nicht Desirees Hochzeit crashen«, sagte Emery. »Ich bin raus.«

Serenas Magen krampfte sich vor Nervosität zusammen. »Ich … also … nein. Drake und ich sind gerade erst zusammengekommen. Wir sind noch nicht mal annähernd so weit, uns zu verloben.«

»Das werden wir ja sehen«, meinte Desiree. »Rick und ich waren vor unserer Verlobung auch nicht lang zusammen. Und sieh dir nur Em und Dean an. Wenn du es weißt, weißt du es einfach.«

»Lass dich von denen nicht unter Druck setzen.« Violet kam in ihrer eigenen Kleidung hinter dem Vorhang hervor. »Bleib stark, Kleines.«

In Bezug auf Drake war sie so viele Jahre stark gewesen, dass sie diesen Ausdruck irgendwie hasste, aber ihr Leben fand gerade in Boston statt – und seins hier am Cape. »Mein Leben ist gerade schon turbulent genug. Wir haben gerade erst angefangen, uns mit dieser Fernbeziehung zu arrangieren.«

Das hielt sie jedoch nicht davon ab, beim Mittagessen im *Red Eye Coffee and Café* über Donovans Vorschlag nachzudenken. Dabei ging ihr unwillkürlich wieder die heiße Nacht durch den Kopf, was sie wiederum an ihre *Einkaufsliste* erinnerte. Die Mädels unterhielten sich angeregt, doch Serena konnte nur an ihre Unterhaltung mit Drake und die bevorstehende *Shoppingtour* denken.

Du willst sicher, dass ich Handschellen oder Seidenfesseln kaufe. Sein Blick hatte förmlich gelodert und sie war noch etwas weiter gegangen. *Oder vielleicht essbare Unterwäsche? Violet hat mir von einem Keilkissen erzählt, das angeblich wunderbar dabei helfen soll, die richtige Stelle zu treffen. Nicht, dass du dabei Hilfe bräuchtest…* Sie hatte sich immer für sehr offen und in Sachen Sex einigermaßen erfahren gehalten, auch wenn sie noch keine eigenen Berührungspunkte mit Kinks gehabt hatte. Bei Drake fürchtete sie jedoch, wie eine Anfängerin zu wirken. Er hatte leise gelacht und geantwortet: *Baby, du bist alles, was ich brauche, aber ich erkunde gern auch eine dunklere Seite mit dir.*

Die Leidenschaft in seinem Blick, das Verlangen in seiner Stimme und die Tatsache, dass Drake der Mann war, den sie schon seit einer Ewigkeit liebte, weckten in ihr den Wunsch, alles mit ihm auszuprobieren und ihre Grenzen auszutesten.

»Lasst uns aufessen und dann Lizzy und Brandy besuchen«, schlug Desiree vor.

»Erinnert mich daran, einen kurzen Zwischenstopp in eurer kleinen Fundgrube für dunkle und sexy Geheimnisse zu machen, wenn wir wieder in Wellfleet sind«, meinte Serena so gelassen wie möglich.

Violet sah sie mit ihren katzengrünen Augen an. »Du hast also meinen Zettel gelesen.«

»Du hast ihr auch einen geschrieben?« Desiree spießte eine Tomate in ihrem Salat auf die Gabel.

»Ich glaube, Vi hat deinen überarbeitet«, antwortete Serena. Bis jetzt hatte sie sich im Sexshop der beiden nie unwohl gefühlt. Aber jetzt wurde sie allein bei dem Gedanken daran, Dinge zu kaufen, die sie tatsächlich mit Drake benutzen würde, ziemlich aufgeregt, und fragte sich, ob das wirklich eine gute Idee war.

»Du hast meine Nachricht überarbeitet?« Desiree sah Violet missbilligend an.

Violet legte lässig ihren tätowierten Arm über die Rückenlehne ihres Stuhls. »Meine hat offensichtlich Eindruck hinterlassen.«

Violets Nachricht hatte vielleicht die Tore ihrer Neugier geöffnet, doch erst durch Drakes Interesse trat sie hindurch.

Drake schob die Couch in den Bereich des Ladens, den Serena auf ihrem Plan für die Leseecke vorsah. Sie war spät dran, hatte aber so glücklich geklungen, als sie vorhin angerufen hatte, um ihm Bescheid zu sagen. Außerdem wusste er, wie sehr sie ihre Freundinnen vermisste. Ihr Vorschlag für die Couch war goldrichtig gewesen. Die abgerundete Rückenlehne lud sogar ihn zu einer Pause ein, und die Optik passte perfekt zum unkonventionellen Stil der Läden. Obwohl sich dieser durch alle Läden zog, sorgte Serena in jedem Geschäft für einen einzigartigen Aufbau und die dazu passenden Möbel, die den jeweiligen Standort widerspiegelten. In dem Laden in Florida hatten sie beispielsweise auf leuchtendere Farben und mehr Strandatmosphäre zurückgegriffen, während der Laden in West Virginia rustikaler war. Er schob die beiden Ohrensessel, die die Leseecke abrundeten, an ihren Platz und dachte daran, wie gut Serena und er zusammenarbeiteten. Nicht ein einziges Mal hatte sie ihn hängen lassen, nicht einmal durch ihren Umzug, den neuen Job oder die längeren Arbeitszeiten. Hoffentlich freute sie sich darauf, den Laden fertig eingerichtet für die große Neueröffnung zu sehen.

Er rollte den von ihr bestellten Teppich aus – eine ausgefallene Mischung aus verblasstem Blau, Rot, Gold, und ungefähr einem Dutzend anderer Farben – und platzierte ihn mittig zwischen den Möbeln und dem Regal mit den Notenbüchern. Dann trat er einen Schritt zurück und betrachtete sein Werk.

Dieser Laden war mehr als doppelt so groß wie sein allererster, ungeachtet der Tatsache, dass die Leute ihre Musikinstrumente mittlerweile viel häufiger online kauften.

Drake passte sein Geschäft stetig an das sich wandelnde Kaufverhalten an. Sein Angebot umfasste einen Onlineshop, Ausleihoptionen im Rahmen von Schulprojekten, Reparaturarbeiten vor Ort und Kurse für Anfänger. Zusammen mit Serena hatte er schon vor Monaten Lehrkräfte zusammengetrommelt und in den umliegenden Schulen Werbung gemacht. Dank seiner Verträge mit verschiedenen Händlern bot er eine große Bandbreite an Produkten und Preisen an. Nach der Eröffnung des zweiten Ladens hatte Serena vorgeschlagen, das Sortiment der Vintage-Instrumente auf eine kleine Auswahl zu reduzieren, die sich Kunden zu ihrem nächsten Ladenstandort schicken lassen konnten. Dadurch musste er nicht so viele der teureren, seltener gekauften Stücke auf Lager haben und konnte sie trotzdem innerhalb von achtundvierzig Stunden bereitstellen, wo sie gebraucht wurden. Serena gelang es geschickt, die Kosten zu senken, ohne Abstriche machen zu müssen und das schlug sich in den Umsätzen nieder. Im Laufe der Jahre hatte er sich einen guten Ruf damit erarbeitet, hochwertige Ware zu erschwinglichen Preisen anzubieten.

Wir *haben uns diesen Ruf erarbeitet.*

Die Tür öffnete sich und Serena rauschte mit zwei Einkaufstüten in der Hand und einem strahlenden Lächeln nur für ihn herein. »Entschuldige die Verspätung! Wir haben nach dem Mittag noch ein Eis gegessen und waren dann wegen der Hochzeit bei Lizzie und Brandy. Brandy musste die Verkostung wegen einer Terminverwechslung eine Woche nach hinten verschieben, aber keine Sorge – ich habe die Bestätigung vom Catering für die Eröffnung bekommen. Es ist alles geklärt. Anschließend sind wir im Sex-Sh…« Auf halbem Weg blieb sie wie angewurzelt stehen, ließ ihre Tüten fallen und betrachtete die Instrumente an der Wand, die genau nach ihrem Plan angebracht waren. Geigen im vorderen Teil, Hörner in der Mitte und die Gitarren ganz hinten, damit die meisten Kunden den Laden komplett durchqueren mussten. Die Schlagzeuge befanden sich in der hinteren linken Ecke neben dem Tresen. Der perfekte Platz für begeisterte Kinder, um sich mal auszuprobieren und angefixt zu werden.

»Es ist – fertig?« Sie setzte so schnell eine neutrale Miene auf, dass er den aufblitzenden Schmerz übersehen hätte, wenn er sie nicht so gut kennen würde. »Du warst fleißig. Es sieht großartig aus.«

»Du lagst goldrichtig.« Er ging zu ihr hinüber. »Mit der Form der Couch, dem Aufbau. Für mich ist das unser bisher bester Laden.« Er legte eine Hand auf ihre Hüfte und rieb mit dem Daumen über die warme Haut unter ihrem Shirt. »*Unser* bester Laden.«

Und ihm ging auf, dass er genau so bei allem empfand, woran Serena je beteiligt gewesen war – dass es ihnen zusammen gehörte. Sie war immer an seiner Seite gewesen, angefangen bei seiner Entdeckung für die Liebe zur Musik, bis hin zum Tod seines Vaters und den intensiven Monaten des Songschreibens, die sich aus seiner Musikleidenschaft entwickelt hatten. Nach dem College hatte sie ihn ermutigt, seinen Traum zu verwirklichen und einen Laden zu kaufen. Kein einziges Mal zweifelte sie an seinen Fähigkeiten oder schreckte vor den Risiken zurück, die er einging. Jedes Mal, wenn jemand Bedenken äußerte, sang sie »Don't Stop Believin'«, bis das Lied in seinem Kopf zu einem Mantra wurde. Später hatte er mit dem Gedanken gespielt, das Resort zu eröffnen, um Rick zurück ans Cape und in den Schoß der Familie zu holen. Selbst da hatte sie ihre Hilfe angeboten, noch bevor er Rick oder Dean überhaupt den Vorschlag gemacht hatte. Sie war seine beste Freundin, seine

Geschäftspartnerin und nun auch seine Geliebte. Deshalb wollte er sie unter keinen Umständen verletzen.

»Das denke ich auch«, sagte sie. »Ich fasse es nicht. Du hast *alles* erledigt.«

»Bis auf die Sonderauslagen. Darum kümmern wir uns wie immer am Samstagmorgen.« Er hob ihr Kinn an und sah ihr in die Augen. Sie bemühte sich so sehr, sich für ihn zu freuen, dass er sich unwillkürlich fragte, ob er nicht doch die falsche Entscheidung getroffen hatte. »Es tut mir leid, Babe. Da ich an den Abenden allein war, habe ich mich dir näher gefühlt, wenn ich hier gearbeitet habe. Und dann habe ich mir in den Kopf gesetzt, dass wir mehr Zeit für uns haben, wenn ich alles vor dem Wochenende fertig bekomme.«

Sie schlang die Arme um ihn. »Das sind wundervolle Gründe. Ich war nur überrascht, das ist alles.«

»Und verletzt.« Er küsste sie zärtlich. »Du musst deine Gefühle vor mir nicht verbergen. Ich wollte dir nicht wehtun, aber jetzt ist mir klar, dass es wirkt, als würde ich dich rausdrängen oder deine Hilfe nicht brauchen. So ist es aber nicht. Ich hoffe, du weißt das. Ich war einfach nur egoistisch. Unsere gemeinsame Zeit ist mir wichtiger als alles andere.«

»Wichtiger als die Einweihung deines neuen Büros?« Sie knöpfte sein Hemd auf. »Ich wollte schon immer wissen, wie es ist, mit dem Chef zu schlafen.«

Er beugte sich nach unten, wobei er versehentlich gegen eine der Einkaufstüten trat. »Du hast etwas Besonderes für uns gekauft, nicht wahr?«

Er griff nach der Tüte von *Devi's Discoveries*. Serena versuchte, sie ihm aus der Hand zu reißen, doch er hielt sie einfach außer Reichweite. »Was hat meine unanständige Freundin denn im Sexshop gekauft?« Er warf einen Blick in die Tüte.

»Es ist nicht das, was du denkst!«

Er nahm eine Schachtel mit Penis-Keksen heraus, hob eine Braue und grinste über ihren verlegenen Gesichtsausdruck.

»Hab ich doch gesagt! Brandy hat sie gebacken und verkauft sie bei Des und Vi im Laden. Hast du eine Ahnung, wie unangenehm es ist, mir Sexspielzeuge mit meinen besten Freundinnen anzusehen? Die wissen nämlich, dass ich sie mit einem ihrer Brüder benutze.« Sie lehnte die Stirn gegen seine Brust. »Es tut mir leid. Aber ich konnte es nicht. Ich mache mit den Mädels oft Witze über so was, möchte aber nicht, dass sie wissen, was wir beide hinter geschlossenen Türen treiben. Es hat sich falsch und ein bisschen pfui angefühlt.« Bekümmert sah sie zu ihm auf. »Dann ist mir klar geworden, dass wir alle irgendwie so getan haben, als wären wir schon ewig zusammen. Dabei erleben sie uns heute Abend zum ersten Mal als Paar und kriegen mit, wie wir uns küssen und berühren. Wird es sehr merkwürdig sein? Was passiert, wenn ich mich auf deinen Schoß setzen will? Oder mich mit dir davonschleichen möchte?«

Er zog sie fest an sich. Sein Herz fühlte sich an, als würde es jeden Moment zerspringen. »Weißt du eigentlich, wie sehr ich diese schüchterne, zurückhaltende Seite an dir vergöttere? Ich liebe es, wenn du draufgängerisch bist und wir wild übereinander herfallen, aber das ist genauso sexy.«

»Wirklich?«, fragte sie.

Er umfasste ihr Gesicht. »Wirklich.« Drake küsste sie sanft und sie stolperten in Richtung Büro. »Ich nehme die Kekse mit und werde sie von deinem Körper essen.« *Oh, verdammt.* Er löste sich von ihr. »Ich muss die Tür abschließen.« Damit drückte er ihr die Schachtel in die Hand und joggte nach vorn.

Als er sich wieder umdrehte, war Serena verschwunden und die Bürotür stand offen. Auf dem Weg dorthin knöpfte er sein

Hemd komplett auf.

Serena lehnte, nur mit einem schwarzen Tanga und einem passenden Spitzen-BH bekleidet, am Schreibtisch. Sie lockte ihn mit einem Finger zu sich. Er zog sein Hemd aus und wollte sie in die Arme nehmen, doch sie schob sie kopfschüttelnd weg. Stattdessen öffnete sie seinen Hosenknopf, dann sah sie zu ihm auf und zog ihm Jeans und Unterwäsche nach unten. Drake hielt sich an der Schreibtischkante fest, um aus seinen Schuhen zu schlüpfen. Anschließend griff er erneut nach ihr, doch sie schüttelte wieder den Kopf. Sie sank vor ihm auf die Knie, wobei ihre langen Haare sinnlich ihr Gesicht umspielten. Ohne den Blick von seinem zu lösen, umfasste sie seine harte Länge. Dieser Anblick brannte sich in sein Gedächtnis ein und jagte einen lustvollen Blitz direkt in seinen Schritt.

»Wie viele Jahre habe ich mir genau diesen Moment vorgestellt, Mr. Oberboss?«

Sie leckte von unten bis zur Spitze über seine Härte und er biss die Zähne zusammen. Wieder und wieder ließ sie die Zunge über seine Haut gleiten, bis sie ihn schließlich mit einer Hand umfasste und ihm mit ihren festen Bewegungen fast den Verstand raubte.

»Ich habe davon fantasiert, dass es bei der Einrichtung der Läden zwischen uns heiß wird«, gestand sie und leckte über seine Hoden.

»Verdammt, Baby. Das hab ich auch. Jeden einzelnen Tag.«

Unschuldig blinzelte sie ihn an, während sie mit der Zunge seine Spitze umspielte. Drake schob die Hände tief in ihre Haare, als sie ihn in den Mund nahm. Anfangs verwöhnte sie ihn gemächlich, wurde jedoch immer schneller und nahm ihn tiefer auf. Bei jeder Bewegung ihres heißen, feuchten Munds spannten sich seine Muskeln weiter an. Er kam ihr mit den Hüften entgegen. Ihre liebevolle Hemmungslosigkeit schickte lustvolle Wellen durch seinen Körper.

»Ich will in dir kommen«, knurrte er und zog sie an den Haaren nach oben.

Serena schlüpfte aus ihrem Tanga und er riss ihr den BH vom Leib. Dann küsste er sie, schob eine Hand zwischen ihre Beine und stöhnte, als seine Finger in ihren herrlichen, heißen Körper eindrangen. Er zog ihren Kopf nach hinten und stürzte sich auf ihren Hals, während er sie direkt an den Rand des Höhepunkts brachte.

»Ich will es von hinten«, flehte sie. »Mach deine Fantasie wahr – und meine.«

Sie stützte sich mit den Händen auf dem Schreibtisch ab, reckte ihm den Hintern entgegen und spreizte die Beine, ehe sie den Kopf drehte und ihn über die Schulter beobachtete.

»Gott, Baby. Ich werde all deine Fantasien wahr machen.«

Er legte eine Hand auf ihren Bauch, umfasste ihre Brust und drang in sie ein. Er küsste sie unersättlich und verwöhnte sie nach allen Regeln der Kunst. Serena schrie lustvoll seinen Namen. Diesen Laut würde er niemals vergessen. Aber seine Liebe für sie war zu stark und zu intensiv, um es dabei zu belassen. Sobald sie von ihrem Hoch heruntergekommen war, trug er sie zum Sofa. Dort liebte er sie zärtlich und leidenschaftlich, und legte all seine Stärke und Hingabe in ihre Verbindung. Irgendwann hielt er sich nicht mehr zurück und gemeinsam ritten sie die Wellen der Ekstase, bis sie keuchend und befriedigt auf dem Polster zusammensackten.

Dicht aneinandergedrängt und mit ineinander verschränkten Beinen lagen sie auf der winzigen Couch, während sich ihre Atmung langsam wieder beruhigte. Drake küsste Serenas Stirn, ihre Wangen und schließlich ihre Lippen, wobei er mit den Fingern durch ihre Haare strich und flüsterte: »Ich könnte für immer hier liegen und würde als glücklicher Mann sterben.«

Fünfzehn

Am Sonntagmorgen versuchte Serena, nicht zu sehr daran zu denken, dass ihr Aufbruch in ein paar Stunden nahte. Gestern Abend hatte sie mit ihren Freunden beim Essen und auf dem Konzert viel Spaß gehabt. Sie war schrecklich nervös gewesen, weil sie nicht wusste, wie es sich anfühlen würde, offiziell als Paar aufzutreten. Also hatte sie entschieden, sich ihrer Angst geradeheraus zu stellen und gar keinen Raum für unangenehme Momente zu lassen. Sobald sie auf der Terrasse des Bookstore Restaurants Platz genommen hatten, hatte sie sich auf Drakes Schoß gesetzt und ihn lange und innig geküsst, bis es fast schon nicht mehr jugendfrei war. Anfangs hatte es sie all ihren Mut gekostet, doch dann übernahmen ihre Emotionen die Führung und machten es ihr leicht. Anschließend hatte sie sich an ihre Freunde gewandt und verkündet: *So läuft das von jetzt an. Irgendwelche Fragen?*

Drake setzte sich neben sie und zog sie an sich. »Wie geht's meiner besitzergreifenden Freundin?«

Das hörte sich schön an. »Mir geht's gut. Ich kann es nicht erwarten, Daphne beim Frühstück zu gratulieren.« Sie konzentrierte sich lieber auf das Positive und nicht darauf, dass ihre Abreise nach dem Frühstück bevorstand.

Er zog sie auf seinen Schoß und strich ihr die Haare über die Schulter nach hinten. »Ich weiß, dass du traurig bist, weil du zurück nach Boston musst. Ich sehe es dir an. Bitte versuch nicht mehr, deine Gefühle vor mir zu verbergen, in Ordnung?«

An den letzten beiden Tagen hatte er seine morgendliche Jogginrunde mit den Jungs ausfallen lassen und sie fühlte sich schlecht deswegen. Als sie nur Freunde gewesen waren, hatte sie zumindest seinen Tagesablauf nicht durcheinandergebracht. Der selbstsüchtige Teil von ihr freute sich jedoch, dass er bei ihr blieb. Heute Morgen hatten sie sich nicht geliebt, sondern nur im Bett gelegen und einander in den Armen gehalten. Das erinnerte sie an ihren gestrigen Abend am Strand und den langen Spaziergang nach dem Konzert. Stundenlang hatten sie sich über alles und nichts unterhalten. Es war unheimlich romantisch gewesen. Schließlich hatte Drake angeboten, in ihrem Cottage statt in seiner Wohnung zu schlafen, doch sie wollte von seinen Dingen umgeben sein und in dem Bett liegen, das sie sich schon in der vorangegangenen Nacht geteilt hatten. Also hatten sie ein paar Klamotten geholt, die nun einen Platz in seiner Kommode und seinem Schrank gefunden hatten.

Serena betrachtete die Karte auf seinem Nachttisch. Wie nervös sie beim Schreiben gewesen war. Unglaublich, was sich aus dieser kleinen Sache entwickelt hatte.

»Du hast mir besser gefallen, als du ruppig warst und dich nicht für meine Gefühle interessiert hast.« Sie lehnte ihre Stirn an seine. »Nein, stimmt nicht«, gab sie zu. »Aber ich muss mich selbst belügen, okay? Ich muss mir einreden, dass es mir gut geht, denn obwohl mir der Abschied schwerfällt, freue ich mich darauf, nächste Woche neue Kunden kennenzulernen und Zeit mit meinem Team zu verbringen. Ich finde es nur nicht schön, dass ich dich erst in einer Woche wiedersehe.«

»Geht mir genauso. Aber wir telefonieren und videochatten, und bevor wir uns versehen, bist du zur Neueröffnung da. Dann feiern wir.«

»Und tanzen wie letzte Nacht?« Sie rieb ihre Nase an seiner, ehe sie ihn küsste.

Sie hatten sich langsam zur Musik bewegt. Ihre Freunde hatten gescherzt, dass Drake mal nicht aussah, als würde er jemanden umbringen wollen, solange Serena in seinen Armen lag. Sie hatte jede Sekunde davon genossen – sich an ihn zu schmiegen und zu wissen, dass ihre Freunde diesen Ausdruck beim Tanzen schon in seinen Augen gesehen hatten, *bevor* sie ein Paar gewesen waren.

»Ich fand es toll, dass wir als Paar getanzt haben. Das ist was ganz anderes.«

Auch Mira hatte gestern Abend gesagt, dass Drake zum ersten Mal in seinem Leben aufrichtig glücklich und entspannt wirkte.

»Für mich auch, Supergirl. Aber wir sollten jetzt los. Daphne ist wahrscheinlich schon da. Sie bringt ihre Tochter Hadley mit und nimmt sie für die Einarbeitung mit Harper ins Büro mit.« Sie rutschte von seinem Schoß und er verpasste ihr einen Klaps auf den Hintern. »Weißt du, was mir gestern am besten gefallen hat?«

»Mit mir unter dem Tisch zu fummeln?« Sie schlüpfte in ihre Flip-Flops.

Drake zog sie an sich. »Als du im Restaurant allen klargemacht hast, dass ich dir gehöre. Das war ziemlich heiß. Fast so heiß wie die Büroeinweihung.«

»Vielleicht können wir nächstes Wochenende dein Büro hier im Haus einweihen.«

Drake brummte zustimmend und küsste sie. Sie würde es

vermissen, mit ihm einzuschlafen, doch den Morgen gemeinsam zu verbringen, würde ihr noch mehr fehlen. Sie liebte es, neben ihm aufzuwachen, seinen Duft wahrzunehmen, seine starken Arme um sich zu spüren und seine vom Schlaf kratzige Stimme zu hören. Duschen und sich für den Tag fertig machen, gestohlene Küsse und ein kleiner Klaps auf den Hintern – es fühlte sich an, als würde sie all diese kleinen Dinge wie ein Eichhörnchen horten, das einen Wintervorrat anlegte.

Auf dem Weg nach draußen nahm Drake die Sonnenbrillen mit, die sie in Boston gekauft hatten. Es war so schön, dass er sich nicht dafür schämte. Serena prägte sich auch das Gefühl ihrer Hand in seiner ein, wie er sie beim Gehen näher an sich zog, ebenso wie die Gerüche und Geräusche des Ortes, der in den letzten Jahren ihr Zuhause gewesen war.

»Da ist Daphne«, sagte er kurz vor dem Parkplatz des Summer House Inn.

Serena beschleunigte ihre Schritte. »Ich kann es nicht erwarten, ihre kleine Tochter kennenzulernen.«

Daphne beugte sich gerade über die Rückbank und nahm das zehn Monate alte Mädchen aus seinem Kindersitz. »Hey ihr zwei«, begrüßte sie Drake und Serena und setzte sich Hadley auf die Hüfte. Ein paar feine, braune Haarsträhnen standen hinter dem winzigen Stirnband mit pinker Schleife vom Kopf des Kinds ab. Hadley hatte Daphnes rundliche Wangen geerbt, im Gegensatz zu ihrer extrovertierten Mutter jedoch einen ernsten Ausdruck in den Augen und sie schürzte die kleinen Lippen fast schon wie eine Erwachsene, der etwas missfiel. Diese neue Situation weckte bei ihr ganz offensichtlich keine Begeisterung.

»Schön, dass du kommen konntest«, sagte Serena. »Hadley ist ja hinreißend. Hi, Süße.« Sie kitzelte den Fuß der Kleinen. Der Gesichtsausdruck des Babys veränderte sich nicht, doch sie klammerte sich an Daphnes T-Shirt.

»Entschuldigt die Verspätung.« Daphne richtete sich ein wenig auf und zeigte ihnen ihr T-Shirt mit dem Aufdruck »Tut mir leid, dass ich zu spät komme«. Dann schob sie Hadley ein Stück höher. »Ich bin der Grund für die Verspätung« stand auf dem pinken Shirt der Kleinen.

»Das ist großartig«, sagte Drake. »Es geht doch nichts über gute Vorbereitung. Können wir dir irgendwie helfen?«

»Ich muss ihren Autositz und die Wickeltasche mitnehmen. Könntest du sie kurz mal nehmen?« Daphne reichte Drake das Baby, wobei Hadley die Stirn runzelte und ihre Mutter ansah, als hätte sie den Verstand verloren. Dann legte sie den Kopf schräg und musterte Drake eingehend.

»Ob du es glaubst oder nicht, sie mag dich«, erklärte Daphne. »Normalerweise weint sie, wenn sie bei einem Fremden auf dem Arm ist.«

Drake konnte unfassbar gut mit Kindern umgehen. Serena hatte ihn mit Hagen und den Kindern der Gäste im Resort beobachtet. Aber nichts hätte sie auf diese unbekannte Sehnsucht vorbereiten könnten, das kleine Mädchen in Drakes starken Armen zu sehen – in denen sie noch kleiner und schutzbedürftiger wirkte. Und er raunte ihr auch noch niedliche Dinge zu.

Serena wandte den Blick ab, bevor ihre Hormone die Überhand gewannen.

»Okay, ich hab alles.« Daphne schulterte die Tasche und hielt Drake den Kindersitz hin. »Willst du tauschen?«

Drake kitzelte Hadley unter ihrem pummeligen Kinn, was ihr ein Sabber-Grinsen entlockte. Sie hatte oben vier und unten zwei Zähne. »Hättest du was dagegen, wenn ich sie trage?«

Daphne sah Serena an, als würde Drake eine andere Sprache

sprechen. »Soll das ein Witz sein? Ich bin alleinerziehende Mutter. Ich freue mich über jede Hilfe. Den solltest du behalten, Serena. Mein Ex wollte nichts mit Kindern zu tun haben. Genau aus diesem Grund ist er auch mein Ex.«

»Nicht jeder ist für die Elternschaft gemacht«, meinte Drake und nahm auf dem Weg zum Inn Serenas Hand.

Sie wusste, dass er von ihrer Mutter sprach, doch sie konnte nur nicken. Neue Sorgen schossen ihr durch den Kopf. Sie wollte noch so viel erreichen, bevor sie auch nur an Kinder denken konnte, aber Drake war vierunddreißig und hatte eine etablierte Berufskarriere. Er hatte nie ein Geheimnis daraus gemacht, dass er eine Familie wollte. Aber würde er warten, bis auch sie ihren Platz gefunden hatte, wenn sie zusammenblieben?

Mira und Chloe eilten auf sie zu, um Daphne zu begrüßen und Hadley mit Komplimenten zu überhäufen. Harper hatte sie gebeten, sich in ihrem Namen bei Daphne zu entschuldigen. Sie würde das Frühstück verpassen, weil sie eine Telefonkonferenz bezüglich ihres neuesten Drehbuchs hatte.

Serena stellte die anderen vor. »Daphne, das sind Mira, Ricks und Drakes Schwester, und meine Schwester Chloe.«

»Hi«, sagte Daphne. »Danke, dass ich mich bei eurem Frühstück einklinken darf.«

»Das mache ich auch«, warf Chloe ein und legte einen Arm um Serenas Schulter. »Normalerweise bin ich nicht so früh hier, aber ich wollte die hier noch mal sehen, bevor sie wieder nach Boston fährt.«

»Das ist lieb. Als ich nach North Carolina gezogen bin, haben mein Zwillingsbruder und unsere Schwester wahrscheinlich eine Party gefeiert.« Daphne lachte. »Na ja, nicht wirklich, aber meine Schwester war froh, die Wohnung für sich allein zu haben. Wann kommt dein Baby?«, fragte sie Mira.

»Nicht früh genug.« Mira tätschelte ihren Bauch.

»Hi, Daphne«, begrüßte Rick sie. »Schön, dass du kommen konntest.«

»Danke.« Daphne stellte die Babyschale neben den Tisch. »Ich freue mich darauf, wieder einen Freundeskreis zu haben. Ich hatte so viel zu tun, dass ich seit dem Umzug kaum vor die Tür gekommen bin, und von den Leuten, mit denen ich aufgewachsen bin, sind viele weggezogen.«

»Mit dieser Truppe bist du nie allein«, versicherte Dean ihr. »Und es könnte sein, dass du dein Baby nicht mehr zurückbekommst.«

»Mit ein paar Stunden Freiheit komme ich gut klar«, erwiderte Daphne und wühlte in der Wickeltasche herum.

Rick trat neben Serena. »Ich freue mich, dass er dich gestern Abend mit seinem Geschmuse nicht vergrault hat.«

»Ganz im Gegenteil.« Es hatte sich wunderbar angefühlt, Drakes Arme um sich zu spüren und unter den Sternen zu tanzen. »Das nennt man *Vorspiel*.«

Rick lachte leise, dann wandte er sich an Drake. »Übst du?«

»Eifersüchtig?« Drake kitzelte Hadley erneut, womit er ein weiteres Lächeln erntete. Anschließend richtete Hadley ihren kritischen Blick auf Rick.

»Sie ist süß. Wenn du uns weiter beim Joggen versetzt, hast du früher oder später selbst ein kleines Menschlein«, stichelte Rick. »Ich hab gehört, dass alles mit Pärchen-Sonnenbrillen anfängt.«

Drake hielt das Baby ein Stück nach oben in die Luft und Hadley kicherte. »Was meinst du, Hadley? Fängt es wirklich mit Pärchen-Sonnenbrillen an?«

»Nach meiner Erfahrung fängt es mit einer Rückenmassage an«, warf Daphne ein.

Die Frauen lachten und die Männer grinsten.

»Du wirst sehr gut zu uns passen«, versicherte Serena ihr.

Desiree, Emery und Violet kamen mit Tabletts voller Muffins, Eier, Speck und Würstchen aus dem Haus.

»Sie sind da!«, sagte Emery. »Seht euch nur dieses Baby an.«

Schnell stellten sie und Desiree ihre Tabletts ab, um sich in Ruhe mit Hadley zu beschäftigen. Violet hingegen machte einen großen Bogen um die Kleine.

Serena stellte Daphne die drei vor und erzählte ihr ein wenig von ihnen.

»Das wird später abgefragt«, meinte Violet und schnappte sich ein Stück Speck.

»Kein Problem«, erwiderte Daphne stolz und zeigte nacheinander auf die Anwesenden. »Emery, Yogalehrerin und Deans Verlobte. Die Yoga-Hose war ein guter Hinweis. Desiree, Ricks bessere Hälfte, Miteigentümerin dieser wunderschönen Pension und Violets Schwester, der absolut coolsten Frau aller Zeiten. Wenn ich mal groß bin, will ich wie du sein. Ich stehe auf Motorräder und möchte mir das Geburtsdatum meiner Kleinen tätowieren lassen, hab aber Angst davor.«

Violet aß den Speck auf. »Das lässt sich behandeln. Mit ein paar Tequila-Shots.«

Während sich Violet und Daphne über Tattoos unterhielten, setzte sich Drake und ließ Hadley auf seinem Bein wippen. Kurz darauf ertönte noch mehr hinreißendes Babykichern. Er zog Serena neben sich. »Sie ist ziemlich süß, hm?«

»Nichts ist so sexy, wie dich mit einem Baby auf dem Arm zu sehen. Da will ich dich fast wieder ins Schlafzimmer zerren.«

Hadley runzelte die Stirn noch tiefer und ihr Gesicht lief rot an. Einen Moment später breitete sich der Geruch einer vollen Windel am Tisch aus und brachte alle zum Lachen.

»Oh je. Tut mir leid.« Daphne nahm ihm die Kleine ab und schnappte sich die Tasche. »Babys sind die absoluten Stimmungskiller.«

»Du kannst ruhig Sexblocker oder so was sagen«, meinte Violet. »Deine Kleine wird deine Worte sicher noch nicht so bald wiederholen.«

Desiree verpasste ihr einen Rüffel, weil sie sich vor ihrer neuen Freundin so ausdrückte. Rick und Dean zogen Drake damit auf, dass er sich so intensiv mit Hadley beschäftigte und Serena lehnte sich zurück und genoss die Show. Sie vermisste das Geplänkel, die Nähe zu ihren Freundinnen und die Jungs zu ärgern. Es war ein wundervoller Vormittag und Daphne passte perfekt zu ihnen. Hadley schienen ihre vielen neuen Onkel und Tanten, wie Emery sie taufte, etwas zu überfordern – bis auf Drake, den liebte sie offenbar abgöttisch.

Nachdem Daphne gegangen war, räumten sie ab und verabredeten sich zum Tubing nach der Verkostung bei Brandy, die nun zwei Wochen nach der Neueröffnung stattfinden sollte.

Sie verbrachten den Nachmittag am Strand, wo Serena bewusst ihre Hand auf Drakes Brust legte, um *ihr Revier zu markieren.*

Die Sonnenbrille verdeckte Drakes Augen, doch seine Lippen verzogen sich zu einem sexy Lächeln. »Wie wäre es, wenn ich mich ausziehe und du deine Hand auf das Revier legst, das du wirklich markieren willst?«

»Hey!«, fuhr Mira sie an. »Wie wäre es, wenn ihr in meiner Nähe auf nackte Tatsachen verzichtet?«

»Schon in Ordnung. Ich wollte ohnehin das hier markieren.« Serena legte ihre Hand auf Drakes Herz.

Er platzierte seine Hand auf ihrer und zog sie zu sich, um ihr ins Ohr zu flüstern. »Gut gerettet, Babe. Nächstes Wochenende sonnen wir uns nackt hinter deinem Cottage und dann kannst du jeden Körperteil markieren, den du willst.«

Darauf freute sie sich jetzt schon.

Am späten Nachmittag schob Serena ihre Abreise immer weiter hinaus, wusste aber, dass der Verkehr die Hölle sein würde. Außerdem brauchte sie noch etwas Zeit, um sich auf die Arbeit vorzubereiten. Dieses Wochenende hatte sie ihre Unterlagen bewusst zu Hause gelassen, da sie keine Sekunde mit Drake hatte hergeben wollen. Drake hätte sich nur schuldig gefühlt, wenn sie zu nichts kam. Aber hey, dafür gab es ja einsame Sonntagabende.

Nachdem sie sich von Chloe und ihren Freunden verabschiedet hatten, standen Serena und Drake neben ihrem Auto, küssten sich und versprachen sich leise ausgiebige Telefonate. Warum stiegen ihr Tränen in die Augen? Normalerweise weinte sie nicht bei Abschieden.

Drake hob ihr Kinn an. Sie liebte diese intime Berührung, die er nur bei ihr und niemandem sonst machte. Sie liebte alles an ihm, auch die Art, wie er sie gerade ansah, als würde er ihre Traurigkeit verstehen und sie ausradieren wollen.

»Ich weiß, es ist albern, aber dieses Mal fällt mir der Abschied schwerer.« Sie lachte und seufzte zugleich an seiner Brust.

»Wie kann ich es dir leichter machen? Soll ich an den Wochenenden lieber zu dir kommen? Würde das helfen?«

»Nein«, antwortete sie schnell. »Ich möchte auch die anderen sehen. Es fällt mir schwer, dich zu verlassen, aber bei den anderen geht es mir genauso. Das liegt sicher nur daran, dass ich in Boston noch keine richtigen Freunde gefunden habe.« Doch schon während sie das aussprach, stellte sie fest, dass das nicht der einzige Grund war. Sie war *ersetzt* worden und Drake hatte sie bei der Einrichtung des Musikladens nicht gebraucht. Das

Leben ging ohne sie weiter. Das hatte sie gewusst, aber Theorie und Realität waren zwei vollkommen unterschiedliche Dinge. Außerdem fürchtete sie nach dem Vormittag mit Hadley, dass Drake und sie an unterschiedlichen Punkten im Leben standen. Natürlich waren diese Gedanken viel zu voreilig, aber er hatte so lange nur das Beste für sie gewollt, dass sie etwas für ihn so Wichtiges nicht ignorieren konnte.

»Was noch?«, fragte er. »Ich sehe, wie es in dir arbeitet und werde dich nicht gehen lassen, bis wir darüber gesprochen haben.«

»Es ist albern. Nichts Wichtiges.« Sie schlang die Arme um seinen Nacken. »Küss mich. Ich komme schon klar.«

»Aber ich nicht, denn ich weiß, dass du eben *nicht* klarkommst«, erwiderte er streng. In seiner Wange bildete sich ein Grübchen. »Wenn das funktionieren soll, müssen wir offen und ehrlich miteinander sein. Rede mit mir, Serena.«

»Es ist nur … Ich mag Daphne sehr und freue mich, dass ihr sie eingestellt habt. Sie wird den Job toll machen, aber es fühlt sich seltsam an, so schnell ersetzt zu werden.«

»Weißt du noch, wie sauer du warst, als ich sie nicht direkt eingestellt habe?«

»Ich weiß«, fauchte sie. »Ich hab doch gesagt, dass es albern ist.«

»Nein. Es ist nicht albern.«

»Es ist die Realität und ich bin auch nicht wütend deswegen. Ich lasse einfach alles auf mich wirken und muss akzeptieren, dass es jetzt eben so ist.« Ein Blick in seine liebevollen Augen verriet ihr, dass sie vollkommen ehrlich sein musste. »Da ist noch mehr. Ich muss dich etwas fragen. Vielleicht klingt es, als würde ich unsere Beziehung überstürzen, aber das ist nicht der Fall. Ich will dich nur von nichts abhalten.

Du bist Mitte dreißig. Wie ernst ist deine Familienplanung?«

Er verzog das Gesicht. »Können wir vierunddreißig bitte nicht *Mitte dreißig* nennen?«

»Ich meinte damit nur, dass du bereit sein könntest. Ich weiß, dass du eine Familie möchtest. Ich ja auch. Irgendwann. Aber ich bin noch nicht annähernd so weit und so, wie du mich nicht davon abhalten willst, meine Träume zu erreichen, möchte ich dich nicht von den Dingen abhalten, die du willst.«

»Eines Tages will ich eine Familie, Serena, aber ich habe es absolut nicht eilig. Zuerst möchte ich mir die Zeit nehmen, unsere Beziehung als Paar aufzubauen.« Er strich mit dem Daumen über ihre Wange. »Du könntest mir nie im Weg stehen, denn von jetzt an gehörst du zu meinem Weg.«

Erleichterung machte sich in ihr breit. »Mir war gar nicht bewusst, wie viel Angst mir das gemacht hat. Aber, wow. Es fühlt sich an, als wäre mir eine Last von den Schultern gefallen.«

Leise lachend hob er sie auf die Motorhaube. »Wir sind füreinander bestimmt. Willst du mich nicht schon ewig davon überzeugen?« Er stellte sich zwischen ihre Beine. »Außerdem, Supergirl, möchte ich noch viel mehr Zeit ohne Klamotten mit dir verbringen.«

Sechzehn

Am Mittwochnachmittag betrat Drake Serenas Bürogebäude. Er freute sich sehr auf ihre Reaktion auf seine Überraschung. Ihn plagte die Sorge über den Druck, den ihre Beziehung auf sie ausübte. Nur an den Abenden ließ sie etwas nach, denn da konnten sie sich unterhalten und sie schwärmte von ihrem Job und ihrem Team. Deshalb kam ihm der Anruf eines Händlers von Vintage-Gitarren, der sein Geschäft aufgab, mehr als gelegen. Der befand sich etwa eine halbe Stunde von Serenas Büro entfernt, weswegen Drake nur zu gern bereit gewesen war, sich sein Inventar anzusehen.

Er durchquerte den mit viel Marmor gestalteten Eingangsbereich und sah beim Betreten des Fahrstuhls flüchtig zu dem Anzugträger neben dem Bedienfeld. Seine Gedanken kreisten jedoch um ihre Telefonate der letzten Tage. Serenas Leben fügte sich langsam. Gestern war sie mit der Empfangsmitarbeiterin und Gavin etwas trinken gegangen. Drake war von dem Kerl nicht begeistert, vertraute Serena jedoch und ehrlich gesagt war ihm ein männlicher Kollege, der auf sie aufpasste, lieber als gar kein Mann, wenn sie nachts allein in einer neuen Stadt unterwegs war.

»Welcher Stock?«, fragte der Typ.

»Oh, tut mir leid. Der dreizehnte, bitte.«

Der Mann drückte auf den entsprechenden Knopf. »Da muss ich auch hin. Zu wem wollen Sie denn?«

»Serena Mallery. Sie ist Innenarchitektin bei KHB.«

»Und eine sehr gute noch dazu. Bei ihr sind Sie in guten Händen.« Er reichte ihm die Hand. »Gavin Wheeler, ebenfalls Senior-Innenarchitekt bei KHB.«

Und der Typ, der gestern Abend mit meiner Freundin in einer Bar war. Er schüttelte Gavins Hand und versuchte, sich diesen Kerl in seinem piekfeinen Zwirn mit Serena vorzustellen. Gar nicht so leicht, immerhin war Serena sehr bodenständig. »Freut mich. Ich bin Drake Savage.«

»Ah, der mysteriöse Drake. Der Cookie-Mann, Resortbesitzer und der Kerl, wegen dem sie kleine Herzen in ihre Notizbücher kritzelt.«

Drake lachte leise. »Klingt nach meiner Freundin. Ich hab gehört, dass ihr gestern zusammen aus wart.«

»Jemand muss ja auf die Frauen in dieser Firma aufpassen. Obwohl man sich da bei Serena wohl keine Sorgen machen muss. Ich bezweifle, dass ihr irgendein Mann was vormachen kann.«

»Sie ist stark, so viel ist sicher.«

»Hat sie dir erzählt, dass sie sich heute Morgen mit der großen Chefin angelegt hat, weil sie ihr Team zu einem Kundenerstgespräch mitgenommen hat?«

»Nein, aber das überrascht mich nicht. Wenn sie an etwas glaubt, steht sie dafür ein. Hoffentlich hat sie deshalb keine Schwierigkeiten bekommen.«

Gavin zuckte mit den Schultern. »Ich weiß nur, dass die Bürotür lange zu war. Im Anschluss hab ich Serena gefragt, wie es lief. Sie meinte, dass sie ihr Raum lassen müssen, es richtig zu machen, wenn sie von ihr erwarten, ein Team zu führen.«

Drake zuckte innerlich zusammen. Er hatte genug Arbeitserfahrung, um zu wissen, dass es einige Führungskräfte nicht gern sahen, wenn man ihre Entscheidungen infrage stellte. »Das ist meine Freundin.« Die Fahrstuhltüren öffneten sich auf ihrer Etage. »Sie weiß übrigens nicht, dass ich hier bin. Ich war in der Gegend und will sie überraschen.«

»Na komm. Ich bringe dich zu ihr.«

Er folgte Gavin durch den durchgestylten Bürobereich. Hier sah es so anders aus als in ihren Räumen am Cape, aber das entsprach genau dem, wovon Serena immer geträumt hatte. Männer in Anzügen und Frauen in eleganten Kostümen und anderer Businesskleidung eilten geschäftig umher. Zum Glück hatte Drake sich heute für eine Anzughose und ein schickeres Hemd entschieden und war beim Friseur gewesen, bevor er losgefahren war.

Gavin zeigte auf ein Büro mit Glaswänden. »Das ist Serenas, aber wahrscheinlich ist sie noch mit ihrem Team im Konferenzraum.«

Dort führte er Drake hin. Auch dieses Zimmer war mit Glas verkleidet, sodass er Serena einen Augenblick lang unbemerkt beobachten konnte. Sie trug ein eng anliegendes weißes Kleid mit einem schwarzen Einsatz in der Mitte und dazu High Heels. Die Haare hatte sie zu einem sexy Knoten gebunden. Gerade beugte sie sich über einige Zeichnungen und sprach mit einer schmalen Blondine und einem großen, schlaksigen Kerl mit Bart. Drakes Puls beschleunigte sich. Allerdings lag das nicht nur daran, dass sie in ihrem Kleid unheimlich heiß aussah, sondern dass sie es geschafft hatte. Egal, ob sie die Geduld ihrer Chefin auf die Probe stellte, sie machte sich in einem der größten Innenarchitekturbüros der Branche einen Namen.

Freude durchflutete ihn, und er schwor sich erneut, alles in seiner Macht Stehende zu tun, um ihren Erfolg zu unterstützen. Jetzt musste er nur daran denken, sich mit einem Kuss auf die Wange zu begnügen und ihr nicht an den wunderbaren Hintern zu packen.

»Seht mal, wen ich im Fahrstuhl gefunden habe«, verkündete Gavin, als sie den Konferenzraum betraten.

Serena drehte sich um und strahlte übers ganze Gesicht. »Drake!« Sie schlang die Arme um seinen Nacken und gab ihm einen Kuss auf den Mund. »Was machst du denn hier? Und deine Haare!« Sie strich ihm über den neuen Kurzhaarschnitt.

»Ich glaube, sie freut sich, dich zu sehen«, stellte Gavin fest.

Serena trat einen Schritt zurück. »Entschuldige. Freuen ist noch gar kein Ausdruck. Eher geschockt, aber auf die bestmögliche Art.«

»Ich muss dann mal ans Telefon«, meinte Gavin. »Hat mich gefreut, dich kennenzulernen, Drake.«

Drake schüttelte ihm erneut die Hand. »Sag Bescheid, wenn du mal am Cape bist. Dann gehen wir ein Bier trinken.«

»Klingt gut«, stimmte Gavin auf dem Weg nach draußen zu.

»Unglaublich, dass du hier bist«, wiederholte Serena. »Aber warum?«

»Ich sehe mir in einem Laden in der Nähe ein paar Vintage-Gitarren an und wollte vorbeikommen und dich überraschen.«

Erneut strich sie ihm über die Haare. »Und du warst beim Friseur?«

»Für deine schicke neue Agentur musste ich doch gut aussehen.«

»Gefällt mir. Du siehst sehr heiß und sehr professionell aus. Jetzt lass sie bitte wieder wachsen.« Sie wandte den anderen den Rücken zu und zwinkerte ihm kurz verführerisch zu. Ein

Kribbeln jagte durch seinen Körper.

»Was immer du willst, Supergirl.«

»Supergirl?«, fragte der bärtige Typ. »Das passt perfekt zu unserer Chefin.«

»Ich bin keine Chefin«, widersprach Serena. »Wir sind ein Team. Einer für alle und alle für einen. Spencer, Laura, das ist Drake. Drake, das sind die talentierten Designer, von denen ich dir erzählt habe. Das beste Team, das man sich wünschen kann.«

Spencer stand auf und schüttelte ihm die Hand. »Freut mich. Wie hältst du mit ihr mit? Sie ist eine Naturgewalt.« Er war groß und drahtig und sah aus, als würde er mit einem Laptop in einen modernen Coffeeshop gehören. Rick würde ihn als Hipster bezeichnen, denn er trug eine Brille mit schwarzem Rahmen, ein dunkelblaues Hemd mit weißem Rautenmuster, ein braunes Jackett und eine enge dunkle Hose.

»Das ist sie«, stimmte Drake ihm stolz zu. Ihm würde es schwerfallen, sich an die Mode der Stadt anzupassen, aber Serena fügte sich problemlos ein.

»Nein, im Ernst. Ihre Ideen hauen alle um«, erklärte Spencer.

»Serena ist ein toller Boss«, bestätigte Laura. Auch sie schüttelte ihm die Hand. Sie war gertenschlank und in ihrer braungrauen Hose und der weißen Rüschenbluse ebenso modisch gekleidet.

»*Teamkollegin*«, korrigierte Serena sie.

»*Boss*, der sich nicht davor scheut, gegen den Strom zu schwimmen«, widersprach Laura. »Serena hat uns zu einem Erstgespräch mitgenommen, was wir sonst nie dürfen. Es ist erstaunlich, wie viele Informationen wir sammeln konnten, indem wir uns die Grundidee des Kunden angehört haben.«

Sie zeigte auf die Entwürfe und Kataloge auf dem Tisch. »Wir arbeiten erst seit ein paar Stunden an dem Projekt, sind aber schon fast fertig. Sie hat die Zusammenarbeit deutlich verbessert.«

Serena wirkte so glücklich und lebendig wie während der Design- und Organisationsphase im ersten Jahr des Resorts. So sah sie jedes Mal aus, wenn sie einen neuen Musikladen eröffneten. Kein Wunder, dass es sie traurig machte, ihre Ideen für die Neueröffnung mit ihm nicht umzusetzen. Unwissentlich hatte er ihr diese Freude genommen.

»Das ist großartig«, sagte er schließlich. »Serena ist eine herausragende Frau. Darf ich euch alle zum Mittagessen einladen?«

Serena verzog das Gesicht. »Tut mir leid. Wir würden gern, müssen aber in zwanzig Minuten zu einer Anwaltskanzlei, die wir betreuen. Ich wünschte, ich hätte gewusst, dass du kommst, dann hätte ich den Termin verschoben.«

»Das muss dir nicht leidtun«, versicherte er und verbarg seine Enttäuschung. »Ich freue mich einfach, dass ich dich sehen und dein Team kennenlernen konnte.«

»Das Treffen heute Morgen für eine Heimbibliothek war einfach großartig und Laura hat recht, es läuft wie geschmiert.«

»Dann störe ich euch mal nicht länger.«

»Du darfst mich sehr gern öfter stören«, flüsterte sie ihm ins Ohr.

Er küsste ihren Handrücken, sah ihr fest in die Augen und wünschte, er könnte sie in seine Arme ziehen und anständig küssen.

»Ich bringe ihn eben zum Fahrstuhl«, sagte sie zu den anderen.

»Hat mich sehr gefreut«, verabschiedete er sich von den

anderen. »Viel Glück mit euren Projekten.«

»Ich kann immer noch nicht glauben, dass du hier bist«, sagte Serena auf dem Weg zum Fahrstuhl. »Meine Welten sind aufeinandergeprallt und ich könnte nicht glücklicher sein.«

Die Metalltüren öffneten sich. »Willst du wetten?«, fragte er und zog sie mit in die Kabine, drückte aber noch nicht auf den Knopf fürs Erdgeschoss.

Sobald sich die Türen schlossen, zog er sie in die Arme und stürzte sich praktisch auf ihren Mund. Serena kam ihm ebenso leidenschaftlich entgegen. Unablässig berührten sie einander, als würden sie nie genug voneinander bekommen.

»Gott, ich vermisse dich«, hauchte er und küsste sich an ihrem Hals nach unten.

Sie strich mit den Fingern durch die kurzen Haare an den Seiten seines Kopfs. »Ich will mich an deinen Haaren festhalten können.«

Leise lachend widmete er sich wieder ihren Lippen. »Ich lasse sie wieder wachsen. So, wie du über schick angezogene und gestylte Männer gesprochen hast, dachte ich, du würdest drauf stehen.«

»Ich stehe auf dich, Drake Savage. Ich gehöre vollkommen dir.«

Die Fahrstuhltüren glitten auf und sie lösten sich abrupt voneinander. Zwei Anzugträger standen vor der Kabine und musterten sie amüsiert. Serenas Lippen waren von ihren wilden Küssen rot und leicht geschwollen. Gott sei Dank trug sie keinen Lippenstift.

Sie räusperte sich. »Hi, Joe, Kev. Das ist mein Freund Drake. Er wollte mal kurz vorbeischauen.« Sie strahlte schon wieder übers ganze Gesicht. »Es war schön, dass du da warst.« Sie verließ den Fahrstuhl und unterdrückte dabei ein Kichern.

»Mach weiter so, Supergirl. Wir hören uns nachher.«

Sobald er das Gebäude verlassen hatte, rief er bei Kane's Donuts an. »Hi, Abby? Ich war neulich bei euch im Laden. Lieferst du auch?«

»Aber klar doch.«

»Super. Ich würde gern ein Dutzend Chocolate Orgasms bestellen …«

Am späten Freitagnachmittag saß Serena dem Präsidenten von BRI Enterprises, Seth Braden, und seinem neuem Geschäftspartner Jared Stone gegenüber. Obwohl Suzanne ihr heute Morgen *schon wieder* die Hölle heiß gemacht hatte, weil sie Laura und Spencer zu einem weiteren Erstgespräch mit einem Kunden mitnehmen wollte, fühlte es sich an, als hätte sie den Jackpot geknackt. Keine Zeit, sich den Kopf zu zerbrechen, weil Suzanne sich so querstellte. Fürs Erste würde sie ihrer Anweisung nachkommen. Zumindest so lange, bis ihr eine Möglichkeit einfiel, wie sie ihrer Chefin die Sache schmackhaft machen konnte.

Sie konzentrierte sich auf ihre neuen Kunden, die in jede Entscheidung miteinbezogen werden wollten, angefangen von der Grundrissgestaltung bis hin zur Farbe der Mülleimer. Allerdings überließen sie ihr absolute kreative Freiheit. Seth war vor ein paar Jahren vom *Forbes Magazine* zu einem der begehrenswertesten Junggesellen gekürt worden. Das lag sicher nicht nur an seinen lockigen braunen Haaren, den umwerfenden blauen Augen oder seiner heißen Nerd-Aura, die er dank seiner schwarz gerahmten Brille und dem karierten Hemd ausstrahlte.

Und auch nicht an dem durchgemusterten Pullover, der aussah, als hätte ihn seine neunzigjährige Tante gestrickt. Er war ein brillanter Investor und wirkte entspannt wie jemand, der den ganzen Tag nur am Strand lag. Im Gegensatz dazu konnte sein Partner Jared, der mit den tätowierten Armen und der Jeans wie ein Zwilling von Adam Levine aussah, nicht stillsitzen. Wenn seine Kiefermuskeln nicht zuckten, wippte er mit dem Bein. Jared war ausgebildeter Koch und besaß nicht nur mehrere Restaurants, sondern auch Bekleidungsgeschäfte. Die beiden bildeten ein seltsames Team, was sie noch viel interessanter machte. Gemeinsam hatten sie Nova Initiatives gegründet, einen Zusammenschluss mehrerer Einzelhandelsunternehmen und Restaurants.

»Wir wollen etwas Neues, Frisches.« Seth kratzte sich über die stoppelige Wange. »Mein Branding ist etwas eleganter als Jareds ausgefallener, individuellerer Stil. Kannst du beides kombinieren, ohne dass eines davon zu sehr in den Vordergrund tritt?«

»Oder zu trendy rüberkommt?«, fügte Jared hinzu. »Ich hasse trendy.«

»Mein Team und ich finden sicher kreative Möglichkeiten, um die Elemente eurer Marken rüberzubringen, die euch besonders am Herzen liegen.«

Seth nippte an seinem Kaffee und betrachtete sie eindringlich. »Ich habe schon mit vielen Innenarchitekten gesprochen, aber du bist die erste, die ein Körperteil ins Spiel bringt.«

Sie verbiss sich ein Lachen, als ihr plötzlich wieder Drakes letzte Textnachricht durch den Kopf schoss, in der es um ganz andere Körperteile gegangen war: *Ich überlege, ob ich mehr Becken ins Sortiment aufnehme.* Darauf hatte sie geantwortet: *Ach ja? Ich stehe ja mehr auf dein persönliches Blasinstrument.*

Sie räusperte sich und konzentrierte sich wieder auf das Gespräch. »Man merkt, dass ihr beide mit Leidenschaft bei der Sache seid und Leidenschaft kommt von Herzen. Es wäre ein Fehler, dieses wichtige Körperteil zu ignorieren, wenn ich mir Konzepte für eure Firma überlege.«

Die beiden Männer tauschten einen zufriedenen Blick miteinander.

»Sprechen wir mal über den Zeitplan«, schlug Seth vor.

Sie vereinbarten ein kurzes Skype-Meeting für Montag, um ihnen Laura und Spencer vorzustellen. In der folgenden Woche stand dann die Präsentation der Konzepte auf dem Plan. Außerdem setzten sie schon einmal unter Vorbehalt einen Termin, um gemeinsam ins Boston Design Center zu gehen. Vorausgesetzt, Seth und Jared stimmten der Präsentation zu.

Sobald Serena das Gebäude verlassen hatte, rief sie Drake an, um von ihrem Gespräch zu schwärmen. »Gestaltungsfreiheit ist so großartig! Ich kann es nicht erwarten, Laura und Spence davon zu erzählen und mit dem Projekt anzufangen. Ich sehe Licht am Ende des Tunnels. Auch mit den Büros von Muriel Younger und unseren anderen Aufträgen geht es voran.«

»Das ist toll, Babe. Du klingst begeistert.«

»Das bin ich, aber das liegt auch daran, dass heute Freitag ist. Wenn ich meine Sachen aus dem Büro geholt habe, kann ich nach Hause fahren und dich sehen! Ich freue mich schon darauf, dich zu küssen.«

»Dein Bett oder meins?«

»Dieses Mal meins, damit wir uns keine Gedanken machen müssen, ob uns jemand sieht, falls wir uns wieder unter den Sternen vergnügen wollen.«

»Klingt gut. Ich bringe Wechselsachen mit. Und ich habe ein kleines Geschenk für dich.«

Sie senkte die Stimme, da gerade eine Frau an ihr vorbeiging. »Werden wir dabei nackt sein?«

Ein tiefes Knurren erklang und ließ prompt Hitze in ihr aufsteigen. Gott, sie liebte seine unanständige Seite, seine Laute und – *alles.*

»Jetzt werde ich den ganzen Abend hart sein, weil ich mir dich nackt vorstelle.«

»Es gefällt mir, dass ich dich so aus der Fassung bringen kann. Hab ich dir erzählt, dass ich das weiße Spitzenhöschen und den dazu passenden BH trage, die du so magst? Das mit den Schleifen an der Hüfte.«

Er gab einen weiteren sexy Laut von sich.

»Oder dass ich mir Overknee-Strümpfe gekauft habe, die ich heute Abend nur für dich anziehen werde? Es könnten auch Strumpfhalter dabei sein.«

»Verdammt, Serena. Wie schnell kannst du nach Hause kommen?«

»Wahrscheinlich stehe ich ewig im Stau.« Sie senkte erneut die Stimme. »Wenn ich da bin, werde ich am Verhungern sein, weil ich mich zu sehr freue, um jetzt noch etwas zu essen.«

»Ich bin gern dein Festmahl, Baby.«

»Darauf hatte ich gehofft.« Sie winkte ein Taxi heran. »Okay, Themenwechsel. Ich bin jetzt auf dem Rückweg ins Büro.« Sie setzte sich auf den Rücksitz und nannte dem Fahrer die Adresse der Agentur, ehe sie wieder mit Drake sprach. »Ich habe noch einmal bei den Bands für die Neueröffnung morgen nachgefragt und keine hat kurzfristig abgesagt. Ich kann es nicht glauben und möchte unbedingt den fertigen Laden sehen. Es ist so surreal, dass dir inzwischen *fünf* Musikläden gehören. Du bist ja bald ein Mogul. Erinnerst du dich noch daran, wie nervös du bei der Eröffnung des ersten Ladens warst?«

»Du warst es nicht«, bemerkte er.

»Weil ich wusste, dass du erfolgreich sein wirst. Du bist zu ehrgeizig und dickköpfig, um zu scheitern.«

Sie bekam einen weiteren Anruf und warf einen Blick auf das Display. »Oh Mann. Das ist meine Chefin. Warte kurz.«

Sie nahm das andere Gespräch an. »Hi, Suzanne. Das Treffen mit Seth Braden und Jared Stone lief hervorragend. Ich kann es kaum erwarten, mit dem Projekt anzufangen. Und wir kommen beim Younger-Auftrag und der Wilkinson-Bibliothek gut voran.«

»Freut mich zu hören, Serena. Ich rufe an, weil mir gerade gesagt wurde, dass dir niemand von unserem Kundentag morgen erzählt hat. Die Einladung wurde wohl eine Woche, bevor du bei uns angefangen hast, verschickt.«

»Oh, schon in Ordnung. Das stört mich nicht. Ich habe sowieso schon was vor. Ich fahre zur Eröffnung von Drakes Musikladen nach Hause.«

Das Schweigen am anderen Ende hielt einen Augenblick zu lange an. Serena sah auf ihr Display, um sicherzugehen, dass die Verbindung noch stand.

»Suzanne? Bist du noch dran?«

»Ja, bin ich. Es tut mir leid, Serena, aber du musst unbedingt an dieser Veranstaltung teilnehmen. Deine Kunden werden dort sein und da du noch neu bist, musst du deine Beziehung zu ihnen dringend pflegen.«

»Das verstehe ich, aber wir arbeiten schon seit Wochen auf diese Neueröffnung hin und planen sie seit über einem Jahr. Wäre es in Ordnung, wenn Laura oder Spencer an meiner Stelle hingehen?« Noch ein weiterer vernünftiger Grund dafür, auch zwischen den Junior-Designern und den Kunden einen engen Kontakt herzustellen.

Die folgende Stille war angespannt und Panik machte sich in ihr breit.

»Serena, es wäre eine Sache, wenn du noch für Mr. Savage arbeiten würdest, aber du bist jetzt bei KHB und nimmst eine wichtige Repräsentations- und Führungsrolle in der Agentur ein. Diese monatlichen Veranstaltungen sind Teil deines Arbeitsvertrags, da sie nicht nur für den Ruf der Firma, sondern auch für deinen eigenen extrem wichtig sind.«

Der eiskalte Tonfall ihrer Stimme verursachte Serena eine Gänsehaut. Wie kam man nur an einen Punkt, an dem einem das Mitgefühl vollkommen abhandenkam? »Ja. Es tut mir leid. Natürlich. Ich werde da sein.«

Sie schloss die Augen, um die Tränen zurückzudrängen, legte auf und wechselte wieder zu Drakes Anruf.

»Babe? Alles in Ordnung?«

»Nichts ist in Ordnung.« Sie gab das Gespräch mit Suzanne wieder und ihre Traurigkeit verwandelte sich in Wut. »Ich fühle mich machtlos, aber wir beide wissen, dass ich das nicht bin. Ich werde im Büro noch mal mit ihr reden. Vielleicht kann ich sie umstimmen.«

»Serena, setz deinen Job nicht dafür aufs Spiel. Sie hat recht. Du bist jetzt KHB verpflichtet und baust dir dort einen Ruf auf.«

»Sie hat überhaupt nicht recht! Das ist deine größte und bis jetzt wichtigste Eröffnung in einer Stadt, die dir etwas bedeutet. Bei dieser Eröffnung steht am meisten auf dem Spiel, und der Druck ist immens, weil dort so viele Menschen sind, die dich schon seit einer Ewigkeit kennen.« Sie wusste, wie stolz Drake darauf war, endlich genug Vertrauen in sein Geschäft, seinen Erfolg und seine Methoden zu haben, um einen Laden in der Nähe seiner Heimatstadt zu eröffnen. Sie hatte so hart mitgearbeitet, damit sich all seine Hoffnungen erfüllten.

»Ich weiß, aber es ist okay. Ich verstehe es.«

»Tja, du solltest lieber genauso sauer sein wie ich. Ich würde einen Mitarbeiter nie etwas verpassen lassen, in das er so viel Herzblut gesteckt hat. Wir haben monatelang nach den richtigen Räumlichkeiten gesucht, Deals mit Händlern gemacht, den Vertrieb aufgebaut, mit den Verantwortlichen der Schulen gesprochen ... Morgen wird sich das alles endlich auszahlen! Es ist der Moment, in dem unsere Bemühungen Früchte tragen, sich *deine* Community versammelt, um *deine* Erfolge zu feiern. Dieser Tag wird einzigartig sein. Das ist *unser* Moment, Drake. Für dich als Besitzer und für mich als Freundin, die dir bei der Planung geholfen und zugesehen hat, wie du Blut, Schweiß und Tränen in jede einzelne Entscheidung gesteckt hast.« In ihrem Kopf ging alles drunter und drüber. Sie bezahlte den Fahrer, marschierte ins Gebäude und drückte wiederholt auf den Fahrstuhlknopf. »Die Verbindung könnte gleich abbrechen. Ich melde mich später und erzähle dir, wie es gelaufen ist.«

»Supergirl, warte ...«, bat er hastig. »Bitte versau es dir nicht meinetwegen. Atme tief durch. Was, wenn sie dich feuert?«

»Dann tut sie es eben, aber wenigstens lasse ich mich nicht herumschubsen.« Sie legte auf und fuhr hinauf in den dreizehnten Stock, um Suzanne die Meinung zu geigen.

Auf dem Weg zum Büro ihrer Chefin ging sie gedanklich jedoch noch einmal Drakes Worte durch. Und ließ sie sacken. *Was, wenn sie dich feuert?* Sie war ersetzt worden. Zu Hause wartete kein Job auf sie. Justine hatte nicht genug Aufträge, um sie einzustellen. Wenn sie gefeuert wurde, stand sie mit leeren Händen da.

Verdammt.

Sie wurde langsamer.

Erinnerungen an ihre Mutter prasselten auf sie ein. Ihre Mutter war ihr ganzes Leben lang Männern hinterhergerannt, die sich um sie kümmern sollten, anstatt das selbst zu übernehmen. Ihre Rückfallquote war beeindruckend. Obwohl Serena die Arbeit im Resort und für Justine geliebt hatte, wollte sie nicht zurückgeworfen werden, indem sie wieder dort angestellt war. Sie hatte ihr Leben aufs Vorankommen ausgerichtet und darauf, das nächste Ziel zu erreichen. Für Drake und die Jungs hatte sie eine Pause eingelegt. Allerdings war sie an der Arbeit gewachsen, hatte ihre Fähigkeiten geschult und mehr über das Business gelernt. Das war definitiv ein Schritt nach vorn.

Würde sie ihren Job aufs Spiel setzen, nur weil sie nicht bei Drake sein konnte? War sie deshalb so aufgebracht?

Nein. Bei dieser Konfrontation ging es nicht darum, ihren Freund zu besuchen, oder seine bis dato größte Errungenschaft zu verpassen. Sie trat für sich ein und verlangte gegenseitigen Respekt für Menschen, deren Zeit und ihre Zufriedenheit.

Sie straffte die Schultern, hob das Kinn und klopfte an die Tür. Suzanne winkte sie herein. Es war nach sechs an einem Freitagabend, doch vor Suzanne lagen noch immer Verträge, Baupläne und Anträge, die noch Stunden in Anspruch nehmen würden. Machte diese Frau auch etwas anderes, als zu arbeiten?

Suzanne hob den Kopf. Wie immer trug sie die Haare zu einem strengen Dutt zusammengebunden, hinter ihrem Ohr steckte ein Bleistift und sie trug eine Perlenkette, die ihrem schwarz-weißen Kleid noch mehr Eleganz verlieh. »Was gibt es, Serena?«, fragte sie vollkommen ruhig. Offenbar machte sie sich keine Sorgen darum, was Serena zu sagen hatte.

Warum sollte sie auch? Die letzten beiden Senior-Innenarchitekten hatten ohne Vorwarnung gekündigt. Für sie gehörte das zum Alltag. Serena war eine Nummer in der Personalakte. Ein Rädchen im Getriebe. Wenn sie heute das Handtuch schmiss, würde Suzanne ihre Stelle innerhalb weniger Tage neu besetzen.

Allerdings gehörte Serena nicht zum Typ Mensch, der einfach so kündigte und würde Suzanne auch ganz sicher keinen Grund geben, sie zu feuern – aber auch nicht den Eindruck erwecken, als ließe sie sich die gleichgültige Abfertigung gefallen.

»Ich werde morgen an der KHB-Veranstaltung teilnehmen«, sagte sie entschlossen. »Aber ich möchte klarstellen, dass ich nicht damit einverstanden bin, wie du mit dieser Situation umgegangen bist. Wir haben hart gearbeitet, um diesen Musikladen zu eröffnen, unabhängig von meiner aktuellen Anstellung. Bei jeder Eröffnung haben wir etwas Neues dazugelernt und es ist unglaublich, dass Drake einen Laden in der Region bekommt, in der er lebt. Das kannst du sicher nachvollziehen, da deine Agentur auch mehrere Standorte besitzt. Wenn es meine Firma und ich der Boss wäre, würde ich von einem Mitarbeiter nicht erwarten, etwas so Bedeutsames für eine Veranstaltung aufzugeben, die jeden Monat stattfindet.« Sie hielt den Atem an und versuchte, Suzannes Gesichtsausdruck zu deuten.

Suzanne presste die Lippen zu einer schmalen Linie zusammen. Dann hob sie kaum merklich die Mundwinkel, doch ihr Blick blieb eiskalt. »Ich nehme deine Auffassung zur Kenntnis, aber du bist nun mal nicht der Boss.« Sie richtete ihre Aufmerksamkeit wieder auf die Dokumente auf ihrem Schreibtisch. »Sonst noch etwas?«, fragte sie, ohne Serena anzusehen.

»Nein.« Es kostete sie all ihre Kraft, sich zu beherrschen und nicht ausfällig zu werden. Leider hatte Suzanne recht.

Serena war nicht der Boss.

Siebzehn

Drake verließ am Samstagmorgen das Lager von »Bayside Music And Arts« und genoss den vertrauten Adrenalinrausch, den er schon von den letzten vier Neueröffnungen kannte. Carey und Cree räumten gerade die Auslage mit den Instrumenten ein, die ihrer Meinung nach die meiste Aufmerksamkeit erregten. Sie hielten auch morgen hier die Stellung. Drake wusste, dass ihm die Verkäufe in der ersten Woche Bauchschmerzen bereiten würden, und da ihn diese Dinge für gewöhnlich belasteten, wollte er lieber nur kurz am Nachmittag vorbeischauen, anstatt den ganzen Tag auf die Uhr zu sehen und Kunden zu zählen.

»Hey, Boss.« Carey hielt eine Gitarre in der einen und den für sie vorgesehenen Ständer in der anderen Hand. Er war groß und schlank, mit etwas längeren braunen Haaren, dauergebräunter Haut und warmen grünen Augen, die die Frauen anlockten. Außerdem war er ein guter Freund, der gern in den Musikläden aushalf. »Evan und Maddy sind draußen. Sie wollen die Schilder an der Straße aufstellen. Oder sollen sie erst mit der Fassade helfen?«

»Das sollten wir ohne sie schaffen. Wir haben noch genug Zeit, bevor die ersten Leute kommen, und normalerweise gibt es auch keinen Massenandrang. Angesichts des Wetterberichts erwarte ich einen eher ruhigen Start.«

»Verstanden.« Cree sah von der Auslage auf. Ihre strahlenden Augen und das sonnige Gemüt standen in starkem Kontrast zu ihrem düsteren Look, angefangen bei den rabenschwarzen Haaren und den schwarzen Klamotten bis hin zu den passenden Militärstiefeln. Das Tanktop von »Bayside Music and Arts« brachte ihre bunten Tattoos zur Geltung. »Ein Tag am Strand oder lieber shoppen gehen? Egal, wie gut die Ware ist, Sonne, Sand, heiße Kerle in Badehosen und Frauen in Bikinis gewinnen immer. Aber wir haben ja die Abende. Man schlendert durch Musikläden und hängt mit Freunden ab.«

»Hoffen wir es.« Drake ging nach draußen, wo Evan und Maddy die Schilder in Evans Jeep luden. Sie wirkten so jung und enthusiastisch, die Welt zu erobern, und lehnten sich wie beste Freunde aneinander. Ihre unbefangene Freundschaft erinnerte Drake an ihn selbst und Serena.

Evan stieß sich vom Jeep ab und fuhr sich durch die braunen Haare. »Hey.«

»Wie läuft's?«, fragte Drake. Madisons Wangen röteten sich und er fragte sich, ob er tatsächlich nur zwei Freunde unterbrochen hatte.

Madison schob sich die langen, honigfarbenen Haare hinters Ohr. »Da es noch früh ist, hat Carey vorgeschlagen, dass wir erst noch Flyer verteilen, bevor wir die Wegweiserschilder aufstellen. Ist das in Ordnung?«

»Ja. Klingt gut.« Bei seinem ersten Laden hatten Serena und er das selbst übernommen. Beim zweiten hatte es schon Freiwillige gegeben. Nun halfen ihnen Freunde, Angestellte und ein Catering-Service. Und sie halfen einander auf einer viel tieferen Ebene als zuvor. Wenn Serena schon nicht hier sein konnte, würde er sich ihr wenigstens etwas näher fühlen, indem er sich ihr traditionelles Neueröffnungsfrühstück gönnte. Er gab Evan einen Zwanziger. »Bringst du mir ein paar Snickerdoodles mit?«

»Klar doch.« Evan steckte das Geld ein. »Brauchst du eine Runde Zucker?«

»So was in der Art.«

Ein paar Minuten später wickelte Drake gerade Girlanden um die Pfeiler vor dem Laden. Desiree und Mira fuhren auf den Parkplatz. Aus dem einen Wagen stiegen Rick, Desiree und Emery, aus dem anderen Mira und Chloe. Sie holten einen Haufen Tüten aus dem Kofferraum und damit war die Kavallerie auf dem Weg in den Laden. Alle trugen T-Shirts von »Bayside Music and Arts«.

»Wo brauchst du uns, Bruderherz?«, fragte Rick.

»Woher habt ihr die T-Shirts?«

Rick grinste frech. »Wir haben unsere Quellen.«

»Die Eröffnung ist erst in anderthalb Stunden«, erinnerte Drake sie, während sie ihn im Chor begrüßten.

»Wissen wir«, sagte Mira. »Serena hat uns erzählt, was passiert ist. Tut mir leid, dass sie nicht hier sein kann. Sie war echt fertig deswegen. Aber keine Sorge. Sie hat uns genaue Anweisungen gegeben, was wohin muss, und uns gewarnt, dass du schwarze Girlanden aufhängen willst. Die sind zu deprimierend.« Sie stieß Drake mit der Hüfte an, was ihn einen Schritt nach hinten machen ließ. »Überlass uns das, großer Bruder. Du musst die Bühne aufbauen.«

Die Bühne war eine der neuen Ideen, auf denen Serena bestanden hatte. Nach einem Gespräch mit der örtlichen Behörde stellte diese sogar einen Verkehrspolizisten, damit das Event kein Chaos auf der Straße verursachte. Das hatte für Diskussionsstoff gesorgt. Drake glaubte nicht, dass genug

Kunden kamen, um einen Verkehrspolizisten zu rechtfertigen, doch Serena hatte sich stur durchgesetzt.

»Ihr wollt alle helfen?« Drake drehte sich um, als Violets Motorrad auf den Parkplatz fuhr. »Wer hält in der Pension die Stellung?«

»Wir haben die Telefone auf die Serviceleitung umgeschaltet und Hinweisschilder für die Eröffnung aufgestellt«, erklärte Desiree. »Die Gäste können uns hier finden, wenn sie uns brauchen.«

Violet stieg von ihrem Motorrad und nahm den Helm ab. »Was geht, Kumpel? Ich bin bereit für eine Megaparty, was soll ich machen?«

»Äh …«, stammelte er, überwältigt von so viel Unterstützung.

»Laut Serenas Anweisung darf Drake keine Deko aufhängen«, verkündete Emery. In diesem Augenblick fuhr der VW-Bus ihrer Freundin Leanna auf den Parkplatz. »Die Ballons sind da! Violet, du hilfst Drake, du kennst dich mit Soundsachen besser aus als wir.«

»Ihr habt Leanna mit ins Boot geholt?« Trotz der engen Freundschaft zu ihr und ihrem Mann Kurt hatte er sie seit Wochen nicht gesehen. »Ich hätte die Ballons doch auch abholen können.«

Chloe stemmte eine Hand in die Hüfte und hob eine Braue. »In deinem Pick-up? Oh bitte. Leanna kann leider nicht helfen, weil sie ihre Schwester Bailey vom Flughafen abholt. Sie hat uns nur ihren Bulli geliehen.«

Harper und Daphne stiegen aus dem Bus, dann rollte auch Deans Pick-up auf den Parkplatz.

»Die Ballon-Mädels sind bereit!«, verkündete Harper.

»Ich habe ein paar Stunden babyfrei. Das wird ein Fest!«

Daphne winkte Dean und Rick zu. »Hey, Jungs.«

Drake wandte sich an Rick. »Wusstest du, dass sie alle kommen?«

Rick zuckte nur grinsend mit den Schultern.

»Wer kümmert sich um das Resort?«, fragte Drake. Er wusste nicht, ob er dankbar sein oder sich albern vorkommen sollte, weil seine Freunde hier geschlossen antraten. Zwar hatte er im Laufe des Tages mit ihrem Besuch gerechnet, hätte aber nie gedacht, dass sie alles für ihn stehen und liegen ließen.

»Wir haben uns ein Beispiel an Des und Vi genommen, die Telefone umgeleitet und Hinweisschilder für die Eröffnung angebracht.« Rick klopfte Drake auf die Schulter. »Entspann dich, Bruderherz. Du eröffnest nicht jeden Tag einen Laden am Cape. Das ist ein Grund zum Feiern.«

Violet zog Drake und Rick von den Mädels weg. »Wenn ich du wäre, würde ich die Klappe halten. Serena hat uns heute Morgen eine Stunde lang über Face-Time den Ablauf erklärt. Sie hatte sogar Bilder vom Aufbau und so.« Sie rief Dean zu: »Na los, Muskelmann, du kommst mit uns!«

Drake zog sein Handy aus der Tasche. »Ich muss sie anrufen. Normalerweise bauen wir allein mit ein paar Angestellten auf. Wir brauchen nicht so viele Leute.«

Violet drückte seine Hand nach unten. »Natürlich nicht, aber Serena hat Desiree und Mira angerufen, und die haben alle zusammengetrommelt. Nimm es wie ein Mann. Deine Frau greift dir aus der Ferne unter die Arme. Wenn du ihr ein schlechtes Gewissen machst, weil sie sich um dich kümmert, breche ich dir den Arm.«

»Mannomann«, sagte Dean. »Du bist echt krass drauf.«

»Was denn? Mein Respekt für diese Frau ist noch mal gestiegen. Man muss Mumm in den Knochen haben, um alles zurückzulassen, was man kennt und neu anzufangen.« Violet zeigte auf die anderen, die vor dem Laden umherwuselten, Schilder an der Straße aufstellten und Ballons an jedes verfügbare Geländer banden. »Sieh sie dir an und erzähl mir nicht, dass es keinen Mut erfordert. Ich bin mein ganzes Leben so schnell ich konnte von einem Ort zum nächsten gezogen, und trotzdem könnte ich diese neurotische, laute, naive Gluckentruppe um nichts in der Welt zurücklassen.« Sie ging zum Anhänger mit der Bühnenausrüstung. »Genug Gefühlsduselei. Fangen wir an. Wir bauen das Ganze neben dem Gebäude auf.«

Einige Stunden später spielte eine Band aus der Region auf der Bühne, auf dem Parkplatz standen unzählige Fahrzeuge und sowohl im Laden als auch davor war kaum noch ein Stehplatz frei. Drake, Rick und Dean hatten die Bühne selbst mit dem ersten Song eröffnet. Der Auftritt erinnerte Drake an ihre Zeit als Band. An ihre Träume, groß rauszukommen, Plattenverträge zu ergattern und Stars zu werden. Diese Träume waren nur von kurzer Dauer gewesen, denn der Verlust ihres Vaters hatte alles verändert.

Die Polizei hatte den Bereich hinter der Bühne abgesperrt und den Zugang von der rückseitigen Straße geschlossen, sodass der Verkehr nur in eine Richtung floss. Das Catering befand sich in einem Zelt auf dem Rasen und auch dort wimmelte es von Menschen. Brandy war schon mit zwei Vans gekommen, musste vor zwanzig Minuten aber trotzdem Nachschub ordern. Drake hatte noch nie so viele Menschen bei der Eröffnung eines Musikladens gesehen. Serena musste mit den hohen Verkaufszahlen gerechnet haben, denn sie hatte Mira die Abwicklung der Warenlieferung erklärt. Kurz vor der Eröffnung kam ein LKW mit Inventar am Laden an. Drake war davon ausgegangen, dass da irgendwo ein Bestellfehler passiert war, aber Mira versicherte ihm, dass es auf Serenas Liste stand.

Brandy gesellte sich mit einem Teller voll Essen zu ihm. Sie war eine große, kräftige Frau, die immer enorm viel Lebensfreude ausstrahlte, und ihre üppigen roten Korkenzieherlocken versuchten gerade, sich aus dem Haarband zu befreien. »Hey, Hübscher. Serena hat mich beauftragt, dich zu versorgen, damit du dich nicht den ganzen Tag nur um andere kümmerst und dir den Kopf zerbrichst.«

»Ich kann nichts essen. Sieh dir diese Massen an, Brandy. Hast du schon mal so was gesehen?«

»Nicht bei einer Ladeneröffnung. Serena sollte Eventplanerin werden. Ich muss sie mal fragen, wie sie das gemacht hat.« Sie drückte ihm den Teller in die Hand. »Iss das Sandwich. Wenn du sie das nächste Mal siehst, brauchst du die Energie bestimmt.«

Er lächelte. Dieser Satz stammte mit Sicherheit von Serena. »Sie weiß, wie sie mich zum Essen bringt.«

»Eigentlich hat sie das gar nicht gesagt«, erwiderte Brandy und grinste verschmitzt. »Aber du bist ein Mann und deshalb leicht zu durchschauen.«

Seufzend nahm er einen Bissen. »Mmmh. Das ist fantastisch.«

»Roastbeef mit Meerrettich, Tomaten, Brunnenkresse, Rucola – alles, was du magst.«

»Danke. Ich weiß deinen Einsatz wirklich zu schätzen. Haben wir genug zu essen?«

Sie sah zum Cateringzelt. »Ja. Jetzt ist es zwei und du schließt um halb sieben, richtig?«

»Das ist der Plan, aber wir werden die Leute dann wohl nicht einfach so rauskehren. Ich zahle gern mehr, damit uns das Essen nicht ausgeht.«

»Das wird nicht passieren«, versicherte sie ihm. »Serena hat mit vielen Besuchern gerechnet. Ich muss zurück ins Zelt.« Rick kam zu ihnen und sie rief ihm im Gehen zu: »Sorg dafür, dass er das Sandwich isst, okay?«

»Wahnsinnseröffnung, Bruderherz«, sagte Rick. »Wie geht's dir?«

»Ich habe keine Ahnung«, antwortete Drake ehrlich. »Ich glaube, ich stehe irgendwie unter Schock. Ich wünschte, Serena könnte das hier sehen. Offenbar hat sie mir nicht von allen Werbemaßnahmen erzählt, denn wir hatten noch nie so einen Ansturm.«

»Drake, sie liebt dich, das ist dir doch klar, oder? Im Grunde hat sie mir das in ihrer Abschiedskarte geschrieben.«

»*Du* hast auch eine Karte von ihr bekommen?«

»Dean auch«, erklärte Rick. »Ich dachte mir schon, dass sie dir auch eine gegeben hat. Sie hat sich dafür bedankt, dass wir so gute Chefs waren, und dass sie zu schätzen weiß, was wir für sie getan haben. Aber sie hat mich auch gebeten, aufzupassen, dass du dich nicht zu sehr im Alltag verlierst und deine erste große Liebe vergisst – die Musik.«

Drake schüttelte den Kopf. »Wie könnte ich die je vergessen?«

»Genau darum geht es doch. Ich hab mich gefragt, warum sie mir das geschrieben hat, doch dann ist es mir klargeworden. Weißt du noch, wie viel wir während der Anfangszeit im Resort mit den Renovierungsarbeiten, dem Papierkram und dem ganzen Drumherum zu tun hatten?«

»Oh Mann, was für eine verrückte Zeit.« Monatelang hatten sie sich mit der Bürokratie herumgeschlagen, Bauunternehmen angeheuert und sich mit Anwälten und Versicherungsexperten zusammengesetzt, um das Geschäft und die damit einhergehenden Verpflichtungen zu regeln. Serena war immer an ihrer Seite gewesen. Tatsächlich hatte sie sogar vorgeschlagen, die Versicherungsexperten zu kontaktieren, um herauszufinden, was sie *nicht* wussten.

»Dann erinnerst du dich sicher auch daran, wie sie in all dem Chaos die Gitarre aus deiner Wohnung geholt hat.«

Das brachte ihn zum Grinsen und löste eine heftige Sehnsucht in ihm aus. »Ja, wir haben uns darüber ausgelassen, wie erschöpft wir sind oder mit welcher Katastrophe wir uns herumschlagen müssen. Diese sture, wunderschöne Frau hat mir einfach die Gitarre in die Hand gedrückt, sich hingesetzt und die Arme verschränkt. Sie wollte erst wieder aufstehen, wenn ich spiele.«

»Ganz genau«, stimmte Rick zu. »Sie kennt dich. Sie wollte, dass ich auf den wichtigsten Teil von dir achte. Und obwohl sie gerade nicht hier ist, tut sie es immer noch.« Er zeigte auf die Straße, auf der einige Streifenwagen einen schwarzen SUV in ihre Richtung eskortierten.

»Was zum Teufel – Was ist los?« Drake schob sich durch die Menge in Richtung des Tumults, doch die Leute bewegten sich laut rufend und jubelnd mit ihnen. Drake packte Rick am Arm. »Was ist hier los, Rick? Das ist *meine* Eröffnung. Ich muss wissen, was Sache ist.«

»Kontrollfreak«, gab Rick laut zurück. »Lass dich einfach treiben und genieß den Moment.«

Er führte Drake zur Rückseite der Bühne. Ihr Kumpel Caden Grant, der nicht nur Evans Vater, sondern auch Polizist war, stand zusammen mit einigen anderen Cops Wache. Der SUV hielt an und ein tätowierter Mann stieg aus. Die Menge flippte völlig aus und drängte nach vorn, sodass Drake gegen Rick geschubst wurde.

»Ach du Scheiße …«, entfuhr es Drake ehrfürchtig. »Ist das etwa –?«

»Boone Stryker«, bestätigte Rick, der Drakes Reaktion mit dem Handy filmte. Boone war der Leadgitarrist von Drakes Lieblingsband Strykeforce. »Dafür kannst du dich bei deiner Freundin bedanken. Sie hat bei so gut wie jedem, der mit ihm zu tun hat, einen Gefallen eingefordert.«

Drakes Brust zog sich zusammen. Er nahm sein Handy aus der Tasche, doch dann fiel ihm wieder ein, dass Serena auf dieser blöden Firmenveranstaltung war. »Sie verpasst das!«

»Deshalb nehme ich es ja auf!«, rief Rick über den Lärm der Menge. »Wow. Damit hat sie dich wirklich umgehauen.«

Drake sah in die Kamera und die Emotionen rissen ihn mit sich. »Baby! Was hast du getan? Du solltest hier sein!« Er betrachtete die Menschenmenge und ihm ging das Herz auf. »Ich liebe dich, Supergirl, und werde mich anständig bei dir bedanken, wenn ich dich sehe.«

»Das wollte ich hören«, sagte Rick lachend.

Drake war noch immer geplättet. »Baby, wie hast du das geschafft?«, rief er in die Kamera, während er von der Menge gegen die Absperrung gedrückt wurde. Aus einem Magazin wusste er, dass Boone und seine Frau Trish eine Auszeit von seiner Musik- und ihrer Schauspielkarriere nahmen, um Zeit mit ihrem Sohn zu verbringen. Das war erst ein paar Wochen her. Wie hatte sie das hinbekommen? »Ich wünschte, du wärst hier! Babe, es ist unbeschreiblich! Danke!«

Rick und Drake drängelten sich weiter durch die Menge und entdeckten Boone, der gerade seiner Frau aus dem Auto half. Sie hielt ihren kleinen Sohn J.R. auf dem Arm. Laut dem Artikel musste er mittlerweile sechs oder sieben Monate alt sein und war nach Boones Vater Jeremy Rykerts benannt. Drake war das so gut im Gedächtnis geblieben, weil er hoffte, seinen Vater eines Tages auch so zu ehren.

Die beiden wurden von den restlichen Bandmitgliedern und einem wahren Gefolge zur Bühne begleitet. Roadies bauten dort die Instrumente und Mikrofone auf. Jubelrufe erfüllten die Luft, als Boone mit Trish im Arm auf die Bühne trat. Ihr Baby trug einen schwarz-weißen Strampler und ein Kopftuch.

»Drake!« Caden winkte sie zu den Absperrungen, sagte etwas zu dem Officer neben sich und kam ihnen dann entgegen, um sie durchzulassen.

Die beiden kletterten über die Absperrung, wobei Caden und einige andere Officers den Rest der Menge zurückhalten mussten.

»Wie sieht der Plan aus?«, fragte Drake. Wie ein Fanboy glotzte er immer noch ungläubig seinen persönlichen Helden auf der Bühne an. Boone stammte aus mehr als einfachen Verhältnissen und hatte die Musikwelt im Sturm erobert. Nun stand Drakes Idol direkt vor ihm, er hatte seinen Bruder an seiner Seite und so viele seiner Freunde um sich herum. Ganz zu schweigen vom Rest der Zuschauer. Trotzdem konnte Drake nur daran denken, dass der einzige Mensch, den er in diesem Moment unbedingt bei sich haben wollte, nicht hier war.

Rick zuckte mit den Schultern, doch sein Grinsen verriet, dass er in Serenas geheimen Plan eingeweiht gewesen war.

»Woher wussten die ganzen Leute, dass er kommt, ich aber nicht?«, fragte er Rick.

»Boone hat es heute Vormittag getwittert.«

Getwittert. Gott. Dank Serena gab es schon seit langer Zeit jemanden, der sich um die Präsenz der Läden und des Resorts in den Sozialen Medien kümmerte. Er hatte vergessen, dass sie da überhaupt vertreten waren.

»Danke. Vielen lieben Dank.« Boones tiefe Stimme erklang über die Lautsprecher und der Jubel wurde lauter. »Danke! Meine wunderschöne Frau und ich freuen uns sehr, mit euch die Eröffnung von Drake Savages ›Bayside Music and Arts‹ zu feiern!« Die Menge tobte. »Genau, also geht noch mal in den Laden, bevor ihr nach Hause fahrt, und unterstützt den Mann, der euch diese Show ermöglicht! Und um euch noch etwas mehr Anreiz zu geben, werde ich noch eine halbe Stunde nach dem Auftritt eure Einkäufe signieren.«

Klatschen und Rufe brandeten auf.

»Bevor wir anfangen«, fuhr Boone fort und ließ seinen Blick über die Leute schweifen, »würde ich gern Serena Mallery und meinen Kumpel Drake auf die Bühne holen. Einen großen Applaus für die beiden!«

»Serena und Drake! Serena und Drake!«, skandierte die Menge.

Drake blieb die Luft weg.

»Geh schon.« Rick schob ihn in Richtung der Bühne und filmte schon wieder mit seinem Handy.

Wie in Trance überquerte Drake die Bühne.

Boone war ein beeindruckender Mann, und als er Drake umarmte, sagte er: »Glückwunsch, Mann. Ich freue mich für dich.«

»Danke. Danke, dass du gekommen bist.«

Boone legte Trish eine Hand auf den Rücken. »Das sind meine Frau Trish und unser kleiner Mann J.R.«

Auch Trish umarmte Drake herzlich. Sie war groß und schlank, mit langen dunklen Haaren, und trug eine Jeans und eine hübsche Bluse. Nichts an ihr wirkte protzig. Der kleine Junge streckte die Hände nach Drake aus und krallte sich in sein Shirt. Auf seinem Ärmchen prangte ein abwaschbares

Tattoo mit einem Herz und dem Wort *Mom* in der Mitte.

»Du darfst wohl J.R. auf den Arm nehmen«, sagte Trish und reichte ihm den kleinen Jungen. »Serena hat erzählt, dass du großartig mit Kindern bist.«

Die Zuschauer gaben kollektiv einen entzückten Laut von sich.

»Wo ist denn Serena?«, fragte Trish. »Ich hab mich darauf gefreut, sie endlich persönlich kennenzulernen. Wir sprechen seit Monaten über dieses Event.«

Monaten? Serena hatte das für ihn arrangiert, bevor sie überhaupt ein Paar geworden waren? Nun tat es Drake noch mehr leid, dass sie es verpasste.

»Sie wurde in Boston aufgehalten, wäre aber sehr gern hier.« Das Baby berührte Drakes Wange mit seiner weichen kleinen Hand. Drake sah in Ricks Richtung und freute sich, dass er ihn noch immer vom Bühnenrand aus filmte.

Boone übergab Drake das Mikro. »Mach Werbung für deinen Laden. Jetzt ist deine Chance.«

Mit dem Baby auf dem Arm ließ Drake den Blick über die Menge schweifen, in der sich Freunde, Nachbarn und unzählige Fremde aufhielten. Er hatte keine Ahnung, was er in diesem Moment sagen sollte, doch als er das Mikro an den Mund hob, sprudelten die Worte nur so aus ihm heraus. »Danke, dass ihr zur Eröffnung und Boones Auftritt gekommen seid. Leider könnt ihr eine ganz besondere Frau heute nicht kennenlernen. Meine Freundin Serena musste in Boston bleiben, aber sie ist diejenige, die diese unglaubliche Veranstaltung organisiert und diesen legendären Musiker hierhergebracht hat.«

Beifall und laute Rufe ertönten.

»Ich hoffe, ihr genießt die Show«, fuhr Drake fort und übergab das Mikro wieder an Boone. »Danke, dass du heute gekommen bist. Ich kann dir gar nicht sagen, wie viel mir das bedeutet.« Damit wollte er sich zurückziehen.

Boone hielt ihn am Arm fest. »Wo willst du denn hin?«

Trish nahm ihm das Baby ab. »Viel Spaß!«

Sie huschte von der Bühne, während einer der Roadies Drake eine Stratocoaster-Gitarre von Fender und ein Plektrum reichte, und ein Mikrofon vor ihm aufstellte. Drake sah zu Rick, der wie ein Honigkuchenpferd grinste. *Ach du Scheiße! Das passiert wirklich!*, formte er mit den Lippen.

»Ich denke, dass du diesen Song kennst.« Boone nahm seine Gitarre, steckte das Mikrofon in den Halter und der Keyboarder spielte die ersten Töne von »Don't Stop Believin'«.

Adrenalin schoss durch seinen Körper. Drake legte die Finger auf die Saiten und spielte in den nächsten Minuten, wie er noch nie gespielt hatte – dabei galt jede Note und jeder einzelne Atemzug Serena.

Serena plauderte, lächelte und sagte genau das, was die Kunden auf der KHB-Veranstaltung hören wollten. Allerdings drehten sich ihre Gedanken ausschließlich darum, wie gern sie Drakes Gesichtsausdruck sehen wollte, wenn er den Laden zum ersten Mal für die Kunden öffnete, und sein Idol Boone auftauchte. Er hatte versprochen, sie während ihres Arbeitsevents nicht mit Textnachrichten abzulenken und sich auch daran gehalten. Hoffentlich konnte er zur Abwechslung mal den Tag genießen und machte sich keine Sorgen um sie. Die Mädels hingegen schickten ihr unzählige Bilder. Die Neueröffnung sah so fantastisch wie in ihrer Vorstellung aus. Mit ihrer spontanen

Hilfe hatten sie ihr so sehr aus der Patsche geholfen. Rick hatte Drakes Reaktion auf Boone und den gemeinsamen Auftritt gefilmt, die Aufnahme bei YouTube hochgeladen und ihr einen Link dazu geschickt. Tränen stiegen ihr in die Augen. Das Video hatte schon mehr als elftausend Views. Trish war überzeugt gewesen, dass es mit nur einem Tweet von ihr und Boone viral gehen würde. Offenbar tauchte das Video auch auf ihrem Twitter-Account auf. Unglücklicherweise konnte Serena die beiden nicht persönlich kennenlernen. Trish hatte ihr eine Nachricht geschrieben, wie schade sie es fand, dass sie sich verpasst hatten. Allerdings versprach sie, im Herbst noch einmal vorbeizukommen, wenn sich die Touristensaison dem Ende neigte.

»Ich weiß, dass du traurig bist, weil du Drakes Überraschung und die Neueröffnung verpasst hast«, sagte Gavin nach der KHB-Veranstaltung auf dem Weg zur Tiefgarage. »Aber du hast dich echt gut geschlagen. Deine Klienten und dein Team lieben dich.«

»Danke. Du warst auch klasse. Unglaublich, dass sie das jeden Monat veranstalten. Wird dir das nicht irgendwann zu viel? Auf mich wirkt es nur wie ein Vorwand, um sich teures Essen schmecken zu lassen, zu trinken und damit zu prahlen, welche Designauszeichnungen KHB in letzter Zeit eingefahren hat.«

Die Kunden waren scharenweise erschienen und Suzanne ließ jedem einzelnen Aufmerksamkeit zukommen. Das beeindruckte Serena ziemlich. »Mir ist schon klar, dass es hin und wieder sinnvoll ist, aber jeden Monat ist doch etwas übertrieben.«

»Hey, wenn ich Suzanne wäre, würde ich so was einmal pro Jahr abhalten und alle derzeitigen und auch die ehemaligen

Kunden einladen.«

»Ja! Ganz genau. Das würde die Erträge steigern, alte Kunden zurückbringen und alle heiß darauf machen, weil es etwas Besonderes ist. Ich habe mal ein Praktikum bei einem Innenarchitekten in Dartmouth gemacht und dort viel von meinem über sechzig Jahre alten Boss gelernt. Der Mann ist rumgekommen. Mittlerweile ist er im Ruhestand und hat seine Firma verkauft. Aber er war immer der Ansicht, dass einfache Werbung und persönlich zugeschnittener Service mehr bringen, als eine große Show abzuziehen. Das hat mich nachhaltig beeinflusst.«

»Das ist auch gut so. Unternehmen, die sich darauf verlassen, Geld zu verdienen, indem sie es ausgeben, bekommen Probleme, wenn die Wirtschaft stagniert.« Gavin deutete auf ein Auto. »Das ist meins.«

»Hab noch ein schönes Wochenende. Bis Montag.«

»Du auch. Und, Serena, ich weiß, dass es den Anschein hat, als würdest du ständig gegen das System ankämpfen, aber ich finde es toll, dass du für deine Ideale einstehst. Du bringst frischen Wind in die Agentur und führst mir sehr vor Augen, wie ich mich verändert habe.« Die Aufrichtigkeit in seiner Miene war ganz anders als seine übliche Unbeschwertheit.

»Wirklich? Was ist mit deinen Kleinstadtwurzeln passiert, die dich erden?«

Mit einem schiefen Grinsen schüttelte er den Kopf. »Eine dickköpfige Frau ist aufgetaucht und hat mir gezeigt, dass ich zu viel Mist einfach hinnehme, auch wenn ich damit nicht einverstanden bin. Vielleicht ist es an der Zeit, das zu ändern.«

Sie ging ein paar Schritte in Richtung ihrer Parkreihe. »Warum habe ich das Gefühl, dass mir in naher Zukunft die Schuld für etwas Schlimmes zugeschoben wird?«

Lachend schloss er sein Auto auf und winkte ihr zum Abschied zu.

Serena stieg in ihren Wagen und sah sich noch einmal Drakes Video an. Überglücklich schickte sie ihm schnell eine Nachricht, bevor sie die Tiefgarage verließ. *Mehr als 11.000 Views. Ich bin mit einem Rockstar zusammen! Und ich bin mir nicht zu schade, deinen Fangirls eine zu verpassen, also komm nicht auf Ideen, Mr. Hottie. Xox.*

Zweieinhalb Stunden später kam sie am Bayside Resort an und atmete tief die salzige Seeluft ein. Sie folgte dem leichten Duft von rauchigem Holz zum Freizeitzentrum. Dort saß Hagen auf Drakes Schoß und röstete Marshmallows und neben ihnen hatten es sich Mira und Matt bequem gemacht. Emery hielt ihren Stock übers Feuer, während Dean hinter ihr stand, eine Hand auf ihre Schulter legte, und dabei telefonierte. Serenas gesamter Körper schien aufzuatmen und all den Stress und die Enttäuschung loszulassen.

Hagen hüpfte von Drakes Schoß und entdeckte sie in dem Moment, in dem Drake das Marshmallow vom Stock pflückte. Der Junge ließ den Stock fallen, sodass die klebrige Süßigkeit auf Drake landete, rannte auf sie zu und brüllte: »Tante Serena ist da!«

»Pass mit deinen Fingern auf!«, rief Mira ihm hinterher.

Serena nahm Hagen in die Arme. Drake stand auf und ihre Blicke trafen sich. Auf einmal verschwanden alle Schatten aus ihrem Herzen. Eine unglaubliche Ruhe überkam sie und sie wusste, dass sie genau dort war, wo sie sein sollte. Das hier war *zu Hause*. Allerdings war ihr Leben kompliziert geworden und sie hatte keine Ahnung mehr, was dieses *Zuhause* eigentlich bedeutete.

»Hey, Kleiner!« Sie küsste Hagens Wange.

»Wir machen S'mores«, verkündete er und wand sich aus ihren Armen. »Onkel Drake hat zwei Stückchen Schokolade genommen, weil wir keine Cracker mehr haben. Siehst du?« Er zeigte ihr seine klebrigen Finger.

Mira eilte zu ihnen. »Es tut mir leid! Ich hab versucht, ihn aufzuhalten.«

Serena musterte ihr waldgrünes Kleid mit V-Ausschnitt, das sie auf der Firmenveranstaltung getragen hatte. Nun befanden sich kleine schokoladige Handabdrücke auf ihrer Hüfte und Schulter. Auch die drei transparenten Stoffschichten an der Taille hatten etwas abbekommen. Unwillkürlich musste sie lachen. Den ganzen Tag über hatte sie sich um Professionalität bemüht und sich auch so verhalten. Geschniegelt und gestriegelt durfte sie nichts Falsches sagen, saß nie breitbeinig da und achtete auf ihre Wortwahl.

Sie fuhr mit einem Finger über die Schokolade auf ihrem Kleid und tippte Hagen damit auf die Nase, was ihn zum Kichern brachte. »Kannst du Onkel Drake überreden, mir auch einen zu machen? Ich könnte etwas Schokolade jetzt sehr gut gebrauchen.«

»Onkel Drake, machst du ihr einen S'more?« Hagen rannte zu Drake, der gerade zu ihnen herüberkam, und zupfte an seinem Shirt.

Drake tätschelte ihm den Kopf. »Ich mache ihr alles, was sie will, Kumpel.« Er nahm ihre Hand, zog sie an sich und küsste sie. »Hey, meine Schöne. Ich habe heute gar nicht mehr mit dir gerechnet.«

»Ich konnte nicht in Boston bleiben«, erklärte sie aufrichtig. Nach dem Video wollte sie einfach nur in seinen Armen sein.

»Du hast mich heute umgehauen, Supergirl. Erzähl mir von deinem Tag.«

Wusste er eigentlich, wie sehr er sie mit seiner Engelsgeduld und seinen unermüdlichen Ermutigungen *jeden* Tag umhaute?

Drake sah auf ihre Brust, die sich an seine drückte. »Mein Marshmallow trifft deine Schokolade.«

Sie senkte die Stimme. »Pass auf. Wenn meine Haut was abbekommt, musst du sie womöglich sauber lecken.«

Ein heißes Funkeln trat in seine Augen. »Hagen«, meinte er, ohne den Blick von Serena abzuwenden. »Lass uns eine Runde Marshmallows schmelzen. Onkel Drake hat *unstillbaren* Hunger. Vielleicht müssen wir die ganze Tüte leer machen.«

<h1 style="text-align:center">Achtzehn</h1>

Serena weckte ihn, als sie sich über seinen Bauch nach unten küsste. Er versuchte nicht einmal, ein Lächeln zu unterdrücken, sondern schob nur die Finger in ihre Haare und genoss das Gefühl – und ihre weichen, heißen Lippen – auf seiner Haut. Gestern Abend hatte er sie sofort mit nach Hause nehmen wollen, aber sie waren fast eine Stunde am Lagerfeuer geblieben, um sich mit den anderen zu unterhalten, bevor sie schließlich gingen.

Sie küsste die Spitze seines Schafts, dann glitt sie weiter an seiner Länge hinab und entlockte ihm damit ein Stöhnen. Sie war die sinnlichste, aufrichtigste, verführerischste Frau, die er je getroffen hatte, und jeder Abend ohne sie war Folter. Nicht, weil er unbedingt Sex brauchte, sondern weil seinem Leben ohne sie etwas fehlte.

»Gott, Baby. Du fühlst dich so gut an.«

Sie nahm ihn in den Mund, verwöhnte ihn gleichzeitig mit der Hand und sorgte dafür, dass er keinen klaren Gedanken mehr fassen konnte. Er kam ihren Bewegungen mit dem Becken entgegen und ließ sich von ihr an den Rand des Wahnsinns treiben.

»Baby, ich kann gleich nicht mehr«, warnte er sie und biss

die Zähne zusammen, um seine Lust im Zaum zu halten.

Sie löste sich von ihm und beobachtete ihn, während sie noch einmal über ihn leckte. Heiße Funken jagten über seine Haut.

»Nein, noch nicht«, erwiderte sie bestimmend.

Splitterfasernackt setzte sie sich rittlings auf ihn, glitt langsam nach unten und nahm ihn in ihrer heißen Enge auf. Er zog sie zu sich, doch anstatt ihn zu küssen, drehte sie sich leicht und bot ihm ihre Brüste an. Ihr Selbstbewusstsein war der Wahnsinn. Manchmal mochte sie es etwas härter, also reizte und saugte er an ihr, während sie sich heftig liebten. Doch auch das reichte nicht, also rollte er sich mit ihr zusammen herum, um noch tiefer in sie eindringen zu können.

»Halt meine Handgelenke fest«, flehte sie und löste damit unzählige wunderbare Gefühle in ihm aus.

Er umfasste ihre Handgelenke. Die Lust und Leidenschaft in ihren Augen unterschieden sich vollkommen von der Freude, die sie in ihrem Büro ausgestrahlt hatte. Aufgrund dieser Freude spielte er mit dem Gedanken, den Gitarrenladen in Boston zu kaufen. Das Cape zu verlassen war nie sein Plan gewesen, ein Leben ohne Serena jedoch auch nicht.

»Ich liebe dich, Supergirl«, sagte er eindringlich. »Ich liebe dich schon, solange ich denken kann.«

»Ein großer YouTube-Star wie du?« Verschmitzt sah sie ihn an. »Das sagst du doch sicher zu allen Fangirls.«

»Nur zu dem ganz besonderen, das mich schon vor meinem Ruhm geliebt hat.«

Noch bevor sie etwas sagen konnte, verriet ihr Gesichtsausdruck ihre Emotionen. Nichtsdestotrotz stiegen ihm bei ihren süßen und aufrichtigen Worten Tränen in die Augen. »Ich habe dich schon geliebt, als du noch ein dürrer Teenager warst, der seine ramponierte Gitarre überall hin mitgeschleppt hat und zu cool war, um meine Gefühle zu erwidern.«

»Ich war nie zu cool für dich. Du warst schon immer zu gut für mich.« Er küsste sie innig. »Und nur, damit das klar ist, Frechdachs, abgesehen von meiner Familie bist du die einzige Person, die einzige *Frau*, zu der ich diese drei Worte je gesagt habe.«

Innerhalb kürzester Zeit fanden sie einen gemeinsamen Rhythmus. Ihre Leidenschaft wuchs, die Küsse wurden besitzergreifend und rau. Da er ihr näher sein wollte, ließ er ihre Handgelenke los und nahm sie in die Arme.

»Nein«, flehte sie. »Halt mich weiter fest.«

Er fischte ihren Spitzen-BH vom Fußboden und fesselte damit ihre Handgelenke, ehe er sie über ihren Kopf drückte.

»Du bist einfach umwerfend, Supergirl.«

Pure, dunkle Lust schimmerte in ihren Augen und er küsste sie noch verlangender. Ihr weicher Körper schmiegte sich an seine harten Muskeln, sie schlang die Beine um ihn und kam jedem seiner Stöße sinnlich stöhnend entgegen. Drake zog das Tempo an und sie wehrte sich gegen seinen Griff, doch ihre Miene verriet ihm deutlich, dass sie es ebenso genoss wie er. Dann spannten sich ihre Muskeln an und ihre Atmung wurde flacher. Ihr Körper pulsierte um ihn und trieb ihn an den Rand des Wahnsinns. Er musste ihre Arme um sich, ihre Nägel an seiner Haut spüren. Deshalb löste er ihre Fesseln, woraufhin sie sich sofort in seinen Rücken krallte.

»Ja, ja, ja!«, schrie sie.

Er küsste sie wild und genoss jedes Beben ihres Höhepunkts.

»Mach die Augen auf, Supergirl.«

Sie gehorchte sofort und beim Anblick der verlockenden

Dunkelheit in ihren Augen lief ihm das Wasser im Mund zusammen.

»Nimm mich *härter*, Rockstar«, befahl sie ihm.

»Ich werde dir alles geben, was du brauchst.« Ohne den Blick von ihr abzuwenden, umfasste er ihre Hüften fester. »Dreh dich um.«

Sie rollte sich auf den Bauch. All seine Fantasien wurden wahr. Die Frau, die er liebte, lag unter ihm, und jede ihrer bezaubernden Kurven gehörte ihm. Er strich über ihre Schenkel, küsste ihre Pobacken und rieb mit den Daumen über ihre feuchte Mitte.

»So viel Vertrauen«, flüsterte er und hinterließ dabei eine Spur aus Küssen von ihrer Wirbelsäule bis zu ihrem Hintern. Dann spreizte er ihre Pobacken und leckte über ihr Geschlecht. »So süß.«

Er schob ihre Beine etwas weiter auseinander, um mehr Platz zu haben, ehe er sie mit dem Mund neckte und sich anschließend wieder über ihren wunderbaren Hintern nach oben küsste. Sie wandte sich wimmernd. Drake drang mit den Fingern in sie ein, zog sie jedoch gleich wieder zurück und ersetzte sie durch seine Zunge. Gierig schob Serena ihm den Hintern entgegen, doch als er mit seinen feuchten Fingern über die Öffnung strich, die sonst immer außen vor blieb, erstarrte sie.

»Keine Sorge, Baby. Ich werde keine deiner Grenzen überschreiten, wenn du nicht willst.«

Sie richtete sich auf Händen und Knien auf und warf ihm einen Blick über die Schulter hinweg zu. »Ich will, dass du sie alle überschreitest.«

Ihm schossen seine eigenen Worte durch den Kopf – *du bist die einzige Frau, zu der ich diese drei Worte je gesagt habe* – und er wusste, dass sie auch die letzte sein würde.

Eine ganze Weile später fanden sie schließlich befriedigt und verliebter als je zuvor ihren Weg zum Frühstück bei Emery und Dean.

»Ich kann immer noch nicht glauben, dass Emery das Frühstück ausrichtet«, flüsterte Serena gedämpft, da sie schon fast am Cottage waren. Emery gab heute Morgen keinen Yogakurs und hatte gestern beim Lagerfeuer verkündet, dass es heute bei ihnen Frühstück gab. »Sie kann nicht mal Wasser kochen, ohne den Rauchmelder auszulösen.«

Das war keine große Übertreibung. Emery hatte im Winter tatsächlich zweimal den Rauchmelder ausgelöst. Beim ersten Mal hatte sie vergessen, Wasser in den Topf zu geben, und er wurde heiß, während sie in der Badewanne lag. Aber beim zweiten Mal war es laut Dean ebenso seine Schuld wie ihre. Sie hatte nur mit einem Höschen bekleidet Eier gebraten und war sehr lange mit ihm im Schlafzimmer verschwunden.

»Keine Sorge, Babe. Ich würde dich nie hungrig fahren lassen. Ich hätte gut zwanzig Zentimeter pure Männlichkeit für dich.«

Er zog Serena an sich und küsste ihre nackte Schulter. Er liebte dieses Strandkleid. Es war schwarz-weiß-kariert und das Oberteil ähnelte einem eng anliegenden Bandeau-Top aus den Achtzigern, während der Rest eher locker und kurz war. Sie sah aus, als würde sie an den Strand gehören, und genau da sah er sie am liebsten. Im Grunde ihres Herzens war sie ein Strandmädchen und bei diesem Gedanken fiel ihm ein, dass sie lange nicht auf dem Wasser gewesen war.

»Die macht mich aber nicht satt«, sagte sie. »Sie macht mich nur hungriger auf richtiges Essen.«

Er beugte sich zu ihr hinunter und gab ihr noch einen Kuss.

»Hey, ihr Turteltäubchen«, rief Desiree hinter ihnen.

Sie drehten sich um und begrüßten Desiree, Rick, und Violet. Desiree und Rick wirkten überglücklich und hielten lächelnd Händchen. Desiree trug ihre Haare in einem Pferdeschwanz.

»Meinst du nicht eher Rammelkarnickel?« Violet grinste. Ihre rabenschwarzen Haare fielen ihr wild und offen über die Schultern. Sie trug ihr übliches Sommeroutfit – eines ihrer vielen schwarzen Bikinioberteile, einen schwarzen Minirock und natürlich ihre Motorradstiefel.

»Violet!«, schimpfte Desiree. »Wieso klingt etwas so Schönes bei dir immer so schmutzig?«

»Wer sagt denn, dass schmutzig nicht schön ist?«, hielt Violet dagegen.

»Dieses Mal bin ich auf Violets Seite. Tut mir leid, Des«, sagte Serena.

Gemeinsam betraten sie die Terrasse.

»Hey, bleibt es dabei, dass wir am Samstag nach der Verkostung zum Tubing gehen?«, fragte Drake. Das wäre die perfekte Gelegenheit, Serena mal wieder aufs Wasser zu bringen.

»Ja«, antwortete Rick.

»Den Ausflug werden wir auch brauchen, wenn ich mir diese ganzen Hochzeitsschwärmereien anhören muss«, fügte Violet hinzu.

Dean kam mit einem Tablett voller Schüsseln nach draußen. »Wie geht's?« Seine Haare standen in alle Richtungen ab, er trug kein Shirt und hatte einen großen roten Knutschfleck auf der Schulter.

Emery folgte ihm mit roten Wangen und mehreren Cornflakesschachteln. »Das ist das letzte Mal, dass es bei uns Frühstück gibt«, sagte sie etwas atemlos. Sie stellte die Schachteln auf den Tisch und stemmte die Hände in die Hüften. »Frühstück ist mir zu viel Stress.«

Drake drückte Serenas Hand. »Vielleicht sollte dir meine Freundin mal erklären, wie man Dinge plant.« Noch immer konnte er nicht fassen, dass sie nicht nur den Laden und die Neueröffnung aus der Ferne geplant, sondern auch einen der größten Rockstars ihrer Zeit engagiert und es so lange geheim gehalten hatte.

»Ja, mein Tipp: Verzichte nicht auf Sex, um andere Leute zu verköstigen.« Serena sah sich nervös um. »Oh Mann. Ich habe kurz vergessen, dass Matt und Mira heute mit Hagen Gokart fahren gehen. Sie hat mir verboten, in ihrer Anwesenheit über unser Sexleben zu sprechen.«

Alle lachten und bedienten sich an den Cornflakes.

»Wie wär's, wenn ihr mal eben zu Ende vögelt und euch dann frisch macht«, sagte Violet zu Emery und Dean, die sich am anderen Ende des Tisches küssten und miteinander flüsterten. Sobald die beiden im Haus verschwunden waren, richtete Violet ihre Aufmerksamkeit auf Serena. »Es war der Wahnsinn, was du für Drake getan hast. Tut mir leid, dass du es verpasst hast.«

»Du warst immer da, wenn in seinem Leben etwas Großes passiert ist«, sagte Rick. »Ich finde es blöd, dass du nicht dabei sein konntest.«

»Wem sagst du das.« Serena goss Milch in ihre Schüssel und rührte die Cornflakes um. »Aber am wichtigsten ist, dass *er* es erleben konnte. Danke noch mal für eure Hilfe, dass ihr es geheim gehalten und mir so viele Fotos und Videos geschickt habt. Ohne euch wäre es nicht so glatt gelaufen.«

»Na, was macht eine Kleinstadtfrau, wenn es ungemütlich wird und sie sich anstrengen muss, um zu bekommen, was sie will? *Don't stop believin'*, richtig?« Rick lachte leise.

»Auf jeden Fall«, stimmte Violet zu. »*You've got to hold on to that feeling.*«

»*Otherwise it just goes on and on*«, warf Desiree ein und grinste selbstzufrieden.

Drake lachte. »Schon gut. Ich hab's kapiert.«

Serena grölte den Refrain von »Don't Stop Believin'« und die anderen stimmten mit ein. Drake rieb sich übers Gesicht, um seine Belustigung zu verbergen. Er liebte Serena so sehr, und jede ihrer verspielten Aktionen ließ diese Liebe weiter wachsen.

Desiree huschte um den Tisch herum, hielt Drake eine Serviette vor die Nase und meinte in atemlosem Teenager-Tonfall: »Geben Sie mir ein Autogramm, Mr. Rockstar?«

»Ihr seid alle Pappnasen«, schimpfte Drake gutmütig.

Desiree umarmte ihn. »Pappnasen, die dich lieb haben, *bester* zukünftiger Schwager.« Sie machte die Runde um den Tisch und drückte jeden einzeln, doch als sie zu Violet kam, verdrehte diese die Augen. »Eines Tages tauschen wir die Umarmungsrollen.«

»Darauf würde ich nicht warten. Ich werde noch eine Weile daran zu knabbern haben, dass du Mom zur Hochzeit eingeladen hast.« Violet schob sich einen Löffel Cornflakes in den Mund.

»Sie hat sich bei dir gemeldet?«, fragte Serena. »Sie kommt?«

Desiree warf ihr einen sarkastischen Blick zu. »Nur weil sie mir eine Postkarte geschickt hat, dass sie kommt, heißt das nicht, dass sie das Datum nicht zwischendurch wieder vergisst.

Ich mache mir keine großen Hoffnungen.« Ihre Mutter Lizza Vancroft war extrem flatterhaft.

»Ich hoffe wirklich, dass sie kommt«, sagte Serena. »Hauptsächlich, weil es zeigt, dass sie sich noch bemüht. Das hast du verdient, Desiree. Aber ich fände es auch witzig zu sehen, wie Violet ganz angespannt ist und sich unwohl fühlt, weil sie nicht über die Stränge schlagen kann.«

Violet schnaubte. »Lizza hat noch nie was anderes gemacht. Was denkst du denn, woher ich das habe?«

»Na ja, Menschen können sich ändern«, sagte Serena. »Denk daran: *Don't ever stop believin'* ...«

Alle stimmten wieder den Song an und Drake musste einfach mitsingen.

Nachdem seine Freunde ihn ein paarmal zu oft Teenieschwarm genannt hatten, fuhr er mit Serena zum Flohmarkt auf dem Parkplatz des Autokinos in Wellfleet. Dort wollte sie sich bei Leanna für das Ausleihen ihres Bullis bedanken. Leanna stellte »Luscious Leanna's Sweet Treats«-Marmeladen her und verkaufte sie auf dem Flohmarkt, in Restaurants und Geschäften. Die Händler kamen aus der ganzen Region, verkauften Antiquitäten, Kleidung, Schmuck, Videospiele und vieles mehr.

Hand in Hand schlenderten sie zwischen den weißen Pavillons umher. Die Sonne brannte vom Himmel herab, sodass die Hitze vom Asphalt abstrahlte und eine unfassbare Luftfeuchte herrschte. Müsste Serena nicht bald aufbrechen, würde er mit ihr auf dem Boot rausfahren, sie in der Nachmittagssonne lieben und sich danach im Wasser abkühlen. *Eines Tages ...*

Serena blieb stehen, um sich ein Paar Ohrringe anzusehen. »Chloe hat bald Geburtstag. Sie liebt Opale.«

Drake beobachtete sie einfach unheimlich gern. Lächerlich, aber wahr. Er sah sich die Halsketten an und fand eine mit einem hübschen Opal. »Wollen wir die auch noch nehmen? Dann schenken wir ihr beides zusammen.«

»Du hast einen guten Geschmack, Rockstar. Allerdings bist du auch mit mir zusammen, also …« Sie sah zu ihm auf. »Wir wissen ja bereits, wie gut dein Geschmack ist.«

Er kitzelte sie. Sie quietschte und versuchte, ihm zu entkommen, doch er zog sie an sich und küsste sie leidenschaftlich. »Ich liebe dich, du Nervensäge.«

»Du hast dich für mich entschieden. Was sagt das über dich?«

»Dass ich einen unglaublich guten Geschmack habe.«

Sie grinste. »Waren wir da nicht gerade schon?«

Sie kauften die Kette und die Ohrringe und gingen zu einem Stand mit gebrauchten Büchern. Serena entdeckte einen Thriller von Leannas Mann Kurt Remington. »Sieh mal, was ich gefunden habe.« Sie klappte das Buch auf und las die Widmung vor. »Für Leanna und Sloan, die beiden wichtigsten Menschen in meinem Leben. Ihr seid meine Schätze.« Sloan war ihr kleiner Sohn. Serena legte das Buch wieder weg. »Seine *Schätze*. Das ist so romantisch. Aber ich bin lieber dein Supergirl. Das hat sich für mich immer romantisch angefühlt.«

Er rieb seine Nase an ihrer, nahm ihre Hand und führte sie weiter an den Pavillons vorbei. »Soll ich dir ein Geheimnis verraten?«

»Immer. Geheimnisse sind sexy.«

Er verengte die Augen zu Schlitzen und warf ihr einen skeptischen Seitenblick zu.

»Was? Ist doch so. Denk mal drüber nach. Geheimnisse erzählt man nur ganz besonderen Menschen. Allein das macht sie schon sexy.«

»Damit könntest du recht haben, denn bei diesem geht es

um mein sexy Supergirl. Früher habe ich mich gefragt, wie es wohl wäre, mit dir ins Autokino zu fahren. Ich habe mir die üblichen Dinge vorgestellt, auf dem Rücksitz knutschen und solche Sachen. Aber weil ich auf jeden Typ rasend eifersüchtig war, mit dem du ausgegangen bist ...«

»Was? Selbst als wir jünger waren?«

»Darauf kannst du Gift nehmen.«

Sie schmiegte sich an seine Seite und küsste seine Wange. »Irgendwie gefällt mir das. Erzähl weiter.«

»Es war pure Folter, und seit du erwachsen bist, ist es noch schlimmer. Aber wie auch immer, ich habe mir vorgestellt, wie stolz ich wäre, mit dir am Arm durch die Gegend zu spazieren und alle anderen Männer eifersüchtig zu machen. So wie jetzt.«

»Du siehst mich definitiv anders als andere Menschen. Ich bezweifle, dass mich andere Kerle so wahrnehmen.« Sie zeigte auf einen älteren Herrn mit ausladendem Bauch, der neben einem Tisch mit Antiquitäten auf einem Terrassenstuhl saß. »Außer er vielleicht.« Sie winkte und er nickte ihr zu.

»Richtig.« Drake drehte sie an den Schultern um. »Der Typ auf zehn Uhr mit den dunklen Haaren sieht immer wieder rüber und direkt hinter ihm steht ein Glatzkopf, der dich die letzten beiden Male abgecheckt hat, als wir stehen geblieben sind.«

»Der Dunkelhaarige ist gar nicht schlecht«, stichelte sie.

Er zog sie an sich und sah sie finster an, obwohl er wusste, dass sie nur Witze machte.

»Küss mich, du stolzer Pfau. Zeig ihnen, wem deine Frau gehört.«

Und das tat er.

Leidenschaftlich.

Schließlich erreichten sie Leannas Stand, an dem es vor

Kunden nur so wimmelte, die Marmelade kosteten und kauften. Leanna unterhielt sich angeregt mit jedem und erzählte ihnen von den Zutaten und Geschmacksrichtungen. Sie war wohl die chaotischste Person, die Drake kannte – aber auch die netteste. Sie wirkte immer ein bisschen neben der Spur, hatte Marmelade auf der Kleidung und zerzauste Haare. Ihr akkurater und organisierter Mann bildete das komplette Gegenteil.

»Hey, ihr zwei!« Leanna bediente noch einen Kunden, ehe sie herauskam und sie umarmte. »Oh je. Entschuldige.« Sie versuchte, die Marmelade von Drakes Ärmel zu wischen, die sie aus Versehen darauf hinterlassen hatte.

»Keine Sorge. Hagen hat mich gestern Abend schlimmer zugerichtet«, versicherte Drake ihr. »Wie geht's dir?«

»Super.« Sie sah zwischen ihnen hin und her. »Wie geht's euch denn? Ihr seid zusammen, hm?«

»Ich kann mich sehr glücklich schätzen«, erwiderte Drake stolz.

»Und wie. Das solltest du auch niemals vergessen. Serena ist ein toller Fang.«

»Danke, Leanna, und danke auch für deine Hilfe bei der Eröffnung«, sagte Serena.

Leanna winkte ab. »Ach was, jederzeit. Wir sind nach dem Markt vorbeigekommen und da waren so viele Leute. Es war verrückt! Und Drake, ich wusste immer, dass du singen kannst, aber oh Mann. Du bist eine YouTube-Sensation. Du hast grandios geklungen.«

»Danke. Zum Glück hat Boone mich mit seiner Stimme übertönt.«

»Ach, Quatsch«, widersprach Serena.

»Es war echt der Wahnsinn. Ich kann immer noch nicht glauben, dass Serena all das ohne mein Wissen organisiert hat.«

Er legte einen Arm um Serena und küsste ihre Wange.

»Eigentlich«, erklärte Serena, »ist Leanna der Grund dafür, dass ich Boone einladen konnte. Sie hat mir die Nummer von Kurts Schwester Siena gegeben, die mit Cash Ryder verheiratet ist. Cash ist Trishs Bruder. So kam der Kontakt zustande. Und sie waren alle so nett und haben so bereitwillig die Verbindung zu Boone hergestellt.«

»Nach allem, was ich gehört habe, hatten sie einen Mordsspaß«, sagte Leanna. »Trish hat erzählt, dass sie im Herbst zurückkommen wollen, um sich mit euch zu treffen?«

»Das hoffe ich«, antwortete Serena. »Ich möchte sie wirklich gern persönlich kennenlernen.«

»Sag Bescheid, wenn du etwas Genaueres weißt. Wenn wir wieder in der Stadt sind, kommen wir am Wochenende vorbei.« Leanna und Kurt verbrachten den Sommer am Cape, lebten den Rest des Jahres jedoch in New York City. »Ich würde sie auch liebend gern wiedersehen.«

Sie unterhielten sich noch eine Weile, dann schickte Leanna sie mit ein paar Gläsern Sweet Heat, Strawberry Spice und Frangelico-Pfirsichmarmelade nach Hause. Die aßen sie am liebsten.

»Willst du noch im Musikladen vorbeischauen?«, fragte Serena auf dem Weg zum Auto.

»Nur wenn du ihn dir anschauen willst. Carey hat mir vorhin geschrieben. Es ist ziemlich viel los.«

Serena schwieg einen Moment lang. »So gern ich ihn auch sehen würde, wäre es mir lieber, wenn wir einfach noch ein bisschen Zeit miteinander verbringen könnten. Nur wir zwei. Ich hab das Gefühl, dass ich nur noch von A nach B hetze. Es stört mich nicht und ich weiß, dass ich mir das mit meinem Umzug nach Boston selbst eingebrockt habe, aber ich würde mich wirklich gern mit dir entspannen. Ohne den Druck von anderen Leuten, der Arbeit oder sonst etwas.«

Das klang perfekt. »Ich weiß, wo wir hinfahren.«

»Ich muss nur schnell etwas holen.« Drake hielt vor dem Büro des Bayside Resorts. »Bin gleich wieder da.«

Er küsste Serena sanft, dann lief er die Treppe hinauf und verschwand im Büro. Die Gerüche des Ozeans und die Geräusche von Familien mit Kindern belebten die sonst stille Luft. Serena schloss die Augen und drehte das Gesicht in die Sonne. Beim Fahren hatte eine kühle Brise durch das offene Fenster geweht, doch nun war es warm. Wie sehr sich ihr Leben doch verändert hatte. Früher hatte sie fast jeden Tag Zeit am Strand verbracht, ob sie nun mit ihren Freunden spazieren ging, am Lagerfeuer saß oder einfach nur in der Sonne lag und den Wellen lauschte. Sie vermisste es, in den Dünen ihr Mittagessen zu genießen und nach der Arbeit ihre Sandalen auszuziehen, um mit Mira und Hagen oder den Mädels an den Strand zu gehen. Jeden Tag hatte sie den Sand zwischen ihren Zehen gespürt und es für selbstverständlich gehalten. War ihr Umzug die richtige Entscheidung gewesen? Obwohl sie immer davon geträumt hatte, in einer großen Agentur zu arbeiten, gehörte sie nicht zu den Menschen, die sich am Cape nicht wohlfühlten und ihm entkommen wollten. Sie wollte einfach nur ihr eigenes Ding machen, mehr erreichen und etwas von sich in der Welt hinterlassen.

Beim Klang der sich schließenden Bürotür öffnete sie die Augen wieder. Drake kam mit einer Decke über der Schulter und seinem Gitarrenkoffer die Treppe herunter. Die kurzen Haare gaben ihm einen raueren Look. Eigentlich sorgte dafür schon sein Drei-Tage-Bart, aber nun erschienen seine Kieferpartie kantiger und seine Augen stechender. Er öffnete die Autotür und verstaute Decke und Gitarre hinter dem Fahrersitz.

»Kannst du nicht mehr ohne Gitarre aus dem Haus, weil du jetzt ein Rockstar bist?«

Er schnaubte. »Hast du was anderes erwartet?« Er löste ihren Sicherheitsgurt und zog sie über die Sitzbank auf den Platz neben sich.

»Warum hat das so lange gedauert?«

Er küsste sie. »Du siehst wunderschön in meinem Pick-up aus.«

»Im Gegensatz zu daneben?«, fragte sie frech.

»Da auch.« Er schob eine Hand unter ihre Haare und betrachtete sie wie ein kostbares Juwel. »All die kleinen Dinge, die ich mir so lange vorgestellt habe, werden endlich wahr. Das klingt jetzt sicher kitschig, aber jedes Mal, wenn ich einen bestimmten Ausdruck auf deinem Gesicht sehe oder wir uns in Situationen befinden, die ich nie für möglich gehalten hätte, wirst du für mich noch attraktiver. Du hast schon so oft in meinem Auto gesessen. Aber es ist einfach unglaublich, aus dem Büro zu kommen, dein Lächeln zu sehen, wenn du mich bemerkst, und dieses Gefühl auch genießen zu dürfen. Und das hier, also wir beide …« Er küsste sie zärtlich. »… ist absolut perfekt, Supergirl.«

Serena schwebte wie auf Wolken, während Drake nach Hyannis fuhr und in einer Seitenstraße parkte. Serena wusste in diesem Moment, wohin er wollte, und das berührte sie so sehr, dass sie nur schweigend zusehen konnte, wie er die Decke und die Gitarre aus dem Auto nahm und ihre Hand ergriff. Er führte sie auf einem überwucherten Weg zum Bach, den sie aus ihrer Kindheit kannte. Alle Sorgen und Fragen in ihrem Kopf verstummten. Ihr wundervoller Mann wusste ganz genau, was sie brauchte.

Drake hob die Äste für sie an, damit sie darunter durchschlüpfen konnte, und stützte sie, wenn sie über Steine und umgefallene Bäume klettern musste. Auf der Lichtung am Rand des Baches schlug ihnen ein durchdringender, sumpfiger Geruch entgegen. Der klapprige alte Steg befand sich immer noch an derselben Stelle und ihm fehlten dieselben Planken wie früher. Drake nahm die Gitarre aus dem Koffer. Die allererste, die er je besessen hatte.

Anschließend ergriff er wieder ihre Hand. »Na komm. Die Backstreet Boys rufen nach uns.«

»Omeingott«, entfuhr es ihr. »Ist das dein Ernst?«

Er grinste verlegen. »Natürlich. Du hast dir diese CD mit Mira andauernd angehört.«

»Oh Gott.« Sie ging mit ihm zum Steg und hielt sich an seiner Hand fest, um die fehlenden Planken zu umgehen. Schließlich zog sie ihre Sandalen aus und ließ die Füße über dem dunklen Wasser baumeln.

Drake blieb stehen und stimmte »I Want It That Way« an. Dabei zog er sich die Flip-Flops aus und sang »Yeah-eah«. Er zwinkerte ihr zu. »*You are my fire, Supergirl. The one desire.*«

Er änderte den Text ab und sang davon, dass sie nicht in unterschiedlichen Welten lebten und er ihr Herz berühren konnte, wenn sie ihm sagte, was sie wollte.

Gerührt von seinem Humor, seiner Stimme und seiner großzügigen, liebevollen Seele sprang sie auf und tanzte. Am Ende des Songs ging er direkt zu »Larger Than Life« über, wobei er erneut den Text abänderte, damit er zu ihnen passte.

Im Anschluss spielte er noch »When I Come Around« von Green Day und »What I Got« von Sublime. Sie sang mit ihm und sie tanzten gemeinsam. Er ließ die Melodie in »Little Red Corvette« übergehen, ehe ein Dutzend weiterer Songs aus ihrer Jugend folgten. Schnell, langsam, witzig, romantisch. Serena tanzte und sang, bis ihre Wangen schmerzten. Und später saßen sie außer Atem und glücklich noch lange auf dem Steg, unterhielten sich über ihre Kindheit, ihr derzeitiges Leben und alles dazwischen.

»Deshalb brauchen wir eine Dachterrasse auf dem Freizeitzentrum im Resort«, sagte sie. Inzwischen lag sie mit dem Kopf auf seinem Schoß.

Er beugte sich nach unten und küsste sie. »Lass uns nicht über die Arbeit reden. Diese Zeit gehört uns und es gibt da etwas, worauf ich schon viel zu lange gewartet habe.«

»Ich ziehe mich hier nicht aus.«

Er hob eine Braue und funkelte sie verführerisch an. Gott, mit ihm würde sie alles tun.

»*Vielleicht*«, räumte sie ein.

»Kein Wunder, dass ich dich liebe. Aber im Ernst, daran habe ich gar nicht gedacht, bis du es gesagt hast. Setz dich neben mich.«

Er half ihr auf und reichte ihr die Gitarre.

»Als wir das Duett singen sollten, hast du mich gebeten, dir das Gitarre spielen beizubringen«, erklärte er und half ihr, das Instrument richtig zu halten. »Es war eine seltsame Zeit und ich wusste, dass es mir noch schwerer fallen würde, die Finger von dir zu lassen, wenn ich dir so nahekomme.«

Sie strich über den Gitarrenhals und erinnerte sich an ihre Enttäuschung, als er gesagt hatte, er hätte keine Zeit. »Ich war damals so unbeholfen und obwohl ich keine Ahnung hatte, was ich mit meinem neuen Körper anstellen soll, habe ich gehofft, damit deine Aufmerksamkeit zu erregen.«

»Hast du. Genau das war mein Problem. Du warst überhaupt nicht unbeholfen. Du hast diese Kurven mit all deinen Secondhand-T-Shirts und kurzen Hosen gerockt. Du hättest jeden Kerl haben können, den du wolltest.«

»Ich wollte nur einen.« Sie drückte seine Gitarre an sich. »Bringst du es mir wirklich bei?«

»Jap. Vielleicht kannst du mir dann die Songs vorspielen, die du als Teenager geschrieben hast.«

Sie riss die Augen auf. »Woher weißt du davon?«

»Glaubst du wirklich, ihr wart leise, wenn du bei Mira übernachtet hast? Zwei dreizehnjährige Mädchen, die kichernd Songtexte in ihre Notizbücher schreiben. Und wenn du dich unbeobachtet gefühlt hast, hast du so laut gesungen, dass es bestimmt auch die Nachbarn mitbekommen haben.«

»Gar nicht! Und es waren nur drei Songs.«

»Oh doch, Supergirl, und ich weiß, dass es nur drei waren, aber du hast sie in Endlosschleife gesungen. Meine Lieblingszeile war ›ein fester Freund mit viel Muskeln und Grips‹.«

Sie lachte schnaubend und schlug sich die Hände vors Gesicht. »Das hatte ich ganz vergessen.«

»Ich nehme an, dass es um mich ging, und falls nicht, lüg mich bitte an, okay?«

»Es ging bei allen um dich«, schwärmte sie. »Weil sie von der Liebe meines Lebens handelten. Du hast mir immer im Kopf herumgespukt, selbst wenn mir das damals nicht bewusst war.«

Er rutschte näher und drehte sich ein wenig, sodass er von hinten die Arme um sie legen und ihre Hände führen konnte. »Bleib locker. Mach dich mit dem Instrument vertraut.«

»Wenn du jetzt sagst, dass ich zärtlich zu ihm sein soll, beiße ich dich.«

»Oh, Baby, sei zärtlich zu ihm«, sagte er mit rauer Stimme.

Sie drehte sich um, biss ihm in den Hals und saugte dann an der Haut, um einen winzigen Knutschfleck zu hinterlassen, der bald verblassen würde. Sein Stöhnen würde sie jedoch nicht so schnell vergessen. Zärtlich küsste sie die gerötete Stelle und lehnte sich an ihn. »Woher wusstest du, dass ich das brauche?«

»Weil ich dich liebe und wenn einem ein Mensch wichtig ist, weiß man für gewöhnlich, was er braucht.«

»Wenn doch nur alle Antworten auf das Leben so einfach wären.«

»Vielleicht finden wir ja die Antworten, die du suchst, in der Musik. Und jetzt sei zärtlich zur Gitarre.«

Sie stieß ihn mit dem Ellbogen an. »Pass bloß auf, Freundchen.«

Nachdem er ihr die Grundlagen beigebracht hatte, fuhren sie zurück zu seiner Wohnung. Serena packte ihre Sachen und Drake legte seine Gitarre auf den Rücksitz ihres Wagens.

»Ich kann die nicht mit nach Boston nehmen. Sie war immer bei dir.«

»Ich möchte, dass du das Spielen auf derselben Gitarre lernst wie ich. Außerdem bist du jetzt ein Teil von mir, also ist sie gewissermaßen immer noch bei mir.« Er küsste sie sanft. »Danke, dass du Boone hergeholt, dich dem Verkehr gestellt hast und gestern Abend nach Hause gekommen bist. Ich besuche dich nächstes Wochenende, damit du nicht wieder herfahren musst.«

»Das wäre toll. Wir könnten ein paar Punkte auf unserer Boston-Entdeckungsliste abhaken. Es war schön heute. Genau das habe ich gebraucht. Jetzt wirkt die Woche nicht mehr so lang. Ich werde üben, aber du weißt, dass ich keine Melodie für meine albernen Teenager-Songs habe.«

»Ja, aber ich schon.«

»Was?«, fragte sie verblüfft. »Das ist ein Scherz, oder?«

»Nein. Sie wurden von meinem lächerlichen Teenager-Herz geschrieben.«

»Warum hast du mir das nie erzählt?«

Er hielt sie fester. »Weil ich dich nicht gleich in all meine Geheimnisse einweihen kann.«

»Doch, kannst du! Wenn du sie damals geschrieben hast, sind wir wirklich füreinander bestimmt.«

»Du hast daran gezweifelt?« Er sah sie erstaunt an.

»Nein, überhaupt nicht. Aber du weißt, was das bedeutet. Wenn du nächstes Wochenende vorbeikommst, müssen wir deine Melodien zu meinen Songs spielen.«

»Es gibt nichts, was ich lieber tun würde.« Er rieb mit der Nase über ihren Hals. »Außer vielleicht, meinen Namen voller Leidenschaft aus deinem Mund zu hören.«

Sie klammerte sich an sein Shirt. Wie sehr wünschte sie sich noch eine gemeinsame Nacht mit ihm. »Das macht mir den Abschied nicht leichter. Ich will jede Nacht in deinen Armen verbringen.«

»Ich bin viel egoistischer als du. Ich will dich nachts in meinen Armen, ich will jeden Morgen dein wunderschönes Gesicht sehen und ich will all deine Zeit dazwischen für mich allein haben.«

Neunzehn

»Meinst du, dass man einen Glückskater haben kann?«, fragte Serena ihre Schwester mehr als eine Woche später am Telefon. Es war Dienstagnachmittag. Sie lehnte sich auf ihrem Bürostuhl zurück, sah in den wolkenlosen Himmel und dachte an die hektische letzte Woche und wie dankbar sie gewesen war, dass Drake sie am Wochenende besucht hatte. Wie versprochen kam er mit eimerweise Sand und einem Kinderplanschbecken im Gepäck. Samstagabend hatten sie auf der Dachterrasse gesessen, die Füße in den Sand gesteckt und später die Sterne beobachtet. Einfach himmlisch.

»Du meinst wohl eher einen *Orgasmus*kater«, korrigierte Chloe sie. »Wenn ich mich richtig erinnere, hast du am Sonntag nicht mal die Wohnung verlassen, bis er gegangen ist.«

»Aber wir waren am Samstag aus«, erinnerte sie sie. »Wir haben im Café unten gefrühstückt …«

»Sicher, nach stundenlangem Sex«, unterbrach Chloe sie. »Es ist total unfair, dass meine kleine Schwester mehr Action bekommt als ich.«

»Lass mich diesen Erfolgsmoment einfach genießen.« Serena hörte Chloe schwer seufzen. »Wie auch immer, wir waren fast den ganzen Samstag unterwegs. Erinnerst du dich an Drakes

Liste, von der ich dir erzählt habe? Wir waren im Institute of Contemporary Art und in der Bar, auf der die Serie *Cheers* basiert. Das war cool. Und danach haben wir auf meiner Dachterrasse unter den Sternen gelegen und *Insomnia Cookies* gegessen. Für mich ein perfektes Wochenende. Vielleicht habe ich jetzt also vor Glück und Orgasmen einen Kater.«

»Okay, bevor ich noch an meinem Neid ersticke: Wie läuft es mit der Arbeit? Hattest du noch mal Stress mit deiner Chefin?«

»Ein bisschen, aber die Woche lief großartig. Seth und Jared, zwei meiner Kunden, sind von meinem Team begeistert – natürlich! –, und von unseren Konzepten, und allem, was ich ihnen im Designcenter gezeigt habe. Ich glaube, sie sind meine Lieblingsklienten, obwohl die Wilkinsons kurz danach kommen. Bei ihnen gestalte ich die Bibliothek um. Der Mann ist einfach urkomisch und seine Frau verdreht nur die Augen, bittet mich dann aber, alles so zu machen, wie er es will. Die beiden sind wirklich süß. Sie scheint ihn einfach nur glücklich machen zu wollen.«

Sie erzählte Chloe von ihrem Karaokeabend mit Laura, Spencer, Chiara, Carolyn und Gavin gestern. Obwohl sie den Abend genossen hatte, war er nicht wie die Verabredungen mit ihren Freunden zu Hause. Gavin bildete die einzige Ausnahme. Die anderen waren für ihren Geschmack etwas zu zugeknöpft.

»Schade«, sagte Chloe. »Aber hoffentlich lernst du andere Leute kennen.«

»Ich mag Abby Crew. Ihr gehört ›Kane's Donuts‹. Sie ist geschieden und hat den Laden allein gekauft. Um ehrlich zu sein bin ich etwas neidisch. Sie muss niemandem Rechenschaft ablegen.«

»Oh Gott, Serena. Wie viele Donuts hast du denn gegessen,

dass du schon ihre ganze Lebensgeschichte kennst?«

»Wahrscheinlich zu viele, aber es ist schöner, mich dabei mit ihr zu unterhalten, anstatt allein zu essen. Außerdem mag ich sie. Man kann sich gut mit ihr unterhalten. Ach ja. Das hätte ich fast vergessen! Erinnerst du dich noch an meine erste Kundin? Muriel Younger, die Anwältin? Sie hat sich für Glas in den Konferenzräumen entschieden.«

»Die Frau, die absolut keinen kreativen Input zugelassen hat? Sie hat mich an die Chefin aus ›Der Teufel trägt Prada‹ erinnert.«

»Genau die. Ihre Assistentin hat mich letzte Woche angerufen und es mir mitgeteilt. Ich habe befürchtet, ihr Architekt Drew Ryder würde mich deswegen zur Schnecke machen, aber er war wirklich cool. Ich glaube, dass ich ihn auch für Seths und Jareds Projekt anheuere.«

»Uuuund –? Wie bist du denn *ein bisschen* mit deiner Chefin aneinandergeraten?«, hakte Chloe nach.

»Es war wirklich nichts«, log sie, denn sie wollte von Chloe nicht hören, dass sie sich zurückhalten und das Firmenspiel mitspielen sollte, wie Mira es ausdrückte. Es fiel ihr immer noch schwer, Zeitverschwendung in Kauf zu nehmen, wenn dadurch mehr abrechenbare Stunden zustande kamen.

Serenas Bürotelefon klingelte. »Da muss ich rangehen, Chloe.«

»Okay, in Ordnung. Und Schwesterherz, werd nicht größenwahnsinnig. Du brauchst diesen Job.«

»Ich weiß. Ich muss dann mal. Hab dich lieb.« Sie legte auf und nahm den Hörer ihres Bürotelefons ab. »Serena Mallery.«

»Serena? Hier ist Crystal Bernard. Sie hatten um einen Rückruf gebeten.«

»Ja, vielen Dank.« Sie suchte in ihrem Notizbuch nach den

Informationen zu der Kundin, die Suzanne gestern an sie verwiesen hatte. »Ich wollte mit Ihnen über die Neugestaltung Ihres Poolhauses sprechen. Ende der Woche hätte ich freie Termine, wenn es Ihnen da passt.«

»Wir sind bis Freitagabend in den Hamptons und hatten gehofft, Sie könnten am Samstag vorbeikommen.«

Mist. Sie wollte weder die Verkostung für Desirees Hochzeit verpassen, noch auf das Tubing mit ihren Freunden verzichten. »Ich habe am Samstag schon einen Termin, hätte nächste Woche aber jeden Tag Zeit.«

»Das wird nicht gehen«, sagte Crystal schroff. »Wir sind nur für einen Tag in der Stadt, und zwar am Samstag. Am Sonntagmorgen fahren wir zur Hochzeit meiner Nichte und sind dann zwei Wochen nicht da. Wir wissen genau, was wir wollen. Es wird sicher nur ein paar Minuten dauern.«

Nichts dauerte nur ein paar Minuten, vor allem nicht, wenn Serena genug Informationen sammeln wollte, um das Projekt in Gang zu bringen. »Vielleicht wäre es besser, nach Ihrer Rückkehr darüber zu sprechen, wenn Sie nicht so unter Zeitdruck stehen?«

»Nein. Wir müssen das jetzt machen«, beharrte Crystal und ratterte einen Haufen Gründe herunter, warum sie sich zwingend am Samstag treffen mussten. Andernfalls suchte sie sich einen anderen Innenarchitekten.

Serena war so kurz davor, dieser arroganten Frau zu sagen, sie solle genau das tun, als Suzanne den Kopf in ihr Büro steckte. Sie winkte sie herein und versicherte Crystal widerwillig, am Samstagmorgen zu ihr zu kommen. »Wie wäre es um acht?« Wenn sie sich früh genug trafen, schaffte sie es vielleicht zur Verkostung.

»Das geht nicht. Ich habe einen Friseurtermin. Wir können

uns um elf treffen und kommen Sie bitte nicht zu spät. Mein Mann mag keine unpünktlichen Menschen.«

Trotz ihrer Frustration setzte Serena ein Lächeln auf und stimmte zu, damit sie zügig auflegen konnte.

»Entschuldige, Suzanne. Das war Crystal Bernard. Ich treffe mich am Samstag um elf mit ihr.«

»Gut. Das Poolhaus-Projekt.« Ihre Chefin überschlug die Beine und schnippte einen unsichtbaren Fussel von ihrem Rock.

»Ja.« Serena notierte sich den Termin neben Desirees Verkostung in ihrem Kalender und versuchte, das Ziehen in ihrem Herzen zu ignorieren. »Kann ich etwas für dich tun?« *Mir zum Beispiel noch mehr anstrengende, zeitintensive Kunden aufdrücken lassen?*

»Seth Braden hat mich gerade angerufen. Offenbar sind er und Jared Stone ziemlich zufrieden mit dir.«

»Das beruht auf Gegenseitigkeit. Es macht Spaß, mit ihnen zu arbeiten, und wir kommen gut mit ihrem Projekt voran.«

»Freut mich zu hören. Muriel Younger hat sich auch bei mir gemeldet. Sie hat wohl deinen Vorschlag einer Veränderung in ihren neuen Büros beherzigt. Glückwunsch.«

Serena straffte die Schultern ein wenig und genoss das Kompliment. »Danke.«

Suzanne stand auf. »Ich weiß, dass wir nicht immer einer Meinung sind, aber es ist gut zu wissen, dass wir in Bezug auf Professionalität und Qualität die gleichen Vorstellungen teilen.« Sie ging zur Tür. »Gut gemacht«, fügte sie noch hinzu.

Serena stand noch immer der Mund offen, als Gavin in ihr Büro schlenderte.

»Was ist denn mit dir passiert?« Er setzte sich ihr gegenüber.

»Suzanne hat mir ein Kompliment gemacht.«

»Cool. Trag es dir im Kalender ein. Es gibt nur selten welche. Du fährst am Wochenende zu dieser Sache mit der Hochzeitstorte zurück zum Cape, richtig?«

»Nein. Dank der Bernards sitze ich hier fest und muss mir ihr Poolhaus ansehen.«

»Mist, das ist echt blöd.«

»Wem sagst du das.« Sie seufzte. »Wir wollten auch zum Tubing gehen. Das habe ich schon ewig nicht mehr gemacht. Warum hab ich das Gefühl, als würde mein Leben an mir vorbeiziehen, während ich das anderer verschönere?«

Seine Kiefermuskeln spannten sich an. »Weil es so ist?«

»Danke«, erwiderte sie sarkastisch. »Willst du wissen, was noch schlimmer ist?« Sie senkte die Stimme. »Als die Kundin gedroht hat, sich eine andere Agentur zu suchen, hätte ich sie fast gelassen. Aber dann ist Suzanne reingekommen.«

»Ich hab etwas, das dich aufmuntern könnte. Bin gleich wieder da.« Er verließ ihr Büro und kam einen Moment später mit einem Chocolate-Chip-Cookie zurück.

Sie schnappte ihn sich. »Wo hast du den denn geklaut? Gibt es noch mehr?«

Gavin schloss die Tür.

»Oh nein. Du lässt jetzt nicht den unheimlichen Typen raushängen, oder?« Sie musste ihn einfach aufziehen. Sie waren mittlerweile ein paarmal mittagessen gegangen und hatten sich dabei angefreundet. Man lernte sich besser kennen, wenn man sich über die Höhen und Tiefen des Tages austauschen konnte. Er war überhaupt nicht unheimlich, aber sein verwirrter Gesichtsausdruck dafür umso komischer. Er erinnerte sie an Rick und Dean – witzig, leichter Beschützerinstinkt und er respektierte ihre Grenzen. Vermutlich vermisste er seine Freunde und Familie auch, denn er hörte gern zu, wenn sie von ihren Ausflügen und den Leuten zu Hause erzählte.

»Was denkst du denn, was das ist? Ein unmoralisches Cookie-Angebot?«

Sie lachte. »Falls ja, solltest du wissen, dass ich mein Knie sehr zielsicher einsetzen kann.«

Kopfschüttelnd setzte er sich wieder. »Glaube ich dir sofort. Iss deinen Cookie. Ich will dir was erzählen.« Er beugte sich vor und stützte die Ellbogen auf die Knie. »Letzte Woche hat mich ein Headhunter wegen eines Jobs bei Taylor, Fine und Rickter kontaktiert.«

»Ist nicht wahr!« Sie konnte ihre Überraschung nicht verbergen. »Das sind unsere größten Konkurrenten.«

»Ich weiß. Ich war gestern bei ihnen und sie haben mir heute den Job angeboten.«

»Super. Mein bester Freund in Boston verschwindet also.« Sie zeigte mit dem noch übrigen Stück Cookie auf ihn. »Kannst du mir bitte noch fünf von denen klauen?«

»Entspann dich. Ich nehme das Angebot nicht an.« Laut seufzend lehnte er sich zurück.

»Was? Warum nicht?« Sie kam um den Tisch herum und setzte sich auf den Stuhl neben ihn. »Sie sind größer. Haben mehr Auszeichnungen. Es wäre ein Schritt nach oben.«

»Hör sich einer das Mädchen vom Cape an, das mir was von *Größer ist besser* weismachen will.«

Schon wieder blieb ihr der Mund offen stehen. »Ich verstehe nicht ganz.«

»Würdest du denn annehmen, wenn sie dir einen Job anbieten würden?«

»Nein, aber das liegt daran, dass ich nicht für diese Art von Firma gemacht bin. Ich liebe die Arbeit, aber dort ist alles auf … Prestige ausgelegt, und so bin ich nicht.«

Sie deutete auf seinen Designeranzug. »Du passt da rein und

legst dich nie mit deinen Vorgesetzten an. Du spielst das Spiel erfolgreich mit.«

»Genau deshalb gehe ich nicht. Prestige gibt mir nichts. Oder vielleicht hat es das bisher, aber ich will nicht so sein, und das liegt an dir, meine Liebe. Du erinnerst mich daran, wie ich einmal war, und ich will unbedingt wieder ich selbst sein.«

»Oh nein, nein, nein.« Sie stand auf und ging auf und ab. »Dafür kannst du mich nicht verantwortlich machen.«

»Ich bedanke mich hier gerade bei dir.«

»Du bedankst dich? Wofür denn? Dass ich dir eingeredet habe, du wärst zu gut?« Sie ließ sich auf den Stuhl fallen und vergrub das Gesicht in den Händen. »Ich brauche mehr Cookies. Ich ertrage das nicht. Erst verpasse ich wegen einer egozentrischen Kundin die Verkostung der Hochzeitstorte meiner besten Freunde und einen Tag auf dem Wasser. Und jetzt kommen auch noch Schuldgefühle obendrauf.«

Er zog ihre Hände von ihrem Gesicht weg. »Hör auf. Das ist was Gutes. Ich habe heute Morgen meinen Vater angerufen und mich lange mit ihm unterhalten. Wegen diesem bescheuerten Job habe ich das schon seit Monaten nicht mehr geschafft. Das ist gut für mich. Wie gesagt, ich kenne meinen Weg noch nicht, habe jetzt aber das Gefühl, dass ich endlich in die richtige Richtung gehe. Wir sollten ausgehen und feiern.«

»Oh, gut. Vielleicht finde ich ja auf dem Weg noch einen Welpen, den ich treten kann.«

»Serena, hör auf«, bat er und lächelte einnehmend. »Ich meine es ernst. Alles in Ordnung.«

»Das ändert sich bestimmt, wenn dir klar wird, dass dir die einzige Gelegenheit durch die Lappen gegangen ist, noch mehr Geld als jetzt zu verdienen. Dann hasst du mich, weil ich meine große Klappe aufgerissen habe.«

Er sah sie an, als hätte sie etwas Absurdes von sich gegeben. »Ich habe genug Geld. Ich nehme mir ein Beispiel an der vernünftigen Frau, die ich vor ein paar Wochen kennengelernt habe. Vielleicht kennst du sie. Stur, sagt immer, was sie denkt, lässt sich von niemandem was vorschreiben?«

»Hast du das Memo nicht bekommen? Diese Frau hat sich was vorschreiben lassen und verpasst deswegen die Verkostung von Desirees und Ricks Hochzeitstorte.«

»Dann lass uns von hier verschwinden und sie suchen, bevor es sich rumspricht.« Er stand auf und zog sie auf die Füße. »Es wird Zeit, neue Wege zu feiern.«

Sie sammelte ein paar Sachen von ihrem Schreibtisch auf. »*Neue Wege.* Desiree und Rick schlagen einen neuen Weg ein – sie heiraten.«

»Prima. Dann lass uns ihre anstehende Hochzeit feiern.«

»Drake hat einen neuen Musikladen und meine anderen Freunde heiraten ebenfalls.« Es gab viele Gründe zum Feiern, doch sie fürchtete weiter, dass Gavin die falsche Entscheidung traf.

Er fasste sie am Arm und führte sie zu den Fahrstühlen. »Wir müssen hier raus, bevor Suzanne zurückkommt und irgendwas Langweiliges mit uns besprechen will.«

»Meine beste Freundin bekommt wieder ein Baby. Das ist auch ein neuer Weg.«

»Jap.« Er drückte auf den Knopf. »Siehst du? Wir brauchen definitiv ein paar Drinks.«

Die Fahrstuhltüren öffneten sich und Gavin drückte den Knopf fürs Erdgeschoss.

»Was, wenn ich versehentlich dein Leben ruiniert habe?«

»Was, wenn du es gerettet hast?«

Darüber dachte sie einen Augenblick lang nach. »Okay, es

besteht also eine fünfzig-fünfzig Chance, mich nicht schuldig fühlen zu müssen. Aber egal wie, irgendwann wirst du diese Agentur verlassen. Mit wem soll ich dann mein Schicksal beweinen?«

»Suzanne, wenn du nicht aufpasst.«

Zwanzig

Gegen zwei Uhr am Samstag machte Drake sich zunehmend Sorgen. Also knickte er ein und rief Serena an. Sie antwortete nach dem dritten Klingeln.

»Hi.« Es klang, als hätte sie Watte im Mund.

»Hey, Supergirl. Alles in Ordnung? Wo bist du?«

»Mhm. Warte kurz.« Einen Augenblick herrschte Stille. »Entschuldige. Ich hab einen Donut gegessen.«

Warum machte ihn das glücklich? *Na, weil es* sie *glücklich macht.*

»Ich stelle dich auf laut, damit du Abby hören kannst. Du wirst nicht glauben, was sie mir gerade erzählt hat. Moment.« Es raschelte kurz. »Bist du da?«

»Ja, bin da.«

»Okay, Abby, wiederhol das bitte noch mal für Drake.«

»Hi, Drake. Serena und ich sehen uns jetzt schon seit ein paar Wochen ziemlich regelmäßig und sie schwärmt immer von dir, wie sehr sie dich vermisst und wie sehr sie sich freut, wenn sie dich sieht. Na ja, du kannst es dir sicher vorstellen. Jedenfalls habe ich einen neuen Donut kreiert und er hat mich an euch beide erinnert.«

»Einen *Donut?*« War das gut oder schlecht?

»Hör ihr einfach zu, Drake«, bat Serena.

»Er besteht aus Hefeteig, deshalb ist er fluffig und leicht«, erklärte Abby. »Ich habe ihn mit belgischer Schokocreme gefüllt. Süß und intensiv, wie der Beginn einer Beziehung. Die Glasur aus mexikanischer Taza-Schokolade ist zwar in ihrer Struktur etwas rau, aber wirklich köstlich. Außerdem wird sie gleich hier um die Ecke in Somerville hergestellt, und auch das hat mich an euch erinnert, weil ihr euch schon eine Ewigkeit kennt. *Rau und köstlich* beschreibt die Höhen und Tiefen einer Beziehung. Ihr wisst schon, wenn nach der Flitterwochenphase die schnöde Realität vor der Tür steht. Und obendrauf gibt es noch Perlen aus dunkler und weißer Schokolade – glänzend und wunderschön. Außen lecker und vollmundig mit einem knusprigen Kekskern. Sie sind himmlisch wie eure Beziehung, aber eure Realität – die Entfernung – sorgt für etwas mehr Biss. Ich nenne den Donut euch zu Ehren ›Perpetual Bliss‹ – ewige Glückseligkeit. Denn letztendlich ist es eure Liebe, die Serena ein Lächeln aufs Gesicht zaubert. Ich hoffe, das ist in Ordnung.«

Drake konnte nicht fassen, was er da hörte. Seine Freundin sprach so über ihre Beziehung, dass es einen Donut inspirierte? Gab es irgendetwas, was sie nicht konnte? »In Ordnung? Das ist großartig, Abby. Vielen Dank. Ich kann es nicht erwarten, ihn zu probieren.«

»Er ist superlecker!«, sagte Serena laut. Er sah sofort ihr strahlendes Lächeln und dieses helle Funkeln in ihren Augen vor sich. »Warte kurz, Drake.«

Er hörte, wie sie sich ebenfalls bei Abby bedankte.

Offenbar hatte sie den Lautsprecher wieder ausgeschaltet, denn er hörte sie nun etwas klarer. »Ich gehe jetzt. Abby ist so großartig! Ist das nicht das Coolste, was du je gehört hast? Ein nach *uns* benannter Donut.«

»Ja. Absolut cool.« *Genau wie du.*

»Tut mir leid, dass ich nicht früher angerufen habe. Das Treffen hat sich ewig hingezogen. Der Mann meiner Kundin kam über eine Stunde zu spät. Ist das zu fassen? Nachdem sie *mir* gesagt hat, ich soll pünktlich sein? Na ja, danach war ich am Verhungern, also bin ich in den Sandwichladen in der Nähe von ›Kane's Donuts‹ gegangen. Tja und dann …«

Er lachte leise. »Ja, und dann.«

»Ich bin jetzt auf dem Nachhauseweg. Ich ziehe mich nur schnell um und fahre dann los. Wie lief die Verkostung? Hatten die Mädels Spaß? Seid ihr auf dem Wasser?«

»Die Verkostung lief gut, aber alle haben dich vermisst, und ja, wir sind auf dem Wasser. Du fehlst mir, Babe. Sag Bescheid, wenn du losfährst.«

»Okay. Lieb dich.«

»Lieb dich mehr.« Er legte auf und wandte sich an ihre Freunde. »Wir müssen uns beeilen. Sie ist auf dem Nachhause-weg.«

Er startete den Bootsmotor und hielt zügig auf die Überführung am Seaport Boulevard zu.

»Da ist sie!« Rick zeigte auf die Straße.

Serena war zu Fuß unterwegs. In ihrem sexy roten Kleid, den Absatzschuhen und der Sonnenbrille, die sie gemeinsam gekauft hatten, sah sie unglaublich heiß aus. Außerdem trug sie sein Armband. Ihre Haare waren hochgesteckt und sie wirkte zufrieden. Drake konnte sich vorstellen, dass sie noch den Geschmack des Donuts im Mund hatte. *Ihres* Donuts.

Er schaltete den Schiffslautsprecher ein und sprach ins Mikrofon. »Achtung, Supergirl! Serena *Supergirl* Mallery!«

Serena wirbelte zu ihnen herum und rannte grinsend und

winkend zur Überführung. Ihre Haare lösten sich aus dem Knoten und fielen ihr über die Schultern.

»Meine Damen und Herren, bitte machen Sie Platz«, verkündete er. »Meine Freundin muss durch.«

Die Menschen auf der Überführung jubelten und applaudierten, als Serena zum Geländer eilte. Sie umfasste es mit beiden Händen und beugte sich darüber. »Du bist hier!«, rief sie.

Desiree, Emery, Rick, Dean, Matt, Mira, und Hagen winkten vom Boot aus.

Serena entfuhr ein begeistertes Quietschen. Eine kleine Menschentraube versammelte sich um sie. »Ihr seid *alle* hier!«

»Hallo, meine Schöne«, sagte Drake. »Wir haben dich vermisst. Geh runter zur Promenade, wir sammeln dich ein.«

Hastig rannte sie wieder in ihren High Heels los, als wären es Turnschuhe. Ihre Freunde und die Leute auf der Überführung feuerten sie an. Drakes Herz sehnte sich so sehr nach ihr, dass seine Brust schmerzte.

Hagen hüpfte auf und ab. »Ich sehe sie nicht mehr!«

Matt hob ihn hoch, damit er einen besseren Überblick bekam.

Drake hielt Hagen das Mikro hin und der Kleine rief: »Los, Tante Serena. Los!«

Ein paar Minuten später kletterte Drake über das Geländer der Uferpromenade. Serena warf sich in seine Arme und küsste ihn lächelnd. Mira nahm das Ganze mit dem Handy auf.

»Du bist verrückt! Ich liebe dich!«, sagte Serena zwischen ihren Küssen und er schmeckte ihre salzigen Freudentränen auf seinen Lippen.

»Verrückt nach dir, Baby. Glaubst du, ich würde ohne dich zum Tubing gehen? Meiner Sonnengöttin? Keine Chance.«

»Beeilt euch!«, drängte Mira. »Bevor wir noch Ärger bekommen, weil wir hier anhalten.«

»Na los.« Drake ging auf die Knie, zog Serena die Schuhe aus und reichte sie zusammen mit ihrer Tasche an Emery. Mit Ricks und Deans Hilfe hob er Serena über das Geländer und aufs Boot, wo sie gleich von ihren Freundinnen umarmt wurde.

Hagen wand sich aus Matts Armen und klammerte sich an Serenas Beine. Durch die leuchtend blaue Rettungsweste kam er jedoch nicht so nah an sie heran. »Wir haben dir Torte mitgebracht!«

»Torte! Ich liebe Torte!« Serena erwiderte seine Umarmung.

Desiree deutete auf eine Dose mit mehreren Tortenstücken. »Wir haben die Verkostung zu dir gebracht.«

»Ihr seid die besten Freunde, die man haben kann.« Serena nahm noch einmal alle in den Arm. »Die allerbesten. Unfassbar, dass ihr hier seid.«

Schließlich stand sie wieder an Drakes Seite, schlang die Arme um seinen Hals und schien etwas sagen zu wollen. Dann schmiegte sie sich aber doch nur so fest an ihn, dass er um ihre Luftzufuhr fürchtete.

»Danke«, murmelte sie an seiner Brust. »Aber ich muss mich wohl in Slip und BH sonnen. Ich hab keinen Bikini.«

»Ich hab dir einen mitgebracht. Shorts, Sandalen und Sachen für deine Haare, damit du sie hochstecken kannst. Falls du es brauchst.«

Voller Liebe sah sie zu ihm auf. »Immer wenn ich denke, dass ich keine Minute länger von dir getrennt sein kann, scheinst du alles möglich zu machen. Wenn ich dein Supergirl bin, bist du definitiv mein Superman.«

»Ich mag Superman!«, warf Hagen ein. »Darf ich dich Superman nennen, Onkel Drake?«

Alle lachten.

Er sah Serena tief in die Augen. »Du kannst mich nennen, wie du willst, Kumpel«, erwiderte er, dann lehnte er sich näher zu Serena und flüsterte: »Solange du dabei klarmachst, dass ich dir gehöre.«

»Ich liebe dich, Drake Savage. Du bist mein ›Perpetual Bliss‹, meine immerwährende Glückseligkeit.«

»Weißt du was, Serena? Wir schlafen heute in einem Hotel!«, erzählte Hagen aufgeregt und brach damit den romantischen Bann. »Aber du schläfst mit Onkel Drake und den anderen auf dem Boot. Ich wollte auch auf dem Boot schlafen, aber Mommy hat gesagt, dass es hier mit ihrem Babybauch für sie unbequem ist. Das ist okay. Ich finde Hotels auch super. Wir bestellen beim Zimmerservice.«

Serena und Mira lachten. Mira streichelte ihren Bauch. »Bequemlichkeit geht bei mir gerade vor.«

»Wir schlafen auf dem Boot? Wir alle?« Serena wippte vor Freude auf den Fußballen. »Mira, ihr könnt gern bei mir übernachten. Ich habe zwar keinen Zimmerservice, aber im Erdgeschoss meines Wohnhauses gibt es Läden – auch eine BJ-Eisdiele.« Sie schaute Hagen vielsagend an und wackelte mit den Augenbrauen. »Und *Insomnia Cookies* liefert die ganze Nacht.«

Hagen strahlte. »Ich *liebe* Cookies! Bitte, Mom? Können wir bitte bei Tante Serena schlafen und Cookies essen?«

Mira beugte sich zu Hagen hinunter und Serena lehnte sich an Drake. »Das ist der beste Tag aller Zeiten.«

»Das sagst du so oft.« Und er liebte es unheimlich.

Sie legte die Arme um seinen Nacken. »Das muss daran liegen, dass du mich so glücklich machst.«

»Sieh sich einer die beiden an. Wo ist Violet, wenn man sie

mal braucht?« Mira fasste Serenas Hand und senkte die Stimme. »Bevor ihr euch vor meinem Kleinen noch befummelt, solltest du dir lieber deinen Bikini anziehen.«

»Oh ja, *das* hilft sicher«, warf Dean sarkastisch ein und die Männer lachten.

»Wo ist Violet überhaupt?«, fragte Serena.

»In der Pension«, antwortete Desiree. »Sie meinte, dass sie eine Nacht auf einem Boot voller Pärchen nicht überlebt.«

»Was hat sie wirklich gesagt?«, fragte Serena Mira.

Mira schielte kurz zu Hagen. »Im Grunde genau das, nur etwas ausführlicher und expliziter.«

Serena ging mit ihren Freundinnen unter Deck, um sich umzuziehen, während Drake das Boot hinaus in den Hafen steuerte.

»Sieh mich an, Superman!«, brüllte Hagen in den Wind. Er kniete mit geschlossenen Augen auf einem Kissen, der Wind wehte ihm die Haare aus dem Gesicht und drückte ihm das Shirt an die schmale Brust.

Er erinnerte Drake an Rick als Kind. Auch er hatte die Aufmerksamkeit anderer gerne auf sich gezogen. »Das ist ziemlich cool, oder, Kumpel?«

»Ich liebe es!« Hagen grinste breit.

»Keine Fake-Freundin mehr für dich«, sagte Dean, als er mit Rick und Matt zu ihm kam.

»Verdammt richtig.« *Hier ist nichts mehr Fake.*

In den vergangenen Wochen hatte er sich viele Gedanken darüber gemacht, was er wollte, und ganz oben auf der Liste stand ein Leben mit Serena. Alles andere drumherum ergab sich schon.

»Weißt du, ich hatte meine Bedenken bei dieser Fernbeziehungskiste«, gestand Matt. »Aber bei euch sieht das so einfach aus.«

»Es ist alles andere als einfach«, widersprach Drake. »Jede Nacht ohne sie fühlt sich wie eine ganze Woche an, aber erzählt ihr das bloß nicht.« Er bedachte sie mit einem warnenden Blick.

»Kumpel, wir würden es euch niemals noch schwerer machen«, sagte Rick. »Was willst du dagegen tun? Sie ist ziemlich gut in ihrem Job angekommen.«

Er sah zur Kajüte, um sicherzugehen, dass sich die Frauen noch unten aufhielten. »Ich habe nach Wohnungen in Boston gesucht. Meint ihr, dass ihr das Resort unter der Woche managen könnt, ohne dass ich vor Ort bin? Und vielleicht an ein paar Wochenenden?«

»Wir finden für alles eine Lösung«, versicherte Dean ihm.

»Ich, hm, was immer du brauchst, Mann«, antwortete Rick.

Drake entging Ricks Zögern nicht, und er konnte sich schon vorstellen, woher es kam. »Ich weiß, dass ich dich gerade erst davon überzeugt habe, wieder nach Hause zu kommen, aber was soll ich sagen, Rick? *Sie* ist mein Zuhause. Damals war es mir nicht klar, doch jetzt weiß ich es.«

»Ja. Natürlich«, sagte Rick. »Um mich selbst mache ich mir keine Sorgen. Kannst *du* hier glücklich werden? Du wolltest nie weg vom Cape. Auf dem College warst du todunglücklich.«

Die Mädels kamen aus der Kajüte nach oben und unterhielten sich angeregt über den *Perpetual Bliss*-Donut. Serena trug ein gehäkeltes Bikinioberteil und knappe Shorts. Auf ihren vollen Lippen erschien ein Lächeln, das ihm direkt in die Brust fuhr und sein Herz berührte.

»Ich weiß nur«, antwortete er Rick, »dass ich ohne sie nicht glücklich sein kann.«

Auf dem Wasser wehte an diesem milden Nachmittag eine perfekte Brise. Mit halsbrecherischer Geschwindigkeit zogen sie den Reifen mit dem Boot übers Wasser. So sorglos sollten Sommernachmittage sein. Sie schwammen im eiskalten Meer, wo Serena sich an Drake klammerte, weil er sie damit aufzog, der perfekte Haiköder zu sein und dass ihn ein Zupfen am Band ihres Bikinis zu einem glücklichen Mann machen würde. Sie sonnte sich mit den Mädels, unterhielt sich angeregt mit ihnen über ihre Männer, Hochzeiten und die Zukunft. Die Männer zogen sie liebevoll auf und ihr ausgelassenes Lachen erfüllte die Luft. Hagen wechselte immer wieder zwischen ihren Gruppen hin und her. Irgendwann wurde es Mira zu heiß, weswegen sie sich in die Kajüte zurückzogen, damit sie die Füße hochlegen konnte. Abwechselnd massierten die Mädels ihr die Schultern und spürten den Tritten des Babys nach. Desiree erzählte von der aktuellen Familienplanung mit Rick, Emery dagegen wollte noch warten. Nur die Anwesenheit von Chloe, Harper und Violet hätte den Tag noch perfekter gemacht. Aber die anderen erzählten ihr, dass Chloe Dienst hatte und sich endlich ein Studio die Option auf Harpers Drehbuch hatte geben lassen. Sie würde Ende der Woche nach Los Angeles fliegen und wusste noch nicht, wann sie zurückkam. Alle freuten sich für sie und sie versprach, die Mädels über die Film-Front auf dem Laufenden zu halten. Perfektes Timing, da Daphne nun für sie im Resort übernahm.

Das Leben ihrer Freunde entwickelte sich in neue Richtungen.

Serenas ebenso, aber das erwies sich als ebenso aufregend wie schwierig.

Sie genoss den Sonnenuntergang mit Emery an Deck. Rick und Dean angelten am anderen Ende des Boots, Mira und

Desiree kümmerten sich in der Kajüte um das Abendessen. Matt arbeitete unter Deck auf dem Laptop an seinem nächsten Buch.

Serenas Aufmerksamkeit wurde wie magisch von dem Mann angezogen, der ihr diesen Tag ermöglicht hatte. Drake warf sich den laut kichernden Hagen wie einen Sack Kartoffeln über die Schulter. Er drehte sich zu ihr um und die Freude in seiner Miene ließ ihr das Herz aufgehen. Drake brauchte diese Menschen, ihre Familie, genauso wie sie. Oft fühlte es sich an, als stünde sie ständig unter Strom und hetzte von einem Ort oder Kunden zum nächsten. Sie erfüllte die Wünsche der nervigen Kunden, aber manche bereiteten ihr echte Freude, und gleichzeitig baute sie ihre Beziehung mit Drake weiter auf und pflegte wertvolle Freundschaften – und mit einem herausragenden Partner und den besten Freunden, die man sich nur wünschen konnte, war unter Strom zu stehen gar nicht so schlimm.

Nach dem Abendessen legten sie an und gingen am Hafen spazieren. Serena erzählte ihnen von dem Pub, in dem sie gestern mit Gavin und ihren anderen Arbeitskollegen etwas getrunken und Karaoke gesungen hatte.

»Müssen wir diesen Gavin mal unter die Lupe nehmen?«, fragte Rick Drake.

»Nein. Ich hab ihn schon kennengelernt. Er scheint ein anständiger Kerl zu sein.« Er küsste Serena. »Außerdem geht meine Frau nicht fremd.«

»Das muss sie auch nicht. Wenn du nicht da bist, schickst du ihr einen Schokoladenorgasmus«, warf Emery ein. Schalk tanzte in ihren Augen. Sie griff nach Deans Hand. »So langsam bekomme ich auch Lust darauf.«

»Was ist ein Schokoladenorgasmus?«, fragte Hagen und sah

Matt mit großen Augen an.

Mira warf Emery einen bösen Blick zu und formte ein stummes *Danke!* mit den Lippen.

»Ich glaube, Emery meinte Schokoladen*organismus*«, antwortete Matt. »Sie möchte unbedingt einen Schoko-Donut essen.«

»Ja, *Organismus*«, bestätigte Emery.

»Ich will auch einen Schoko-Donut, aber den, der nach Drake und Serena benannt ist.« Hagen klammerte sich an Matts Hand und zog die Augenbrauen grübelnd zusammen. »Dad, ich glaube, wir müssen Tante Emery nächstes Mal mit ins Aquarium nehmen, damit du ihr das mit den Organismen erklären kannst. Weiß sie nicht, dass sie lebendig sein müssen?«

Matt strahlte vor Stolz. »Du hast recht, Kumpel. Wir müssen wohl einen Gruppenausflug nach Woods Hole machen.«

»Schon in Ordnung«, sagte Dean. »Ich werde Emery eine intensive Wissenschaftslektion erteilen und ihr alles beibringen, was sie über *Organismen* wissen muss.«

»Du kannst dir Daddys Buch ausborgen!«, bot Hagen an und sorgte damit für allgemeines Gelächter.

Da es bereits zu spät für Donuts war, versprachen sie Hagen, dass er zum Frühstück welche bekam. Bevor sie zum Boot zurückkehrten, brachten sie Matt, Mira und Hagen zu Serenas Wohnung. Ihre Freunde bewunderten den Ausblick und die schicken Möbel, und Hagen kam nicht darüber hinweg, dass ihre Badezimmerwände nicht bis an die Decke reichten. Serena dachte allerdings weder an Möbel noch an Wände. Ihre Freunde standen zum ersten Mal in ihrer neuen Wohnung. Es war etwas eng, aber dadurch fühlte es sich etwas *richtiger* an. Erst jetzt wurde ihr klar, wie sehr sie es vermisst hatte, ihre Freunde auf ihrer Couch lümmeln oder in ihrer Küche herumwerkeln zu sehen. Vermutlich würde sie ab jetzt häufiger an diese kleinen alltäglichen Dinge denken.

»Wir sollten ihnen jetzt wohl mal ihre Ruhe lassen«, schlug Rick vor und legte eine Hand auf Matts Schulter. »Wir sehen uns morgen zum Frühstück.«

Alle verabschiedeten sich und Mira lehnte sich zu Serena. »Ich wette, dass wir heute alle nur Schokoladen*organismen* bekommen«, flüsterte sie, dann umarmte sie Serena. »Drake ist ein vollkommen anderer Mensch geworden. Es ist schön, euch beide so glücklich zu sehen.«

»Es ist schön, so glücklich zu sein«, erwiderte Serena. »Viel Spaß mit deinen Jungs.«

»Ich habe so eine leise Ahnung, dass die ganze Nacht ein unruhiger, kleiner Junge zwischen uns liegen wird. Aber glaub mir, manchmal ist das genauso schön, wie mit meinem Mann allein zu sein. Familie«, erklärte sie verträumt. »Das war schon immer das Wichtigste für mich.«

Serena sah zu Drake, der Hagen an der Tür zum Abschied umarmte. »Ich weiß. Ich denke, das geht uns allen so.«

Es gefiel ihr nicht, dass sie sich morgen schon wieder von allen verabschieden musste. Neulich abends hatte sie Gavin Dinge anvertraut, die sie ihren Freunden oder Drake nicht erzählen konnte. Sie würden nur versuchen, ihre Probleme für sie zu lösen, oder sie drängen, wieder nach Hause zu kommen. Dabei brauchte sie nur Zeit, um sich ohne Druck klar zu werden, was sie wirklich wollte. Sie hatte Gavin erzählt, wie ungern sie mit Menschen arbeitete, die sie nicht mochte, dass ihr die entspannte Geschäftswelt des Capes fehlte und sie die Stunden nach ihren Telefonaten mit Drake hasste, wenn sie allein in ihrer Wohnung saß und sich die Kilometer zwischen ihnen wie ein lauernder Schatten anfühlten. Gavin ging es in beruflicher Hinsicht wie ihr, doch seine Sorgen waren sogar noch größer als ihre, wenn auch anders. Er lebte schon seit Jahren in Boston und hatte immer noch keine engen Freunde gefunden, die in ihm den Wunsch weckten, sich hier dauerhaft niederzulassen. Serena wollte nicht in fünf Jahren an diesem Punkt sein, innerlich leer, und sich fragen, ob sie die richtige Entscheidung getroffen hatte.

Drake setzte Hagen ab und Serena schmiegte sich glücklich in seine starken, liebevollen Arme. Gavin suchte den richtigen Weg für sich noch und sie ebenso – eine Erkenntnis, die sie nicht erwartet hätte. Aber eine Sache war glasklar: Sie würde Lösungen für ihr kompliziertes Leben finden, solange Drake und ihre Freunde ein Teil davon waren.

Einundzwanzig

»Sollten Abschiede nicht leichter werden?«, fragte Serena am Sonntagnachmittag, nachdem sie ihre Freunde zum hundertsten Mal umarmt hatte.

»Nur wenn du die Leute nicht magst, von denen du dich verabschiedest«, erwiderte Matt und drückte sie an sich. »Das war ein toller Ausflug. Ich bin froh, dass Drake uns mitgenommen hat.«

»Ich würde meiner Frau nie ihre Freunde vorenthalten.« Drake nahm Serena in die Arme und küsste sie.

Er sah so müde aus, wie Serena sich fühlte. Gestern Nacht hatten sie nicht viel Schlaf bekommen. Sie hatten unter freiem Himmel gelegen, sich unterhalten, sich geküsst, und darauf gewartet, dass die anderen einschliefen, um sich dann zärtlich und leidenschaftlich zu lieben. Leise zu sein schien ein Ding der Unmöglichkeit, vor allem, da Drake jede einzelne ihrer empfindlichen Stellen kannte und auch ständig neue entdeckte. Zum Glück brachte er sie meisterhaft mit herrlichen Küssen zum Schweigen, unter denen sie dahinschmolz und die ihr den Verstand raubten.

»Ich hab euch lieb«, sagte Serena. Mit ihren Arbeitssachen und den Absatzschuhen in der Tasche ging sie mit Drake zum

Kai.

»Wo gehst du hin, Onkel Drake?«, fragte Hagen.

»Ich bringe Serena nur zu ihrer Wohnung. Bin bald wieder da.«

»Lass dir Zeit«, sagte Dean. »Wir haben es nicht eilig.«

»Ja, nehmt euch so viel Zeit, wie ihr braucht«, ermutigte Emery sie.

»Tschüss!« Hagen winkte wie verrückt, bis Mira seine Aufmerksamkeit auf etwas anderes lenkte.

Serena kämpfte gegen die Traurigkeit an, ihre Freunde zurückzulassen.

Drake küsste ihre Schulter. »Wie geht's meiner sonnenverwöhnten Frau?«

»Wenn ich mit dir zusammen bin, fühlt sich meine Welt perfekt an«, antwortete sie aufrichtig. »Und wenn wir mit unseren Freunden unterwegs sind, noch mehr. Ich hab diesen Besuch sehr gebraucht. Ich habe es vermisst, mit euch auf dem Wasser zu sein und mit den anderen herumzualbern.«

»Das Wasser ist für dich, was die Musik für mich ist. Du warst so lange nicht mit dem Boot draußen, dass ich das Gefühl hatte, deinen Akku wieder aufladen zu müssen, bevor du dich der nächsten Arbeitswoche stellst.«

Von der gegenüberliegenden Straßenseite drang Musik herüber, die sie an ihren ersten Nachmittag in Boston erinnerte – als Drake mit der geborgten Gitarre für sie sang. Bis dahin war es der glücklichste Tag ihres Lebens gewesen, doch jedes ihrer gemeinsamen Wochenenden übertrumpfte das letzte.

Sie gingen in Serenas Wohnung hinauf, die gestern Abend von so viel Leben erfüllt war. Warum traf sie der Kummer jedes Mal so heftig, wenn sie sich voneinander verabschiedeten?

Drake nahm sie in die Arme und sie vergrub das Gesicht an

seiner Brust.

»Sei nicht traurig, Supergirl.« Er streichelte ihren Rücken und küsste ihren Scheitel.

»Ich weiß nicht mal, warum ich traurig bin.« Sie hob den Kopf. »Wir hatten so viel Spaß. Ich sollte auf Wolke Sieben schweben und das tue ich auch, aber es ist schrecklich, dass unter der Woche so viele Kilometer zwischen uns liegen.«

»In fünf Tagen bin ich wieder da. Darauf kannst du dich verlassen. Du musst dich dem Verkehr nicht stellen. Ich komme auch gerne unter der Woche noch mal, wenn du willst.«

Ihr Handy klingelte, doch sie wollte sich nicht von ihm lösen. Als der Anrufer es jedoch noch einmal versuchte, zog Drake es aus ihrer Tasche.

»Babe, es ist Justine.«

»Justine?« Serena hatte ihr vor ein paar Tagen eine Nachricht hinterlassen und sich schon gewundert, warum sie sich nicht meldete. »Dauert nicht lang. Geh noch nicht, okay?«

Er schnaubte. »Ich gehe nirgendwohin, bis du nicht lächelst.«

Allein dadurch fühlte sie sich besser. Sie hielt sich das Handy ans Ohr. »Hi, Justine. Wie geht's dir?«

»Ich weiß nicht. Ich bin gerade kurz vorm Ausflippen.«

»Warum? Was ist los? Ist mit Ginny alles in Ordnung?« Ginny war ihre kleine Tochter.

»Ja, sie ist wundervoll. Es ist etwas Geschäftliches. Du musst mir einen Gefallen tun.«

Serena folgte Drake ins Wohnzimmer und setzte sich neben ihn auf die Couch. Er legte ihr einen Arm um die Schultern und zog sie an sich. »Klar. Was brauchst du?«

»Ich weiß, dass du in deinem neuen Job viel zu tun hast, aber erinnerst du dich an den Kunden aus P-Town, dem du mich empfohlen hast? Donovan? Ihm gehört das Swank.«

»Ja. Ich mochte ihn sehr.«

»Ich wollte fragen, ob du sein Projekt übernehmen könntest. In ein paar Tagen steht die Übergabe von Shift an, aber Donovan hat kein gutes Haar an den Käufern gelassen. Er weigert sich, mit ihnen zu arbeiten, und ...«

»Moment! Noch mal von vorn.« Serena sprang auf. Ihr Herz raste. »*Käufer?* Du verkaufst Shift? Was ist passiert?«

»Nichts ist *passiert*. Greg und ich haben nach Ginnys Geburt darüber gesprochen. Ich möchte mehr Zeit mit ihr verbringen, Serena. Ich will keine Teilzeitmutter sein.«

»Aber wieso wusste ich nichts davon?« Sie sah zu Drake. »Wusstest du, dass Justine Shift verkauft?«

Drake schüttelte den Kopf.

»Mit wem redest du?«, fragte Justine.

»Drake«, antwortete Serena. »Entschuldige. Erzähl mir, was los ist.«

»Wir haben ein Angebot vom Besitzer einiger kleiner Läden für Raumausstattung in Plymouth und New Bedford bekommen. Die Verhandlungen laufen seit Wochen und stehen kurz vor dem Abschluss. Ich bekomme am Dienstag die Papiere zur Durchsicht. Eigentlich wollte ich Donovan mit an die Käufer übergeben, aber unter diesen Umständen geht das natürlich nicht. Wenn du keine Zeit hast, ist das in Ordnung. Dann finde ich eine andere Lösung.«

»Für dich habe ich immer Zeit. Aber ...« Sie hatte so viele Fragen, dass sie gar nicht wusste, wo sie anfangen sollte. »Wie viel willst du für Shift haben?«

»Nicht viel. Fünfzigtausend. So viel Gewinn mache ich im Jahr, wenn ich Teilzeit arbeite. Es ist immerhin ein bisschen Geld und so habe ich mehr Zeit für Ginny.«

»Ich wünschte, du hättest mir früher davon erzählt. Ich hätte versuchen können, das Geld zusammenzukratzen.« Bei all den Möglichkeiten schwirrte ihr der Kopf.

»Tut mir leid. Als die Entscheidung fiel, hattest du den neuen Job in Boston schon angetreten und das wollte ich dir nicht vermasseln. Ich kann Donovans Auftrag jemand anderem übergeben. Aber du hast ihn ja an mich verwiesen und ich vertraue dir.«

»Vermittel ihn nicht anderweitig. Gerade habe ich kaum Luft zum Atmen und könnte nur an den Wochenenden und Abenden daran arbeiten. Allerdings war ich in letzter Zeit auch am Wochenende für KHB eingespannt. Aber ich bekomme das schon hin.«

Sie unterhielten sich noch ein paar Minuten, allerdings konnte sich Serena bei all den Fragen in ihrem Kopf kaum konzentrieren. Nachdem sie aufgelegt hatte, ließ sie sich noch immer geschockt neben Drake auf die Couch fallen. »Sie verkauft Shift. Unglaublich. Sie will mehr Zeit für Ginny haben.«

Drake legte eine Hand auf ihr Bein. »Und?«

Sie schloss einen Moment lang die Augen. In ihr herrschte ein riesiges Durcheinander. »Ich weiß nicht. Irgendwie hätte ich es gern gewusst. Was, wenn ich die Firma hätte kaufen wollen?«

»Möchtest du das denn? Du hast immer gesagt, dass du in einer großen Agentur arbeiten willst. Ist Shift im Vergleich zu deinem jetzigen Job nicht nur ein kleiner Fisch?«

Stöhnend sah sie zur Decke. »Ich weiß nicht, was ich will, oder ob ich die Möglichkeit überhaupt in Betracht ziehen kann. Sie will fünfzigtausend Dollar und steht kurz vor einem Vertragsabschluss. Ich müsste für einen Teil der Summe einen Kredit aufnehmen.«

»Ich gebe dir das Geld, wenn du deine Karriere in diese Richtung lenken willst.«

»Nein.« Sie stand auf. »Ich bin nicht meine Mutter. Das zwischen uns ist zu gut, um Arbeit und Privatleben zu vermischen.«

»Serena, sei doch nicht so stur.« Er folgte ihr. »Wenn du das wirklich willst, kannst du es haben. Wenn es dir lieber ist, leihe ich dir das Geld, anstatt es dir zu schenken. Aber du solltest nicht nur über den Kauf nachdenken, weil du in meiner Nähe sein willst.«

Sie tigerte durch den Raum und ließ sich dann wieder auf die Couch fallen. »Ich weiß nicht, was ich will. Ich liebe so vieles an meinem aktuellen Job. Aber einige Aspekte kann ich auch nicht ausstehen. Und ich hasse es, von dir und unseren Freunden getrennt zu sein.« Gerade war sie viel zu hibbelig, um sitzen zu bleiben, also ging sie wieder auf und ab. »Aber ich mache keine Rückschritte und mache meine Karriereentscheidungen auch nicht davon abhängig, dass wir jetzt ein Paar sind.«

»Hey, darum bitte ich dich auch nicht«, erwiderte Drake scharf.

Ihr Herz wurde schwer. »Das habe ich nicht so gemeint. Und ich wollte es auch nicht sagen.«

»Aber du hast es gedacht.« Er nahm sie in die Arme. Sein Gesichtsausdruck wurde sanfter.

Das konnte sie nicht leugnen, immerhin war es ihr tatsächlich ganz automatisch durch den Kopf geschossen.

»Serena, du könntest nie wie deine Mutter sein. Ich weiß, dass du unseretwegen keine vorschnellen Entscheidungen triffst. Genau deshalb sollst du wissen, worüber ich nachgedacht habe. Ich habe mir Wohnungen in der Gegend angesehen. Ich habe sogar mit dem Besitzer des Vintage-Gitarrenladens gesprochen, ob ich ihn rauskaufen kann. Allerdings habe ich nach einer intensiven Prüfung festgestellt, dass es keine kluge Investition ist, und deswegen mache ich es nicht. Aber ich bin absolut bereit, hierherzuziehen, um bei dir zu sein, solltest du bleiben wollen. Niemand macht dir Druck, ans Cape zurückzukommen. Wenn du in Boston bleiben möchtest, bist du nicht mehr lange ohne mich. Ich muss nur noch entscheiden, welche Wohnung wir uns aussuchen.«

Tränen stiegen ihr in die Augen. »Das würdest du für mich tun?«

»Natürlich. Für uns. Ich liebe dich. Ich weiß, wie anstrengend das Pendeln ist, und das ist nur die Spitze des Eisbergs. Je bekannter du in der Branche wirst, desto gefragter wirst du. Ich will es dir leichter, nicht schwerer machen. Außerdem will der egoistische Teil von mir dich jede Sekunde, in der du nicht damit beschäftigt bist, deine Karriere voranzutreiben oder dir einen Namen zu machen, für mich haben.«

»Es wäre so viel einfacher, wenn ich mehr nach meiner Mutter käme.« Sie blinzelte die Tränen weg. »Dann könnte ich einfach irgendwo zufrieden als Kellnerin arbeiten, bis du mich rettest.«

Er schenkte ihr ein schiefes Grinsen. »Du kommst schon mit *einer* Chefin nicht klar. Stell dir mal vor, du müsstest jeden dahergelaufenen Hinz und Kunz bedienen. Ich glaube nicht, dass du länger als einen Tag durchhältst, bevor sich der erste Gast beschwert, dass du seine Bestellung falsch aufgenommen hast. Entweder schnauzt du ihn dann an, dass er in die Küche gehen und sein verdammtes Essen selbst kochen soll, oder hältst ihm eine Predigt über die Schwierigkeiten im Leben einer Kellnerin und verlangst dann im Namen des kompletten

Servicepersonals dieser Welt eine Entschuldigung.«

Erstaunlich, wie gut er sie kannte. Sie war so durch den Wind. Lohnte es sich überhaupt, über den Kauf von Shift nachzudenken? War sie gerade impulsiv und von ihrer Sehnsucht nach Drake und ihren Freunden geblendet?

»Ich kann gerade nicht klar denken«, gestand sie, schmiegte sich fest an ihn und wünschte, sich für immer in seinen Armen verstecken zu können. »Das ist alles zu viel. Die meisten Menschen wägen solche Lebensentscheidungen monatelang ab und ich soll sie sofort treffen. Ich weiß nicht mal, ob ich einen Kredit bekomme, aber sie will die Papiere schon am Dienstag unterschreiben.«

»Du könntest sie bitten, noch eine Woche zu warten.«

»Das kann ich ihr nicht antun. Sie hat ein fixes Angebot auf dem Tisch liegen und sie hat so viel für mich getan. Sie will einfach nur mehr Zeit mit ihrer Tochter. Ich würde ihr diese Chance niemals aus einer Laune heraus verbauen. Vielleicht sollte ich gar nicht darüber nachdenken. Es ist doch verrückt, oder?«

»Du fragst den Kerl, der einen Musikladen eröffnet hat, obwohl er arm wie eine Kirchenmaus war.«

»Das bestärkt mich nur darin, dass ich es tatsächlich in Betracht ziehen sollte.«

»Vielleicht solltest du das«, sagte er ermutigend.

»Ich weiß nicht. Ich habe einen Job, für den andere alles geben würden. Einen Job, für den ich vor zwei Monaten noch alles gegeben hätte. Aber was, wenn ich mich geirrt habe? Was, wenn *Größer und besser* nichts für mich ist und ich auch nichts mit den Leuten zu tun haben will, die das mit sich bringt? Was, wenn ich wirklich meinen eigenen Weg gehen sollte, bei dem ich meinen Überzeugungen und meiner Kreativität folgen kann?«

»Dann ist es nicht falsch, Serena. Es ist eine Entscheidung. Es bedeutet, dass du einen Weg eingeschlagen hast, der dich zu einem anderen geführt hat.«

War das ein Zeichen? Könnte das für sie die richtige Richtung sein? »Das ist so schwer.«

»Ich weiß. Aber atme mal tief durch, Baby.« Er lächelte sie liebevoll an. »Du hast doch gesagt, dass ich kein Lügner bin, weil ich erst gesagt habe, dass ich mich nicht auf dich einlassen kann und es dann doch getan habe. Weißt du noch?«

»Ja. Deine Idee war einfach von Anfang an falsch.«

Er zuckte mit einer Schulter. »Siehst du die Parallelen nicht? Nur weil du deine Meinung jetzt änderst, war es deswegen nicht automatisch vorher eine falsche Entscheidung oder in diesem Fall auch nur eine schlechte Idee. So lernt und wächst man, egal, welchen Weg du einschlägst. Ich will nur, dass du glücklich bist. Egal wo oder wie. Okay?«

Sie nickte, hatte jedoch immer noch das Gefühl, keine Luft zu bekommen. »Du musst los. Die anderen warten.«

»Moment.« Er schnappte sich ihre Tasche und kramte ihr Notizbuch hervor. »Lass uns eine Liste mit Vor- und Nachteilen machen. Ich schreibe Rick, dass sie ohne mich fahren sollen. Ich kann mir ein Auto mieten und später nachkommen.«

»Drake ...« Kopfschüttelnd legte sie das Notizbuch auf den Couchtisch. Sie konnte keine Listen erstellen, wenn sie nicht mal klar denken konnte. Aber Drake suchte immer sofort nach Lösungen und hier tat er das aus Liebe. »Ich vergöttere dich. Das weißt du, nicht wahr?«

»Jetzt kommt irgendwas, das mir nicht gefallen wird.«

Sie setzte sich auf seinen Schoß und umfasste sein attraktives Gesicht mit beiden Händen. »Quatsch. Ich weiß, dass du das für mich klären oder mir zumindest dabei helfen willst, aber ich brauche wohl einfach etwas Zeit, um darüber nachzudenken. Es könnte eine tolle Chance für mich sein, aber meine Kunden zählen auf mich und eine Firma zu kaufen ist nicht ohne. Ich weiß nicht, ob ich meine Ersparnisse dafür wirklich aufs Spiel setzen will. Eigentlich wollte ich damit mein Cottage am Cape kaufen. Ich weiß nicht mal, ob ich so schnell einen Kredit bekomme. Für ein Auto wäre das wohl kein Problem, aber beim Kauf einer Firma läuft das sicher nicht so einfach. Es gibt zu viel zu bedenken, um das hier und jetzt festzulegen.«

»Ich hab doch gesagt, dass ich dir das Geld gebe – oder leihe.«

»Ich weiß. Aber biete mir das bitte nie wieder an.« Um ihre Worte abzumildern, streichelte sie seine Wange. »Ich könnte alles verlieren und noch mal von vorn anfangen müssen, deswegen werde ich unter keinen Umständen Geld von dir annehmen, also lass es bitte.«

»Aber du wirst nicht …«

Sie brachte ihn mit ihren Lippen zum Schweigen. »Ich liebe dich dafür, dass du an mich glaubst, aber ich muss vernünftig sein. Diese Entscheidung muss für *mich* richtig sein, ich muss alle Risiken abwägen und mir alles dreimal überlegen. Und ich muss das allein tun.«

Er biss die Zähne zusammen, wodurch sich das verräterische Grübchen in seiner Wange bildete. Sie küsste es und strich dann mit den Fingern darüber. Natürlich spielte Drake – und ihre Freunde – bei der Entscheidung eine Rolle, das war ihr vollkommen klar. Drakes Glück und sein Bedürfnis, bei seiner Familie zu sein, waren unheimlich wichtig für sie. Er wäre in Boston niemals glücklich, so weit von seinen Liebsten entfernt. Über all das musste sie gründlich nachdenken, und so sehr sie ihn auch liebte, konnte sie nicht rational bleiben, wenn sie dabei in seine Augen sah. »Bitte sei nicht sauer auf mich.«

»Bin ich nicht. Ich hätte nur gern die richtige Antwort für dich. Ich möchte nicht, dass du alles aufgibst, wofür du so hart gearbeitet hast, nur um bei mir zu sein. Aber du sollst auch nicht irgendwo bleiben, wo du nicht glücklich bist.«

»Obwohl es wehtut, das zu sagen, obwohl ich nur ungern das Gefühl habe, in einem Hamsterrad zwischen dem Cape und Boston zu stecken, wird es bei meiner Entscheidung nicht nur um dich oder gewisse Aspekte meines Jobs gehen. Es geht um mich als Frau, als Mensch, der Karriere machen will, und als Freundin. Wenn ich eins von meiner Mutter gelernt habe, dann dass ich zuerst mit mir selbst und meinem Leben im Reinen sein muss, wenn ich die richtige Partnerin für dich sein will – und erst dann solltest du überhaupt darüber nachdenken, meinetwegen umzuziehen. Große Firma? Kleine Firma? Cape? Boston? All das muss ich für mich klären. Das Einzige, was ich mit Sicherheit weiß, ist, dass ich *dich* will, und glücklicherweise hast du mir unmissverständlich gezeigt, dass du mich auch willst. Ich muss nur herausfinden, was ich darüber hinaus noch will.«

»Warum siehst du fuchsteufelswild aus und nicht gut gef…« Rick schielte zu Hagen. »… *geliebt?*«

Drake knirschte mit den Zähnen. Er wäre gern zum Cape zurückgefahren, ohne über Serenas Situation reden zu müssen. »Weil ich nicht mehr weiß, wo oben und unten ist.«

Mira gesellte sich zu ihnen. »Was ist los? Macht euch die

Entfernung zu schaffen?«

Drake wünschte, es wäre so einfach. »Nein. Wusstest du, dass Justine Shift verkauft?«

»Was? Nein. Ich hab nichts mitbekommen.« Bevor Drake sie davon abhalten konnte, drehte Mira sich um und rief den Mädels zu: »Wusstet ihr, dass Justine Shift verkauft?«

»Nein. Wirklich?«, fragte Desiree.

Emery eilte zu ihnen. »Kann Serena die Firma übernehmen?«

»Keine Ahnung«, antwortete Drake.

»Warum nicht?«, fragte Rick. »Damit wäre sie quasi wieder zu Hause.«

»Rick, du weißt, dass Serena immer so einen Job wollte, wie sie ihn jetzt hat.« Mira legte Drake eine Hand auf die Schulter. »Aber du willst, dass sie es mit Shift versucht, nicht wahr?«

»Ja!«, sagte Emery. »Ich will es auf jeden Fall.«

Desiree gesellte sich ebenfalls zu ihnen. »Sie würde das großartig machen.«

»Im Grunde würde sie das Gleiche machen wie bei uns, nur in einem größeren Maßstab«, fügte Dean hinzu. »Sie hat alles aufgebaut und die Cottages, das Büro, deine Wohnung, das Freizeitzentrum designt ...«

»Bist du deshalb wütend?«, fragte Mira.

»Nein!« Himmel, als würde er sich vor einem Vorstand rechtfertigen. »Ich bin nicht wütend auf Serena. Mensch, Mira, du kennst mich doch. Ich habe mich all die Jahre von ihr ferngehalten, weil ich ihr nicht im Weg stehen oder ihr das Gefühl geben wollte, sie müsste sich zwischen mir und ihren Träumen entscheiden. Glaubst du wirklich, ich würde sie jetzt an irgendwas hindern?«

»Hey, beruhig dich.« Matt trat zwischen sie. »Sie will doch

nur herausfinden, warum du so mies drauf bist.«

»Entschuldige«, murmelte Drake. »Ich weiß nicht, warum mir das so zusetzt.«

»Onkel Drake?«, fragte Hagen lieb.

Drake drehte sich um, bemerkte den fragenden Blick seines Neffen und fühlte sich unheimlich schuldig, weil Hagen mitbekommen hatte, wie er wütend wurde. »Tut mir leid, Hagen. Ich hätte deine Mom nicht anschnauzen dürfen.«

»Ich weiß, warum du traurig bist«, sagte er mit dem Selbstbewusstsein eines kleinen Jungen, der noch einen unschuldigen Blick auf die Welt hat. »Serena ist weg. Ich vermisse sie auch.«

Drakes Kehle wurde eng. Er nahm Hagen auf den Arm und trat zur Seite, damit Rick das Steuer übernehmen konnte. »Du hast recht. Ich vermisse sie.«

»Dann nimm sie mit nach Hause«, schlug Hagen vor.

»Ich will sie jeden Tag bei mir haben, Kumpel, aber manchmal wissen Erwachsene nicht genau, wo sie am glücklichsten sind.«

»Daddy ist hergezogen, um bei uns zu sein«, erwiderte der Junge, als wäre die Sache sonnenklar. »Dann kannst du doch nach Boston ziehen, um bei Serena zu sein. Aber du musst uns trotzdem besuchen kommen, sonst vermisse ich euch beide.«

»Ich auch«, fügte Mira hinzu.

»Das ist ein guter Rat, Kumpel«, lobte Matt und nahm Drake Hagen ab. »Was hältst du davon, wenn wir nach ein paar Fischen Ausschau halten, damit Onkel Drake in Ruhe nachdenken kann?«

»Wir bekommen die Summe für den Kauf sicher zusammen. Ich habe Ersparnisse«, sagte Emery, nachdem die beiden weg waren.

»Ich auch. Wie viel braucht sie?«, fragte Desiree.

»Nein, lasst das«, befahl Drake streng. »Glaubt ihr echt, ich habe ihr das Geld nicht schon angeboten? Ich könnte ihr drei Firmen kaufen, wenn sie die will. Ich weiß eure Hilfe zu schätzen, aber wir reden hier von Serena. Sie wird von keinem von uns Geld annehmen.«

»In hundert Jahren nicht«, stimmte Rick zu.

»Im Moment weiß sie noch nicht, was sie will«, erklärte er. »Ich will nur nicht, dass sie die falsche Entscheidung trifft und sie später bereut – egal, ob sie bleibt, wo sie ist, diese Firma kauft, oder etwas ganz anderes macht. Ich habe alle Karten auf den Tisch gelegt. Nun ist sie am Zug.«

Zweiundzwanzig

Am Montagmorgen schleppte Serena sich müde ins Büro und war einfach nur dankbar, heute keine persönlichen Kundentermine zu haben. Gestern Abend hatte sie lange mit ihren Freundinnen telefoniert, die alle wissen wollten, wie sie zum Verkauf von Shift stand. Chloes Rat war der beste gewesen: *Denk nicht an Mom, wenn du eine so große Entscheidung triffst.* Sobald sie ihre Mutter ausgeblendet hatte, lichtete sich das Chaos in ihrem Kopf deutlich. Bei ihrem späteren Telefonat hatte Drake das Thema eher vermieden. Sie wusste, dass ihre plötzliche Unsicherheit in Bezug auf ihre Zukunft ihn sehr belastete. Drake fand Lösungen für Probleme. Er plante. Er war ein Mann, der sich zurückgezogen hatte, nur damit sie im Leben vorankam. All das und die große Ungewissheit hatten sie die ganze Nacht wach gehalten, sodass sie heute Morgen wie ein Zombie aussah. Hoffentlich deckte das Make-up die dunklen Ringe unter ihren Augen ab, damit es niemandem auffiel.

Sie schaute kurz bei Laura und Spencer vorbei, begegnete Gavin an der Kaffeemaschine, ging jedoch weiter in ihr Büro, um sich dort den restlichen Tag zu verschanzen. Sie war so erschöpft und verwirrt, dass sie am Ende noch Suzanne anschnauzen würde, wenn sie in eine entsprechende Situation kam.

Eine Hand mit einer Kaffeetasse schob sich durch ihre Tür. »Ist es sicher?«

»Für den Kaffee ja. Für dich wahrscheinlich nicht.«

Gavin schlenderte mit zwei Kaffeetassen in den Händen und einem frechen Grinsen auf den Lippen herein und schloss die Tür mit dem Fuß. »Das Risiko gehe ich ein.«

»Du bist entweder mutig oder dumm.« Sie deutete auf den freien Stuhl.

Er stellte die Tasse vor ihr ab, nahm Platz und nippte an seiner eigenen. Dann überschlug er die Beine und lehnte sich zurück. »Definitiv beides, aber wow. Du siehst schlimm aus. Trennung, sexy Nacht oder Periode?«

»Nichts davon.« Sie umrundete ihren Schreibtisch und setzte sich auf den Stuhl neben ihn.

»Lass ja die Finger bei dir«, warnte er.

Sie lächelte. »Ich brauche einen Rat.«

»Soll ich Cookies besorgen?«

»Die könnte ich brauchen, aber wir haben keine Zeit, also hör einfach zu. Stell dir vor, du hättest die Chance auf einen neuen Job.«

Er runzelte die Stirn. »Haben wir dieses Spiel nicht erst gespielt?«

»Anderer Job, und er ist an einem Ort, den du liebst.« Sie seufzte. »Es ist mir zu anstrengend, das hypothetisch zu formulieren. Ich bin erledigt, also spreche ich es einfach aus, aber das muss unter uns bleiben.«

Er tat so, als würde er etwas über ihre Köpfe ziehen. »Mantel des Schweigens. Raus damit.«

»Meine ehemalige Arbeitgeberin Justine verkauft Shift, ihre kleine Designfirma in Hyannis, von der ich dir erzählt habe. Ich habe gestern davon erfahren. Sie hat schon ein Angebot und will am Dienstag den Vertrag unterschreiben.«

Er lehnte sich näher zu ihr und lauschte eindringlich. »Jetzt bin ich neugierig. Du hast doch so gern dort gearbeitet, aber es gab nicht genügend Aufträge, um dich Vollzeit einzustellen, richtig?«

»Genau. Aber wenn ich es kaufe, könnte ich mehr Werbung machen und … Sie hat erzählt, dass sie in Teilzeit fünfzigtausend im Jahr verdient. Davon könnte ich schon leben, wenn es sein muss.«

»Aber verkauft sie die Firma, weil das Geschäft nachlässt? Gibt die lokale Wirtschaft dort genug her? Gab es zu viel Konkurrenz?«

»Nein. Sie hat ein Baby bekommen und will mehr Zeit für die Kleine haben. Ich kenne Justine. Ich weiß, wie sehr sie Shift liebt. Sie hat das Unternehmen von Grund auf aufgebaut. Aber nach der Geburt ihrer Tochter hat sie sich verändert. Sie ist Mutter geworden. Das verstehe ich.«

»Legt sie dir ihre Buchhaltung offen?«

»Ja, aber ich weiß nicht mal, ob ich die Firma überhaupt haben will.«

Er blinzelte ein paarmal sichtlich ungläubig. »An dem Ort, den du liebst, das tun, was du liebst. Wo liegt das Problem?«

»Es gibt einige. Ich habe hier einen festen Job.«

»Mit einer Chefin.«

Sie war zu müde für Spielchen. »Was soll das heißen?«

»Du hast Probleme mit Autorität. Ist dir das nicht klar? Tut mir leid. Ich dachte, du wüsstest das.«

Sie konnte ein Lächeln nicht unterdrücken. »Okay, stimmt. Aber nur, wenn ich meine Ideen für besser halte.«

»Sage ich doch: Probleme mit Autorität. Was noch?«

»Ich weiß es nicht. Genau das macht mich so fertig. Was, wenn ich mir hier nicht genug Zeit gegeben habe? Was, wenn sich alles einrenkt und ich bald die Wochenenden wieder für mich habe? Was, wenn Suzanne mich irgendwann genug respektiert, um mich Laura und Spencer so einsetzen zu lassen, wie ich will?«

Er zog sein Handy hervor, tippte ein paarmal aufs Display und reichte ihr das Gerät. »Das ist mein Terminkalender vom letzten Monat. Sag mir – wird sich hier was ändern?«

Sie überflog die Liste. Er hatte fast jeden Samstag Termine, dazu noch an drei Abenden unter der Woche und sogar an einem Sonntag. Sie gab ihm sein Handy zurück. »Dann bleibt aber immer noch das größte Problem.«

»Ich weiß. Es ist zu gut, um wahr zu sein.«

Sie verdrehte die Augen.

»›Kane's Donuts‹ ist nicht mehr um die Ecke?«

»Mist. Daran habe ich gar nicht gedacht. Abby hat einen Donut nach Drake und mir benannt. *Perpetual Bliss.* Ziemlich cool, oder? Sie würde mir sicher welche per Express schicken, wenn ich sie darum bitte.«

»Erstens, das ist unheimlich cool. Zweitens, vielleicht kannst du sie ja überzeugen, mit ans Cape zu ziehen.«

Sie nippte an ihrem Kaffee. »Sieh mal einer an, jetzt entwirfst du eine Strategie für mein Leben.«

»Jemand muss es ja machen.«

»Darum geht es. Bis jetzt musste niemand etwas für mich entscheiden. Ich habe das schon immer selbst gemacht. Deshalb wirft es mich jetzt so heftig aus der Bahn.« Sie ging zum Fenster und ließ den Blick über die vielen Häuser schweifen. »Ich dachte, dass ich das hier wollte. Eine große Stadt, reiche Kunden und einen Job in einem namhaften Unternehmen. Ich wollte alles, was meine Mutter sich für sich selbst nie gewünscht hat.«

Vor einer Weile hatte sie Gavin von ihrer Mutter erzählt, doch er hatte nicht mal mit der Wimper gezuckt. *Jede starke Frau, die ich kenne, wurde von einem Elternteil im Stich gelassen, vom anderen Elternteil unterstützt, oder musste sich mit einem Geschwister messen. Das ist keine Hexerei. Wir alle werden von jemand anderem beeinflusst.*

Sie drehte sich um und musterte seinen schicken blauen Anzug und die glänzenden Schuhe. Auch sie hatte teure Kleidung, fühlte sich darin aber noch immer, als würde sie ihr nicht gehören. Ihr Herz würde nie an dieser Agentur hängen.

»Ich weiß, was ich will, und das hier ist es nicht«, erklärte sie entschlossen. »Ich will nicht jeden Tag zur Arbeit gehen und fürchten, von einer Chefin blockiert zu werden, oder Projekte annehmen zu müssen, die ich nicht machen will. Das Geld ist mir egal. Mir ist wichtig, dass ich liebe, was ich tue, und dass ich bei meiner Familie bin – Drake, Chloe, Mira, Rick, Emery. Die ganze Gang.«

»Prima. Was hält dich dann auf?«

Serena ließ sich wieder auf den Stuhl fallen. »Ich habe Ersparnisse, die reichen, aber nicht ganz für den Firmenkauf, und ich weiß nicht, ob ich wirklich jeden Cent in etwas so Riskantes stecken will.«

»Du hast doch gesagt, dass das Geschäft gut läuft.«

»Tut es, aber was, wenn ich es in den Sand setze?«

Er lachte laut auf, versuchte aber, es in einem Husten zu verstecken. »Augenblick mal. Die Frau, die sich furchtlos mit Suzanne Kline anlegt, leidet unter mangelndem Selbstbewusstsein? Schwachsinn. Worum geht es wirklich?«

»Okay, na schön. Ich weiß, dass ich es nicht in den Sand

setze, aber irgendetwas könnte schieflaufen. Das Gebäude könnte abbrennen. Die Wirtschaftslage könnte sich verändern.«

»Stimmt. Also versicherst du dich gut und suchst dir einen neuen Job, sollte die Wirtschaft wirklich einbrechen. Oder du sitzt weiter hier rum, arbeitest sechs Tage die Woche, pendelst zwischen dem Cape und Boston hin und her, und sollte die Wirtschaft einbrechen, fängst du genauso wieder von vorn an.«

Sie ließ sich seine Worte durch den Kopf gehen und musterte seinen Gesichtsausdruck dabei prüfend. Gavin machte ihr nichts vor. Er hatte nichts davon, sie zum Bleiben oder Gehen zu bewegen. »Du hältst es also für eine gute Idee?«

»Du gehörst nicht hierher, Serena. Das höre ich bei dir ständig zwischen den Zeilen raus. ›Wenn es meine Firma wäre, würde ich *das* tun‹ und ›Wenn ich die Chefin wäre, würde ich *jenes* machen‹.«

»Ich weiß«, räumte sie schließlich ein. »Ich habe wohl einfach Angst davor, mir Hoffnungen zu machen. Was, wenn ich es nicht durchziehen kann? Was, wenn Justine keinen frischen Wind will und sich für den anderen Käufer entscheidet? Was, wenn ich keinen Kredit bekomme?«

»Willst du denn einen Kredit?« Er nippte gelassen an seinem Kaffee.

»Niemand *will* einen Kredit. Man nimmt ihn auf, weil man muss. Sie will fünfzig Riesen, ich habe zweiunddreißig, wäre dann aber komplett blank. Ich zahle kein Auto ab und habe auch keine Kreditkartenschulden. Vermutlich könnte ich auch fünfundzwanzigtausend beantragen, damit ich noch ein paar tausend Dollar auf der hohen Kante habe. Das bedeutet aber auch, dass ich das Cottage nicht kaufen kann, in dem ich die letzten Jahre zur Miete gewohnt habe. Das könnte ich aber wohl opfern.«

»Man kann ein Geschäft auch anders erfolgreich auf die Beine stellen. Was hältst du von einem Geschäftspartner?«

»Soll Drake die Firma für mich kaufen und mich aushalten? Niemals.« Sie verschränkte ablehnend die Arme vor der Brust.

»Ich sagte *Partner*, nicht Sugar Daddy.« Er beugte sich vor und klopfte etwas von ihrer Schulter.

»Was …?« Sie schaute auf die Stelle.

»Nichts. Ich wollte nur das Teufelchen runterschubsen, das dir Unsinn ins Ohr flüstert.«

Sie seufzte. »Okay, ich bin stur. Das ist kein Geheimnis.«

»Serena, ich meine es ernst. Du hast die Chance auf etwas Großartiges. Ich würde liebend gern mit dir zusammen einsteigen. Ich habe keine Kontakte am Cape, aber eine Menge hier in Boston, die nichts mit KHB zu tun haben. Und falls es dir noch nicht aufgefallen ist: Die Kunden mögen mich. Ich weiß, wie das System funktioniert. Ich bin ein ehrlicher Kerl und wir kommen gut miteinander aus. Ich weiß, wann ich dich mit Cookies versorgen und wann ich mich zurückhalten muss. Ich weiß, dass du unheimlich scharfsinnig bist und deine Ideen normalerweise goldrichtig sind. Solltest du doch mal falsch liegen, weiß ich, dass du mit ein wenig Kritik umgehen kannst, solange sie richtig formuliert ist.«

»Ich hab dir nicht in die Eier getreten, als du mir gesagt hast, dass ich mit dieser einen Idee für Seths und Jareds Projekt in die falsche Richtung gehe, oder?«

Er schüttelte den Kopf. »Deswegen weiß ich, dass du ein anständiger Mensch bist. Wir können das schaffen. Wir können uns selbst etwas Unglaubliches aufbauen, Kunden annehmen, die uns respektieren und, was genauso wichtig ist: die wir auch respektieren.«

»Ist das dein Ernst?« Ihr Puls beschleunigte sich. »Du würdest ans Cape ziehen? Dir ist klar, dass Sand und Designeranzüge nicht gut zusammenpassen.«

Er verengte die Augen zu Schlitzen und schüttelte den Kopf. »Ich will unbedingt von hier weg. Lass uns diesen Weg gemeinsam beschreiten. *Shift – Mit Mallery und Wheeler zum Erfolg.* Das ist doch ein guter Werbeslogan.«

Sie bekam eine wohlige Gänsehaut. »*Mallery und Wheeler.* Gefällt mir. Bist du sicher? Dir ist hoffentlich klar, dass ich sehr genaue Vorstellungen habe, wie das laufen soll.«

»Andernfalls würde ich dich nicht respektieren. Natürlich müssen wir uns zuerst Justines Bücher ansehen, um sicherzugehen, dass alles seine Richtigkeit hat. Dann müssen wir einen Partnerschaftsvertrag aufsetzen und alles andere entsprechend regeln. Aber lass es uns machen. Warum sollten wir den Rest unseres Lebens für andere Leute arbeiten?«

»Weißt du was? Ich bin dabei!« So leicht wie in diesem Moment hatte sie sich seit Wochen nicht mehr gefühlt. Sie stand auf und reichte Gavin die Hand. »Auf Mallery und Wheeler.«

Es klopfte an der Tür. Die beiden drehten sich zu Suzanne um, als diese den Kopf ins Büro streckte.

»Serena, kommst du bitte in mein Büro?«

Wenn Serena auch nur halb so schuldbewusst aussah wie Gavin, steckte sie mächtig in der Tinte. Doch das Kribbeln in ihrem Bauch verriet ihr, dass sie die richtige Entscheidung traf.

Am Montagabend machte Drake sich ein Bier auf und brutzelte ein Steak auf dem Grill hinter dem Büro. Heute war er den ganzen Tag mit Carey und Maddy im Laden gewesen. Sie arbeiteten gut zusammen und schon jetzt war der Laden beliebt bei Musikern um die zwanzig, die gerne bei ihnen herumhingen. Zweifellos lag das an Serenas genialer Überraschung und der Tatsache, dass Boone alle möglichen Dinge signiert hatte. Noch am selben Tag war all das ausverkauft gewesen, doch die Leute kamen noch immer, um den Ort zu sehen, an dem Boone Stryker gespielt hatte.

Sein Handy klingelte und Serenas Name erschien auf dem Display. »Hey, Babe.«

»Hi«, begrüßte sie ihn atemlos. »Tut mir leid, dass es so spät ist. Ich hatte noch ein Meeting. Ich muss dir so viel erzählen. Sitzt du? Du solltest dich wohl lieber setzen.«

»Nein. Ich stehe am Grill, was ist los?«

»Ich tue es. Ich werde Justines Firma kaufen! Gavins Bruder ist ein Buchhaltungsgenie und hat sich heute Nachmittag die Bücher von Shift angesehen. Dann haben wir uns mit einem Anwalt getroffen, um ein Angebot aufzusetzen. Sie bekommt es bis morgen früh um neun, aber ich habe schon mit ihr telefoniert und für sie passt alles. Sie wird es annehmen. Suzanne hat mir heute die Hölle heiß gemacht, weil ich nicht genug Stunden abrechne. Ich freue mich so sehr darauf, aus dieser Unternehmenskultur rauszukommen. Ich kann es selbst noch nicht glauben, aber ich werde es tun, Drake! Ich kaufe Shift!«

»Wow, Babe. Mach langsam«, bat er. Er konnte ihr kaum folgen und musste ein ungutes Gefühl unterdrücken, dass sie so viel erledigt hatte, ohne ihm vorher davon zu erzählen. Ihm war bewusst, dass er kein Recht hatte, sauer zu sein. Es war ihre Entscheidung, ihr Leben. Trotzdem fühlte er sich ausgeschlossen. »Das sind tolle Neuigkeiten, aber woher hast du das Geld?«

»Oh mein Gott. Ich bin so aufgeregt, dass ich ganz vergessen habe, dir davon zu erzählen! Gavin und ich tun uns zusammen, halbe-halbe. Mallery und Wheeler! Ist das zu fassen? Es ist perfekt!«

Drake unterdrückte einen Fluch. »Babe, von mir nimmst du kein Geld, von einem Typen, den du seit einem Monat kennst, aber schon?«

»Ich *nehme* überhaupt nichts von ihm. Wir sind Geschäftspartner, Drake. Wie du, Rick und Dean.«

»Die ich schon mein ganzes Leben lang kenne. Woher weißt du, dass du diesem Kerl vertrauen kannst?«

»Ich weiß es einfach. Warum bist du plötzlich so sauer?«

»Weil ich nicht will, dass du einen Fehler machst«, antwortete er und ging unruhig auf und ab. »Eine Geschäftspartnerschaft ist in vielerlei Hinsicht kompliziert. Du hast keine Ahnung, ob dieser Typ ehrlich ist oder nicht.«

»Oh doch, das weiß ich«, fuhr sie ihn an. »Er war immer ehrlich zu mir, egal ob in Bezug auf die Arbeit, sein Leben oder Freundschaften. Ich vertraue meinem Bauchgefühl und das solltest du auch tun.«

»Hier geht es um eine Menge Geld, Babe. Du steckst fünfundzwanzig Riesen mit ihm in dieses Projekt. Niemand weiß, wie das ausgeht.«

»Es sind *neun*undzwanzig Riesen«, erwiderte sie schroff. »Wir müssen auch den Anwalt für den Partnerschaftsvertrag und ein paar andere Dinge bezahlen. Aber weißt du was?« Ihre Stimme wurde schriller. »Ich streite mich nicht mit dir darüber. Du hast recht. Niemand weiß, wie das ausgeht, und ich bin überzeugt, dass es hervorragend laufen wird. Wenn Justine morgen offiziell unser Angebot annimmt, werde ich kündigen, und in zwei Wochen bin ich wieder am Cape, bei *dir*, und wenn du mich fragst, ist das ziemlich großartig.«

Er ballte die Hände zu Fäusten. »Du hast recht, das ist es. Aber ich würde mich besser fühlen, wenn ich Gavin vorher durchleuchtet hätte. Mein Kumpel Reggie Steele ist Privatdetektiv. Ich rufe ihn nachher an und lasse das von ihm erledigen, bevor du den Vertrag unterschreibst. Nur um sicherzugehen.«

»Wie du meinst. Tu, was du nicht lassen kannst.«

»Es ist zu deinem Schutz, Serena. Nicht für mich.«

»Ist es das? Oder geht es um Eifersucht?«

»Verdammt, hier geht es ums Geschäft. Ich vertraue dir. Das weißt du doch. Du arbeitest doch jetzt schon jeden Tag mit diesem Kerl zusammen. Du gehst mit ihm was trinken und zum Karaoke. Er bringt dir Cookies mit. Wenn ich dir nicht vertrauen würde, wären wir nicht mehr zusammen. Aber du bist meine Freundin und du willst vielleicht mein Geld nicht, aber ich werde nicht tatenlos zusehen, wie du den möglicherweise größten Fehler deines Lebens begehst.«

»Toll, wie du meinem Bauchgefühl vertraust.«

»Das meinte ich nicht. *Verdammt.* Hör zu, wenn er sauber ist, unterstütze ich dich. Aber woher willst du das ohne gründliche Recherche wissen?«

Schweigen antwortete ihm.

»Serena«, fuhr er ruhiger fort. »Ich liebe dich. Wenn es das ist, was du willst, unterstütze ich dich in jeder Hinsicht. Aber wäre es nicht trotzdem klug, ihn zu überprüfen? Es hat nichts damit zu tun, dass ich dir nicht vertraue oder eifersüchtig bin. Ich will dich einfach nur beschützen.«

Sie schwieg einen Augenblick. »Mist. Justine ruft gerade an. Da muss ich rangehen, falls es bei ihr irgendwo klemmt. Ich rufe dich später zurück.«

Sie legte auf.

»*Verdammt.* So ein verfluchter Mist.«

Rick und Desiree kamen um die Ecke. »Was ist denn los?«, fragte Rick.

Drake schaltete den Grill ab. »Serena macht ein Angebot für Shift – mit Gavin als Geschäftspartner.«

Rick und Desiree sahen sich perplex an. »Okay, na ja, du meintest doch, dass er einer von den Guten ist, oder nicht?«

Drake warf ihm einen finsteren Blick zu. »Um mit ihm rumzuhängen, nicht um sich mit allem auf ihn zu verlassen, wofür sie ihr Leben lang gearbeitet hat. Sie ist so unheimlich dickköpfig. Ich hab ihr gesagt, dass ich ihn überprüfen lassen will. Ihr wisst schon, sorgfältiger Backgroundcheck, wie wir es bei jedem neuen Geschäftspartner tun würden. Wir wissen nichts über diesen Typen.«

»Aber sie schon«, erinnerte Desiree ihn.

Er rieb sich mit einer Hand übers Gesicht. »Ja, ich weiß.«

Rick sah ihm fest in die Augen. »Was hast du jetzt vor?«

»Du meinst, außer ihn von Reggie Steele überprüfen zu lassen? Wenn ich das nur wüsste.« Er marschierte zum Büro.

»Drake …«

Rick wollte ihm folgen, doch Drake hielt ihn mit einem eiskalten Blick davon ab. Dann rauschte er ab ins Gebäude und nahm dabei zwei Stufen auf einmal.

Dreiundzwanzig

»Ich weiß, Chloe«, sagte Serena ins Handy. »Ich bin überglücklich. Nachdem du mir gesagt hast, dass ich nicht an Mom denken soll, hat sich alles ergeben.«

»Du weißt schon, dass es auch in Ordnung wäre, wenn du es für Drake tun würdest, oder? Du bist nicht Mom. Du könntest nie wie sie sein.«

Serena nickte, obwohl Chloe sie nicht sehen konnte. »Ich weiß. Danke. Hör zu, ich muss los. Justine und ich haben lange telefoniert und ich kann Drake nicht erreichen. Er reagiert nicht auf meine Anrufe oder Nachrichten.«

»Wahrscheinlich ist er im Musikladen oder geht joggen.«

»Vielleicht, aber er war ziemlich sauer. Er wollte Gavin von einem Privatdetektiv überprüfen lassen und ich war … nicht ganz einverstanden damit.«

»Oh Mist. Du bist ein richtiger Sturkopf. Er wollte doch nur auf dich aufpassen.«

Tränen brannten ihr in den Augen. »Ja, ich weiß. Ich muss los.« Sie legte auf und versuchte es noch einmal bei Drake. Es klingelte dreimal, dann landete sie auf der Mailbox. Dieses Mal hinterließ sie keine Nachricht. Wie oft sollte sie sich noch bei ihm entschuldigen?

Sie rief im Musikladen an, landete jedoch auch dort auf dem Anrufbeantworter. Wie dumm von ihr. Warum sollte er im Laden ans Telefon gehen, wenn er ihre Anrufe schon nicht auf seinem Privathandy annahm?

Als Nächstes versuchte sie es bei Mira und fragte, kaum dass sie abgenommen hatte: »Hast du Drake gesehen?«

»Nein. Warum?«

»Wir haben uns gestritten. Ich versuche schon seit einer Stunde, ihn anzurufen, aber er geht nicht ran. Sag ihm bitte, dass er sich bei mir melden soll, wenn du mit ihm sprichst.«

Als sie schließlich in Bayside ankam, hatte sie Tränen in den Augen, war wütend, und so erleichtert, Drakes Pick-up zu sehen, dass sie ihn beinahe geküsst hätte. Sie rannte nach oben in seine Wohnung und hörte die dröhnende Musik schon durch die geschlossene Tür. Statt anzuklopfen, ging sie einfach hinein und marschierte in sein Wohnzimmer.

»Drake!«, rief sie. »Wir sollten feiern und nicht streiten!« Bei dieser Lautstärke konnte er sie jedoch unmöglich hören und normalerweise drehte er die Musik nur so auf, wenn er sauer war.

Im Schlafzimmer blieb sie wie angewurzelt stehen. Ihre Sachen lagen fein säuberlich gefaltet in einem Koffer. Tränen liefen ihr über die Wangen. Mit der Champagnerflasche in der einen und der Cookie-Schachtel in der anderen Hand fühlte sie sich so unglaublich dumm. Warum hatte sie mit ihm gestritten? Warum war sie nur so stur?

»Serena.« Drakes tiefe Stimme war selbst über die dröhnende Musik zu hören. Er kam nur mit einem Handtuch bekleidet, seiner Kulturtasche und einer Shampooflasche aus dem Badezimmer.

»Ich hab versucht, dich anzurufen!«, brüllte sie. »Es tut mir leid. Ich weiß, dass ich dickköpfig und anstrengend bin. Ich hätte mit dir nicht über Gavin streiten sollen. Du hast recht, ich hätte ihn überprüfen sollen. Oh Gott, bitte mach nicht mit mir Schluss, nur weil ich so ein Vollpfosten bin.«

Er legte seine Sachen in den Koffer und kam zu ihr. »Ich hasse es, mit dir zu streiten. Aber so sind wir eben. *Zwei* starrsinnige Menschen.«

Ihre Tränen wollten einfach nicht versiegen. »Aber wir schaffen das! Ich werde weniger stur sein, versprochen.«

Kopfschüttelnd umfasste er ihr Gesicht und sie spürte praktisch, wie ihr das Herz brach. Er wischte ihre Tränen mit dem Daumen fort, doch das hielt ihre Verzweiflung nicht auf.

»Du kannst nicht weniger stur sein und das will ich auch nicht«, sagte er laut.

»Aber du hast meine Sachen gepackt. Ich will nicht, dass du meine Sachen packst. Ich will, dass unsere Sachen zusammen sind. Ich kann lernen, den Mund zu halten.«

Erneut schüttelte er den Kopf und lächelte ungläubig. »Nein, kannst du nicht.«

»Oh Gott …« Die Tränen nahmen ihr die Sicht und die Musik vibrierte in ihrer Brust, die vor Kummer schmerzte.

»Dein Widerwille, dich unter Wert zu verkaufen oder vor irgendjemandem zu katzbuckeln, macht dich stark! Und mein Beschützerinstinkt sorgt dafür, dass du nicht verletzt wirst. Siehst du das nicht, Supergirl?« Ein aufrichtiges Lächeln umspielte seine Lippen. »Wir sind füreinander gemacht. Wir waren unsere erste große Liebe und werden auch die letzte sein.«

»Aber?« Seine Worte ergaben keinen Sinn, wenn er sie doch rausschmeißen wollte.

»Ich habe *unsere* Sachen gepackt, weil ich zu dir nach Boston komme, bis du zurückziehst. Reggie schickt mir morgen den Bericht über Gavin. Ich wollte bei dir sein, wenn Justine anruft, um dein Angebot anzunehmen.«

Serena schluchzte vor Freude auf und hielt ihm die Champagnerflasche und die Cookie-Schachtel hin. Drake nahm ihr beides ab und legte es auf die Couch. Dann senkte er den Kopf und heilte ihr gebrochenes Herz mit einem liebevollen Kuss nach dem anderen. Sein Körper war warm und feucht von der Dusche. Je inniger sie sich küssten, desto heißer wurde er.

»Drake! Mach das leiser!« Miras Stimme aus dem Flur ließ sie auseinanderfahren. »Serena versucht, dich zu …« Sie tauchte in der Tür auf.

Drake stellte sich hinter Serena und seine harte Länge drückte sich gegen ihren Rücken. Serena musste ein Kichern unterdrücken.

Mira wandte den Blick ab. »*Oh*. Vergiss es.«

Rick platzte hinter ihr ins Zimmer. »Was soll der Lärm?«

Drake schlang die Arme um Serenas Taille. »Hier haben sich nur zwei leidenschaftliche Menschen unterhalten. Ihr werdet das nicht mehr länger ertragen müssen. Ich gehe nach Boston.«

»Ist das dein Ernst?«, rief Mira.

»Ja«, antwortete Drake, drehte Serena in seinen Armen und sah sie an, als wäre sie die Liebe seines Lebens – und sie wusste, dass sie das immer sein würde. »Mir war noch nie etwas so ernst.«

Epilog

Serena hielt vor den Büroräumen von Mallery and Wheeler Interior Design und blieb einen Moment in ihrem Auto sitzen, um alles auf sich wirken zu lassen. Vor acht Wochen hatte Reggie Steele in seinem Bericht Gavins weiße Weste bestätigt. Vor fünf Wochen hatten Gavin und sie KHB verlassen. Vor drei Wochen und fünf Tagen hatten sie ihre neue Firma eröffnet. Da Serena Geheimnisse hasste, hatte sie Gavin erzählt, dass Drake den Privatermittler angeheuert hatte, um ihn zu überprüfen, bevor Justine ihr Angebot angenommen hatte. Sie war sehr erleichtert, dass Gavin sie auch durchgecheckt hatte, lange bevor er die Partnerschaft vorgeschlagen hatte. Offensichtlich war er genauso vorsichtig und versiert wie Drake. Selbstverständlich waren die beiden inzwischen gute Freunde.

»Perfektes Timing. Ich muss zu einem Meeting«, sagte Gavin, als Serena das Büro betrat und ihre Sachen auf den Tisch stellte.

»Langsam erkenne ich ein Muster. Du bist gestern auch gerade gegangen, als ich gekommen bin.«

»Wie zwei Boote in der Nacht.« Gavin sammelte sein Zeug zusammen und stand auf. Er hatte seine eleganten Anzüge größtenteils gegen Jeans und Hemd getauscht, wodurch er perfekt zum Cape und ihren Freunden passte. Überraschenderweise war herausgekommen, dass er nicht weit von Desiree und Emery entfernt in Oak Falls, Virginia, aufgewachsen war, und sie sich ziemlich gut kannten.

»Machst du auch bald Schluss?«, fragte er.

»In etwa einer halben Stunde. Ich muss noch ein paar Sachen für morgen vorbereiten. Viel Glück bei dem Meeting. Mit wem ist es?«

»Einem kleinen Unternehmer in Brewster. Ich erzähle dir morgen beim Frühstück, worum es geht. Rick hat versprochen, sich mehr anzustrengen. Ich hoffe auf die Törtchen mit Vanillecreme, die Desiree letzte Woche gemacht hat.«

Serena schmunzelte. Anfangs hatte es einige Startschwierigkeiten gegeben. Sie mussten sich erst darüber einig werden, wie sie gewisse Marketingaspekte angingen und außerdem Justines Kunden von ihrer neuen Firma überzeugten, aber das hatte sich alles regeln lassen und sie arbeiteten gut zusammen. Sie lernten, wann sie einander in Ruhe lassen und wann sie die Cookie-Vorräte aufstocken mussten.

Sie schickte Drake schnell eine Nachricht. *Vermisse dich. Bin in ca. vierzig Minuten zu Hause.* Sie fügte noch ein Kuss-Emoji hinzu, dann bereitete sie alles für das Treffen mit Seth und Jared morgen vor. Das Projekt, mit dem sie KHB beauftragt hatten, durfte Serena natürlich nicht mehr betreuen, doch die beiden wollten ein Restaurant in Provincetown eröffnen und hatten Serena um Hilfe dafür gebeten. Sie war begeistert, wieder mit ihnen zu arbeiten, und konnte es nicht erwarten, anzufangen. Mit Donovan entwarf sie die Umgestaltung seines Ladens, doch er war schwer zufriedenzustellen. Letzte Woche hatten sie sich endlich auf ein Konzept geeinigt und konnten das nun umsetzen.

Eine halbe Stunde später packte sie zusammen und fuhr nach Hause. Sie hatte immer viel zu tun und musste manchmal auch an den Wochenenden arbeiten, doch ihre Abende gehörten dem Mann, den sie liebte, und ihren wunderbaren Freunden. Das Leben war besser als je zuvor und auf dem Weg die staubige Straße zu ihrem gemieteten Cottage hinunter bereute sie es nicht, ihre Ersparnisse in ihre Zukunft investiert zu haben.

Violet hatte sie erneut bei nicht jugendfreien Aktivitäten auf dem Balkon erwischt, also waren sie dauerhaft in Serenas Cottage gezogen. Drake hatte seine Wohnung Daphne überlassen, die sich gut im Resort machte und bisher bei ihrer Schwester untergekommen war. Serenas Entscheidung, zurück ans Cape zu ziehen, hatte Drake und die anderen mehr beeinflusst, als sie sich je hätte träumen lassen. Nach langen Diskussionen über die Zukunft und wie wichtig es war, Zeit mit Freunden und der Familie zu verbringen, hatten die Jungs Everett Adler eingestellt, um das Resort an den Wochenenden zu leiten. Everett unterrichtete Musik an einer Mittelschule und gab auch Unterricht im »Bayside Music and Arts«. Er war jung, geschieden und fügte sich hervorragend ins Team ein.

Serena parkte neben Drakes Pick-up in der Einfahrt. Die himmelblauen Fensterläden und Wildblumen hatten ihr früher ein Gefühl von Frieden vermittelt, das man nur beim nach Hause kommen verspürte. Doch das hatte sich in den letzten Monaten geändert. Sie wusste, dass es egal war, wo sie lebte, solange sie mit Drake zusammen war. Er war zu ihrem Fundament, ihrer Komfortzone geworden. *Er* war *Zuhause.*

An der Haustür klebte ein Umschlag. Sie nahm die Karte heraus. Auf der oberen Hälfte stand: *Dich vernasche ich am liebsten.* Daneben war ein rotes Herz gekritzelt. Auf der unteren

Hälfte waren ein Mann und eine Frau von den Oberschenkeln abwärts abgebildet. Die Frau trug rote High Heels und ein roter Tanga hing an ihren Knöcheln. Der Mann hatte Socken an und um seine Füße lagen schwarze Boxershorts.

Sie klappte die Karte auf und las Drakes vertraute Handschrift. *Komm an den Strand.* Er hatte noch ein Herz gemalt und *Superman + Supergirl* hineingeschrieben.

Gott, sie liebte ihn so sehr.

Sie rannte ins Haus und zog sich so schnell wie möglich aus, um in das hautenge, rückenfreie weiße Kleid zu schlüpfen, das sie vor ein paar Jahren gekauft hatte. Bis jetzt hatte sie sich nicht getraut, es anzuziehen. Der Ausschnitt fiel locker bis zu ihrem Bauchnabel und es war an beiden Seiten bis zur Taille geschlitzt. *Perfekt.*

Noch ein Paar Flip-Flops angezogen, dann rauschte sie zur Haustür hinaus und rannte zum Wald und dann den Weg hinunter zum Strand. Dort zog sie ihre Schuhe aus und spürte dem warmen Sand zwischen ihren Zehen nach. Drake stand mit dem Rücken zu ihr und sah aufs Wasser hinaus. Die Sonne glühte noch am dunkler werdenden Himmel und betonte seine männliche Silhouette. Orangefarbene und goldene Streifen zogen sich übers Wasser. Serenas Herzschlag beschleunigte sich, denn sie entdeckte die Muscheln, die er zu einem Herz ausgelegt hatte. Das Lagerfeuer warf flackernde Schatten darüber.

Drake schien ihre Anwesenheit gespürt zu haben, drehte sich um und ließ seinen Blick langsam über ihren Körper wandern. Lust und Liebe schimmerten in seinen Augen, als er auf sie zukam. Seine Haare waren etwas gewachsen und verliehen ihm den wilden Touch, den sie so an ihm mochte.

»Oh Mann, Supergirl.« Beim Klang seiner tiefen Stimme

schoss ein erregendes Kribbeln durch ihren Körper.

Er legte die Hände auf ihre Hüften, dann ließ er sie tiefer gleiten, schob die Finger warm und fordernd in die Schlitze ihres Kleides. Flammende Sehnsucht loderte in ihr auf.

»Die Karte war großartig«, sagte sie und legte die Arme um seinen Nacken.

Er strich hauchzart mit den Lippen über ihren Mund. Sie liebte diese vertraute Berührung. Manchmal zog sie sich bewusst ein Stück zurück, um der schwelenden Leidenschaft nachzuspüren.

»Ich hab dich vermisst.« Er küsste ihren Mundwinkel. »Ich habe dir was Kleines mitgebracht.«

»Wirklich?«, fragte sie atemlos. Es war lächerlich, dass es ihr immer noch die Sprache verschlug, wenn er sie anfasste, doch sie hoffte, dass sich das niemals änderte.

»Ja. Du wolltest doch mit deinen Ersparnissen das Cottage kaufen, oder?« Er küsste ihren anderen Mundwinkel. »Jetzt gehört es uns.«

Sie schnappte nach Luft. »Du kannst nicht …«

Er brachte sie mit einem Kuss zum Schweigen und hielt sie fest, während sie vor sich hin murmelte und ihm sagen wollte, dass er das nicht machen konnte. Sie wollte eine gleichberechtigte Partnerin in dieser Beziehung sein und die Hälfte der Ausgaben übernehmen. Doch er ließ sie kaum zu Atem kommen, vertiefte den Kuss und verwöhnte ihren Mund, während er die Hände über ihren Körper wandern ließ, bis sie nicht mehr wusste, wo oben und unten war.

Anschließend sah er ihr tief in die Augen. »Ich weiß, dass du deinen Beitrag leisten willst. Baby, du trägst jeden einzelnen Tag zu meinem Leben bei. Mit dir bin ich glücklich, du treibst mich in den Wahnsinn und machst mich so heiß. Und um nichts in der Welt würde ich das ändern wollen.«

»Drake.« Sein liebevoller Tonfall trieb ihr die Tränen in die Augen. »Du kannst uns trotzdem kein Cottage kaufen.«

»Lass mich ausreden, Supergirl.«

Er sank auf ein Knie und ihr blieb die Luft weg. Tränen liefen ihr über die Wangen. Plötzlich zitterte sie am ganzen Körper und konnte sich kaum auf den Beinen halten.

Er musste es bemerkt haben, denn er legte seine starken Hände auf ihre Hüften und hielt sie fest. »Du bist mein Ein und Alles, Baby, mein Lebensinhalt. Ich liebe dich schon, solange ich denken kann. Ich bewundere deine Stärke, deine Intelligenz und dein freches Mundwerk, das mich wunderbar verrückt macht. Du hast einen Geschäftspartner gefunden und jetzt ist es wohl an der Zeit, einen Partner fürs Leben zu bekommen. Ich habe dir versprochen, all deine Träume wahr werden zu lassen, und dieses Cottage ist einer davon. Deshalb musst du mich wohl einfach heiraten. Lass mich der erste und letzte Mann sein, den du je liebst, denn du bist und wirst immer die einzige Frau sein, die ich je geliebt habe.«

Tränenüberströmt sank sie auf die Knie. »Du warst immer der Einzige für mich. Ja, ich will dich heiraten.«

Er zog sie schwungvoll in die Arme und küsste sie innig, während sie sich immer wieder ihre Liebe schworen. Auf einmal ertönte lauter Jubel um sie herum. Ihre Freunde und Familie umringten sie, zogen sie auf die Füße und umarmten sie alle auf einmal. Einer nach dem anderen gratulierte ihnen. Die Menschen, die sie am meisten liebten, wünschten ihnen alles Glück der Welt. Selbst Gavin war da und grinste zufrieden, weil er sie gekonnt hinters Licht geführt hatte. Es gab keinen potenziellen Neukunden, nur den romantischsten Heiratsantrag, der im Geheimen vorbereitet worden war.

Serena war noch immer ein bisschen zittrig, als sie schließlich wieder bei Drake landete. »Ich wollte immer dein Held sein, Supergirl.«

Liebevoll lächelte sie ihn an. »Ich habe nie gedacht, dass ich einen brauche. Aber das liegt wohl daran, dass du die ganze Zeit an meiner Seite warst.«

Lust auf mehr prickelnde Liebesgeschichten?

Verlieb dich mit Violet und Andre, die in *Neuanfang in Bayside* ihre zweite Chance auf die erste Liebe bekommen, und mach dich bereit für *Herzen in Versuchung*, das erste Buch aus der Reihe *Die Steeles auf Silver Island*, mit Daphne Zablonski, ihrer bezaubernden Tochter Hadley und Jock Steele! Hol dir dein Buch weiter unten.

In Violets wilder, heißer Liebesgeschichte wird es stürmisch! Lizza treibt wieder ihre üblichen Spielchen, und Violet steht die Überraschung ihres Lebens bevor!

Bestellen Sie *Neuanfang in Bayside* direkt bei Ihrem Online-Buchhändler.

Ein Mann, der alles verloren hat und ein qualvolles Geheimnis mit sich herumträgt, eine geschiedene alleinerziehende Frau, die alles zu verlieren hat, und das kleine Mädchen, das ihnen hilft, ihre Verletzungen hinter sich zu lassen.

Bestellen Sie *Herzen in Versuchung* direkt bei Ihrem Online-Buchhändler.

Neu bei »Love in Bloom – Herzen im Aufbruch«?

Ich hoffe, Sie hatten genauso viel Spaß mit den Freunden aus Bayside wie ich! Falls dieser Band Ihr erstes Buch aus der Reihe »Love in Bloom – Herzen im Aufbruch« ist, warten noch jede Menge Geschichten über unsere sexy, selbstbewussten und loyalen Heldinnen und Helden auf Sie.

Bayside Summers ist nur eine der Serien aus meiner großen Sammlung von Liebesromanen mit Tiefgang, Humor und Happy-End-Garantie. In allen Büchern finden Sie eine abgeschlossene Geschichte, die auch für sich allein gelesen werden kann. Figuren aus den einzelnen Serien und Büchern der weitverzweigten »Love in Bloom – Herzen im Aufbruch«-Familien tauchen immer wieder auch in den anderen Bänden auf. So verpassen Sie nie eine Verlobung, eine Hochzeit oder eine Geburt. Wenn Sie mögen, lernen Sie doch auch die anderen Serien der Reihe kennen! Eine vollständige Liste aller auf Deutsch erschienenen und geplanten Bücher gibt es am Ende des Buches und unter dem folgenden Link finden Sie weitere Informationen:

www.MelissaFoster.com/Herzen-im-Aufbruch

Danksagung

Für alle, die sich gefragt haben: Ja, den Chocolate-Orgasm-Donut gibt es wirklich, genauso wie Kane's Donuts. Ich bin total begeistert, dass ich mit Kane's Donut zusammenarbeiten konnte. Der Laden liegt in der Oliver Street in Boston, wo Teile dieser Geschichte spielen. Kane's hat extra für Drake und Serena den Donut Perpetual Bliss entwickelt, und es gab ihn dort exklusiv in der Woche der Erstveröffentlichung.

Ich freue mich immer riesig, wenn meine Fans mit mir in Kontakt treten und mich wissen lassen, dass sie meine Geschichten ebenso gerne lesen, wie ich sie schreibe. Wenn Sie noch nicht Mitglied in meinem Fanclub sind, worauf warten Sie noch? Wir haben immer viel Spaß miteinander, unterhalten uns über Bücher und Mitglieder erhalten exklusive erste Einblicke in zukünftige Veröffentlichungen.
www.Facebook.com/groups/MelissaFosterFans

Wie immer geht mein Dank an Lisa Filipe und Lisa Bardonski für unsere lustigen Gespräche und das »Headbanging«. Ein riesengroßes Dankeschön an mein gründliches und überaus fähiges Redaktionsteam: Kristen Weber, Penina Lopez, Juliette Hill, Marlene Engel, Lynn Mullan, Justinn Harrison, Elaini Caruso sowie auf deutscher Seite Anne Sommerfeld, Stephanie Schottenhamel und Judith Zimmer. Danke für alles, was ihr für

mich und unsere Leserinnen tut. Und wie immer bin ich
unendlich dankbar für meine Familie, die mir die Zeit gibt,
unsere wundervollen Lesewelten zu erschaffen.

Love in Bloom – Herzen im Aufbruch

Für noch mehr Vergnügen lesen Sie die Bücher der Reihe nach.
Sie werden in jedem Band bekannte Figuren wiederfinden!

Die Snow-Schwestern

Schwestern im Aufbruch
Schwestern im Glück
Schwestern in Weiß

Die Bradens (Weston, Colorado)

Im Herzen eins – neu erzählt
Für die Liebe bestimmt
Freundschaft in Flammen
Wogen der Liebe
Liebe voller Abenteuer
Verspielte Herzen
Ein Fest für die Liebe (Hochzeits-Geschichte)
Nachwuchs für die Liebe (Savannahs & Jacks Baby)
Happy End für die Liebe (Hochzeits-Geschichte)
Weihnachten mit den Bradens (Kurzgeschichte)
Liebe ungebremst (Kurzroman)

Die Bradens (Trusty, Colorado)

Bei Heimkehr Liebe
Bei Ankunft Liebe
Im Zweifel Liebe
Bei Rückkehr Liebe
Trotz allem Liebe
Bei Aufprall Liebe

Die Bradens (Peaceful Harbor)

Geheilte Herzen
Voller Einsatz für die Liebe
Liebe gegen den Strom
Vereinte Herzen
Melodie der Liebe
Sieg für die Liebe
Endlich Liebe – ein Braden-Flirt

Die Bradens & Montgomerys (Pleasant Hill – Oak Falls)

Von der Liebe umarmt
Alles für die Liebe
Pfade der Liebe
Wilde Herzen
Schenk mir dein Herz
Der Liebe auf der Spur
Verrückt nach Liebe
Liebe süß und sündig
Und dann kam die Liebe
Eine unerwartete Liebe
Verliebt in Mr. Bad

Die Remingtons

Spiel der Herzen
Im Dschungel der Liebe
Herzen in Flammen
Herzen im Schnee
Liebe zwischen den Zeilen
Von der Liebe berührt

Die Ryders

Von der Liebe bestimmt
Von der Liebe erobert
Von der Liebe verführt
Von der Liebe gerettet
Von der Liebe gefunden

Seaside Summers

Träume in Seaside
Herzen in Seaside
Hoffnung in Seaside
Geheimnisse in Seaside
Nächte in Seaside
Herzklopfen in Seaside
Sehnsucht in Seaside
Geflüster in Seaside
Sternenhimmel über Seaside

Bayside Summers

Sommernächte in Bayside
Verführung in Bayside
Sommerhitze in Bayside
Neuanfang in Bayside
Mondschein in Bayside
Versuchung in Bayside

Die Steeles auf Silver Island

Herzen in Versuchung
Meine wahre Liebe

…

Die Whiskeys: Dark Knights aus Peaceful Harbor

Tru Blue – Im Herzen stark
Truly, Madly, Whiskey – Für immer und ganz
Driving Whiskey Wild – Herz über Kopf
Wicked Whiskey Love – Ganz und gar Liebe
Mad About Moon – Verrückt nach dir
Taming My Whiskey – Im Herzen wild
The Gritty Truth – Kein Blick zurück
In For A Penny – Süßes Glück
Running on Diesel – Harte Zeiten für die Liebe

Die Whiskeys: Dark Knights von der Redemption Ranch

Immer Ärger mit Whiskey

Sullys Befreiung

Um Whiskeys willen

Der Geschmack von Whiskey

Liebe, Lügen und Whiskey

…

Entdecken Sie Melissa Fosters Bücher auch auf:

www.MelissaFoster.com/Herzen-im-Aufbruch

www.ingramcontent.com/pod-product-compliance
Lightning Source LLC
Chambersburg PA
CBHW031839310726

48972CB00005B/1340